Eugen Ruge

METROPOL

Roman

ROWOHLT

Die Arbeit an diesem Roman wurde durch Stipendien des Deutschen Literaturfonds und der Robert-Bosch-Stiftung gefördert.

1. Auflage Oktober 2019

Satz Kepler bei Dörlemann Satz, Lemförde
Druck und Bindung CPI books GmbH, Leck, Germany
ISBN 978 3 498 00123 0

Unkorrigiertes Presseexemplar

Sollten Sie Zitate aus dem Text für Ihre Rezension nutzen, bitten wir Sie, diese mit der endgültigen Druckfassung des Buchs abzugleichen.

Bitte beachten Sie die Sperrfrist für die Berichterstattung bis zum 8. Oktober 2019.

Für Rückfragen wenden Sie sich bitte an:

Rowohlt Verlag
Regina Steinicke
Presseleitung
Tel. +49 (0) 40 / 72 72 – 227
regina.steinicke@rowohlt.de

METROPOL

PROLOG

Das *Russische Staatsarchiv für sozio-politische Geschichte* ist ein klobiger 20er-Jahre-Bau, der durchaus an jenen Sarkophag erinnert, den man dem traurig-berühmten Kraftwerk von Tschernobyl verpasst hat. Was hier, mitten in Moskau, begraben ist, sind jedoch keine radioaktiven Abfälle, sondern ein Stück Geschichte der Sowjetunion.

Im Übrigen handelt es sich um das ehemalige Institut für Marxismus-Leninismus. Marx, Engels und Lenin hängen als große Bronzereliefs über dem Eingang, vergrößern optisch das Portal. Aber die eigentlichen Türen wirken zu klein für das Gebäude.

Selbstverständlich ist nur eine von drei Türen geöffnet: das Mauseloch, durch das man ins Innere schlüpft. Zuerst betritt man ein weitläufiges Vestibül, dessen Größe wohl der Bedeutung des Ortes Ausdruck geben soll, das aber vor allem beeindruckt durch seine Leere. Geradeaus, auf dem Absatz über einer kleinen Treppe, ist nachträglich ein Wachhäuschen aus Kunststoff und Glas errichtet worden, in dem ein Polizist sitzt. Vor der Treppe ein Metalldetektor in Kastenform (den man vorzugsweise umgeht). Rechts eine geräumige Garderobe, in der eine Frau sitzt und Kreuzworträtsel löst. Ob sie die Kleidungsstücke bewacht, welche der Besucher selbständig auf die Haken zu hängen hat, bleibt unklar.

Den Neuling weist sie auf das Telefon hin, das neben der Garderobe steht. Dann löst sie weiter Kreuzworträtsel.

Telefon? Man muss anrufen? Wen?

Auf dem Telefontischchen liegt eine siebenstellige Moskauer Nummer aus. Wenn man sie wählt, meldet sich eine Stimme, die einer älteren Frau zu gehören scheint. Sie fragt, ob man bereits einen *propusk*, einen Passierschein, besitze. Wenn man verneint, weist die Stimme den Besucher im Tonfall mühsam beherrschter Ungeduld an, dem Polizisten in dem Wachhäuschen ein Zeichen zu geben, sobald sie, die Stimme, diesen Polizisten anrufe, um bei demselben die Ausstellung eines *propusk* anzufordern. Dabei hat man, wie die Stimme mehrmals – und angesichts der Begriffsstutzigkeit des Besuchers schon aufs äußerste gereizt – wiederholt, *auf keinen Fall aufzulegen.*

Kurz darauf sieht man, wie der Polizist in seinem Wachhäuschen den Hörer abhebt, und hört im Telefonhörer mit, wie die Stimme ihn um die Ausstellung eines *propusk* für den Anrufenden bittet.

Der Polizist dreht sich zum Anrufenden hin, und der Anrufende gibt dem Polizisten, wie angewiesen, ein Zeichen, sagen wir mal, er hebt die Hand. Nun darf er auflegen, und es wird ihm, gegen Vorlage seines Reisepasses, ein *propusk* ausgestellt, mit dem er in die fünfte Etage fahren darf, wo sich der Lesesaal befindet.

Dort erkennt der Besucher, dass die Stimme keiner älteren Frau, sondern einem Mann zwischen dreißig und sechzig gehört, der, obwohl man sich in einem Lesesaal befindet, dem Besucher mit derselben durchdringenden und immer an der Grenze zum Überschnappen leckenden Stimme weitere Anweisungen erteilt.

Zunächst hat man zwei Formulare auszufüllen, in denen neben Heimatadresse und Telefon insbesondere nach Grund, Ziel und Zeitraum der Recherche gefragt wird. Dann hat man, selbstverständlich auf Russisch, einen handschriftlichen Antrag zu verfassen, dessen Text frei wählbar ist; allerdings liegt für alle Fälle ein Vordruck bereit, der wörtlich abgeschrieben werden darf. Persönliche Gründe sind gegebenenfalls einzusetzen.

Nun bekommt man einen Schlüssel, dessen Empfang man quittieren muss. Auf dem Schlüsselanhänger findet man die Nummer des Schließfachs, in dem die Akten bereitliegen – die man natürlich vorher bestellt haben muss. Wenn diese Bestellung (zum Beispiel von Deutschland aus) tatsächlich geklappt hat, dann findet man seine Akten in einem der gepanzerten Fächer, die sich in einem halbdunklen Raum befinden, der, obgleich in der fünften Etage gelegen, wie ein Kellerraum wirkt.

Zum Aufschließen dieses Dokumentenraums braucht man jedoch einen weiteren Schlüssel, den man einer Plastikbox auf dem Schreibtisch des Mannes mit der weiblichen Stimme entnimmt. Mit Hilfe des Schließfachschlüssels öffnet man sein Fach und entnimmt die Akten. Beim Verlassen des Raums achtet man darauf, dass man nicht versehentlich jemanden einschließt. Dann legt man den Dokumentenraumschlüssel zurück in die dafür vorgesehene Plastikbox und hängt seinen Schließfachschlüssel in einen – nunmehr für jeden zugänglichen – Schlüsselkasten.

Selbstverständlich darf man die wertvollen Dokumente nicht einfach mit dem Smartphone abfotografieren oder gar scannen. Zum Kopieren füllt man ein Bestellformular aus, geht damit zur Kopierstelle. Dort wird, nach Sichtung der zu kopierenden Dokumente, ein Quotient ermittelt, der den Zustand des Materials und die Eile des Auftrags erfasst, woraus sich wiederum der Preis der Kopien ergibt, den man aber erst erfährt, wenn man diese Kopien nach zwei bis drei

Monaten abholt. Dann nämlich bekommt man im Lesesaal eine Bearbeitungsnummer, mit welcher man zur Buchhaltung geht. Hier erhält man einen Vordruck in doppelter Ausfertigung. Damit geht man zu einer Sparkassenfiliale, um das Geld einzuzahlen. Man lässt sich den Zahlungseingang auf beiden Vordrucken bestätigen, gibt einen davon in der Buchhaltung ab und geht mit dem anderen, von Sparkasse und Buchhaltung gestempelten, zum Lesesaal, wo man gegen Unterschrift seine Kopien bekommt.

Dies ist die Geschichte, die du nicht erzählt hast. Du hast sie mit ins Grab genommen. Du warst sicher, dass sie niemals wieder ans Licht kommt. Du hast dein Leben lang daran gearbeitet, sie vergessen zu machen, sie zu löschen aus deinem, aus unserem Gedächtnis. Fast ist es dir gelungen.

Lange Zeit wusste ich nicht einmal, dass du in Russland gewesen bist. Ich war erstaunt, als ich dich mit meiner anderen, der russischen Großmutter, Russisch sprechen hörte. Dass du Spanisch sprichst, wusste ich. Zuweilen hast du sogar behauptet, du träumtest auf Spanisch. Auch Englisch konntest du, sogar ein wenig Französisch. Aber Russisch?

Du warst meine *mexikanische Großmutter*. In deinem Wintergarten brummte leise der Zimmerspringbrunnen zwischen tropischen Pflanzen. Dort haben wir gesessen, und du hast mir von Mexiko erzählt, von Ritten durch den Dschungel, von Raubüberfällen und Regengüssen, von Schlangen, Skorpionen und Haifischen. Von den Azteken und ihrer rätselhaften, untergegangenen Welt.

Von der Sowjetunion aber, wo du, deutsche Kommunistin,

nach der Machtergreifung der Nazis immerhin viereinhalb Jahre gelebt hast, kein Wort.

Auf meinem Schreibtisch liegen zwei Stapel Papier. Zweihundertsechsundvierzig Blatt insgesamt, handschriftlich durchnummeriert. Oben rechts ein Vermerk, auf Russisch: *Streng geheim*. Blau darübergestempelt: *Aufgehoben.*

Hast du wirklich geglaubt, es sei unwiederbringlich verschollen?

Ich sehe was, was du nicht siehst. Das Spiel hast du mir beigebracht. Ich sehe was, was du nicht siehst, und das ist:

Deine Kaderakte, Charlotte.

FÜNF TAGE IM AUGUST

РГАСПИ ф. 495 / оп. 205 / д. 488 / л. 62

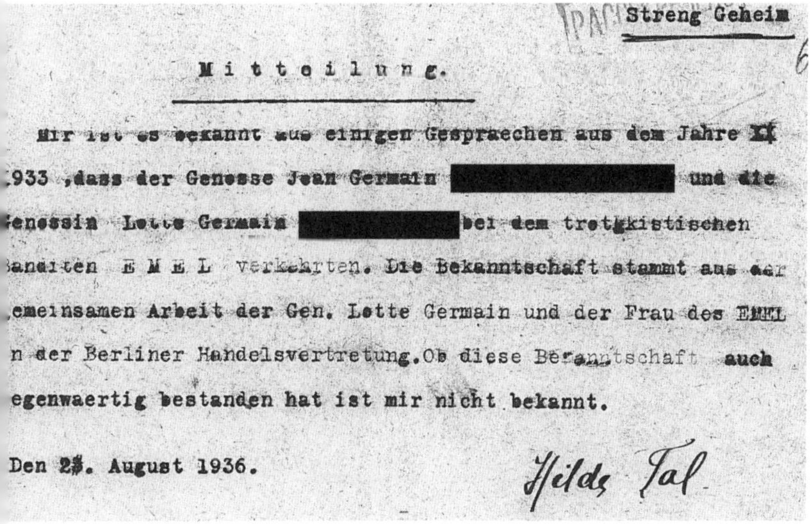

Streng Geheim

Mitteilung.

Mir ist es bekannt aus einigen Gespraechen aus dem Jahre XX 1933 ,dass der Genosse Jean Germain [redacted] und die Genossin Lotte Germain [redacted] bei dem trotzkistischen Banditen E M E L verkehrten. Die Bekanntschaft stammt aus der gemeinsamen Arbeit der Gen. Lotte Germain und der Frau des EMEL in der Berliner Handelsvertretung. Ob diese Bekanntschaft auch gegenwaertig bestanden hat ist mir nicht bekannt.

Den 2[illegible]. August 1936.

Hilde Tal

1 Schwarzes schwarzes Meer

– Charlotte –

In der Nacht vom 20. auf den 21. August 1936 entdeckt Charlotte Germaine, wie sie sich neuerdings nennt, in der *Deutschen Zentralzeitung* unter den sechzehn Angeklagten in der *Strafsache des trotzkistisch-sinowjewistischen terroristischen Zentrums* den Namen M. Lurie.

Sie befindet sich zu diesem Zeitpunkt auf dem Schwarzmeerdampfer *Grusia*, der allerdings noch fest vertäut am Kai von Batumi liegt; er wird erst am nächsten Morgen in See stechen. Sie sitzt in ziemlich unbequemer Haltung am Klapptisch und hält die Zeitung schräg zum Bullauge hin, durch das ein kaltes bläuliches Licht fällt, das man für Mondlicht halten könnte; es stammt aber von einer Hafenlaterne.

Sie ist im Schlafhemd, Baumwolle, weiß.

Das Grummeln der Schiffsmotoren ist zu hören. Aus der oberen Koje dringt ein fiependes Schnarchen. Das ist Wilhelm. Er hat sich den Decknamen Jean Germaine zugelegt, aber alle nennen ihn Hans, außer Charlotte, die nach wie vor Wilhelm sagt. Es ist schwierig, einen Metallarbeiter mit anhaltinischem Dialekt Jean Germaine nennen.

Wilhelm hat Wodka getrunken, und zwar zu viel. Auf unsere Heimat, auf Stalin! Dem kann sich niemand entziehen, ein Mann schon gar nicht. Aber auch Charlotte hat sich nicht ganz entziehen können. Nach der Stadtbesichtigung – bei 36 °C – gab es noch einen, wie soll man es nennen, *Emp-*

fang beim Kreissekretär, Georgier, Schnauzbart, Stimme wie eine Lokomotive: Hoho, er wisse Bescheid: Fünfte Etage Komintern! Augenzwinkern. Auf euch, Genossen! Und auf den Genossen Stalin!

Dazu Gurken, Lauchzwiebeln und Sülze.

Eingeschlafen ist sie schnell, ein kurzer Alkohol-Schlaf, aus dem sie schnell wieder erwachte. Eine Weile hat sie sich hin und her gewälzt, gehofft, sie könne die sich anbahnenden Kopfschmerzen durch Autosuggestion besiegen. Als dann aber auch noch die Blase zu drücken begann, gab sie sich einen Ruck und machte sich auf den Weg zur Toilette, die leider außerhalb der Kabine lag.

Als sie zurückkam, fiel ihr Blick auf die *Deutsche Zentralzeitung*. Sie lag auf dem Klapptisch, das Licht schien darauf. Charlotte begann zu lesen. Wollte sich müde lesen.

Sie hatte schon seit Tagen in keine Zeitung geschaut. Auf Reisen ist so leicht keine zu kriegen, selbst die Parteipresse ist aufgrund des Papiermangels in der Sowjetunion knapp. Daher ist sie vom Inhalt des Leitartikels so überrascht, dass sie einen Augenblick meint, die Bibliothekarin in Batumi habe Wilhelm ein Archiv-Exemplar geschenkt. Denn es ist hier von der Strafsache gegen *Sinowjew und andere* die Rede. Sitzt denn Sinowjew nicht seit zwei Jahren im Gefängnis? Der Mann mit der hohen Pelzmütze auf dem Lockenkopf. Der Schönste von allen, fand sie immer. Es hat sie damals schockiert, dass er verurteilt worden war, immerhin ein Mitstreiter Lenins, eine Zeitlang sogar Chef der Komintern.

Jedoch, es ist die aktuelle Ausgabe: *Prozess gegen Sinowjew und andere*. Keine Lektüre für die Nacht, Charlotte überblättert den Leitartikel. Aber auch die nächsten Seiten sind voll von dem Prozess. Die Anklageschrift ist abgedruckt, gekürzt, aber noch immer zwei Seiten. Charlotte überblättert auch die Anklageschrift – will sie überblättern, als ihr Blick sich an dem Namen *M. Lurie* verhakt.

Sie kennt einen M. Lurie.

Moissej Lurie. Der eigentlich Alexander Emel heißt. Genauer gesagt, eigentlich heißt er Moissej Lurie, aber die meisten kennen ihn nur unter seinem Parteinamen Alexander Emel. Dass aber dieser Alexander Emel mit jenem M. Lurie identisch sein könnte, einem vom *Ausland gesandten Agenten Trotzkis,* wie es in der Zeitung heißt, der *an der Spitze einer von einem aktiven deutschen Faschisten* organisierten Kampfgruppe gestanden habe – das ist absurd. Wie sollte Alexander Emel, selbst Jude, selbst von den Nazis verfolgt, *an der Spitze einer von einem aktiven deutschen Faschisten* organisierten Kampfgruppe gestanden haben?

Charlotte hört ihr Herz pochen, so laut, dass es Wilhelms Schnarchen ein paar Schläge lang übertönt. *Vorbereitung von Anschlägen auf Stalin, Molotow, Woroschilow ...* Unglaublich, was vor sich geht. Fast spürt sie etwas wie Wut. Wozu die ständigen Parteisäuberungen und Überprüfungen. Zwei volle Jahre geht das jetzt schon. Wie viele Formulare! Wie viele Lebensläufe! Wie viele Kommissionen! Ja, sie ist damit einverstanden. Nur muss sich doch irgendwann ein Erfolg einstellen ...

Sie blättert um, die letzte Seite der Anklageschrift. Hier sind sie noch einmal aufgeführt, alle sechzehn, nummeriert, mit Vor- und Vatersnamen und dem Geburtsjahr. Nummer fünfzehn: Lurie, Moissej Iljitsch. Und dahinter steht in Klammern: *alias Emel, Alexander.*

Sie hat diesen Urlaub herbeigesehnt. Sie ist mit den Nerven am Ende. Die Atmosphäre auf Punkt Zwei ist unerträglich geworden, so schlimm, dass sogar Wilhelm erwogen hat, seine Entlassung aus der OMS zu beantragen und wieder als Dreher zu arbeiten. Als geheimer Kurier wird er schon lange nicht mehr eingesetzt (genauer: seit ihrem, Charlottes, Zusammenbruch in Stockholm; noch immer fühlt sie sich deswegen ein wenig schuldig). Auch als Politinstrukteur haben sie ihn abgesägt und durch diese blondierte Russin ersetzt: die Krumina, entsetzliche Intrigantin. Und zu allem Überfluss hat man ihn noch von seinem Posten als Lagerverwalter entfernt, weil er, was leider wahr ist, keine Ahnung von Funktechnik hat. Jetzt soll er nach Punkt Eins versetzt werden. Das ist einfach zu viel.

Sie haben ihren vollen Jahresurlaub genommen, einen ganzen Monat. Sie haben eine Dampferfahrt von Batumi nach Jalta gebucht. Und dann noch drei Wochen im Gästehaus der Gewerkschaft der Politarbeiter in Jalta. Charlotte war noch nie am Schwarzen Meer. Sie stellt sich vor: Drei Wochen nichts tun. Strand. Rauschen. Ob es wirklich schwarz ist, das Meer? Sie weiß nicht, ob sie das wünscht oder befürchtet.

Und dann hieß es auf einmal: Urlaubssperre in der gesamten OMS wegen der Lage in Spanien. Und Wilhelm fing tatsächlich an zu hoffen, dass man sie nach Spanien schickt, in den Bürgerkrieg. Und auch Charlotte dachte auf einmal: Vielleicht wäre es besser. Besser als *das hier*.

Draußen regnet es. Die Tropfen knallen aufs Fensterblech. Warten.

Und dann geschah das Wunder: Melnikow erteilte eine Ausnahmegenehmigung. Hoffentlich nicht, weil er verliebt ist. Dachte sie. Gewiss schmeichelt es ihr, dass sie offenbar noch immer eine gewisse Wirkung auf Männer ausübt –

trotz ihrer einundvierzig Jahre. Beinahe zweiundvierzig. Aber andererseits: Verliebte Männer sind furchtbar, tun entsetzliche Dinge. Leider merkt sie es immer zu spät, wenn Männer in sie verliebt sind. Immer erst, wenn sie furchtbare Dinge tun.

Am 15. August ging es los. Zwei Tage Zugfahrt im Schlafwagenabteil. Regen, Regen ... Der Blick durch flirrende Ströme von Wasser auf irgendeine entsetzliche Einöde. Das soll Kuban sein? Eine der fruchtbarsten Regionen der Sowjetunion, heißt es. Wo sind die wallenden Kornfelder? Wo sind die blitzblanken neuen Traktoren, wie sie auf den Plakaten zur Kollektivierung immer zu sehen sind? Fragt sie nicht. Denkt sie.

Da Gori auf ihrer Strecke liegt, beschließen sie, das Geburtshaus von Stalin zu besuchen. Wie sie zu dem Entschluss gekommen sind, weiß Charlotte nicht mehr, aber im Grunde ist es unmöglich, etwas anderes zu beschließen. Gott sei Dank hörte der Regen auf. Das Land ist zu groß, es kann ja nicht überall regnen.

Sie stolperten durch die Straßen. Geburtshäuser berühmter Persönlichkeiten hat Charlotte genug gesehen, sie stellt sich irgendwas vor mit einer Gedenktafel: *Vater der Völker, Lokomotivführer der Weltrevolution.* Aber dann ist sie doch überrascht: eine winzige, graue Kate, schiefe Treppe, abgeschabte Tür. Das war's.

Und Jilly, plötzlich Tränen in den Augen, sagt: Jetzt verstehe ich, warum sie ihn lieben. Er ist einer von ihnen.

Jill Greenwood, ihre Reisebegleiterin. Neunzehn Jahre alt, das Küken auf Punkt Zwei. Wirklicher Name: Jean Hyman. Ihre Biographie passt in zwei Sätze: Erstens: Sie hat die Stoke Newington School in London besucht (und, ja, zwei Monate die Marx House School). Zweitens: Seit vier Monaten ist sie

Kursantin an der Funkerschule der OMS. Und drittens ist sie bereit, für die Sache der Arbeiterklasse zu sterben. Wäre schade um sie, denkt Charlotte.

Dann noch von Gori nach Batumi mit dem Personenzug. Eine Invasion plötzlich: Menschen, die in den Waggon drängen, eine unheimliche, seltsam riechende Menge in Kaftanen und zerfledderten Barchenthemden, und alle, so schien ihr, irgendwie verunstaltet, versehrt: zahnlos oder verkrüppelt, fingerlos, beinamputiert oder von Ausschlag entstellt. Nicht, dass es in Moskau solche Gestalten nicht gäbe. Sie lungern auf Bahnhöfen herum oder stehen in endlosen Schlangen. Charlotte zieht es vor, ihnen nicht zu nahe zu kommen. Menschenmaterial. Sie ist nicht sicher, ob der Ausdruck in politischer Hinsicht korrekt ist. Aus diesem Menschenmaterial müssen wir den Sozialismus erbauen: Doch, das hat sie so schon einmal gelesen.

Und schließlich noch dieser entsetzliche Nachmittag in Batumi: Archäologisches Museum ... die neue Bibliothek ... der Botanische Garten mit dreitausend tropischen Baumarten ... Es war gut gemeint. Es ist immer gut gemeint. Auch die säuerliche Rindfleischsülze, die sie unbedingt essen sollten. Fast hätte sie sich übergeben.

Dann, endlich, durften sie ihre Kabinen beziehen, Jilly zusammen mit einer unbekannten jungen Russin. Sie selbst zusammen mit Wilhelm, der jetzt in der oberen Koje liegt und schnarcht, während sie, nachdem sie die Zeitung wieder ordentlich zusammengelegt hat, in die Koje darunter gekrochen und in Rückenlage erstarrt ist.

Alexander Emel ein Verschwörer?

Zuerst fallen ihr seine Hände ein: schmale weiße Hände, zart. Sie bewegen sich, umspielen einander, sie formen das Thema gewissermaßen unsichtbar in die Luft. Er redet über die Bibel. Sie gehen am Kanal entlang (welcher Kanal?). Nein, das sei kein Aufruf zur Selbstliebe, sagt Emel. Sondern eine ungenaue Übersetzung. Im altgriechischen Original, sagt er, heiße es nicht *Liebe deinen Nächsten wie dich selbst,* sondern: *Liebe deinen Nächsten, er ist wie du.* Verblüffend. Der Mann ist stellvertretender Leiter der Agitprop-Abteilung des Zentralkomitees der Kommunistischen Partei Deutschlands. Er ist genauso alt wie sie, knapp über vierzig, aber er kommt ihr älter vor, reifer. Er hat über die Darstellung Ägyptens im Alten Testament promoviert (summa cum laude). Bildung hat sie immer fasziniert. Sie selbst fühlt sich ungebildet. Sie hat bloß die Mädchenschule besucht, verfügt über das unsichere Wissen einer Autodidaktin.

Jetzt erinnert sie sich: Teltowkanal ... Frühjahr 1930? Überall zartes Grün. Weidenkätzchen, die Pappeln rascheln. Das letzte Frühjahr in Deutschland ... Wilhelm und Isa – meine Güte, Isa – gehen ein ganzes Stück vor ihnen, weil Emel immer wieder beim Reden stehen bleibt. Sie wird niemals so leicht und beiläufig über die Geschichte Ägyptens reden können, über reale und fiktive Ereignisse, über den Unterschied zwischen Metapher und Gleichnis. Sie hat Sprachen gelernt, seit sie in der sowjetischen Handelsvertretung in Berlin angestellt war. Sie kann inzwischen gut Englisch und einigermaßen Russisch. Aber Emel beherrscht außer Russisch und Englisch auch noch Französisch, Griechisch, Hebräisch und sogar etwas Aramäisch.

Natürlich beweist die Tatsache, dass er gebildet ist, nichts. Es gibt auch gebildete Mörder. Aber Alexander Emel? Mit seinen Jesushänden.

Sie findet keinen Schlaf. Immer wieder sieht sie ihn vor sich. Immer wieder versucht sie, den zierlichen Mann, sein verletzliches Gesicht, die zarten Hände mit dem in Überein stimmung zu bringen, was sie in der Zeitung gelesen hat. Es geht nicht.

Ihr fällt ein, dass es vor vielen Jahren einen Artikel von Emel gegeben hat, der kritisiert wurde. Oder waren es zwei? Sie weiß nicht, weswegen. Sie kann sich kaum an den Inhalt erinnern, nur daran, dass sie nicht verstehen konnte, was daran eigentlich falsch war. Feinheiten. Sie war damals noch nicht sehr lange in der Partei. Irgendwie ging es um die Stalin'sche Landwirtschaftspolitik. Aber hat er die Stalin'sche Landwirtschaftspolitik denn nicht verteidigt? Wie dem auch sei. Ein politisch fehlerhafter Artikel ist kein Verbrechen. Kein Mordanschlag auf Stalin.

Manchmal konnte er ziemlich frech sein. Dann griente er wie ein Gymnasiast. Sie erinnert sich an ihre letzte, zufällige Begegnung im Kulturpark Moskau. Die ersten warmen Tage. Das Stalinporträt aus Frühblühern. Oh, *Blümchenkunst*, sagte Emel. Da war es, das Gymnasiastengesicht. Der Schalk in den Augen. Sie hat gleich gesehen, wie sich Wilhelms Miene verfinsterte. Gerade hatte er das florale Werk bewundert, und dann kommt Emel: Blümchenkunst.

Und jetzt – warum erst jetzt? – fällt ihr ein, dass Emel von seiner Suspendierung sprach: als Universitätsprofessor. Aber hat er nicht behauptet, es sei ein Irrtum? Er habe schon einen Brief an Dimitroff persönlich geschrieben. Und Charlotte hatte noch gedacht: Sieh mal an, er schreibt einen Brief an Dimitroff persönlich.

Das war irgendwann im Winter. Bei einem ihrer Besuche in Emels Wohnung muss es gewesen sein. Und dann, nach jener Begegnung im Kulturpark, befand Wilhelm plötzlich: *Wir sollten die Finger von Emel lassen.* Und natürlich hat sie gedacht, er sei sauer, wegen der Blümchenkunst. War er auch. Er war öfter mal sauer auf Emel. Eifersüchtig, grundlos natürlich. Aber er merkte wohl, dass sie Emel bewunderte. Versuchte mitzuhalten, und Emel, immer sehr höflich, gab sich Mühe, ihn seine Überlegenheit nicht spüren zu lassen.

Und dann hatte er noch eine Runde dieser neumodischen roten Limonade spendiert. Und sich darüber lustig gemacht, dass alle Frauen auf einmal blaue Schuhe trugen. War das eine versteckte Kritik? An der Planwirtschaft? Aber tatsächlich, wenn man sich umsah: plötzlich überall blaue Schuhe und weiße Söckchen ...

Als sie aufwacht, ist sie allein in der Kabine. Wilhelm ist offenbar schon im Bad. Die Sonne scheint herein. Das Schiff hat abgelegt, sie spürt, dass es entschlossen Fahrt macht. Der Wind pfeift. Das Meer ist blau: dunkelblau. Die Zeitung liegt unberührt auf dem Klapptisch. Sie öffnet den Schrank, legt die Zeitung hinein. Tut probehalber so, als wüsste sie von nichts. Stellt ihren kleinen Koffer auf den Klapptisch, nimmt das Waschzeug heraus. Zeitung? Was denn für eine Zeitung?

Als sie aus dem Bad zurückkommt, ist Wilhelm schon angezogen. Wie gebannt schaut er hinaus aufs Meer. Charlotte zieht ihr weißes, gepunktetes Sommerkleid über, zum ersten Mal. Ihr Urlaubskleid. Seit Wochen sieht sie sich in diesem Kleid auf dem Deck des Schwarzmeerdampfers spazieren. Sie trägt Lippenstift auf. Auch den Lippenstift hat sie sich aufgespart bis zum Urlaub. Noch vor nicht allzu langer Zeit hatte sie das Benutzen von Lippenstift als eitel, ja sogar als unkommunistisch angesehen. Aber vor einem Jahr hat Stalin in einer Rede jenen schnell berühmt gewordenen Satz gesagt: *Das Leben ist besser, das Leben ist fröhlicher gewor-*

den! Und seitdem tauchen in Moskau immer mehr staatliche Mode- und Kosmetikgeschäfte auf. Immer mehr Moskauerinnen schminken sich oder färben sich die Haare, und irgendwann begann auch Charlotte, sich zu fragen, ob ihre Abneigung gegen Kosmetik vielleicht ihrer preußisch-protestantischen Erziehung entstamme und also zu überwinden sei.

Voilà! Sie dreht sich um die eigene Achse. Wilhelm schaut sie mit glänzenden Augen an. Er liebt sie, bewundert sie noch immer. Manchmal fühlt sie sich ein bisschen schlecht, weil sie nicht sicher ist, ob sie ihn mit gleicher Kraft zurückliebt. In Jalta, im Gästehaus der Gewerkschaft der Politarbeiter, will sie *gut zu ihm sein*, wie sie es nennt. Sie wird es ihm erlauben. Das Unaussprechliche. Weiß Wilhelm eigentlich, dass Alexander Emel in Wirklichkeit Moissej Lurie heißt? Laut sagt sie:

Gehen wir frühstücken.

Das Schiff schlingert jetzt leicht. Die Flure sind endlos. Sie folgt Wilhelm blindlings durch das Labyrinth der Decks und Gänge, aber natürlich verlaufen sie sich. Am Ende müssen sie jemanden fragen, das heißt, sie, Charlotte, muss fragen, weil Wilhelm trotz aufrichtigen Bemühens noch immer nicht die Sprache der Heimat aller Werktätigen erlernt hat. Er hat einfach kein Talent für Sprachen.

Vor dem Restaurant müssen sie warten, obwohl es freie Plätze gibt. Dann den Zimmerschlüssel vorzeigen, Unterschrift. Es gibt Frühstück Nummer eins und zwei und dann noch eins für die erste Klasse (mit Zuzahlung). Sie wählen beide Nummer zwei, Frühstück *Ewropejskij*. Schwarzbrot, dazu ein Stück Wurst, das den typisch säuerlichen Geschmack russischer Wurstwaren hat (so haben in Deutschland manchmal die Bockwürste geschmeckt), und ein halbausgereiftes Stück Käse, anscheinend halb Kuh, halb Schaf, dem Geruch nach.

Georgisch, behauptet Wilhelm (sie hat ihm *Ewropejskij* nicht übersetzt).

Der Kaffee ist, wie üblich, kaum von Tee zu unterscheiden. Wilhelm, der zu der Zeit, da sie von der OMS noch als Kuriere eingesetzt wurden, das Drei-Gänge-Menü in einem Brüsseler Sternehotel als *Affenfraß* abzutun imstande war, zeigt sich äußerst zufrieden.

Charlotte spielt mit. Charlotte spielt Urlaub. Leider ist Jilly noch nicht an Deck. Ihr Frohsinn, ihre schnatternde Heiterkeit fehlen ihr plötzlich. Für einen Augenblick droht eine stockende Leere, die sie sogleich auszufüllen versucht. Charlotte spielt gute Laune.

Sie spielt: Ach, ist das schön, dass wir mal zu zweit hier sitzen!

Sie spielt Frühstück. Sie spielt Tee trinken.

Sie spielt Aufs-Meer-Schauen.

Sie spielt Entzückt-aufs-Meer-Schauen und sagt: Ich habe es mir immer schwarz vorgestellt.

Quatsch, sagt Wilhelm.

Nach dem Frühstück geht Wilhelm auf Erkundungstour: Schiff besichtigen. Charlotte holt sich das Buch, das sie für die Reise mitgenommen hat, aus der Kabine: *Tscheljuskin* von Tretjakow, ein Bericht über die heldenhafte Rettung der im Nordpolareis eingeschlossenen Besatzung des gleichnamigen Schiffs. Vor drei Jahren hatte das Drama begonnen; gerade war sie aus Deutschland in die Sowjetunion geflohen. Ein halbes Jahr lang hatte die ganze Sowjetunion die Fahrt, die Havarie und schließlich die Rettung der Besatzung verfolgt, und Charlotte erinnert sich noch gut daran, wie ihr bei der Radioübertragung vom triumphalen Empfang, den man den Geretteten und den Rettern in Moskau bereitete, die Tränen herunterliefen.

Sie setzt sich in einen der Liegestühle an Deck, aber der Wind erweist sich als überraschend kühl, sodass ihr, da sie keine Lust hat, noch einmal den langen Weg zu machen, um ihre Strickjacke zu holen, nichts anderes übrigbleibt, als ins Innere zu wechseln. Und da ist auf einmal Jilly! Hat das Frühstück verpasst und sich ein belegtes Brot am Buffet geholt.

Sie sieht verschlafen aus, noch kindlicher als sonst. Ihre Wangen sind rosig. Sie ist so jung, dass man sie für Charlottes Tochter halten könnte, auch wegen ihrer so ganz und gar unbritischen schwarzen Locken. Und tatsächlich glaubt Charlotte manchmal, sich selbst in ihr wiederzuerkennen, obgleich es ganz ungewiss ist, ob die beinahe noch babyhaften Pölsterchen, die Jilly umhüllen, mit der Zeit wegschmelzen oder anschwellen werden. Auch sind ihre Proportionen bei näherem Hinsehen nicht so ideal wie Charlottes, aber sie ist jung, schwindelerregend jung; und Charlotte kommt gerade in das Alter, da sie versteht, was Jugend bedeutet: nämlich gerade die Zeit, da man nicht versteht, was Jugend bedeutet.

Sie ist gern in Jillys Nähe, kann nie genug davon kriegen. Sie hat sogar schon überlegt, ob sie zusammen mit Jilly in eines dieser kleinen Holzhäuser an der Moskauer Peripherie ziehen könnten, wenn ihre Zeit auf Punkt Zwei einmal enden sollte. Ob Kurt und Werner eifersüchtig wären? Nicht, dass sie glaubte, ihre Söhne wollten mit ihr zusammenleben, jetzt, da sie erwachsen sind. Trotzdem könnten sie eifersüchtig sein: nachträglich.

Schon an dem scheuen Rundumblick, mit dem Jill prüft, ob Wilhelm in der Nähe ist, erkennt Charlotte, dass sie mit ihr reden will. Seit Tagen spürt sie, dass Jilly etwas auf dem Herzen hat. Meist geht es in solchen Fällen um kleine Zweifel, die

die junge Kommunistin bewegen: Warum es in sowjetischen Kantinen Zuteilungen gemäß «Leistung» gibt (dass also der Chef mehr Fleisch oder Gebäck bekommt als die Sekretärin). Oder wieso der legale Abbruch der Schwangerschaft in der Sowjetunion wieder abgeschafft wurde. Und tatsächlich ist das auch für Charlotte ein Schock gewesen; sie erinnert sich noch, wie sie diese Errungenschaft in der kommunistischen Frauengruppe Neukölln gepriesen hat.

Heute aber, stellt sich heraus, geht es um etwas anderes, genauer gesagt, um jemanden, nämlich um Müller, eigentlich Melnikow, den neuen Chef der OMS, jenes mächtigen Geheimdienstes, für den sie arbeiten. Dieser Mann, so behauptet Jilly, stelle ihr seit einigen Wochen nach.

Deshalb also hat Melnikow den Urlaub genehmigt? Der Gedanke ist zuerst da. Nicht weil er in sie, sondern weil er in Jill Greenwood verliebt ist? Und obwohl sie sich keineswegs wünscht, von diesem hohlwangigen, struppigen Mann mit Zuneigung belästigt zu werden, ist Charlotte ein kleines bisschen gekränkt. Sie spielt Erstaunen. Ungläubigkeit. Sie reißt die Augen auf, sie lehnt sich zurück, kopfschüttelnd. Aber sie ist wirklich erstaunt: Melnikow? Der Mann ist doch mindestens fünfundvierzig! Verheiratet, zwei Kinder … Ein Mann in dieser Position!

Jill beugt sich zu ihr hin und teilt ihr flüsternd die Details mit: Er habe jedes Mal, wenn er auf Punkt Zwei war, mit ihr gesprochen.

Und weiter?

Er habe ihr eine Karte für den Komsomol-Kongress besorgt.

Und weiter?

Er habe sich in die Hand versprechen lassen, dass sie ihm eine Postkarte aus dem Urlaub schreibt.

Das ist alles?

Ja, das ist alles. Aber sie habe so ein Gefühl …

Kindchen! Charlotte ist wieder ganz in der gewohnten Rolle. Wenn du wüsstest, was verliebte Männer tun!

Aber Jill fängt wieder von vorn an, die Postkarte, der Jugendkongress … Charlotte ist schon nicht mehr bei der Sache. Jillys Aufruhr beginnt ihr auf die Nerven zu gehen, ja, sie ärgert sich sogar ein wenig darüber, dass das Mädchen sich allen Ernstes einbildet, Melnikow sei in sie verliebt. Komsomol-Kongress!

Jilly, ist dir schon mal aufgefallen, dass du die Jüngste bist auf Punkt Zwei? Wen soll er denn sonst zum Komsomol-Kongress schicken? Etwa Wilhelm?

Und erst als Jilly hell auflacht, wird Charlotte gewahr, wie komisch das wirklich ist. Wie komisch und traurig auch. Es rückt ihr ins Bewusstsein, wie alt Wilhelm geworden ist, denn eben war er noch jung, Jilly weiß es bloß nicht. Eben noch war er ein junger Rotfrontkämpfer in lederner Motorradkluft, mit einer BMW R 32. Und plötzlich ist er so alt, dass die Vorstellung von Wilhelm auf dem Jugend-Kongress Heiterkeitsanfälle hervorruft.

Auch Charlotte muss lachen. Jill läuft ein Tränchen die Wange herunter. Aber dann verdreht sie die Augen in Richtung Tür: Wilhelm kommt! Die beiden Frauen reißen sich zusammen.

Aber als er sich nähert, als er leibhaftig vor ihnen steht mit seiner kahlen Stirn und den großen Ohren, die, seit die Haare dünn werden, noch größer erscheinen, kichern sie wieder los, wie die Schulmädchen. Versuchen, ihr Kichern zu unterdrücken, müssen erst recht lachen. Sie muss ihm mal sagen, dass er die Ohren ausrasiert, denkt Charlotte, dann begegnen sich ihre Blicke, Jills und ihrer, sie prusten schon wieder los, und für einige Augenblick hat Charlotte das, was sie am liebsten vergessen will, vergessen.

Wilhelm schüttelt den Kopf, wartet geduldig, bis die beiden sich eingekriegt und sich die Tränen aus den Augen gewischt haben. Dann wartet er noch eine Sekunde. Dann fragt er:

Wo ist eigentlich meine Zeitung?

Was denn für eine Zeitung?

Die Bibliothekarin hat mir doch eine Zeitung geschenkt.

Ach die! Keine Ahnung. Vielleicht hast du sie irgendwo liegenlassen?

Ganz bestimmt nicht, sagt Wilhelm.

2 Protokoll einer Verhandlung

– Wassili Wassiljewitsch –

Wassili Wassiljewitsch Ulrich, Vorsitzender des Militärkollegiums des Obersten Gerichts der UdSSR, nutzt die kleine Unruhe zwischen zwei Vernehmungen, um unauffällig seinen Hosengurt zu lockern und den Knopf im Bund seiner Uniformhose zu öffnen.

Ja, er ist zu dick, und er wird leider immer dicker. Auf den Fotos von sich, die er seit einigen Tagen unvermeidlich in der Zeitung findet, sieht er aus wie eine Kartoffel in Uniform. Sein Gesicht hat die Form einer Kalebasse, und der zweifingerbreite Oberlippenbart, den er vor einigen Jahren noch schneidig fand, sieht aus wie ein Nachtfalter, der sich unter seine Nase verirrt hat. Die neue Hose ist schon wieder zu eng geworden. Der Gurt, den er festzuzurren pflegt, um stehend schlanker zu erscheinen, schnürt ihm sitzend die Eingeweide ab. Er leidet unter Blähungen, falls es nichts Schlimmeres ist. Trinken tut er auch mehr, als gesund ist, aber was soll man machen.

Wassili Wassiljewitsch ist überarbeitet. Seit Wochen, ja seit Monaten, ist er mit der Vorbereitung dieses Prozesses beschäftigt. Kein Urlaub, kein gar nichts. Auf der Datsche waren sie gerade zwei Mal, oder waren es drei? Und dann gab's natürlich Krach: Für sein Hobby hat Annuschka leider wenig Verständnis – die Tragik aller Schmetterlingssammler.

Stattdessen: nächtelange Sitzungen. Immer neue Szenarien, immer neue Angeklagte. Zuerst sollten es zehn sein, dann dreizehn, nun sind es sechzehn. Immer wieder hat Stalin Änderungen und Zusätze gewünscht. Immer wieder hat Wyschinski die Anklageschrift umgeschrieben. Immer wieder sind mit den Beschuldigten neue Fassungen ihrer Geständnisse vereinbart worden: mit dem müden Sinowjew, der echte Schwierigkeiten hat, sich zu konzentrieren; mit dem aufmüpfigen Smirnow, der um jedes Detail zäh verhandelt hat. Ein fragiles Gespinst aus Treffen und Übergaben und Direktiven, Wassili Wassiljewitsch sieht selbst kaum noch durch.

Nur muss er die Verhandlung leiten. Öffentlich! Stalins Idee: ein öffentlicher Prozess! Die Vernehmungsprotokolle werden täglich in der *Prawda* abgedruckt, das muss man sich einmal vorstellen! Und auch wenn die Mitschriften täglich redigiert werden (nach Verhandlungsschluss, in endlosen nächtlichen Sitzungen), muss man sich ja mehr oder weniger am tatsächlichen Wortlaut orientieren, denn immerhin haben dreihundert Leute im Saal zugehört, darunter sogar ausländische Journalisten – die allerdings zumeist kein Russisch verstehen.

Das Schlimmste aber ist, dass er, Wassili Wassiljewitsch, bei alldem kaum etwas zu sagen hat. Das große Wort führt Staatsanwalt Wyschinski, ein eitler und arroganter Mensch, der das absolute Vertrauen Stalins genießt und ihn, Wassili Wassiljewitsch, für seine Einwände regelmäßig vor versammelter Mannschaft heruntermacht. Es ist Wyschinskis Prozess. Wassili Wassiljewitsch, obwohl Vorsitzender Richter, spielt eine Nebenrolle. Was sich auch darin ausdrückt, dass er buchstäblich am Rande sitzt. Sollte der Vorsitzende Richter nicht in der Mitte des Tisches sitzen, hat er Wyschinski gefragt, wie es den juristischen Gepflogenheiten entspricht? Wyschinskis Antwort ein Schlag in den Magen.

Woher kennen Sie denn die juristischen Gepflogenheiten?

Er weiß es, denkt Wassili Wassiljewitsch. Die Frage ist: Hat er es Stalin erzählt? Obwohl Stalin es wahrscheinlich sowieso weiß. Eine seiner Haupteigenschaften: dass er alles weiß, sich alles merkt.

Nathan Lurie hat sich gesetzt. Nun ist Wassili Wassiljewitsch dran. Seine bescheidene Aufgabe: den nächsten Angeklagten nach vorn zu rufen, Moissej Lurie. Auch so eine Idee: zwei Luries in einem Prozess. Was ist das hier, eine jüdische Posse? Angeblich wollte Stalin diesen zweiten Lurie noch unbedingt haben, um die ehemaligen Vorsitzenden der KPD gleich mitzubelasten: Fischer und Maslow – die sich aber gar nicht in Reichweite der sowjetischen Justiz befinden und wahrscheinlich nie mehr befinden werden. Wozu also das Theater?

Der Angeklagte ist vorgetreten. Ein mittelgroßer, schlanker Mann, schmale Hände, hohe Stirn. Ausländischer Anzug. Die Haare noch makellos schwarz, aber Geheimratsecken. Professor für Geschichte und was war das noch mal: Altphilologie? Wozu braucht man so was, solange die Versorgung der Bevölkerung mit Lebensmitteln noch nicht vollständig gewährleistet ist? Kurz, der Mann ist Wassili Wassiljewitsch unsympathisch. Schon wie er sich die Manschetten zurechtzupft! Mit seinen Händchen.

Wassili Wassiljewitsch blättert in den Akten, als gäbe es da noch etwas zu entdecken. In Wirklichkeit probt er innerlich die Tonlage. Die Frage, die er zu stellen hat, lautet:

Angeklagter Lurie, halten Sie die Aussagen, die Sie in den Voruntersuchungen gemacht haben, in vollem Umfang aufrecht?

Der Angeklagte räuspert sich, beugt sich nach vorn, sodass

seine Augen vom Richterpult aus nicht zu erkennen sind. So verweilt er eine Sekunde. Zwei Sekunden ... drei ... Wassili Wassiljewitsch hält den Atem an. Irgendetwas, wahrscheinlich das Blut, schießt ihm in den Kopf ... Jetzt passiert es, denkt Wassili Wassiljewitsch. Jetzt ...

Aber dann, endlich, richtet der Angeklagte sich auf und sagt: Ja. Höflich und freundlich, einfach nur: Ja.

Wassili Wassiljewitsch überlegt kurz, ob er den Angeklagten auffordern soll, im ganzen Satz zu antworten, aber nein, er ist froh, dass er mit seinem Part fertig ist, und übergibt an Wyschinski. Der Staatsanwalt, wie immer, kann es kaum erwarten, springt auf, sprudelt los, filmreif, mit fester Stimme:

Angeklagter Lurie, sagen Sie bitte, welche konterrevolutionären Schritte Sie in Ihrer terroristischen Tätigkeit unternommen haben?

Der Angeklagte zupft an seinen Manschetten und beginnt, seinen Text aufzusagen. Wassili Wassiljewitsch atmet durch, erleichtert. Gewiss, für den Fall, dass hier jemand seine Aussage widerruft oder gar anfängt, die sowjetische Justiz zu beschimpfen, existiert ein Plan. Man hat extra ein paar Leute im Saal verteilt, die anfangen würden zu lachen oder im äußersten Fall einen Tumult inszenieren würden, damit er, Wassili Wassiljewitsch, die Verhandlung unterbrechen kann. Aber weiter hat niemand gedacht, nicht denken wollen.

Auch Wassili Wassiljewitsch mag nicht weiterdenken. Allerdings ist ihm irgendwie klar, dass das Problem damit nicht gelöst wäre. Was, wenn ein Angeklagter auch nach der Sitzungspause nicht wieder zu Verstand kommt? Ein Albtraum! Soll man den Mann verschwinden lassen – vor den Augen der Weltöffentlichkeit?

Wenn es nach ihm gegangen wäre, nach Wassili Wassiljewitsch, dann hätte man alles ganz anders gemacht. Höchstens drei Angeklagte. Zuverlässige Leute, bei denen man sicher sein kann, dass sie hier kein Theater machen. Sinowjew, dieses winselnde Elend. Der ist fertig. Der würde Stalin den Hintern ablecken, so fertig ist der. Den hätte man gar nicht mehr in die überheizte Zelle zu sperren brauchen. Nachher klappt der noch ab mit seinem Herzfehler. Sinowjew will nichts mehr, nur leben. Und wahrscheinlich glaubt der im Ernst, dass man ihn leben lässt, wenn er mitspielt.

Die Stimme des Staatsanwalts, wie eine Kreissäge: Ich erwarte Ihre Ausführungen über Ihre praktischen Schritte in diese Richtung.

Jetzt fällt ihm ein: Heute Nacht hat er davon geträumt. Von Wyschinskis Stimme. An Wyschinksi selbst erinnert er sich merkwürdigerweise nicht. Nur an die Stimme. Als würde etwas in seinem Innern zersägt. Dann wachte er auf und war froh, Annuschkas dicken, warmen Körper neben sich zu finden, das heißt: Er war froh, dass dieser Körper so dick war, so zum Sich-drin-Verkriechen.

Vorsichtig schmiegte er sich an, denn natürlich weiß er, dass sie seine Nähe im Schlaf nicht erträgt, ihn fortstößt, ja sogar nach ihm schlägt ... Und das tat sie dann auch. Und er, Wassili Wassiljewitsch, kroch wieder auf seine Seite – die Betten im Hotel Metropol sind groß –, legte sich auf den Rücken und fühlte sich so einsam, dass es ihm die Kehle zusammenzog.

Die Kreissäge: Sagen Sie bitte, standen Sie mit Nathan Lurie in Verbindung?

Der Angeklagte, ohne zu zögern: Ja, ich stand mit Nathan Lurie ungefähr vom April 1933 bis zum 2. Januar 1936 in Verbindung.

Absurd, wieso ausgerechnet bis zum 2. Januar 1936?, denkt

Wassili Wassiljewitsch. Woher weiß er das so genau? Ein richtiger Staatsanwalt müsste jetzt nachfragen. Tut er aber nicht. Oder wäre das seine Aufgabe, als Richter?

Kannten Sie Nathan Lurie als Mitglied der illegalen trotzkistischen Organisation?

Der Angeklagte: Ganz recht.

Wussten Sie, dass Nathan Lurie sich zu jener Zeit mit der Vorbereitung einer Reihe von Terrorakten beschäftigte?

Der Angeklagte: Vollkommen richtig.

Wassili Wassiljewitsch braucht einen Moment, um zu verstehen, was ihm eigentlich missfällt: So sieht kein reuiger Angeklagter aus. So benimmt sich doch niemand, der damit rechnen muss, dass er zum Tode verurteilt wird. Trällert hier seinen Text herunter wie eine Feldlerche. Oder hofft dieser Mensch, dass die ausländischen Journalisten gerade dadurch Verdacht schöpfen, dass er hier seine Geständnisse herunterspult, als wäre das alles nichts?

Wassili Wassiljewitsch spürt, wie der Hass ihn anspringt: wie ein Hund, direkt ins Gesicht. Man hätte ihn mal richtig durchprügeln sollen, wissenschaftlich. Stattdessen wird der noch herausgefüttert. Zum Friseur geschickt! Und bitte schön, ein Bad für den Herrn Professor, damit alle Welt sieht, wie gut es unseren Häftlingen geht ... Hat sogar Bücher und Schreibzeug in seiner Zelle, alles, was er will.

Und, seltsam, bei der Vorstellung von den Büchern, dem Schreibzeug in der Zelle, ertappt Wassili Wassiljewitsch sich plötzlich dabei, wie er den Angeklagten beneidet. Er will es selbst nicht wahrhaben, aber irgendwie beneidet er ihn. Der Mann weiß ja noch nicht, dass er stirbt. Der glaubt ja wirklich, er kommt nach fünf Jahren Verbannung wieder zurück und hält Vorlesungen über seine Altphilologie. Und die Studentinnen hängen an seinen Lippen ...

Dieser Mann hat doch wirklich alles im Leben gehabt, während er, Wassili Wassiljewitsch, jeden Tag vom Hotel in die *Nikolskaja Uliza* kriecht, pardon: die *Straße des 25. Oktober*, und wieder zurück, fünfhundert Meter, um zwölf Stunden lang Urteile zu unterschreiben. Wahrscheinlich hat er sogar deutsche Mädchen gevögelt. Während er, Wassili Wassiljewitsch, froh sein kann, wenn seine Annuschka ihn mal ranlässt.

Obwohl, im Großen und Ganzen kann er sich nicht beschweren. Drei-Zimmer-Suite. Sonderversorgung. Eine Datsche in Kunzewo. Er ist Vorsitzender des Militärkollegiums des Obersten Gerichts der UdSSR ... Und doch war es früher irgendwie interessanter. Tambow. Die Niederschlagung des großen Aufstands. Sofort hat er ein Bild vor Augen. Viele Bilder. Tuchatschewski ist auch dabei, heute Marschall der Sowjetunion, damals sturzbetrunken. Dörfer brennen. Bilder vom Sturmangriff. Genauer gesagt: nach dem Sturmangriff. Er selbst, als Tschekist, war ja nur für die Erschießungen zuständig. Geiselerschießungen.

Aber was heißt «nur». Das war das Einzige, was gewirkt hat. Tuchatschewski hat allen Ernstes versucht, die Wälder mit Giftgas zu säubern – was für eine blöde Idee. Nichts hat es gebracht. Dagegen: Vierzig Geiseln, und nachdem du die Hälfte erschossen hast, sagen sie dir, wo sich die restlichen Banditen versteckt halten. Er würde nicht behaupten, dass das kriegsentscheidend war. Aber alles zusammen, die Flugblatt-Aktion, das Amnestieversprechen, die Geiselerschießungen – alles zusammen, die Tschekistenarbeit, war mindestens ebenso wichtig wie der unmittelbare militärische Einsatz.

Nur spricht davon keiner mehr. Während Tuchatschewski der große Held ist. Mit seiner Giftgas-Idee. Ist das etwa heldenhaft? Nein, Erschießungen sind auch keine Heldentat, aber zumindest ehrlich. Du blickst dem Feind ins Gesicht. Wyschinski, zum Beispiel, hat noch nie in das Gesicht des Feindes geblickt. Und wie verschieden die Leute sterben. Vielleicht sollte er wieder mal zu einer Hinrichtung gehen? Obwohl sie heute zumeist von hinten erschossen werden: Genickschuss ...

Der Name Shdanow taucht auf. Der Angeklagte Lurie führt bereitwillig aus, wie er dem anderen Lurie den Auftrag zur Ermordung von Shdanow übermittelte ... Shdanow, Ordshonikidse, Woroschilow ...

Auch so ein Schwachpunkt, denkt Wassili Wassiljewitsch. Zu viele Anschläge. Vor allem: Zu viele *misslungene* Anschläge. Wen die alles umbringen wollten! So schwer ist es doch nicht. Ein ordentliches Scharfschützengewehr, Remington, Reichweite sechshundert Meter ... Aber all diese entschlossenen Terroristen, von den deutschen Faschisten unterstützt, sind einfach zu dämlich gewesen, auch nur ein einziges ihrer Ziele zu treffen. Glauben die Leute das?

Wassili Wassiljewitsch betrachtet prüfend die Reihen der Zuschauer. Die Blicke sind auf Wyschinski gerichtet. Reden kann er, das muss man ihm lassen. Er hypnotisiert die Leute regelrecht. Nur, morgen steht alles in der Zeitung, zum Nachlesen. Na schön, nicht alles. Aber selbst das, was in der Zeitung steht, reicht aus. Wer das gründlich liest, der muss doch merken, dass das zusammengeschustertes Zeug ist. Diese missglückten Anschläge. Diese inhaltslosen Direktiven von Trotzki ... Wenn es nach ihm gegangen wäre, nach Wassili Wassiljewitsch: einfache Vorwürfe. Klare Beweise ... Gefälschte Beweise, aber Beweise. Nicht dieses Geschwätz. Einen Revolver muss man auf den Tisch legen: Ist das die Waffe, die Sie benutzen wollten? Fingerabdrücke, Spuren ...

Aber es geht nicht nach ihm. Nur muss er die Leute am Ende verurteilen. Ein Staatsanwalt kann reden, was er will. Aber er, Wassili Wassiljewitsch, muss die Urteile unterschreiben. Er, als Vorsitzender Richter, ist am Ende verantwortlich vor der Weltöffentlichkeit, vor der Geschichte.

Jetzt kommt ihm ein unangenehmer Gedanke: Vielleicht hat Stalin ihn gerade deswegen zum Vorsitzenden Richter gemacht? Weil er weiß, dass er gar kein Richter ist, niemals Jura studiert hat. Er denkt an Stalins Bemerkung nach der Sitzung im Kreml: Bei Ihnen, Wassili Wassiljewitsch, bin ich ganz sicher, dass Sie uns nicht enttäuschen werden ... Und schaut ihn an mit seinen listigen Stalin-Augen. Und er, Wassili Wassiljewitsch, hat geglaubt, das sei ein Kompliment. Dabei war es womöglich eine Drohung?

Es sind keine Blähungen, was Wassili Wassiljewitsch gerade spürt. Es ist eher der Enddarm. Das Gefühl, er müsse zur Toilette ... Nein, so einfach ist das nicht. Wenn Stalin den Richter, der diesen Prozess geführt hat, hochgehen ließe, würde das nicht den Prozess in Frage stellen? Die Würde und Autorität des Gerichts? Aber andererseits, wenn es schiefgeht, könnte Stalin alles auf das Gericht schieben. *Vorsitzender Richter als Hochstapler entlarvt* ... Wer weiß, was er gegen Wyschinski in petto hat. Ist das seine Strategie? Wenn der Prozess funktioniert: Lenin-Orden. Wenn er schiefgeht: Kopf ab.

Das Schlimme ist, dass man nicht weiß, was er denkt. Vermutlich ist das seine Stärke. Lehnt sich zurück, hört zu. Raucht sein Pfeifchen ... Das konnten sie alle nicht, Trotzki, Sinowjew, Kamenew: schweigen. Mussten immer reden, sich in den Vordergrund spielen. Während Stalin im Hintergrund seine Fäden spinnt. Und dann ... fährt er in den Urlaub, unglaublich. Fährt tatsächlich ans Schwarze Meer, während sie sich hier abstrampeln, sich Gedanken machen, nächtelang diskutieren. Versuchen, seine Wünsche zu erraten ... Es ist wie Magie. Stalin neigt bloß den Kopf, macht eine Handbewegung, er bläst ein bisschen Rauch in die Luft, und der ganze Apparat ist in Bewegung. Alle springen herum, schwingen Reden, verpetzen sich gegenseitig.

Wenn diese Angeklagten jetzt aufstünden und die Wahrheit sagten. Alle sechzehn ... Sie brächten Stalin zu Fall.

Wassili Wassiljewitsch lässt seinen Blick über die Anklagebank gleiten, betrachtet sie, die praktisch schon tot sind: Sinowjew, ein Wischlappen. Kamenew, dieser Feigling. Jewdokimow mit seinen Kinderaugen. Der glaubt an Stalin, auch wenn er dafür erschossen wird. Niemals werden sie zugeben, dass sie hier die ganze Zeit Lügengeschichten erzählen. Erbärmliche Lumpen, die bereit sind, die Wahrheit für ihr Leben zu verkaufen. So ist das. Wenn man einmal drin ist in der Mühle, dann ist es aus. Sagt nicht Puschkin so was Ähnliches? Oder war das Goethe? Es gibt einen Punkt, wo man einfach nicht mehr zurückkann, so ungefähr, nur, dass es sich reimt. Und auch er, Wassili Wassiljewitsch, kann nicht mehr zurück. Er muss weitermachen, weitermachen ...

Jetzt müsste er wirklich mal auf Toilette. Aber Wyschinski findet kein Ende:

Sie geben also zu, dass Sie im Laufe einer langen Reihe von Jahren Mitglied der illegalen trotzkistischen Organisation waren?

Dabei ist doch alles längst gesagt und gestanden. Warum fängt er noch einmal von vorn an? Wassili Wassiljewitsch schaut auf die Uhr, überlegt, ob er es wagen soll, Wyschinski wegen der Zeit zu ermahnen.

Ja, das gestehe ich in vollem Umfang ein, hört er den Angeklagten sagen.

Verfolgte diese Organisation terroristische Ziele?

Ich gestehe, eine derartige Direktive mitgebracht zu haben.

Falsche Antwort, denkt Wassili Wassiljewitsch. Die Frage war, ob die Organisation terroristische Ziele verfolgte. Aber Wyschinski, der an diesem, dem vierten Verhandlungstag kleine Schwächen zeigt, lässt sich tatsächlich auf diese Direktiven-Geschichte ein:

Bestätigen Sie, dass Sie Trotzkis Direktive über den Terror durch Ruth Fischer und Maslow erhalten und an Sinowjew weitergegeben haben?

Ja, sagt der Angeklagte, zupft an seinen Manschetten.

Wyschinski: Ist Ihnen bekannt, dass die Direktive weitergegeben wurde?

Ganz genau bekannt.

Zum Teufel, Wyschinski! Es geht nicht um eine beschissene Direktive! Es geht darum, dass er einen Mordanschlag vorbereitet hat!

Wyschinski scheint endlich selbst zu bemerken, dass er auf diese Weise nicht weiterkommt, und versucht, die Kurve zu kriegen:

Sie standen mit der Gruppe Nathan Luries und gleichzeitig mit dem faschistischen Agenten Franz Weiz in Verbindung?

Ja, sagt der Angeklagte.

Zusammen mit Nathan Lurie haben Sie eine Reihe von Anschlägen vorbereitet und Weisung gegeben, einen Anschlag auf den Genossen Stalin vorzubereiten?

Aber jetzt sagt der Anklagte:

Ich habe mich nicht an der Vorbereitung beteiligt, habe aber die Direktive über den Anschlag weitergegeben.

Da haben wir den Salat. Auch Wyschinski ist einen Augenblick ratlos, Wassili Wassiljewitsch spürt es. Und er begreift genau, warum. Fragt Wyschinski jetzt weiter, dann besteht die Gefahr, dass der Angeklagte auf dem Gesagten beharrt. Fragt er aber nicht weiter, dann endet das Verhör damit, dass der Angeklagte behauptet, sich nicht an den Vorbereitungen des Anschlags auf Stalin beteiligt zu haben.

Kein gutes Ende. Aber auch kein guter Moment, um Wyschinski zu ermahnen. Einen Augenblick steht die Vernehmung auf der Stelle. Wassili Wassiljewitsch spürt die Anspannung im Saal. Der Angeklagte sieht Wyschinski an, unbewegt. Wassili Wassiljewitsch blickt sich vorsichtig um. Aus der Nähe kann man sehen, dass winzige Schweißperlen auf Wyschinskis Stirn stehen. Was war mit dem Angeklagten vereinbart? Ging es wirklich nur um die Weitergabe von Direktiven? Aber er hat doch bereits die Teilnahme an der Vorbereitung des Anschlags auf Shdanow gestanden. Oder nicht? Zum Irrewerden, das Durcheinander. Wenn es nach ihm gegangen wäre ... Ja, wenn. Aber es geht nicht nach ihm. Nur den Kopf darf er hinhalten am Ende. Oder – jetzt blitzt eine Idee auf – oder er unterbricht die Vernehmung, und man verurteilt diesen einen Angeklagten einfach nicht zum Tode? Wäre das die Rettung? Zehn Jahre Arbeitslager. Da findet sich schon wer, der das Schwein umlegt.

Aber da heult die Kreissäge noch einmal auf. Anklagend, hasserfüllt, voller Gift. Der Trick ist: Wyschinski tut einfach so, als hätte er den Angeklagten vollständig entlarvt und vernichtet. Er schreit dem Angeklagten ins Gesicht. Aber seltsamerweise wirkt es ganz anders – jedenfalls auf Wassili Wassiljewitsch. Es wirkt, als richte Wyschinskis Zorn sich gar nicht auf den Angeklagten, als sei dieser gar nicht gemeint. Als spreche er zu einem Schatten, der hinter dem Angeklagten steht, während Wyschinskis Geheul an jenem vorbeigeht, ohne den geringsten Eindruck zu hinterlassen:

Sie haben den Auftrag erteilt, einen Anschlag auf Ordshonikidse und Shdanow vorzubereiten, wobei Sie nicht nur den Auftrag erteilt, sondern auch auf Verbindungen hingewiesen haben?

Und der Angeklagte antwortet ruhig, sachlich: Ja, ich habe Nathan Lurie gesagt, dass er noch einen Treffpunkt von mir bekommen wird.

Wyschinski verzichtet auf weitere Nachfragen. So endet die Vernehmung. Die Angeklagten werden zur Mittagspause abgeführt. Die Zuschauer erheben sich, miteinander tuschelnd; manche bleiben sitzen, nachdenklich. Wyschinski ordnet seine Papiere. Und Wassili Wassiljewitsch Ulrich sucht die Toilette auf: eilig, aber nicht zu eilig.

Würdevoll, wie es sich für einen Vorsitzenden Richter gehört.

3 Kein andres Land auf Erden

– Charlotte –

Am Abend des 22. August kommen sie in Jalta an. Die prachtvollen Hafengebäude schimmern schon rötlich im Abendlicht. Die Berge im Hintergrund: schwarz. Der Ort in den Hang getupft zwischen Pinien und spitze Zypressen. Häuser mit Erkern, Säulen und Treppchen. Etwas so Schönes hat Charlotte bisher nur auf Bildern gesehen.

Der Weg geht bergan. Ihre Koffer werden mit dem Eselskarren transportiert (man versichert ihnen, dass man ein Automobil habe, aber es sei gerade zum *remont* – zur Reparatur). Jilly ist vor Begeisterung ganz aus dem Häuschen. Sie stapfen hinter dem Karren her. Plötzlich ist es windstill. Vom Erdboden her steigt die Wärme auf. Charlotte fängt an zu schwitzen. Wilhelm geht stumm hinterdrein. Seitdem er den Artikel gelesen hat, ist er verstummt. Das Einzige, was er gesagt hat, vor Vorwurf zitternd:

Dein Emel!

Der Esel staubt, wenn man ihn streichelt. Er staubt auch, wenn der Mann, der Eselskarrenführer, ein dunkelhäutiger *mushik* mit grauen Bartstoppeln, ihm mit einem Stöckchen aufs Hinterteil schlägt: beiläufig, nicht stark, aber in regelmäßigen Abständen.

Jilly versucht, den Mann zu überzeugen, dass der Esel doch auch freiwillig gehe. Der Mann ist freundlich, ja gutmütig. Er lächelt Jill an, nickt. Aber er versteht sie nicht. Er versteht auch nicht, als Charlotte übersetzt. Er begreift die Frage einfach nicht, schlägt noch einmal zu, um zu zeigen, wie das Tier staubt. Charlotte gibt auf. Wer weiß schon, was Esel fühlen.

Sie beziehen ihre Zimmer im Ferienhaus der Gewerkschaft der Politarbeiter. Es riecht feucht, fast ein bisschen stockig, aber Charlotte ist entschlossen, es Urlaubsgeruch zu nennen. Sie öffnet das Fenster. Der Blick ist überwältigend, geradezu unglaublich. So etwas hat sie noch nie im Leben gesehen. Palmen, Meer, Sonnenuntergang, man möchte den Anblick trinken, essen, irgendwie in sich hineinstopfen. Wilhelm steht neben ihr, aber sie spürt, dass er das alles nicht sieht.

Wir müssen es Jill sagen, sagt Wilhelm.

Warum denn das?

Wir müssen klarmachen, dass wir nicht vorhaben, es zu verheimlichen.

Aber wir haben doch nichts getan.

Wir sind mit einem Volksfeind befreundet.

Volksfeind. Es trifft sie, dass Wilhelm ihn tatsächlich so nennt. Laut sagt sie:

Was heißt denn *befreundet.* Wir kennen ihn. Jeder kennt ihn, Hunderte Genossen.

Wilhelm schaut sie kurz an, schräg, aus den Augenwinkeln. Dann wendet er seinen Blick dem Meer zu, das jetzt tatsächlich schwarz ist unter dem fernen, rot glänzenden Himmel, und sagt leise, aber in einer Tonart, als würde er eine antike Tragödie deklamieren:

Wir haben ihm ein Grammophon verkauft.

Na und, denkt Charlotte.

Zum Abendessen kommen sie ein wenig zu spät, weil sie vorher duschen, die mürrische Diensthabende weist ihnen einen Platz ganz am Rand zu, ohne Ausblick. Jill schneidet Grimassen, spielt das gescholtene Kind, das etwas ausgefressen hat und dem dennoch die Gnade des Abendessens zuteil wird. Immer wenn die Diensthabende sich nähert, legt sie artig die Hände auf den Tisch.

Charlotte macht es ihr nach. Wilhelm starrt in die Luft. Immerhin hat er sich überreden lassen, sein Anliegen bis morgen aufzuschieben.

Die Frauen sind sich einig, an diesem Abend noch einmal zur Hafenpromenade zu ziehen, von wo die Musik bis hier oben heraufklingt. Sie laufen den Hang hinunter, eilig, als könnten sie zu spät kommen; Wilhelm schreitet in einigem Abstand hinterher. Schon sind die Sterne zu sehen. Der Wind, der vom Wasser herkommt, ist lau. Hin und wieder riecht es nach unbekannten Früchten.

Die Promenade ist immer noch voller Menschen. Es gibt eine Tanzfläche im Freien. Wilhelm mag nicht tanzen, aber hier tanzen auch Frauen miteinander. Charlotte tanzt mit Jilly, versucht sich im Männerpart: Führung übernehmen. Jill ist so leicht, so geschmeidig. Sie spielen Jazz oder Swing, jedenfalls irgendetwas Amerikanisches.

Charlotte muss an einen Abend bei Isa und Emel denken: *Wetscher* nennen die Russen solche Art des Beisammenseins, was im Grunde nichts anderes bedeutet als Abend, nur leider hat das Wort einen unangenehmen Beiklang bekommen, seit sich herausgestellt hat, dass auf solchen *wetschers* politisch fragwürdige Gespräche geführt werden. Aber wir haben keine politischen Gespräche geführt! Zumindest keine politisch fragwürdigen ... Plötzlich beginnen die Leute auf der Tanzfläche zu trippeln, vor, zurück, kurz-kurz, lang, irgendein Modetanz. *That's shag*, sagt Jilly, aber sie kann es auch nicht. Sie ahmen die Schritte der anderen nach, lachen, stolpern, treten einander auf die Füße. Übrigens ist er ein guter Tänzer: Emel. Sie erinnert sich, wie er sie über die enge Tanzfläche wirbelte. Sie erinnert sich, schon auf dem Heimweg, wie seine Hand auf ihrer Taille lag ... Die Hand eines, wie Wilhelm sagt, Volksfeinds.

Beim Frühstück informiert Wilhelm Jilly darüber, dass sie mit Emel bekannt waren, Charlotte registriert: bekannt, nicht befreundet. Aber Jill scheint nicht sonderlich interessiert. Wilhelm versucht, ihr das Problem klarzumachen mit seinen drei Brocken Englisch. Schließlich muss Charlotte doch übersetzen.

Jilly nickt, lässt es über sich ergehen. Sie will zum Strand. Geduldig hört sie Wilhelms Erklärung an, aber auch als sie endlich versteht, ist sie nicht sonderlich beeindruckt: Sie kannten also diesen, wie heißt er gleich, Emel. *So what*?

Charlotte wirf Wilhelm einen Blick zu: Siehste!

Der Strand ist eine kleine Enttäuschung. Da sie bisher nur bis zur Nordsee gekommen ist, hat Charlotte angenommen, Strände seien stets breit und sandig. Dass sie auch schmal und steinig sein können, lernt sie nun dazu. Zudem ist es unglaublich voll, ein Gewimmel von Halbnackten. Die Leute liegen auf Armlänge nebeneinander. Sie suchen Schatten unter Sonnenschirmen oder tragen an vier Ecken verknotete Taschentücher auf dem Kopf. Sie tragen Kappen, Mützen oder regelrechte Turbane. Dicke sowjetische Frauen, normalerweise eine prüde Spezies, wie sogar Charlotte findet, gehen ungehemmt in Unterwäsche ins Wasser.

Der Lärmpegel ist ungeheuer. Das Meer rauscht. Die Leute reden, plappern, lachen. Quiekende Kinder hüpfen vorbei, Spritzer von Meerwasser in die Umgebung verteilend. In einiger Entfernung dröhnen Schiffshörner. Und von der Promenade her, durch alles Gewühl und Getön, dringt, unregelmäßig anschwellend, die Musik von einem Estradenkonzert herüber.

Sie breiten ihre Badetücher aus und legen sie, wie alle, direkt auf die von der Sonne aufgeheizten Steine. Charlotte macht sich ein Kissen aus Kleidung und Schuhen und holt ihren Tretjakow heraus, die Polarmeergeschichte. Aber Wilhelm hat eine *Prawda* aus dem Gewerkschaftsheim mitgebracht und möchte, dass Charlotte sich darüber informiert, ob es etwas Neues über den Prozess gibt.

Er reicht ihr die Zeitung, dann stakst er ins Wasser: wie ein Fakir, der über ein Nagelbrett balanciert. Dünn und bleich zwischen all den gebräunten Körpern. Auch Jill stürzt sofort zum Wasser, kommt sogleich zurück mit einem begeisterten Zwischenbericht über die unglaublichen Temperaturen und stürmt wieder los, während Wilhelm ruhig und ausdauernd schwimmt, bis zur Boje und wieder zurück, um sich anschließend mit militärischer Gründlichkeit abzutrocknen, obwohl man hier auch von der Luft trocken wird.

Ob es etwas über den Prozess gibt, will er wissen.

Die Zeitung ist voll davon. Sogar die Vernehmungen sind abgedruckt, für jedermann nachlesbar. Und heute, ausgerechnet, steht in der *Prawda* das Protokoll der Vernehmung von Moissej Lurie. Charlotte hat es überflogen, solange Wilhelm im Wasser war. Unglaublich, was da vor sich geht. Minutenlang ist sie weg, versunken. Spürt nichts von der Hitze, hört nichts von dem Lärm, der sie umgibt, nicht die Schiffshörner, nicht das Quieken der Kinder. Tatsächlich gesteht Alexander

Emel, an terroristischen Anschlägen und trotzkistischen Verschwörungen beteiligt gewesen zu sein. Er gesteht es einfach! Einzig beim Anschlag auf Stalin bestreitet er, beteiligt gewesen zu sein. Aber die Erleichterung, die Charlotte empfindet, weicht sofort dem Entsetzen: Hieße das nicht im Umkehrschluss, dass die *anderen* Vorwürfe wahr sind? Warum, um Himmels willen, sollte er das *eine* zugeben, das *andere* aber abstreiten?

Nichts Neues, behauptet Charlotte. In gewisser Weise stimmt das, denn die Anschuldigungen waren ja mehr oder weniger schon in der Anklageschrift zu finden. Neu ist allerdings, dass Emel gesteht. Neu ist, dass Charlotte sich fragt, ob es möglich ist, dass jemand sich derartig verstellt, dass jemand sie jahrelang an der Nase herumgeführt haben könnte. Wer ist Alexander Emel?

Jilly hält ihr ein Eis hin. Der Strand ist wieder da. Die warmen Steine, die Frauen in Unterwäsche, die Mützen und Kappen. Auch Wilhelm hat jetzt ein an den Ecken verknotetes Taschentuch auf dem Kopf. Von der Estrade klingt eine bekannte Melodie herüber, ein Ohrwurm aus einem Film, der gerade äußerst populär ist und den sie neuerdings überall singen:

Vaterland, kein Feind soll dich gefährden!
Teures Land, das unsre Liebe trägt;
denn es gibt kein andres Land auf Erden,
wo das Herz so frei dem Menschen schlägt!

Vom Amur bis fern zum Donaustrande,
von der Taiga bis zum Kaukasus,
schreitet frei der Mensch im weiten Lande,
ward das Leben Wohlstand und Genuss.

Mächt'ge Kraft ist unserm Land entsprungen,
mächtig, wie die Wolga braust ins Meer.
Überall die Bahn frei unsern Jungen,
überall dem Alter Schutz und Ehr.

Zwei Tage später steht in der *Prawda*, dass alle Angeklagten zum Tod durch Erschießen verurteilt worden sind. Die Urteile seien bereits vollstreckt. Wilhelm, der es schon geschafft hat, sich einen kleinen Sonnenbrand zu holen, läuft gelblich an bei dieser Nachricht. Und Charlotte hat Grund zu vermuten, dass ihr Gesicht eine ähnliche Färbung annimmt. Von diesem Moment an haben sie noch genau vierzehn Tage in Jalta zu überstehen.

Täglich gehen sie an den Strand. Charlotte versucht, das Buch über die Polarexpedition zu lesen. Wilhelm isst andauernd Eis und schwimmt. Jill ist immerzu unterwegs. Hat plötzlich Kontakt zu jungen russischen Frauen, die ihr Konfekt schenken. Kommt hin und wieder gelaufen und fragt, was dies oder jenes auf Russisch heißt.

Einmal besuchen sie das Tschechow-Haus, wo sich herausstellt, dass Jilly eigentlich kaum mehr als seinen Namen kennt und Wilhelm noch nichts von ihm gelesen hat. Leider ist das Haus geschlossen: *remont.* Man kann nur durchs Gartentor spähen.

Wilhelm betrachtet das leicht verfallene, aber immer noch prächtige weiße Haus und den riesigen Garten. Will wissen, ob Tschechow reich gewesen sei – worauf Charlotte sich nicht verkneifen kann, ihn darüber zu belehren, dass Tschechow Arzt war; und dass er Arme kostenlos behandelt hat.

Einmal gehen sie die ganze lange Promenade ab, bis zum Lenin-Denkmal und noch ein Stück weiter. Sie trinken hel len, bitteren Kwas, der kühl aus großen Tanks gezapft wird. Sie probieren Sonnenhüte auf. Jilly versucht, eine Postkarte zu kaufen. Seltsamerweise ist keine aufzutreiben, obwohl es Kioske gibt, die aussehen, als wären sie eigens zum Postkartenverkauf aufgestellt worden.

Einmal treffen sie Rudi Vollmer, einen alten Bekannten von Wilhelm aus der Zeit bei der Firma Goerz, zusammen mit seiner Frau. Wilhelm erzählt ihm sofort von der zufälligen Bekanntschaft mit Emel. Rudi wird sehr still, und seiner Frau fällt ein, dass sie gar keine Zeit mehr für eine gemeinsame Tasse Tee haben. Es hilft nichts, dass Wilhelm versichert, sie würden die Angelegenheit natürlich sofort nach ihrer Rückkehr der Parteileitung melden. Die beiden verabschieden sich höflich und verschwinden auf Nimmerwiedersehen.

Da haben sie noch eine Woche.

Sie schlafen morgens lange (oder tun wenigstens so).

Sie erscheinen pünktlich zum Essen im Gewerkschaftshaus, wo es jeden Tag grüne Äpfel zum Nachtisch gibt und die Diensthabende sie mit derselben mürrischen Geste am Rande platziert wie am ersten Tag, als sie zu spät kamen.

Sie gehen zum Estradenkonzert.

Sie sammeln Muscheln.

Sie spielen Urlaub.

Sie spielen: Das Leben ist besser, das Leben ist fröhlicher geworden!

Bis Wilhelm anfängt zu kotzen.

4 Mitteilung

– Hilde –

Hilde verlässt ihr Zimmer gegen acht Uhr morgens. Sie wohnt im Hotel Lux, das zum Gemeinschaftswohnheim der Komintern umfunktioniert ist. Von hier aus könnte sie mit der Straßenbahn bis *Ochotny rjad* fahren, aber sie geht lieber zu Fuß, auch wenn Straßenbahnfahren in Russland auf Dauer glatt billiger ist als Schuhe besohlen. Aber ein bisschen Bewegung braucht der Mensch, man kann nicht immer nur im Büro sitzen.

Sie braucht knapp dreißig Minuten, wenn sie den etwas längeren, aber schöneren Weg über den *Twerskoi Boulevard* nimmt: am *Strastnoi*-Kloster nach links (es heißt, es solle gesprengt werden), dann immer den Ring entlang.

Der Regen hat aufgehört, es ist angenehm kühl. Die Vögel zwitschern. Auf dem Boulevardstreifen zwischen den Fahrbahnen stehen Pfützen. Hier gehen sie abends spazieren, wenn es etwas zu besprechen gibt. Sie tun dies wegen des schlafenden Kindes, so lautet die Sprachregelung. Allerdings gibt es auch Gerüchte, dass die Heizkörper im Hotel Lux verwanzt seien. Das glaubt Hilde nicht. Wer soll vierundzwanzig Stunden am Tag Hunderte von Wanzen abhören? Trotzdem sprechen sie im Zimmer nie über heikle Themen. *Gehen wir noch eine Runde spazieren*, heißt der Schlüsselsatz. Julius wäre ein miserabler Spion. Aus seinem Mund klingt sogar dieser Satz verdächtig.

Gestern sind sie trotz des Regens spazieren gewesen, wie

schon die letzten Tage, weil Julius es nicht mehr aushielt. Er ist ein sanfter Mensch. Ein Grübler, der dazu neigt, sich in Einzelheiten zu verbohren, anstatt das große Ganze zu sehen. Er ist ein aufrechter Kommunist, das schon, aber ihm fehlt die nötige Härte. Plötzlich entdeckt er sein Herz für Sinowjew. Für diesen Schleimer, ausgerechnet. Ein Taktierer, ein Verräter.

Du kannst doch nicht bestreiten, dass er lange aufseiten Trotzkis war.

Wir waren alle aufseiten Trotzkis.

Bist du irre, zischt Hilde auf Deutsch. Sieht sich um, bevor sie weiterspricht. Stimmt, sagt sie. Richtig. Wir waren alle aufseiten Trotzkis, als Trotzki auf unserer Seite war. Jetzt ist er gegen uns. Gegen die Partei. Gegen Stalin. Gegen die Sowjetunion.

Jetzt kommt sie doch ins Schwitzen. Sie zieht den Sommermantel aus, legt ihn über den Arm. Überlegt, ob sie sich ein Eis kauft an der Ecke *Nikitskaja*. Hier sind sie gestern umgekehrt, Julius und sie. Zumeist machen sie mehrere Kehren, ungefähr zwischen Puschkin-Denkmal und *Nikitskaja*. Und jedes Mal nach der Kehre hat sie das Gefühl, es finge alles wieder von vorn an. Das ist, was sie nicht mag: Kaum sind sie mit einer Frage fertig, fängt er an einer anderen Stelle an zu bohren. Eine Weile schweigt er, grübelt. Und dann fängt er wieder an:

Nein, irgendwas sträubt sich in mir. Wenn ich diese monströsen Geständnisse lese. Mordanschläge, Sabotageakte …

Ach Julius, was glaubst du, was wir gemacht haben, damals in Deutschland. Denkt sie. Sagt sie nicht.

Ich frage dich, Hilde: Wenn das tatsächlich so gerissene und gewissenlose Lumpen sind, warum gestehen sie alle? Ohne dass es ein einziges Beweisstück gibt.

Julius klammert sich an den Buchstaben, an das Gesetz. Als ginge es darum, auch noch dem übelsten Feind Gerechtigkeit widerfahren zu lassen. Laut sagt sie:

Begreif doch mal eins. Wir können uns keine Opposition leisten. In drei Jahren haben wir Krieg, spätestens in fünf. Der Krieg kommt, da kannst du sicher sein, Julius. Und wenn wir ihn verlieren, dann werden wir die Ersten sein, die man an die Wand stellt.

Sie kauft sich ein Eis. Macht dick, aber kühlt. *Plombir*, das Übliche. Oder nein, lieber *Eskimo*. Neuerdings muss sie bei *Plombir* an plombierte Türen denken. Abartige Gedanken. Sie beißt hinein, lässt die Schokoladenhülle krachen.

Als Nächstes wollen sie Bucharin an den Kragen!, sagt Julius.

Tatsächlich ist der Name schon im Prozessbericht gefallen: Bucharin. Sie weiß, dass er ihn verehrt. Kommt gleich nach Lenin. Auf seinem Bücherbrett stehen fast sämtliche Schriften.

Wenn Bucharin ein Trotzkist ist, zischt Julius, dann …

Dann was? Laut sagt sie: Subjektiv verstehe ich deine Zweifel. Aber objektiv ist dein Standpunkt schädlich.

Aha, sagt Julius.

Es tut mir leid.

Ich bin also ein Schädling, sagt Julius. Warum nicht gleich ein Volksfeind?

Deine Haltung spielt objektiv dem Klassenfeind in die Hände.

Meine Haltung ist die Wahrheit.

Wahrheit? Wessen Wahrheit, Julius? Es gibt keine absolute Wahrheit, weder im Leben noch im Prozess. Wahrheit ist, was uns nützt. Wahrheit ist, was die Welt bewegt. Was uns ermöglicht zu handeln.

Julius schweigt. Sie ist nicht sicher, ob sein Schweigen ablehnend oder zustimmend ist. Sie ist sich nicht mal mehr sicher, ob sie das überhaupt gesagt hat. Ach Julius. Sie hat wirklich Angst um ihn. Er ist klug, er hat viel gelesen, viel mehr als sie. Aber etwas fehlt ihm. Die revolutionäre Erfahrung.

Sie geht am Gogol-Haus vorbei, biegt in die *Woshdwishenskaja* ein. Von hier aus sieht man den Kreml: Dreifaltigkeitstor. Jetzt ist die Straße baumlos, wie die meisten Straßen in Moskau. In Berlin gab es überall Bäume. Bäume und Vögel und Bäume. Kurz vor dem Kreml biegt sie rechts ab: *Mochowaja uliza.* Das Eckgebäude ist die Komintern.

Ein Diensthabender in Militäruniform, zwei bewaffnete Posten: *propusk* vorzeigen. Der Fahrstuhl ist natürlich wieder kaputt, *lift ne rabotajet*, das Schild ist vergilbt und abgenutzt. Hilde steigt die Treppen hoch, schnauft. Vierte Etage. Ihr Herz puckert. Ist es die schwüle Luft? Oder wird sie krank? Gibt es so was: eine Erkältung mitten im Sommer?

Oben ein zweiter Diensthabender, sie grüßt ihn, er grüßt zurück. Sie kennen sich seit drei Jahren, trotzdem lässt auch er sich ihren *propusk* zeigen. Das russische Zauberwort. Ohne *propusk* kommt sie nicht einmal in ihre eigene Wohnung.

Hilde sammelt die Post ein und öffnet die Tür, an der kein Schild, kein Hinweis anzeigt, was sich dahinter befindet: das Hauptquartier der OMS. Oder SS, wie sie neuerdings heißt: *Slushba swjasi – Verbindungsdienst.* Aber niemand nennt sie so, nicht nur wegen des unglücklichen Gleichklangs. Überhaupt steht ihr Name nur auf internen Papieren, die mit einem Geheimhaltungsstempel versehen sind. Die OMS existiert nicht. Selbst die Abkürzung wird niemals öffentlich genannt. Eingeweihte sprechen von der «Fünften Etage der

Komintern» (das Komintern-Gebäude hat nur vier Etagen); allenfalls ist von «der Firma» die Rede – obwohl auch die Abkürzung kaum auf den Inhalt schließen ließe: *Otdjel meshdunarodnych swjasej,* Abteilung für Internationale Verbindungen. Was ist die OMS?

Ja, es stimmt. Irgendwann waren wir alle aufseiten Trotzkis. Irgendwann waren wir alle davon überzeugt, dass der Kommunismus in Russland in kürzester Zeit zusammenbrechen würde, falls nicht die Revolution in ganz Europa folgt. Und eine Zeitlang sah es tatsächlich so aus, als würde sich diese Hoffnung erfüllen.

Entscheidend war Deutschland: Novemberrevolution. Mit knapp zweiundzwanzig war sie nach Berlin gegangen, eine junge Revolutionärin aus Lettland. Aber die Nationalität spielte keine Rolle. Schon damals war sie eine erfahrene Kämpferin. Mit zwanzig hatte sie am bewaffneten revolutionären Aufstand in Riga teilgenommen. Mit einundzwanzig war sie Gründungsmitglied der lettischen Kommunistischen Partei. Damals hieß sie noch Laima Zeraus. Trug Hosen und einen Männerhaarschnitt. Und ging mit einer Waffe um wie andere mit einer Frisierschere. Nicht jedem gefiel das. Aber ihm schon – damals.

Sie erinnert sich an die Kämpfe in der Wilhelmstraße, ausgerechnet. Die Zeitungsredaktion. Sie ballerten aus einem Tankgewehr, bis die Munition verbraucht war. Wie sie da lebend rausgekommen sind, weiß sie bis heute nicht. Sie und Wilhelm. Standrechtliche Erschießungen. Sogar die Verwundeten wurden erschossen. Damals wurde die Komintern gegründet: die Kommunistische Internationale. Zwei Jahre später die OMS. Zwei Jahre zu spät, so wie es sich heute darstellt. Man hätte den Aufstand in Deutschland von Anfang an unterstützen müssen: Waffen, Organisation, Geld. Kam alles zu spät. Kam alles erst, als sich die Reaktion schon wieder etabliert hatte: die Reaktion mit dem Namen Sozialdemokratie. Hilde erinnert sich nur noch an Niederlagen: Münchener Räterepublik, Märzaktion, Hamburger Aufstand. Ach Julius, was glaubst du, was wir gemacht haben ...

Ihr Zimmer befindet sich am Ende des Flurs, genauer gesagt dort, wo der Flur im rechten Winkel um die Ecke führt, direkt neben dem großen Eckzimmer. Dort hat früher Abramow-Mirow residiert, jetzt sitzt hier Melnikow – «residiert» wäre wohl kaum der richtige Ausdruck. Allerdings ist Melnikow noch nicht da. Niemand ist da, sie ist, wie immer, die Erste. Im Flur hallen ihre Schritte, die Zimmer sind leer. Hier beginnt der Tag um zehn Uhr. Und die Führungskader gehen um vier schon wieder nach Hause, weil sie abends wiederkommen: Tausende Menschen in Moskau haben ihr Leben auf Nachtarbeit umgestellt, weil Stalin nachts arbeitet und jederzeit anrufen könnte, um sich nach irgendwas zu erkundigen.

Nur, dass Melnikow noch nie von Stalin angerufen worden ist. Abramow-Mirow ist oft von Stalin angerufen worden (und hat selbst Stalin angerufen), aber Abramow-Mirow ist jetzt bei der Aufklärung der Roten Armee, und es ist, als habe er alle Verbindungen, alles Wissen, alle Geheimnisse dorthin mitgenommen. Als sei der Geist der OMS ausgeflogen.

Hilde knallt die Post auf den Schreibtisch, öffnet das Fenster. Wenn sie morgens ihr Zimmer betritt, ist sie jedes Mal erstaunt, wie sehr es nach Zigarettenrauch riecht. Gegenüber der Kreml, jenseits der Fläche, aus der irgendwann wieder der Alexander-Garten werden soll. Dort sitzt er: Stalin. Seine Telefonnummer hat sie im Kopf. Jeden Morgen, wenn sie auf die Kremlmauer schaut, sagt sie sie auf, ein Reflex, sie kann es sich nicht abgewöhnen. Solange ich die Nummer weiß, kann mir nichts passieren. Quatsch. Sie ist nicht abergläubisch.

Sie kocht sich Tee. Sie knickt eine Papirossa. Sie spannt ein Blatt in die Schreibmaschine und tippt:

M i t t e i l u n g .

Unterstreicht es, zündet die Papirossa an.

Die Papirossa knistert.

Sie will es hinter sich bringen, bevor die anderen kommen. Seit drei Tagen schiebt sie das vor sich her. Gewiss, sie hätte die Mitteilung auch zu Hause schreiben können, aber zum einen will sie nicht, dass Julius es mitbekommt – warum eigentlich nicht? Und zum anderen hat sie das Bedürfnis, diese Mitteilung mit der Maschine zu schreiben, nicht mit der Hand. Wirkt sachlicher, weniger persönlich. Es ist nicht persönlich. Es ist *kein* persönlicher Racheakt. Sie will auf keinen Fall, dass jemand glaubt, sie schriebe diese Mitteilung aus Rachsucht. Nichts ist ihr unerträglicher als dieser Gedanke: Sie könnte eifersüchtig sein, gekränkt. Zumal es zehn Jahre her ist, ich bitte euch, Genossen. Wir waren zusammen, wir haben uns getrennt, fertig!

Na ja, sie waren sogar verheiratet. Aber das eher aus konspirativen Gründen. Bürgerliche Ehe, ein Wort, das Hilde noch immer mit Verachtung ausspricht. Obwohl jetzt auch in Moskau wieder kräftig geheiratet wird. Und die Scheidung ist auch wieder erschwert worden. Julius regt sich darüber auf. Sie hat versucht, ihm zu erklären, was der Unterschied zwischen einer sozialistischen und einer bürgerlichen Ehe ist. Aber die heimliche Abneigung gegen die Ehe bleibt, die sitzt tief. Der neue Mensch! Das neue Leben! Eine neue, eine ehrliche, eine revolutionäre Beziehungskultur! Nur, dass es ausgerechnet diese Frau sein musste, zugegeben, das tat ein bisschen weh.

Keine Eifersucht, nein, es ist etwas anderes. Es ist diese, wie soll man es nennen, Verbundenheit. Sie hat tatsächlich geglaubt, dass es Dinge gäbe, die für immer verbinden. Was wäre das? Die Erfahrung, dass man zu sterben bereit ist. Nicht allgemein, nicht irgendwann, nicht dieses Gequatsche, das man jetzt überall hört. Sondern konkret. Das versteht niemand, der nicht gekämpft hat mit der Waffe in der Hand: diesen Rausch, dieses vollkommene Außer-sich-Sein. Der Geruch von Pulver, das Sausen in den tauben Ohren. Es gibt keine Angst mehr. Keine Schwere. Keinen Schmerz. Nur noch Funktionen, Reflexe, Ziele. Durchladen, Deckung, feuern … Nein, sie ist nicht eifersüchtig. Aber dass es ausgerechnet diese Frau sein musste, das hat sie getroffen. Nicht einmal Genossin, damals. Eine Hausfrau. Ein Weibchen, reiner Zuckerguss. Das war irgendwie … Verrat.

Eine Tür geht irgendwo, Schritte, Hilde horcht auf. Dieser Tschekryshew womöglich, der schleicht hier seit Tagen herum. Prüft die Bücher, kein gutes Zeichen. Wer die Bücher prüft, der findet auch was … Wollen sie Mesis absägen? Ja, der Kerl hat sich die Taschen vollgestopft. Viele haben sich die Taschen vollgestopft.

Die Schritte verklingen. Und dann, plötzlich, reißt sie das Blatt aus der Maschine, zerknüllt es, wirft es weg. Holt es noch einmal heraus, zerreißt es in kleine Fetzen.

Sie knifft eine neue Papirossa, will sie an der vorigen anzünden. Geht schlecht, die Dinger sind immer plötzlich aus. Eigentlich nur eine halbe Zigarette, findet Hilde. Nach dieser Rechnung raucht sie fünfzehn am Tag. Höchstens zwanzig.

Sie nimmt sich die Post vor, Post für Melnikow. Das meiste könnte sie gleich selber beantworten. Oder weiterleiten. Oder nicht weiterleiten. Melnikow fragt sie sowieso. Sie gibt es rein, er gibt es raus. Manchmal fragt sie sich, was er da eigentlich den ganzen Tag macht in seinem Zimmer. Jetzt hat er sich ein Sofa reinstellen lassen … Kommt der heute überhaupt? Oder hängt er wieder mal auf Punkt Zwei herum, um dieser kleinen Engländerin nachzustellen?

Aber die ist im Urlaub, fällt Hilde ein. Trotz Urlaubssperre. Mein lieber Melnikow. Wenn sie es darauf anlegte, Material gegen ihn zu sammeln … Manchmal denkt sie, dass sie ihnen absichtlich so einen aufgehalst haben. Er hat keine Ahnung, woher auch. Er kennt sich nicht aus im Apparat. Er kennt die Leute nicht. Er spricht kaum Deutsch (neben Russisch die wohl wichtigste Verkehrssprache in der Komintern). Er war noch nie in Berlin, niemals in Westeuropa.

Post von der Kaderleitung. Erna Mertens bittet um *Einschätzung des Genossen Nowosielski.* Hilde schreibt mit Bleistift an den Rand: *Anfrage weiterleiten an Genossen Schock.* Für Melnikow. Der sie dann anweisen wird, die Anfrage an Schock weiterzuleiten. Dieser wird sie an die deutsche Sektion weiterleiten. Die deutsche Sektion wird ihre Einschätzung an die Kaderabteilung schicken, die leitet sie an die Internationale Kontrollkommission weiter, diese wiederum an Melnikow, der sie schließlich an das NKWD weiterleitet, welches sie zuvor schon von der Mertens bekommen hat.

Manchmal hat sie den Eindruck, der ganze Apparat sei nur noch damit beschäftigt, Mitteilungen zu schreiben, weiterzuleiten, zu übersetzen … Nichts gegen die Parteisäuberungen. Das Problem ist: Die Leute nutzen die Parteisäuberung, um ihre kleinlichen Fehden auszutragen, sich zu rächen, sich zu profilieren … Was für ein Saustall. Mitläufer, Sektierer, Trotzkisten. Gibt es auf der Welt eine andere Partei, die so von Fraktionskämpfen und Spaltungsabsichten zerfressen ist?

Nein, sie wird keine Mitteilung schreiben. Wilhelm ist kein Trotzkist, das ist Schwachsinn. Wenn jemand kein Trotzkist ist, dann Wilhelm. Er hat sie verlassen wegen dieser Kuh. Er war miserabel im Bett ... Sie lacht. Ja, er war miserabel im Bett, wenn sie es mit Julius vergleicht. Aber ein Trotzkist – nein!

Überhaupt ging die Bekanntschaft von ihr aus, Charlotte. Die war ja ganz begeistert von diesem Emel. Hat regelrecht angegeben mit ihrer Bekanntschaft, Emel hin, Emel her, Emel hat gesagt ... Dieser Frau fehlt ganz offensichtlich der politische Instinkt. Ein Grammophon haben sie ihm verkauft! Das fällt ihr jetzt ein. Und obwohl sie nicht sagen kann, warum – es klingt bedrohlich. Ein Gegenstand, groß und benennbar. Ein Beweisstück. Wofür?

Und schließlich: Wird Wilhelm seine Beziehung zu Emel nicht sowieso selber anzeigen als aufrechter Kommunist?

Jan Anvelt poltert herein, fragt nach Boris – er meint Melnikow. Anvelt duzt grundsätzlich jeden, äußerst ungewöhnlich in Russland. Er ist ihr nicht unsympathisch: ein alter estnischer Revolutionär, ein harter Hund. Nach dem Sieg der Konterrevolution in Estland hat er, wie sie selbst, im Untergrund gearbeitet, in der Roten Armee gekämpft. Noch immer trägt er Stiefel, einen schweren Matrosenmantel und eine Schirmmütze, obwohl er schon seit einiger Zeit einen hohen Posten in der Parteibürokratie bekleidet. Er ist Sekretär der Internationalen Kontrollkommission, einer Art Oberstem Gericht der Komintern. Die Internationale Kontrollkommission steht über der Kaderabteilung und in gewisser Weise über allem, außer natürlich dem NKWD. Das passt überhaupt nicht zu Anvelt, aber womöglich, hofft Hilde im Stillen, kann ein Mann wie Anvelt die schlimmsten Narrheiten der übereifrigen Kaderabteilung verhindern. Erna Mertens und

Albert Brückmann, die jungen deutschen Referenten, ein schreckliches Gespann.

Als Hilde ihm mitteilt, dass Melnikow jeden Augenblick kommen müsse, lässt Anvelt sich ohne Umschweife auf Hildes Schreibtisch nieder und fingert eine Papirossa aus ihrer Schachtel, verzieht schuldbewusst das Gesicht:

Hat mir der Arzt verboten, sagt er.

Hilde lacht. Wollen Sie einen Tee, Jan Janowitsch?

Anvelt will immer Tee. Er nimmt die Mütze ab, legt sie dorthin, wo er eben noch gesessen hat, und nimmt auf einem Stuhl Platz. Sie stellt ihm die Tasse hin mit einem Bonbon dazu.

Euch geht es ja gut hier oben!

Anvelt klemmt das Bonbon zwischen die Zähne und beginnt, den viel zu heißen Tee durch das Bonbon einzusaugen. Ohne es herauszunehmen, fragt er:

Wie macht er sich denn, unser neuer Häuptling, hat er sich schon eingearbeitet?

Was soll ich dazu sagen, Jan Janowitsch. Es ist nicht so leicht, einen Abramow-Mirow zu ersetzen.

Ja ja ja … Anvelt macht eine Handbewegung, die so etwas wie Bedauern ausdrückt. Ich hätte ihn auch lieber hierbehalten, aber die Wege des Herrn …

Er zwinkert ihr übertrieben zu. Sie hat auch so verstanden, dass er Stalin meint. Sie ignoriert die Bemerkung.

Er ist ein guter Kader, sagt Hilde. Aber ihm fehlen natürlich die Erfahrungen in Westeuropa.

Er hat ja dich, sagt Anvelt und lacht. Du machst das schon, wir verlassen uns auf dich!

Das *du* findet Hilde in Ordnung, das *wir* beunruhigt sie ein wenig, sie weiß nicht mal, warum.

Und sonst, *alles in Butter?*, fragt Anvelt auf Deutsch.

Auch wenn Anvelt ihr nicht unsympathisch ist – was man dem Sekretär der Kontrollkommission antwortet, sollte man sich gut überlegen. Aber irgendwie kriegt sie es nicht fertig, regelrecht zu lügen.

Was man gerade so in der Zeitung liest, muss, glaube ich, jeden Genossen beunruhigen.

Das ist richtig, sagt Anvelt. Aber wir haben sie erwischt. Wir haben sie vor Gericht gestellt. Der Kopf ist ab. Wir säubern die Partei, dann geht das Leben munter weiter, glaub mir.

Hilde hat Lust, nach Radek und Bucharin zu fragen, verkneift es sich aber. Pustet in ihren Tee. Versucht, Anvelt zu glauben. Er merkt, dass er sie nicht überzeugt hat:

Hilde, du bist doch nicht aus Zuckerwatte. Dir brauche ich doch nichts zu erzählen. Lieber einen zu viel als einen zu wenig. Du musst das aus einer weltgeschichtlichen Perspektive sehen.

So sehe ich das auch, sagt Hilde.

Anvelt nickt. Drüben klappt eine Tür.

Der Genosse Melnikow ist da, sagt Hilde.

Gut, sehr gut, sagt Anvelt. Springt auf, nimmt seine Mütze und seinen Tee. Bleibt in der Tür noch einmal stehen und sagt in verschwörerischem Tonfall: Wenn es irgendwelche Probleme gibt, ruf mich an.

Sie hört, wie er draußen Melnikow begrüßt: herzlich.

Berta Zimmermann klopft an, obwohl die Tür halb offen steht. Will die Papiere für ihren Kurier abholen. Groß ist sie, rothaarig. Früher hatte sie Schwierigkeiten mit Berta, vielleicht lag es an ihr, an Hilde. Es war ihr unbegreiflich, dass

Abramow-Mirow die illegale Reiseplanung einer Parteilosen anvertraut. Warum? Weil sie die Frau des berühmten Fritz Platten ist? Aber seit dem Fortgang von Abramow-Mirow verbindet sie so etwas wie heimliche Trauer. Sie reden nicht viel, Berta Zimmermann hält sich nie lange auf, aber ihr Händedruck ist fester als vorher, ihr Blick verharrt einen Augenblick länger als nötig.

Hilde tut so, als hätte sie das Schreiben verlegt, will nicht zugeben, dass sie mit der Post noch nicht durch ist. Berta macht es ihr leicht, tut so, als würde sie es nicht bemerken. Tatsächlich sind die Reisepapiere für Nikolai Rakow seit Tagen überfällig. Morgen soll er fahren, absolut geheime Mission, es geht um irgendein Netzwerk mit Beziehungen zur Reichskanzlei. Aber die Papiere sind nicht da. Was bedeutet das nun wieder? Entsetzlich, wie sehr man versucht ist, allem eine Bedeutung zu geben. Punkt Zwei anrufen?

Berta winkt ab: Habe ich gestern schon.

Sie bittet Hilde um eine Papirossa. Sie rauchen zusammen, Berta schaut aus dem Fenster. Schaut auf die gewaltige rote Mauer gegenüber, hinter der sich der Kreml verbirgt. Ihre Haare sind so rot wie die Kremlmauer. Plötzlich hat Hilde das Gefühl, Berta wisse etwas, das sie nicht weiß. Etwas Schreckliches. Aber was denn?

Sie versucht, sich zu beruhigen, aber der Eindruck ist so stark, dass sie zu schwitzen anfängt. Oder kommt es vom Tee? Kommt sie schon in die Wechseljahre?

Endlich steht Berta auf. Sie drückt die Papirossa aus, lächelt Hilde traurig zu und geht.

Noch lange schaut Hilde aus dem Fenster. Warum muss sie jetzt an den Krieg denken? Es wird ein furchtbarer Krieg sein, sie weiß es. Der furchtbarste. Sie blickt auf die Menschen, die frohgelaunt in der Sonne spazieren gehen. Das Paar dort, das gemeinsam an einem Eis schleckt. Die alte Frau, die sich im Schatten der Kremlmauer ein Plätzchen sucht. Die Gruppe junger Pioniere, die in nicht ganz geordneten Zweierreihen die *Mochowaja uliza* entlangziehen. Wie alt werden sie sein, wenn dieser Krieg ausbricht?

Wilhelm wird seine Beziehung zu Emel sowieso anzeigen. Und was sagt sie dann? Sie habe davon nichts gewusst?

Sie fingert eine Papirossa aus der Schachtel und spannt ein neues Blatt in die Maschine.

5 Punkt Zwei

– Charlotte –

Ein hoher Bretterzaun mit hölzernen Wachtürmen an den Ecken. Der Posten kontrolliert umständlich ihren Ausweis. Dann schlurft er in seinen zu großen Stiefeln zum Tor und öffnet es gerade so weit, dass der schwarze Ford Modell A hindurchpasst. Unabweislich: das Gefühl, sich freiwillig ins Gefängnis zu begeben.

Punkt Zwei: Ein eingezäuntes Stück Wald von der Größe gut eines Dutzends Fußballfelder. Zwanzig Autominuten nordöstlich von Moskau auf der gut ausgebauten Jaroslawler Chaussee. Mitten zwischen den Kiefern und wenigen Linden, die im Namen des nahegelegenen Ortes – *Podlipki*: Unter den Linden – aufgehoben sind, stehen ein paar ehemalige Datschen ehemals reicher Moskauer, klassizistische Villen aus dem letzten Jahrhundert mit Säulen und Tympanon und antik anmutenden Stuckleisten, inzwischen etwas heruntergekommen. Hier und da blättert der Putz, Pflanzen ranken malerisch an kaputten Fallrohren empor. Eine Zeitlang waren elternlose Kinder hier untergebracht. Seit gut zehn Jahren aber befindet sich auf dem Gelände einer der beiden geheimen Punkte der OMS. Rund zwanzig Personen wohnen und arbeiten in der Funkerschule, dazu kommen noch einmal so viele Kursanten.

Der Platz in den Gebäuden ist knapp geworden, deswegen hat man etwas abseits noch eine Lagerhalle hingestellt mit einigen provisorischen Unterkünften und eine zweistöckige hölzerne Baracke, in der die fünfzehn Genossen von der Fälscherabteilung ihrer geheimnisvollen Tätigkeit nachgehen.

Der Ford fährt eine Schlaufe und hält vor der kleinsten Villa mit verwitterter karamellgelber Fassade. Grischa, der Fahrer, hilft Charlotte beim Ausladen des Gepäcks, trägt sogar die Koffer mit nach oben.

Das wird schon wieder, sagt er. Es gibt sehr gute Ärzte bei uns in der Sowjetunion.

Charlotte lässt sich auf das Bett fallen. Es dämmert bereits, die Tage werden schon kürzer. An der schwarzstämmigen Linde vor dem Fenster verfärben sich schon die Blätter nach dem heißen Sommer. Sie überlegt, ob sie duschen geht, kann sich aber nicht aufraffen. Im Augenblick erscheint ihr alles zu schwer, selbst die Koffer auszupacken. Wilhelms beschmutzte Wäsche waschen: unvorstellbar.

Zuerst hat sie geglaubt, die Emel-Angelegenheit habe ihn umgehauen, was ihr Schuldgefühl noch angefacht hat. Aber auf der Rückfahrt wurde ihr klar, dass es mehr war als nur ein gereizter Magen. Die halbe Strecke verbrachte Wilhelm auf der Zugtoilette. In Krasnodar brachte er kaum noch einen zusammenhängenden Satz heraus. In Moskau konnte er nicht mehr allein gehen, sie musste einen Krankenwagen rufen.

Schwere Dysenterie, diagnostizierte der Arzt, die Ruhr. Noch nie hat sie ihn so gesehen. So hilflos, elend, beinahe willenlos. Entsetzlicher Gedanke: dass Wilhelm sie jetzt allein lassen könnte, in dieser Situation.

Draußen im Flur albern die Kursanten herum, die sich zum Abendessen aufmachen. Auch Jills Stimme ist zu hören. Charlotte hat keinen Hunger. Sie bleibt liegen, schaut zu, wie es dunkel wird. Der Blick ist ihr inzwischen mehr als vertraut: das Fenster, das schwarze Geäst. Der Himmelsausschnitt, aus dem die Zweige herauswachsen wollen.

Sie ist nicht sicher, ob sie zur Liebe fähig ist. Aber sie ist sicher, dass Wilhelm der wichtigste Mensch ihres Lebens ist. Sie weiß, was sie ihm zu verdanken hat. Und: Sie kann sich auf ihn verlassen. Sie ist überzeugt, dass er ihr treu sein wird bis ans Ende. Anders als Erwin, dieser Halunke. Der allerdings den Kommunismus in ihr Leben brachte. Und mit ihm – Wilhelm.

Zugegeben, anfangs war sie entsetzt. Fünf Jahre hatte sie auf Erwin warten müssen nach der überhasteten Kriegstrauung. Kohlrübenwinter, zwei Kinder, gezeugt während zweier Fronturlaube: zuerst Werner, dann, eineinhalb Jahre später, Kurt. In Heimarbeit Uniformhosen nähen, um sich ein paar Mark dazuzuverdienen. Alles in der Hoffnung, dass nach dem Krieg alles besser, dass endlich das Leben beginnen würde, das sie sich vorstellte. Ein Häuschen in Britz. Die bessere Gesellschaft. Zu der Erwin als Sohn eines Geheimrats ja durchaus Zugang hatte.

Stattdessen kam er aus der Kriegsgefangenschaft zurück und trat in die Kommunistische Partei ein. Anstelle der besseren Gesellschaft brachte er irgendwelche vierschrötigen Gestalten mit nach Hause, die riesige Mengen Schmalzstullen vertilgten und nach dem Bier aufstießen. Anstatt sich um Charlotte und um ihre Ehe zu bemühen, fing er plötzlich an, über die Befreiung der *Sexualität* zu reden. Schon das Wort fand Charlotte grauenhaft. Er beharrte darauf, beim Geschlechtsverkehr das Licht anzulassen. Wollte sein unaussprechliches Teil in Körperöffnungen stecken, die der liebe Gott kaum dafür vorgesehen haben dürfte. Und es gehörte offenbar zu Erwins neuen Vorstellungen von einer befreiten, einer kommunistischen Beziehung, dass er Charlotte mit der Frau eines Kollegen betrog und schließlich sogar eine seiner Schülerinnen schwängerte.

Ungefähr um diese Zeit begann sie, seine Blicke zu bemerken – die Blicke eines hageren Mannes, der immer häufiger bei den Parteizusammenkünften auftauchte. Auch er Kommunist, aber nicht wie die anderen. Er trug eine elegante Motorrad-Ledermontur mit Fliegerkappe. Wenn er abstieg, schob er die Brille effektvoll auf die Stirn. Vielleicht kein schöner Mann, aber markant. Er war längst nicht so eloquent wie Erwin, der gern das große Wort führte. Aber wenn er sprach, hörten sie alle zu, sogar Erwin.

Manchmal versuchte sie aufzuschnappen, was der Mann sagte. Sie erklärte sich sogar wieder bereit, Schmalzstullen zu schmieren, um einen Anlass zu haben, das Wohnzimmer zu betreten und sich seiner Blicke zu versichern. Es berührte sie, dass dieser Mann, der vor seinen Genossen so bestimmt auftrat, ihr gegenüber so scheu war. Aber als er einmal zu ihr in die Küche kam, weil er angeblich einen Flaschenöffner suchte, entdeckte sie den Ring an seinem Finger: Wochenlang schaute sie ihn nicht mehr an.

Bis die beiden Jungs eines Tages eine Runde im Beiwagen mitfahren wollten. Und Wilhelm, der sonst alle duzte, Charlotte fragte: Wollen Sie auch mal? Und es war ausgerechnet Erwin, der sie ermunterte, zu Wilhelm auf das Motorrad zu steigen. Der zweite Sitz war eine Art Notsitz, auf dem Gepäckträger montiert. Ein Haltegriff fehlte, ihr blieb gar nichts anderes übrig, als sich an Wilhelm festzuklammern. Sie erinnert sich bis heute an ihr Erstaunen darüber, wie sehnig, wie fest sein Körper war – wie ein Teil seines Motorrads.

Die BMW R 32! Mitwisserin ihrer Verschwörung. Die BMW hat sie fortgebracht, an entlegene Orte, zu heimlichen Stelldicheins, den ganzen Sommer über – von der Fliederblüte bis in den späten Herbst, als die reifen Äpfel an kahlen Bäumen hingen. Und es gab noch einen anderen Mitverschwörer: ein Buch, das sie immer dabeihatten, in dem sie gelesen hat, in dem sie zusammen gelesen haben, davor und danach, am Badesee an der Havel und im Ausflugslokal in Königs Wusterhausen, im hohen Gras, wo die Mücken sie piesackten, oder im Ruderboot, wo die Sonne sie unmerklich verbrannte: das Manifest der Kommunistischen Partei.

Sein Inhalt war eigentlich einfach, und wenn sie so lange gebraucht hat, um ihn zu verstehen, dann lag es daran, dass sie all ihre Vorstellungen von Gott und der Welt, von Gut und Böse, von Recht und Moral überwinden, dass sie auch die letzten Reste ihres Glaubens als ideologisches Gespinst begreifen, dass sie akzeptieren musste, selbst einer prinzipiell reaktionären, überflüssigen Klasse anzugehören, und dass die bessere Gesellschaft, von der sie geträumt hatte, nichts anderes war als eine Gesellschaft von Ausbeutern und Parasiten.

Kapitalismus war ungerecht. Kapitalismus hieß, dass Weizen ins Meer gekippt wurde, um die Preise stabil zu halten, während anderswo Menschen verhungerten. Kapitalismus hieß Krieg um Rohstoffe, Absatzmärkte, Handelswege. Kapitalismus hieß, dass die Besitzlosen immer ärmer und die Besitzenden immer reicher wurden – und zwar durch die Arbeit der Besitzlosen, die gezwungen waren, ihre Arbeitskraft zu verkaufen. Die Lösung war einfach, sie lag geradezu auf der Hand, wenn man einmal verstanden hatte, wo die Ursache des Übels lag: Denjenigen, die produzierten, sollten die Produktionsmittel gehören.

In der Sowjetunion hatte man diese Lösung realisiert. Man hat die Besitzer der Produktionsmittel enteignet. Die Arbeiterklasse hatte die Macht übernommen. Sie selbst hatte in ihren revolutionären Kämpfen ein System geschaffen, das –

im Gegensatz zur sogenannten Demokratie der kapitalistischen Staaten – eine echte Volksherrschaft darstellte: das Sowjetsystem. Die Werktätigen entsandten ihre Vertreter unmittelbar in den örtlichen Sowjet. Die örtlichen Sowjets schickten ihre Vertreter in die Gebietssowjets, aus denen schließlich der Oberste Sowjet gebildet wurde, das höchste Organ im Staat. Hier waren die Menschen nicht nur vor dem Gesetz gleich, was im Kapitalismus im Grunde ja auch nicht der Fall war, hier hatten tatsächlich alle die gleichen Chancen: auf Bildung, Gesundheit, Rechtsbeistand, all das gab es umsonst. Es gab keine Arbeitslosigkeit mehr, keine Armut. Und während die Frau im Kapitalismus gehalten war, ihr Leben am Herd zu verbringen, und zur Ausübung einer beruflichen Tätigkeit gar die Erlaubnis ihres Ehemanns brauchte, war die sowjetische Frau hundertprozentig emanzipiert: So kühn, so vernünftig, so einfach war das Sowjetsystem, theoretisch.

Dass die Durchsetzung des Einfachen in der Praxis schwierig und kompliziert sein konnte, hat Charlotte in den drei Jahren ihres Aufenthaltes hier begriffen. Selbstverständlich haben die ehemaligen Ausbeuter nicht einfach aufgegeben. Der primitive Volksglaube verschwindet nicht einfach, indem man Kirchen sprengt. Viele Ingenieure und Wissenschaftler stehen der Sowjetmacht skeptisch gegenüber. Die Arbeiterklasse ist noch nicht gebildet genug, um die Leitung der Fabriken zu übernehmen, und die Klasse der Bauern hat ohnehin ein tendenziell reaktionäres Verhältnis zum privaten Besitz. Selbst innerhalb der Partei gibt es Probleme. Nach dem Sieg haben sich jede Menge Betrüger und Karrieristen eingeschlichen, es gibt Duckmäuser und Scharlatane, und im Lauf der Jahre haben es sogar Konterrevolutionäre und Saboteure geschafft, die Partei zu unterwandern, wie immer öfter in der Zeitung zu lesen ist. Man hört von hinterhältigen Anschlägen auf die junge sowjetische Industrie, die zur massenhaften Produktion unbrauchbarer Stühle, Autos oder Operationsnadeln führen. Vor nicht allzu langer Zeit ist der Prototyp des größten Flugzeugs der Welt bei einem Probeflug von einem hochdekorierten Militärflieger gerammt und zum Absturz gebracht worden.

Den Höhepunkt all dieser Verbrechen stellte allerdings die Ermordung des Leningrader Parteichefs Sergej Kirow durch eine Bande von Konterrevolutionären dar, und von all den unwahrscheinlichen Nachrichten, die damals, vor eineinhalb Jahren, umgingen, hat Charlotte am meisten schockiert, dass ausgerechnet Grigori Jewsejewitsch Sinowjew, Revolutionär der ersten Stunde, Mitstreiter Lenins, langjähriger Chef der Komintern, eingestanden hatte, für den Mord zumindest moralisch mitverantwortlich zu sein.

Angesichts dessen hat Charlotte volles Verständnis für die aufwendigen Prüfungsroutinen, die überall ablaufen, um die Partei von schädlichen Elementen zu säubern. Und gerade hier, auf Punkt Zwei, ist das wichtiger als sonst irgendwo. Sie betrachtet die sogenannte *tschistka*, die Säuberung, als notwendig. Sie findet es richtig, dass die Genossen sich einzeln der Parteigruppe zu stellen haben – zumal die höheren Kader genauso betroffen sind wie die einfachen Mitglieder. Sie sieht ein, dass man Mitgliedsbücher einziehen und die Parteibiographie jedes einzelnen Mitglieds prüfen muss, und sie findet es verständlich, dass die Partei Zeugen verlangt, welche die gemachten Angaben bestätigen können. Ja, was denn sonst? Wer nichts zu verbergen hat, der hat auch nichts zu befürchten. Um seine politischen Fehler zu korrigieren, muss man sich zu ihnen bekennen. Und es gibt selbst in der Parteigruppe von Punkt Zwei wohl kaum jemanden, der nicht schon gefehlt oder seine Wachsamkeit vernachlässigt hätte, zu schweigen von persönlichem Egoismus und schädlicher Eitelkeit, von Resten bürgerlichen Denkens, die sich in Verhalten und Sprache manifestieren.

Dennoch ist Charlotte insgeheim etwas enttäuscht. Vor drei Jahren ist sie hier angekommen. Gleich in den ersten Tagen hat sie ihren Antrag zur Überführung in die sowjetische Kommunistische Partei gestellt – und er ist abgelehnt worden, weil sie, gerade in der Sowjetunion angekommen, die Frage, wie sich die Lebenshaltung der Arbeiter und Bauern während des ersten Fünfjahrplanes verbessert habe, nicht befriedigend hatte beantworten können. Seitdem hat sie Selbstkritik geübt und ist durch die Parteisäuberung gegangen. Sie hat Bürgschaften angefordert und Zeugen benannt, sie hat etliche Fragebögen ausgefüllt, ist durch die verschiedensten Kommissionen überprüft worden: die Kommission der deutschen Vertretung in der Komintern, die Kommission zur Überprüfung der Politemigranten, die Kommission für Sowjetkontrolle, die Internationale Kontrollkommission und natürlich die Kommission zur Übernahme der KPD-Mitglieder in die sowjetische Kommunistische Partei, um nur einige zu nennen, und dennoch ist ihrem Antrag auf Überführung in die sowjetische KP noch immer nicht stattgegeben worden. Stattdessen hat man ihr, wie übrigens auch Wilhelm, im Juli mitgeteilt, dass sie zunächst die sowjetische Staatsbürgerschaft zu beantragen habe.

Hinzu kommt die Absetzung Wilhelms als Politinstrukteur. Jetzt führt die Krumina den Politunterricht durch, diese schreckliche, wasserstoffblonde Person, und Charlotte muss alles ins Deutsche und Englische übersetzen, denn der Unterricht auf Punkt Zwei findet grundsätzlich in drei Sprachen statt. Und wenn Wilhelms Politstunden mitunter vielleicht ein bisschen steif, ein bisschen zu formal gewesen sind und, zugegeben, zu großen Teilen aus dem gemeinsamen Lesen von Zeitungsartikeln bestanden, so entbehrt der Unterricht der Krumina, jedenfalls Charlottes Meinung zufolge, jeglicher tagespolitischer Aktualität und ist zudem chaotisch und unverständlich, was dazu geführt hat, dass die Englischgruppe geschlossen gegen die Krumina revoltierte. Worauf sich die Krumina bei der Leitung über Charlotte beschwerte und behauptete, Charlotte sabotiere den Unterricht. Wogegen sich Charlotte wiederum in einem mehrseitigen Brief an die Leitung der OMS zur Wehr setzte. Und so weiter.

Aber die Krumina ist nicht ihr einziger Feind. Verfeindet ist sie auch mit Gaston Provost, so sein Deckname. In Wirklichkeit Gerhard Prahl aus Senftenberg. Macht aber auf Franzose, spricht sogar Russisch mit französischem Akzent, stopft sich den Pullover in die Hose, weil er das für französisch hält. Jedenfalls, dieser falsche Franzose hat ihnen Salzsäure in die Kleidertruhe gekippt. Nie hätte sie geglaubt, dass so etwas unter Genossen möglich sein könnte. Ihre guten, noch aus Deutschland stammenden Winterschuhe sind hin. Der Wintermantel hat mehrere markstückgroße Löcher ...

Nun ja, sie kann nicht beweisen, dass er es war. Auch der nervenkranke John Murray könnte es gewesen sein, wer weiß, was in diesem Kopf vorgeht. Mit ihm ist sie im Clinch, weil er sie, wenn sie aus dem Englischen übersetzt, immerzu verbessert (während er selbst es nicht mal fertigkriegt, die korrekten Bezeichnungen für die Wochentage zu verwenden). Auch Li Chang käme in Frage, weil er als neuer Lagerverwalter Zugang zu Chemikalien hat. Ein seltsamer Mensch. Sie versteht nie, was er sagt, obwohl er gut Russisch spricht. Und wenn man ihm antwortet, schaut er einen an, als denke er darüber nach, welche Gemeinheit sich hinter dem Gesagten verbirgt. Nur welchen Grund sollte er haben, ihnen Salzsäure in die Truhe zu kippen?

Gaston Provost hätte einen Grund, wenngleich einen jämmerlichen. Er hasst Charlotte, das weiß sie. Er hasst sie, weil sie bei seiner *tschistka* sein bourgeoises Verhalten gegenüber dem weiblichen Geschlecht kritisiert hat. Seine ständigen Komplimente, sein notorisches Bemühen, einer Frau in den Mantel zu helfen oder die Tür aufzuhalten. Als wäre eine Kommunistin dazu nicht selbst imstande! Gewiss kein schwerwiegendes Vergehen. Aber, Herrgott, irgendwas muss man doch kritisieren, keiner kommt ungeschoren davon!

Aber von allen Übeln, die sie am nächsten Tag erwarten, ist dies das schlimmste: das Gespräch mit Gustav Schock, dem Administrator des Punktes. Sie hätte lieber zuerst mit Hilde gesprochen, die wüsste bestimmt Rat. Aber Wilhelm hat darauf bestanden, dass Charlotte *schnurstracks* zu Gustav Schock geht und die Emel-Angelegenheit anzeigt. Obwohl es doch kein anderer als Schock war, der ihn, Wilhelm, als Politinstrukteur abgesetzt und die Krumina protegiert hat. Trotzdem verlangt Wilhelm die Einhaltung des Dienstwegs. Manchmal glaubt sie wirklich, er sei zu ehrlich für diese Welt.

Und was sagt sie den Kindern? Kinder – neunzehn und einundzwanzig. Was, wenn Wilhelm und sie eine Parteirüge bekommen oder, schlimmer noch, wenn man sie ausschließt aus der Partei?

Beim Frühstück sitzt sie allein am Tisch. Ihr graut bei der Vorstellung, dass jemand nach ihrem Urlaub fragen oder sich nach Wilhelm erkundigen könnte. Aber es fragt niemand.

Niemand erkundigt sich nach Wilhelm. Hat Jilly schon etwas herumerzählt? Oder wirkt die Bekanntschaft mit einem verurteilten Volksfeind schon auf ihre Ausstrahlung? Riechen sie es?

Jilly ist nirgends zu sehen. Li Chang grüßt von weitem. John Murray übersieht sie glatt. Zum Glück kommt nach einer Weile Sepp Wirtender, das Faktotum der Fälscherwerkstatt, Österreicher, der einen Arm im Krieg verloren hat: *Ich mache alles mit links*, sein Wahlspruch. Immer frohgelaunt, immer zu Scherzen aufgelegt. Er ist der Dienstälteste auf dem Punkt, für die Fälscherwerkstatt absolut unverzichtbar, und das weiß er wohl. Anfangs stockte Charlotte der Atem, wenn Sepp auf einer Versammlung dazwischenrief: *Ah geh, jetzt machts koane Agiotage!* Inzwischen mag sie seinen abgeschliffenen österreichischen Tonfall. Sie freut sich, dass er sich an ihren Tisch setzt. Aber als er nach ihrem Urlaub fragt, bleibt ihr das Brot im Halse stecken. Sie muss die Zähne zusammenbeißen, um nicht loszuheulen. Sepp sagt:

Komm halb fünf in die Werkstatt.

Aber zunächst: Polituntericht. Die Krumina referiert über Wachsamkeit. Warum jeder ehrliche Bolschewik verpflichtet sei, jeden Verdacht, auch den geringsten, dem Parteikomitee oder den entsprechenden Organen zu melden. Der Prozess habe gezeigt, sagt die Krumina, und Charlotte muss es übersetzen, *dass wir noch sehr viel wachsamer sein müssen*. Die Feinde der Sowjetunion schrecken vor nichts zurück. Zwischen den Trotzkisten und der Gestapo bestehe keinerlei Unterschied, sagt die Krumina. *Hinter diesem Programm*, zitiert sie, stecke die *widerliche Schweineschnauze des Faschismus*.

Leider versteht Charlotte den russischen Ausdruck nicht gleich, muss ihn sich wiederholen lassen, *swinskoje rylo*, und dann noch nachschlagen, und die Krumina kommentiert: Die Genossin Germaine hat es offenbar nicht für nötig gehalten, im Urlaub die *Prawda* zu lesen. Jill protestiert nur halblaut: Die *Prawda* sei nicht überall so leicht zu bekommen. Spürt sie, dass die Machtverhältnisse kippen?

Normalerweise würde der Dienst mittags wechseln, Übersetzen ist kräftezehrend. Aber die zweite Übersetzerin hat sich krankgemeldet, eine dritte ist gerade mit hohem Besuch unterwegs. Also noch eine Doppelstunde Funktechnik, Montage eines mobilen Geräts, Übersetzung ins Deutsche und Englische: lauter schwierige Fachbegriffe, einige hat sie mit der Zeit gelernt, Lautstärkeregler, Frequenzbereich, aber für den *Federfuß* einer Antenne braucht sie schon wieder das Wörterbuch.

Um vier ist sie fertig. Sie hätte noch eine Stunde Zeit, jetzt wäre der Zeitpunkt, Gustav Schock aufzusuchen, wie sie es Wilhelm versprochen hat. Sie sieht ihn vor sich, Wilhelm, die großen Augen in dem kahlen Schädel, wie auf dem Sterbebett. *Du sprichst mit niemandem darüber, bevor du nicht Schock gesprochen hast.* Auch wenn sie inzwischen seine Schwächen kennt, auch wenn sie gelernt hat, dass sie selbst schneller denkt als er, geistig beweglicher ist, hat Wilhelm bisher in allen entscheidenden Fragen recht behalten. Er kennt die Partei länger als sie, er besitzt mehr Erfahrung, und vielleicht, denkt sie manchmal, verfügt er tatsächlich über jenen Instinkt, der sich seiner proletarischen Herkunft verdankt?

Sie geht zum Büro des Administrators – und daran vorbei. Will vorher noch mal in den Spiegel schauen. Ein wenig Lippenstift vielleicht? Sollte sie sich umziehen? Noch einmal geht sie im Geiste durch, was sie Schock sagen will. *Wie* sie es sagen will.

Sie verbringt eine Weile auf der Toilette. Kleidet sich um,

kleidet sich noch einmal um, bleibt schließlich bei der Alltagskleidung. Putzt sich die Zähne. Dann ist fast eine Stunde um, und sie geht los – in Richtung Fälscherbaracke. Kurz vor fünf ist sie da, Sepp ist nicht in der Werkstatt, sie findet ihn in seinem Büro. Als sie eintritt, legt er den Finger über die geschürzten Lippen zum Zeichen, dass sie schweigen soll, und geht mit ihr in das Wäldchen, das die Wohn- und Arbeitshäuser umgibt. Weitab von den Gebäuden setzen sie sich ins Moos.

Was ist los, Mädchen?

Fragt er sie, die Einundvierzigjährige.

Und wirklich kommt sie sich vor, als würde sie einem Vater ihre Schandtaten beichten, nur dass ihr eigener Vater ihr niemals die Beichte abgenommen hat, sondern seiner strengen Ehefrau selbst beichtete, wenn er wieder heimlich Zigarren geraucht hatte. Und dass ihre Mutter sie auch ohne Beichte ohrfeigte, sodass sie ihr bald all ihre Vergehen verheimlichte. Sie hat nicht gelernt zu beichten.

Stockend und stotternd beginnt sie, aber es ist leichter als gedacht. Sepp scheint keineswegs entsetzt, als der Name Alexander Emel fällt. Er zündet sich eine Zigarette an, wartet geduldig das Ende ihres Berichts ab. Sie erzählt ihm alles, die ganze Geschichte. Wie eng sie mit Isa befreundet war. Wie oft sie Emel getroffen haben. Dass sie ihm das Grammophon verkauft und sogar einmal Sachen für Wilhelm nach Moskau mitgeschickt hat.

Was denn?, fragt Sepp.

Ein paar Unterhosen und Socken und, sie erinnert sich nicht genau, Geld.

Sepp überlegt. Geh nicht zu Schock, sagt er schließlich, der ist ein Arschloch. Ruf heute noch Melnikow an und mach einen Termin. Erzähl ihm die ganze Geschichte genau so, wie du sie mir erzählt hast. Er wird dir schon nicht den Kopf abreißen, sagt Sepp. Woher hättest du wissen sollen, sagt er, dass der Emel ein Volksfeind ist?

Und genau das ist der Satz, den sie gebraucht hat: *Woher hättest du wissen sollen, dass der Emel ein Volksfeind ist?* Jetzt muss sie wirklich heulen. Sepp legt ihr seinen linken Arm um die Schulter und zieht sie an sich. Sie misstraut Männern, die sie begehren. Aber bei Sepp fühlt sie sich sicher. Sie lehnt sich an seine Schulter, die linke, die mit dem Arm, und heult, bis ihr die Tränen ausgehen.

Am Nachmittag ruft sie Müller-Melnikow an, genauer gesagt, Hilde, seine Sekretärin, die ihr, sie wundert sich, ohne weitere Fragen einen Termin gibt.

6 Gespräch in der fünften Etage

– Charlotte –

Die Vorortbahn braucht eine Dreiviertelstunde von Podlipki bis zum Jaroslawler Bahnhof. Den größten Teil der Strecke fährt man wie durch ein Dorf: Holzhäuser, von der Zeit geschwärzt. Brachen, Feldwege, hin und wieder eine steinerne Kirche. Sie erinnert sich, wie sie damals hier ankam; wie sie aufgeregt durch das Zugfenster spähte und auf die Stadt wartete. Aber so etwas wie «die Stadt» begann im Grunde erst da, wo sie ausstieg: *Komsomolskaja ploschtschad* hieß der riesige, von den drei Bahnhöfen umstandene Platz, aber was sie dort sah, erstaunte sie, um nicht zu sagen, schockierte sie noch mehr als die armseligen schwarzen Holzhäuser. Sie hatte geahnt, dass Moskau, wie alles Unbekannte, nicht ihren Vorstellungen entsprechen würde. Aber das war außerhalb jeder Erwartung gewesen, so etwas hatte sie noch nie gesehen:

Droschkenkutscher wie aus Tausendundeiner Nacht. Pferde in orientalischen Halsjochen. Altmodische Straßenbahnen, an deren überfullte Plattformen sich Menschen krallten, krochen über den hügeligen Platz, bimmelten sich den Weg frei. Überall zwischen Truhen und Säcken lagen, hockten, dösten Hunderte von Menschen in Steppjacken und Pluderhosen, mit Fellmützen und Turbanen oder abgeschabten Rotarmistenkappen: Greise, die stumpf vor sich hinstarrten, stillende Mütter, spielende, lachende oder streitende Kinder. Was taten sie hier, wohin waren sie unterwegs, waren sie überhaupt unterwegs? Denn tatsächlich sah es nicht so aus, als würden diese Menschen auf einen Zug warten. Es sah aus, als *lebten* sie hier.

Drüben, auf der anderen Seite des Platzes, riesige Transparente über die Fassaden gespannt: Konterfeis bekannter Sowjetpolitiker. Inzwischen hat sie sich daran gewöhnt, aber damals fand sie diese Art der Selbstdarstellung befremdlich – nicht gerade, was sie unter kommunistischer Bescheidenheit verstand. Aber mehr noch hatte sie damals erstaunt, dass ausgerechnet der Mann mit dem Schnauzbart im Verhältnis zu den anderen dermaßen hervorgehoben war. Sie kannte den Namen Stalin, aber war er nicht bloß eine Art Sekretär? Waren andere Parteiführer nicht sehr viel bedeutender?

Jetzt hängt nur noch er da. Stalin. Der große Steuermann. Lokomotivführer der Weltrevolution. Bannerträger der Menschheit. Hat wirklich das Volk ihm all diese Namen gegeben? Freude der Völker. Sonne der Gerechtigkeit …

Dann die Autofahrt. Wilhelm hatte sie abgeholt. Der alte Ford, schon damals Grischa am Steuer. Auch diese erste Fahrt ist ihr bis fast in jede Einzelheit in Erinnerung geblieben. Ihre Freude über die gewaltig breiten Straßen. Geschäfte waren zu sehen, ein Restaurant und vor allem: Baustellen, Baustellen … Wilhelm kannte sich schon ein wenig aus in Moskau: Lubjanka, er wies mit dem Kopf auf das große Gebäude, an dem sie vorbeifuhren. Lubjanka? Das Gefängnis des NKWD, ein bisschen zum Gruseln. Rechts das Bolschoitheater: Wie freute sie sich darauf! Klassizistische Prachtbauten. Das moderne Hotel Moskwa war schon aus der Ferne zu sehen, ebenso das hochmoderne, gewaltige STO – der Rat für Arbeit und Verteidigung, wusste Wilhelm.

Und das schöne Jugendstilgebäude dort? Das wusste Wilhelm nicht, musste den Fahrer fragen: Hotel Metropol, sagte

Grischa. Und schon war der Kreml in Sicht. Das stumpfe Rot der Mauern wie auf der Postkarte, die Wilhelm ihr geschickt hatte. Gewaltiger noch als auf dem Foto. Das Zentrum von allem. Sitz der sowjetischen Regierung. Der Ort, wo Lenin sein Arbeitszimmer gehabt hatte.

Aber die Weltrevolution, sagte Wilhelm, wird hier gemacht.

Der Wagen hielt vor einem ansehnlichen, aber wenig auffälligen Gebäude. Irgendwas zwischen Klassizismus und Gründerzeit. Drei Stockwerke (vier, nach russischer Zählart). Da war sie also, die Kommunistische Internationale.

Was Charlotte damals über die Komintern wusste, war nicht viel. Natürlich wusste sie, dass die Komintern von Lenin gegründet worden war. Sie wusste aus Lenins Schriften, dass dieser sicher gewesen war, die russische Revolution könne nicht überleben ohne die Weltrevolution und insbesondere nicht ohne die Revolution in Deutschland. Das war das erklärte strategische Ziel der Komintern, und eine Zeitlang hatte es tatsächlich so ausgesehen, als liege das Ziel greifbar nah; als würde jeden Augenblick in Deutschland die Räterepublik errichtet; als griffe der Flächenbrand der Revolution auf die anderen europäischen Länder über. Aber spätestens 1923, nach dem gescheiterten Aufstand in Hamburg, war klar, dass man die Taktik ändern musste. Noch immer war die kommunistische Bewegung stark, noch immer galt als sicher, dass die Krisen des Kapitalismus einen fruchtbaren Nährboden für kommende Aufstände abgeben würden – und für diesen Fall wollte man die Arbeiterbewegung vorbereiten, durch Kongresse und Schriften, Direktiven und Kommissionen, aber auch durch weniger öffentliche Maßnahmen.

Ohnehin herrschte in der Kommunistischen Partei eine konspirative Atmosphäre, teils aus den Zeiten der Illegalität, teils auch inspiriert von den Erfahrungen der siegreichen sowjetischen Genossen. Charlotte wusste, dass Wilhelm eine Zeitlang im sogenannten T-Apparat tätig gewesen war; das T stand für Terror. Als Gauleiter des neugeschaffenen Rotfrontkämpferbundes hatte er ebenso mit dem M-Apparat, dem Militärischen Apparat, zu tun gehabt, aber auch mit dem AM-Apparat, dem Antimilitärischen Apparat – alles geheime, illegale Strukturen zur Ausführung von Operationen, die mit Recht und Gesetz nicht viel zu tun hatten. Aber im Herbst 1928 erreichte Wilhelms konspirative Karriere ein neues Stadium.

Praktisch über Nacht wurde aus Wilhelm *Jean Germaine*. Er legte seine Ämter nieder und kappte alle offiziellen Verbindungen zur Partei. Er tauschte seine Motorradkluft gegen Nadelstreifen und zog nach Hamburg, wo er Geschäftsführer der Lüdecke & Co. Import Export wurde, einer Firma, die angeblich mit Holz handelte.

Den neuen Namen fand Charlotte unpassend, aber die Nadelstreifen standen ihm verblüffend gut. Selbst sein schroffes, proletarisches Auftreten erschien im neuen Anzug als Ausdruck bürgerlichen Selbstbewusstseins. Es imponierte ihr, wie gewandt sich Wilhelm in dieser weltläufigen, von Freiheit und Fernsucht durchatmeten Stadt bewegte. Sie staunte über die Art, wie er mit hanseatischen Kellnern umging, und über die Gelassenheit, mit der er den Polizisten abfertigte, der im Haus nach einem untergetauchten Kommunisten suchte – welcher sich in Wilhelms Wohnung befand.

Dass Wilhelm nicht mit Holz handelte, war Charlotte klar gewesen. Aber als er sie an einem Wochenende – sie besuchte ihn stets an den Wochenenden, zu der Zeit arbeitete sie bereits in der sowjetischen Handelsvertretung in Berlin – durch seine Firma führte, war sie doch überrascht. Diese

«Firma» war nicht mehr als ein jämmerlicher Verschlag. Vorn der Arbeitsplatz eines «Buchhalters», den Charlotte auch später nie zu Gesicht bekam, hinten Wilhelms «Bureau»: eine fensterlose Schachtel mit Hinterausgang und einem geheimen Versteck, aus dem er vor ihren Augen einen Revolver und einen schwarzen Koffer voller Dollarscheine holte. Der Schreck löste sich keineswegs, als Wilhelm ihr offenbarte, er arbeite für die Komintern. Und zwar, fügte er raunend hinzu, *für eine spezielle Abteilung.*

Charlotte erinnert sich, wie sie das Komintern-Gebäude zum ersten Mal betrat. Wie sie zum ersten Mal das Wort *propusk* hörte. Wie sie zum ersten Mal die vier Treppen hochstieg, weil der Fahrstuhl gerade nicht funktionierte. Sie erinnert sich an den missmutigen Diensthabenden an seinem Tischchen auf dem obersten Treppenabsatz, der den eben erstandenen *propusk* gleich wieder einzog; an den Posten mit aufgepflanztem Bajonett, der den namenlosen Eingang bewachte. Sie erinnert sich an alles.

Sie erinnert sich, wie sie Wilhelm durch den langen Korridor folgte, bis an die offene Tür am Ende des Flurs, wo eine Frauenstimme zu hören war – Laute einer harten, ihr unbekannten Sprache (von der sie aber sofort wusste, dass es sich um Lettisch handelt). Sie erinnert sich an die winzige, entschuldigende Kopfbewegung, mit der Wilhelm sie durch die Tür dirigierte. Und natürlich erinnert sie sich an den Anblick jener telefonierenden Frau, die dort mit einer Papirossa in der freien Hand am Schreibtisch lehnte. Und wenn es eine lange Sekunde dauerte, bis sie die Person in das Muster ihrer Bekanntschaften einordnen konnte, so lag es wohl daran, dass sie ein wenig rundlicher, weiblicher geworden war.

Hilde Tal, Wilhelms erste Ehefrau. Diejenige, die er mit ihr betrogen hatte, während sie, Charlotte, Erwin betrog.

Aber während sie Erwin gegenüber nicht den Anflug eines schlechten Gewissens hatte, fühlte sie sich Hilde gegenüber schmählich. Besonders hatte sie stets der Gedanke gequält, dass ihr, Charlottes, Aussehen bei der Konkurrenz um Wilhelm eine Rolle gespielt haben könnte. Es kam ihr unwürdig vor, dass Wilhelm sie aufgrund ihrer Schönheit bevorzugt haben könnte. Geradezu unkommunistisch.

Hilde war eine großartige Genossin, eine Heldin beinahe. Eine Revolutionärin der ersten Stunde. Sie hatte im weißen Hinterland bei den Partisanen gekämpft, hatte sogar im Gefängnis gesessen. In Deutschland war sie – zusammen mit Wilhelm – für den M-Apparat tätig gewesen, und auch wenn Wilhelm nie erzählte, was Hilde im Einzelnen tat oder getan hatte, so war seiner offenkundigen Bewunderung doch zu entnehmen, dass sie nicht bloß mit Stöckchen nach Nazis geschmissen hatte. Einmal, noch in Deutschland, hatte sie gesehen, wie Hilde einen Revolver im Hosenbund trug. Sie trank, sie rauchte unablässig und führte auch später bei konspirativen Treffen in Wilhelms Hamburger Wohnung das große Wort, während man Charlotte «spazieren» schickte.

Aber bei allem Respekt: Hilde Tal, die gelernte Fleischerin, hier, im obersten Stock des Komintern-Gebäudes anzutreffen, mit eigenem Schreibtisch, in einem Zimmer, aus dem man direkt auf die Kremlmauern sah, das hatte sie doch überrascht – und noch mehr, wie gut sie hierherpasste. Neuerdings im Rock, mit halblangem Haar, schien sie hier ganz zu Hause zu sein; sie bedeutete ihnen, Platz zu nehmen, sprach ein paar russische Sätze in ein zweites Telefon, schaffte es dabei, mit zwischen die Lippen geklemmter Papirossa ein paar Notizen zu machen, einen Tauchsieder einzustecken, Tee aufzugießen und ihnen je ein Bonbon auf die Untertasse zu legen, um ihnen, nachdem sie den Hörer aufgelegt hatte, zu zeigen, wie man den Tee «auf Russisch» trinkt, nämlich durch das in die Zähne geklemmte Bonbon (Charlotte wusste noch nicht, dass das mit dem notorischen Zuckermangel in der Sowjetunion zusammenhing).

Auch erinnert sie sich daran, wie Hilde sie im fachgerechten Knicken einer Papirossa unterwies. In Wirklichkeit hatte Charlotte das Rauchen wieder aufgegeben, nachdem Hilde aus ihrem Gesichtskreis verschwunden war, aber sie wollte nicht zugeben, dass sie damals, nach überwundener Trennung, nur ihretwegen, Hildes wegen, angefangen hatte zu rauchen, zum Zeichen der Verehrung und Freundschaft, sodass sie nun tapfer zugriff, um sofort festzustellen, dass es ihr absolut unmöglich war, mehr als zwei Züge dieses ätzenden Krauts zu inhalieren. Zum Glück krächzte die Sprechanlage auf dem Schreibtisch, Hilde öffnete eine Tür, und ein eher kleiner, wohlgenährter Mann mit Weste und Hornbrille kam ihnen entgegen, die Hand zum Gruß ausgestreckt.

Wäre der Mann ihr auf der Straße begegnet, hätte sie ihn vermutlich übersehen. Aber es genügte, dass er sich mit leiser Stimme vorstellte, um sie in einen beinahe hypnotischen Zustand zu versetzen: Abramow-Mirow, ein Name, den man in Parteikreisen flüsterte. Die graue Eminenz. Der Strippenzieher. Jemand, dessen Gesicht auf keinem Transparent, in keiner Zeitung zu sehen war und der doch, davon war jeder überzeugt, zu den mächtigsten Männern der kommunistischen Bewegung gehörte, womöglich sogar zu den mächtigsten Männern dieser Erde. Wenn Wilhelm neben ihm nicht vollkommen verschwand, nicht zum Nichts schrumpfte, dann nur, weil Abramow-Mirow ihn begrüßte wie einen alten Bekannten. Alles an diesem Mann nährte seine Aura, selbst die Art, wie er mit drei abgespreizten Fingern seinen Tee umrührte. Seine sanfte Stimme ließ die Geräusche ringsum ersterben. Geduldig erkundigte er sich nach den Zuständen in Deutschland, fragte nach, als Charlotte von ihren letzten Wochen in Berlin erzählte, wollte Genaueres wissen über die Methoden der Nazis, über die Stimmung in der Bevölkerung, und während sie sprach, bemerkte Charlotte plötzlich, dass sie dabei war, ein Bild von Deutschland zu zeichnen, das kaum der Einschätzung der Partei entsprechen dürfte (welche davon ausging, dass die Arbeiterklasse sich gegen die Naziherrschaft erheben und der ganze Spuk bald vorüber sein werde); aber als sie gerade ansetzte, sich zu korrigieren, unterbrach Abramow-Mirow sie mit der Frage, ob sie sich vorstellen könnte, für die OMS zu arbeiten.

OMS: ein Wort. Eine Silbe wie ein Glockenschlag.

Er wollte ihre Antwort nicht sofort hören. Ja, er bestand sogar darauf, dass sie sich eine Woche Zeit nahm zum Überlegen. Bei Hilde durfte sie eine Reservierung für das Hotel *Sojusnaja* in Empfang nehmen sowie ein Kuvert mit Rubelscheinen. Wilhelm wurde umgehend zu Punkt Zwei beordert. Und Charlotte verbrachte ihre erste, ihre schönste Woche in Moskau – zusammen mit Isa Koigen, Emels Frau, die, Zufall oder nicht, selbst gerade aus Deutschland angekommen war und im selben Hotel, Zimmer gegenüber, wohnte.

Das war im September 1933 gewesen, fast auf den Tag genau vor drei Jahren. Derselbe durchlässige Himmel hatte über Moskau gestanden, dieselbe kühle, klare Luft hatte sie angeweht. Dieselbe Sonne hatte flach und weiß über den Kremltürmen gestanden. Sogar derselbe Diensthabende saß an demselben provisorischen Tisch. Und doch kommt es ihr vor, als läge ein halbes Leben dazwischen.

Sie geht den langen Flur entlang wie zum Schafott. Sie hört Hilde telefonieren; sie telefoniert praktisch immer. Sie telefoniert immer, raucht immer, kocht immerzu Tee. Sie bedeutet ihr, sich zu setzen. Charlotte ist froh um jeden Aufschub, der ihr gewährt wird. Wieder und wieder überdenkt sie die Strategie. Sie will auf keinen Fall die Unwahrheit sagen, so viel steht fest. Jedoch: Wie viele Einzelheiten teilt sie mit? Wie viel kann sie «vergessen» haben? Dass sie mehrmals bei Emel und Isa zu Besuch waren, ist klar. Aber welche Rolle spielt es, ob sie mit Emel getanzt hat?

Sie übt Formulierungen: *Wir haben ihm ein gebrauchtes Grammophon verkauft.* Obwohl kein Mensch sie danach fragen wird. Das Wort *gebraucht* erscheint ihr auf einmal sehr wichtig. Sie denkt an die lange Diskussion mit Emel, dem Atheisten, über den gleichnishaften Charakter der Wahrheit in der Bibel. Muss sie zugeben, dass sie Emel bewundert hat? Dass er ihr sympathisch war? War er ihr denn sympathisch? Und wie ist es mit Isa? Steht sie etwa auch unter Verdacht? Wusste Abramow-Mirow vor drei Jahren, dass sie im selben Hotel wohnte? Hatte er es arrangiert? Sollte ihre, Charlottes, Eignung für den Geheimdienst geprüft werden? Hat man sie möglicherweise abgehört?

Hilde hat das Telefonat beendet. Charlotte lehnt die Papirossa ab, aber sie nimmt den Tee. Es kommt ihr so vor, als sei Hilde um sie besorgt. Die Art und Weise, wie sie ihr das Teeglas hinschiebt, ihr zunickt. Sie greift nicht wieder zum Telefon, als es klingelt, sie tippt nicht auf der Schreibmaschine herum, sondern bläst Rauchschwaden in Richtung Fenster und schweigt. Sie fragt auch nicht nach Wilhelm, nicht, wie es ihr geht. Sie behandelt sie, als hätte sie eine schwere Krankheit.

Charlotte versucht, einen klaren Gedanken fassen. Sie versucht, sich ihrer Vorsätze zu entsinnen, wie vor einer Prüfung. Aber ihr Kopf ist blockiert. Sie weiß nichts mehr. Für einige Sekunden weiß sie nicht einmal mehr, was sie hier tut.

Warum ist sie hier, in Moskau? In der Sowjetunion? Dann ist aus der Sprechanlage ein Krächzen zu hören, Hilde nickt ihr noch einmal freundlich zu und sagt:

Du kannst den Tee mit reinnehmen.

Als Boris Nikolajewitsch Melnikow vor einigen Monaten Abramow-Mirow ablöste, war Charlotte alles andere als begeistert. Unglücklicherweise wurde die OMS zur selben Zeit in SS umbenannt – *Slushba swjasi.* Und obwohl man die OMS im internen Sprachgebrauch natürlich weiterhin OMS nannte, verband sich der neue Name des Dienstes in ihrem Kopf mit dem Erscheinen von Melnikow, der sich zu allem Überfluss den deutschen Decknamen Müller (russisch: *melnik*) gab, sodass sie nun immerzu an ihn als *SS-Müller* denken musste. Sein knochiges Äußeres passte dazu. Überhaupt schien er in jeder Hinsicht das Gegenteil seines verschmitzten, weltläufigen Vorgängers zu sein. Er war dürr wie ein Kleiderständer, sein Händedruck kalt wie der eines Toten.

Ist es die Macht, die einen Menschen verändert? Seine Ausstrahlung? Kaum war er im Amt, gab es die ersten Gerüchte über ihn. Er habe als junger Stabschef der Roten Armee an den heldenhaften Kämpfen am Amur teilgenommen. Er sei als Kundschafter in Südostasien gewesen. Man habe ihn nach seiner Verhaftung in Japan im Gefängnis schwer gefoltert. Bei genauerem Hinsehen erweisen sich die Narben in seinem Gesicht gar nicht als Pockennarben. Das abgeschabte Jackett aus sowjetischer Produktion ließe sich durchaus als Zeichen kommunistischer Bescheidenheit interpretieren. Und was den Händedruck betrifft, so wirkt er, als er sie an diesem 19. September in seinem Büro begrüßt, keineswegs kalt, sondern, bei aller Entschlossenheit, fest und fürsorglich.

Überhaupt ist der Mann freundlich, ja sogar zum Scherzen aufgelegt. Er bietet ihr Schokoladenkekse an, macht ihr Komplimente. Anstatt sie nach ihrem Anliegen zu fragen, will er erst einmal hören, wie der Urlaub war, und als Charlotte die Gelegenheit ergreift, um von der Angelegenheit zu berichten, die ihr diesen Urlaub verdorben hat, scheint er desinteressiert. Zerstreut wiederholt er: Emel ... Emel ... Genau ... Darüber werde man sogleich sprechen, sobald die Genossin von der Kaderabteilung dazugekommen sei, aber jetzt, solange man unter sich sei, habe man noch ein wenig Zeit zum Plaudern.

Ob sie zum ersten Mal am Schwarzen Meer war, will er wissen. Wie ihr Jalta gefallen habe. Und wie es denn *unserer lieben Genossin Greenwood* gehe. Man scheine ja gut bekannt zu sein. Ob die Genossin Greenwood, Charlotte möge die Frage verzeihen, mit ihr über ihn, über Melnikow, gesprochen habe. Oh ja, er müsse zugeben, dass er Jill gegenüber nicht gleichgültig sei. Offen gestanden, er liebe sie, sagt Müller-Melnikow und rauft sich die schwarzen Haare. Plötzlich spricht er vom Heiraten. Nein, nicht offiziell, nicht auf dem Papier. Das zähle für ihn alles nicht. Er wolle, dass sie seine Frau werde, Jill. Also menschlich, verstehen Sie? Ob Sie, Genossin Germaine, ein Wort für mich einlegen könnten?

Charlotte nickt, überspielt ihre Verblüffung. Schöpft Hoffnung. Jetzt bloß keinen Fehler machen. Eigentlich müsste sie sich empören. «Heiraten» nennt er das. Sie muss an Erwin denken und seinen Kommunismus der freien Liebe. Immerhin wirkt Melnikow ehrlich. Und er scheint Jill tatsächlich zu lieben. Er sieht Charlotte mit glänzenden Augen an. Die Haare zerrauft. Und auf einmal entdeckt sie Schönheit in diesem Gesicht. Sogar die Narbe auf der rechten Seite und die hervorstehenden Wangenknochen erscheinen ihr gar nicht mehr abstoßend, im Gegenteil. Sie sagt etwas wie *Nun ja* oder *Vielleicht* oder *Ich kann es versuchen*, und Melnikow, dankbar, nimmt ihre Rechte in seine verblüffend warmen, trockenen Hände.

Dann krächzt die Sprechanlage, und wenige Sekunden später betritt Erna Mertens den Raum, Referentin der Kaderleitung der Komintern, eine buchstäblich zugeknöpfte Person: bis unters Kinn. Obgleich sie keinen zeichnenden Makel im Gesicht trägt, ist sie hässlich. Ihr Ausdruck ist nonnenhaft streng. Sie befragt Charlotte mit hoher Stimme über ihre Bekanntschaft mit Emel, während Melnikow spürbar ungeduldig danebensitzt, sogar einmal eingreift, als Erna Mertens zum wiederholten Mal auf das verkaufte Grammophon zu sprechen kommt. *Genossin, es handelt sich um ein Grammophon, nicht um ein Funkgerät,* wirft er ein und beendet das Verhör schließlich mit einem Vorschlag: Die Genossin Germaine und auch der Genosse Germaine, sobald er wieder gesund ist, mögen einen Bericht schreiben über die Angelegenheit, man werde das prüfen, aber er sehe eigentlich nicht, dass sie sich als Genossen oder Mitarbeiter der OMS etwas Wesentliches hätten zuschulden kommen lassen, zumal sie den Vorfall unmittelbar nach ihrer Rückkehr gemeldet hätten.

Bis auf mangelnde Wachsamkeit, fügt Erna Mertens hinzu. Und: erwarte man einen vollständigen und wahrhaftigen Bericht, der eine selbstkritische – ihr Blick sucht Bestätigung bei Melnikow, der halbherzig nickt – Prüfung mit einschließe.

Charlotte verlässt das Gebäude erleichtert. Die Moskauer Herbstluft ist klar. Sie atmet sie in vollen Zügen. Alles ist gut, alles ist richtig. Wie konnte sie glauben, dass die Partei ungerecht mit ihr verfahren wird? Niemand reißt ihr den Kopf ab, weil sie diesen Verbrecher gekannt hat. Sie wird ein reumütiges Schreiben aufsetzen. Sie wird zugeben, dass sie hätte wachsamer sein müssen. Und das stimmt ja sogar.

Obwohl, andererseits: Hat Emel nicht noch ganz andere betrogen? Hat er nicht jahrelang die gesamte Parteiführung getäuscht? Nein, keine falsche Reue, auch das wäre Betrug. Selbstkritisch, aber ehrlich. Nicht zu demütig, aber auch nicht arrogant. Aufrichtig, das ist das Wort. Sie hat den Ton schon im Ohr.

Leichten Schrittes geht sie die *Manjeshnaja uliza* entlang. Rechts, vor der Kremlmauer, fängt man gerade an, die alten Bürgerhäuser abzureißen, es staubt, aber der Baulärm klingt wohltuend in ihren Ohren. Dann ist die Luft wieder rein. Sie atmet genüsslich. Und nach einer Weile geht ihr wieder das Lied durch den Kopf. Dieses Lied aus dem neuen Film, das sie jetzt überall singen, *Zirkus* heißt er. Sie sollten ihn endlich mal ansehen:

Vaterland, kein Feind soll dich gefährden!
Teures Land, das unsre Liebe trägt;
denn es gibt kein andres Land auf Erden,
wo das Herz so frei dem Menschen schlägt!

DIE SONNE, DIE UNS TRÜGT

РГАСПИ ф. 495 / оп. 205 / д. 917 / л. 30–33

den 26. September 1936

en Genossen
MUELLER

Komintern, C.C.

Germaine, Lotte

Werter Genosse Mueller.

. Lurje M., alias Emel.

Auf meiner Urlaubsreise erfuhr ich durch die Zeitung, an welchen htbaren Verbrechen Emel beteiligt war. Ich habe diesen Mann ge- t und zu ihm persönliche Beziehungen gehabt. Woher ich ihn kannte her Art diese Beziehungen waren, darueber gebe ich hiermit der ei Rechenschaft:

Im Jahre 1932, Herbst, lernte ich Isa Koigen, die Frau des Emel, er Handelsvertretung der UdSSR in Berlin kennen. Wir arbeiteten e in derselben Abteilung. Sie als Sekretärin des Gen. Fainstein als Sekretärin des ihm xxx direkt unterstellten Lewin. Unsere Ar- t brachte uns täglich in die engste Beruehrung. Isa Koigen hatte den streng sekreten Dokumenten zu tun, in die ich keine Einsicht e. Sie hatte also eine besondere Vertrauensstellung. Sie erzählte dass ihre Mutter eine alte russische Revolutionärin sei, die jetzt Staat eine Rente bekommt, dass sie selbst in der Emigration bei n Eltern aufgewachsen ist, Ihre Herkunft, das Vertrauen, dass sie er H.V. genoss, jede ihrer Aeusserungen bez. der Partei mussten ir den Eindruck erwecken, dass ich es mit einer guten Genossin un habe. Nie hat Isa Koigen damals oder später eine Bemerkung ge- t, aus der ich etwas anderes hätte entnehmen können, als dass sie Partei ganz ergeben ist.

Im Januar 1933 erkrankte ich an Grippe. Anlässlich dieser kheit suchte mich Isa Koigen damals das erste Mal auf, um zu gen wie es mir geht, und wann ich wieder zur Arbeit komme.

Ich kann nicht mehr sagen, wann ich eigentlich erfuhr, wer Isa gens Mann ist und von wem. Ich hörte jedenfalls eines Tages , dass Mann der gewisse Emel ist, der wegen politischer Abweichungen Artikeln des " Parteiarbeiters" aus dem Z.K. ausgeschlossen wurde. hl ich in den Jahren 1931 , 32 sehr aktiv war und fast täglich unktionärkreise war, habe ich xxx niemals eine Diskussion oder yse dieser politischen Fehler gehört. Eine eigene klare Einschät- dieser Fehler hatte ich nicht.

Ende Februar 1933, einige Tage vor dem Reichstagsbrand, besuch- ch Isa Koigen an einem Sonntag nachm. zum Kaffee . Dort lernte ihren Mann kennen. Es waren verschiedene Leute dort. Soweit ich entsinnen kann 3 Polen, einige Leute, deren Nationalität ich t feststellen konnte und ein Franzose, Calzan, den ich von der erorganisation herkannte. (Mein erster Mann war Lehrer). Es e wenig deutsch gesprochen. Ich ging deshalb bald wieder weg. gesprochen wurde, drehte sich um den Machtantritt Hitlers. en später, im Fruehling, holte ich an einem Sonntag morgen, Isa gen zum Spaziergang ab . Dabei sah ich Emel zum zweiten Mal. Er mit, ebenso ein Ehepaar dessen Namen mir genannt, den ich aber st vergessen habe. Der Mann war Deutscher, Schwerkriegsbeschädig- arbeitete in der Reichsversicherungsgesellschaft, die Frau Russin. pril erzählte mir Isa Koigen, dass man ihren Mann nach Moskau andiert habe. Ich bat durch Isa, ob er nicht irgend etwas fuer en Mann, der in Moskau war, mitnehmen könnte (Geld oder Wäsche soetwas). Ich habe meinem Mann geschrieben, dass ich ihm durch n Bekannten etwas schicke. Auf diese Weise habe ich meinen Mann Emel in Verbindung gebracht.

Wann Isa Koigen ihrem Mann nachgefahren ist, weiss ich nicht

genau. Jedenfallz habe ich ihr den letzten oder vorletzten Tag geholf
weil sie nicht mit Packen fertig wurde. In den letzten Wochen, als s
allein war, sind wir, wenn wir gemeinsam aus dem Buero kamen, öfter
zusammen spazieren gegangen oder haben x eine Tasse Kaffee getrunken.

Im September 1933 kam ich nach der Sowjet Union. Das Quartier,
das mir durch den Apparat des Gen. Abramow angewiesen wurde, lag im
selben Hotel (Sojusnaja) auf dem selben Flur wie das der Gen. Koig
Ich habe sie auf diese Weise sofort wiedergesehen und gesprochen. Ic
war bestimmt abends 2 mal bei ihr und habe auch ihren Mann, den Emel
dabei wieder getroffen. Isa Koigen arbeitete damals irgendwie zusam-
men mit Calzan. Jedenfalls arbeitete sie abends noch spät mit ihm au
seinem Zimmer. Da mein Mann mich im Sojusnaja besucht hat, so ist
es wahrscheinlich , dass er auch mit zur Koigen kam. Einmal war ich
bestimmt eine Stunde allein mit ihr zusammen. Das Wiedersehen mit me
nem Mann und meinen Kindern, deren Lage noch ganz ungeklärt war, mei
Reise in die Union, meine mir wieder bevorstehende Reise, alles das
bewegte mich so stark, dass ich mich sehr muehsam an Einzelheiten er-
innere. Ich weiss nur, dass unsere Gespräche sich ausschliesslich
um die Lage in Deutschland und das Schicksal verschiedener uns bekann-
ter Genossen drehte. Ende 1933 , Anfang 1934 habe ich die Koigen
meiner Meinung noch 2 mal aufgesucht. Ich habe auch meine Kinder dort
hin bestellt, um sich Essen und Geld abzuholen, dasx wir stets, wenn
wir nach Moskau kamen, fuer sie mitbrachten.

Von Fruehjahr 1934 bis Herbst 1935 habe ich weder Koigen noch
Emel gesehen.

Herbst 1935 traf ich Emel zufällig im Puschkino Kaffe wiede
wo ich mich mit meinem juengsten Sohn getroffen hatte. Seiner drin-
genden Einladung, mich doch wieder um Isa zu kuemmern, leistete ich
Folge und suchte zusammen mit meinem Mann die beiden in der Wohnung
eines hohen Funktionärs der Pariser Handelsvertretung, die dieser ihr
zur Verfuegung gestellt hatte, auf. Das war im September 1935. Bei uns
Besuch fragte Emel, ob wir nicht jemand wissen, der ein Grmmaphon
zu verkaufen hat. Er wollte seine Frau damit ich glaube zu ihrem
Geburtstag ~~oder Neujahr~~ ueberraschen. Wir wollten unseres schon lan-
verkaufen, da wir Geld brauchten, und kamen ueberein, das Grammophon
~~ihm Anfang des Jahres~~ zu bringen. Andermal brachten wir dann noch ein
paar Platten. Im ganzen sind wir in dieser Zeit, von Sept. 1935 bis
Dezemb. 1935 wohl 3 bis 4 mal dagewesen, das Abgeben des Grammophons
von 10 Min,. mit eingerechnet. In welcher Reihe die verschiedenen
Abende liegen, kann ich nicht mehr genau sagen. Einmal, ich glaube
das erste Mal, kamen wir zufällig, als sie einen kleinen Abend hatten
Es wurde Grammophon gepsielt und getanzt. Von niemand von den Anwese
den kann ich angeben, wer es war. Es waren vielleicht 5 Menschen. Sie
sprachen alle russisch, mit Ausnahme einer jungen Frau, die mit einem
Rotarmisten, ihrem Mann da war und ausser russisch mit Isa Koigen noc
französisch sprach. Sie arbeitete mit Isa Koigen zusammen am Mos-
kauer Rundfunk. Isa Koigen erzählte mir, dass sie dort verantwortlich
wäre fuer das Zusammenstellen der französischen Sendungen. Die Arbeit
wäre sehr interessant und verantwortlich. Ein andermal traf ich dort
wieder Calzan, der an dem Abend auch als Sprecher im Rundfunk fungier
wieder die Französin, deren Mann Rotarmistenuniform trug, und noch ei
nen anderen Sprecher, einen Franzosen, der sagte, dass er eigentlich
Lehrer sei, und wieder in seinen Beruf nach Frankreich zurueckkehren
wuerde. Diese Leute assen dort zu Abend und gingen dann zu ihrer Arb
Eine Stunde später hörten wir dann die von Isa Koigen zusammengestell
te Sendung , die von diesen selben Leuten vorgetragen wurde, im Radio
Es war die Trauerfeier xxx fuer Barbusse. Isa Koigen sprach an diesem
Abend viel von Ihrer Arbeit. Ausserdem sprachen wir von meinem Kinder
und von den verschiedenen Sorgen und Nöten, die ich mit ihnen hatte.
Ausserdem habe ich an irgend einem dieser Tage gesehen bei Emel und

igen eine Freundin der Koigen , Luba Loewenstein, mit der ich
rch Isa Koigen auch bekannt war und die ich im Abstand von ei-
m halben , einmal auch von ueber einem Jahr aufgesucht habe.
rner entsinne ich mich mit an eine Französin mit einem kleinen
nd, die auch bei Isa im Rundfunk arbeitete. Und ausserdem war
ner von denen, die dort russisch sprachen, ein Pole. Er sagte das
gend wie selbst.
Während dieser letzten Besuche ist es zweimal zu politischen
sprächen gekommen. Einmal sprach Emel ueber den Faschismus und die Ge
hichtsfälschungen der Faschisten. Er ging als Historiker auf verschie
ne Einzelheiten ein und sagte ungefähr sinngemäss , dass wir als
mmunisten die Geschichte ausnuetzen muessen um die Notwendigkeit
d Tatsächlichkeit des Klassenkampfes zu beweisen. Er sprach da-
n, dass gerade Genosse STALIN der Geschichtsforschung auf mar-
stischer Grundlage die grösste Bedeutung bemesse und dass vor
len Dingen durch seine Initiative dieser Zweig der Wissenschaft
tzt die grösste Anregung und Förderung erfahre.
Als wir das letzte Mal da waren, erzählte er uns, dass er von
iner Arbeit als Professor der Geschichte beurlaubt sei. Er sagte,
ss er voll und ganz anerkennt, dass die Partei besonders nach den
fahrungen des Kirow Mordes sehr misstrauisch ist, Dass aber bei
n ein solcher Missgriff vorläge, dass er sich an Genossen Dimitroff
nden wird, und dass er fest davon ueberzeugt ist, dass man ihn
eder an seinen Posten stellt. Er las uns den Brief an Genossen
mitroff aus dem Russischen vor. Es war eine Selbstkritik seiner
emaligen Fehler und ein Bekenntnis zur Linie der Partei. Er sagte
ch, dass dieser Brief, wenn er an Dimitroff geht, ans Sekretariat
s Genossen Stalin gehen wuerde (warum, weiss ich nicht mehr).
d dass es fuer ihn aussser Zweifel wäre, dass Genosse Stalin bei
inem besonderen Interesse fuer Geschichte ihn, den einzigen mar-
stisch geschulten Historiker des Altertums ihn wieder in seinen
rkungskreis einsetzen wird, nachdem er schon so lange seine Feh-
r eingesehen und berichtigt hat. Bei dieser Gelegenheit liess er
ne abfällige Bemerkung ueber Sinowjew fallen, in dem Sinne, dass
e oder die Briefe, in denen Sinowjew seine Fehler anerkannt hat, krie-
risch seien.
Nach diesem Besuch haben wir Emel und Frau noch einmal zu-
llig im Kulturpark getroffen , haben sie aber nur begruesst und
d unserer Wege gegangen. Später fragte ich meinen Mann noch ein-
, ob wir nicht mal hören wollten, was aus dem Brief an Genossen
mitroff geworden sei und ob Emel wohl wieder Professor an der Uni-
rsität ist, Das interessierte mich wegen meines juengsten So hnes,
studieren wollte. Mein Mann antwortete mir, dass er sich die
che mit Emel seit dem letzten Besuch ueberlegt habe; seiner Mei-
ng nach hätte die Partei ihr Misstrauen gegen Emel zum Ausdruck
racht durch die Enthebung von seinem Posten und er wollte unter die-
Umständen nicht mehr dorthin gehen. Ich erkannte das fuer
htig an.
Danach hörte ich das erste Mal wieder etwas von Emel durch
e Zeitung auf dem Dampfer von Batum nach Jalta. Ich war nicht
z sicher, ob dieser Lurje wirklich der Mannist, den wir kennen,
l mir das vollkommen unfassbar war, dass man mit einem solchen
brecher zusammen gewesen sein sollte. Erst als ich in Klammern den
en Emel fand und der Historiker erwähnt wurde, war ich meiner
he sicher. Ich hielt den Lurje N. dann erst fuer die Koigen, bis
aus dem Text sah, dass es ein männlicher Verwandter des Emel war.
Ich habe meiner Reisegenossin, Jill Greenwood sofort erzählt,
s wir diesen Mörder gekannt haben. Ebenfalls Rudi Vollmer, den
in Jalta trafen. Wir sagten ihm, dass wir nach unserer Rueckkehr
ort die Partei informieren muessen.

Ich möchte hier der Partei eine kurze informatorische Erklärung hinzufuegen, von der ich nicht weiss, ob sie ueberhaupt wichtig ist und ob die Person, um die es sich handelt, je eine politische Rolle gespielt hat. Das Studium des Prozesses hat mir aber gezeigt, dass der Einzelne sehr oft die Wichtigkeit dessen, was er hört und sieht nicht beurteilen kann und deshalb alles, was er ueber eine Opposition hört, auch wenn es schon lange zurueckliegt, der Partei signalisieren muss, um ihr zu helfen, die verbrechicherische Opposition auszurotten.

Es handelt sich um folgendes: Im Jahre 1932 - 33 arbeitete ich in der Handelsvertretung im selben Buero zusammen mit einem Dr. Paul Massing, Mitarbeiter am Internationalen Agrarinstitut. Massing hat mir bei irgend einer Gelegenheit, ich kann mich nicht entsinnen, bei welcher, gesagt, dass seine Frau und er heftige Diskussionen haben, weil sie ganz trotzkistisch denkt. Das ist alles, was ich zu berichten habe. Die Frau, eine amerikanische Staatsbuergerin, fruehere Frau eines amerikanischen Journalisten, Gumbel oder Gumpert, war meines Wissens nicht Mitglied der Partei, von einer Aktivität habe ich jedenfalls nie etwas gehört, sie lebte, als ich Massing kannte, inder Tschechoslowakei und kam ihn nur ein oder 2 mal besuchen. Massing selbst wurde von den Vorgesetzten der Handelsvertretung sowohl als von allen deutschen Genossen sehr geschätzt . Dem, was seine Frau dachte, die mir als sehr hysterisch und buergerlich beschrieben wurde, mass ich ueberhaupt keine Bedeutung bei. Als ich von den Agenten Trotzkis las und daruber nachdachte, wie sie wohl trotz aller Wachsamkeit immer wieder ihren Weg in die Sowjet Union finden, fiel mir nach Jahren diese Bemerkung ein, und zwar deswegen, weil diese Frau verschiedentlich nach der Sowjet Union gefahren ist. Zuletzt im Sommer 1933, um die Kinder eines amerikanischen Journalisten, Fisch die sie in Pension hatte, zu ihren Eltern zu bringen . Ich dachte dass sie vielleicht wieder ihren Weg hierher finden könnte und dass man das daher der Partei mitteilen muss, ~~xxxxxxxxxxxxxxxxxxxxxxxxxxxxxxxxxxxxxxxxx~~

Ich habe diese Frau nur einmal fluechtig auf einer Veranstaltung der Handelsvertretung gesehen. Nachdem ich aus Deutschland abgefahren bin , erfuhr ich später, dass Massing einige Zeit in einem Konzentrationslager gesessen hat, später mit seiner Frau nach Amerika gegangen ist. Wo sie leben, was sie machen, weiss ich nicht. Ich habe keinerlei Verbindung mit ihnen gehabt, seitdem ich Deutschland verlassen habe.

Ich habe lange und ernsthaft darueber nachgedacht, wie ~~xxx~~ es möglich war, dass ich mit dem Mörder Emel bekannt sein konnte, verleitet durch meine freundschaftlichen Beziehungen zu seiner Frau, von der mir bis zu diesem Augenblick nicht bekannt ist, welche Rolle sie gespielt hat. Wie es möglich war, dass ich kein Misstrauen gegen ihn hatte.

Ich muss sagen, dass es mir ganz unmöglich war, hinter seine glatte Doppelzuengigkeit zu kommen. Aber ich will die Lehre daraus ziehen, dass erstens ein Parteiarbeiter in der Auswahl seiner persönlichen Bekannten grösseres Misstrauen walten lassen muss, und zweitens, dass ich viel ernsthafter und gruendlicher die Geschichte der Bolschewistischen Partei studieren muss, um dadurch meine Klassenwachsamkeit auf ein höheres Niveau zu heben.

Mit komm. Gruss

Lotte Germaine

1 Metropol

– Charlotte –

Wenn man sich dem Hotel Metropol von der *Neglinnaja* her nähert, kommt man direkt auf den ehemaligen Haupteingang zu, über dem hoch oben ein Giebelmosaik prangt. Dieses Mosaik ist eines der letzten Werke des berühmten Jugendstil-Malers Wrubel. Es zeigt ein Segelschiff, an dessen Mast eine rot gewandete Gestalt steht, der vom nahenden Ufer her eine schöne Blonde entgegenzufliegen scheint. Das Motiv entstammt dem romantischen Versdrama *Die ferne Prinzessin* von Edmont Rostand. Es handelt von einem Edelmann, der mit Inbrunst die Prinzessin Melissinde anbetet, die er jedoch nie gesehen hat. Schließlich fährt er über das Meer, um sich seinen Traum zu erfüllen, unterwegs jedoch befällt ihn eine schwere Krankheit, sodass er, am Ziel angekommen, nicht einmal mehr einen Fuß auf das ersehnte Land setzen kann.

Am 23. September erklärt die *Prawda* unter der Überschrift *Für ein strahlendes und pulsierendes Leben in der Partei* die Parteisäuberung für abgeschlossen.

Am 26. September wird Genrich Jagoda, der Chef des Inlandsgeheimdienstes NKWD, durch Nikolai Jeshow abgelöst.

Am 29. September wird Francisco Franco zum Oberbefehlshaber aller nationalen spanischen Streitkräfte ernannt.

Am 30. September erklärt die *Prawda*, die Säuberung der Partei habe sich als unzureichend erwiesen. Am selben Tag reicht Charlotte ihre schriftliche Erklärung zur Angelegenheit Emel persönlich im Haus der Komintern ein.

Zehn Tage später – Wilhelm ist inzwischen aus dem Krankenhaus entlassen und hat eine in allen Punkten übereinstimmende Erklärung verfasst – erhalten Charlotte und Wilhelm Anweisung, ihre Wohnstatt in Punkt Zwei zu räumen. Möbel und Fotoutensilien bleiben am Ort. Wilhelm muss seine Korowin, Kaliber sechs fünfunddreißig, abgeben. Weitere Informationen erhalten sie nicht – dafür eine Einweisung ins Hotel Metropol, auf Kosten der Kommunistischen Internationale.

Natürlich kennt Charlotte das Metropol, jeder kennt es: eine ausladende Jugendstilschönheit im Herzen der Stadt. Schräg gegenüber steht das Bolschoitheater. Ein Flügel des Hotels grenzt an den Platz der Revolution, der wiederum unmittelbar an den Roten Platz anschließt. Auf der anderen Seite des Platzes hat man das Hotel Moskwa erbaut, in dessen Erdgeschoss sich der neue *Glawparfjumer* – der Hauptparfümeur – befindet, wo Charlotte vor dem Urlaub ihren Lippenstift gekauft hat: *Das Leben ist besser, das Leben ist fröhlicher geworden!*

Charlotte ist sogar schon im Inneren des Metropol gewesen, zusammen mit Isa, damals, während ihrer ersten Moskauer Woche. Denn das Metropol ist nicht einfach nur ein Hotel, sondern mit der Geschichte der Sowjetunion eng verbunden. Als die Bolschewiki von Petersburg nach Moskau zogen, weil die Front bedrohlich näher kam, gab es in Moskau kaum Platz für den rasch anwachsenden Regierungsapparat, weder für Büros noch für Wohnungen, so hatte Isa ihr erklärt. Also wurden die großen Hotels beschlagnahmt und zu *Häusern der Sowjets* erklärt. Insgesamt waren über zwanzig Gebäude auf diese Weise umfunktioniert worden. Das Metropol aber wurde zum *Zweiten Haus der Sowjets* – gleich nach dem Hotel National, wo Lenin residierte.

Charlotte erinnert sich an die Beklemmung, die sich ihrer bemächtigte, als sie zum ersten Mal den vielfarbigen Marmorfußboden betrat. Sie erinnert sich, wie Isa sie am Ärmel zupfte und schnurstracks auf den gläsernen Fahrstuhl zusteuerte, den ein dicker uniformierter Fahrstuhlführer mit riesigem Schnauzbart bewachte. Unbegreiflicherweise schafften sie es sogar an der Etagen-Diensthabenden vorbei, die mit dem undurchdringlichen, missgelaunten Ausdruck aller sowjetischen Diensthabenden auf dem Treppenabsatz thronte. Charlotte erinnert sich an die schwingenden Glastüren, die endlosen Flure, deren ehrwürdige Weite nur durch die Schachtische unterbrochen wurde, über die sich stumme Kontrahenten beugten, oftmals noch von Kiebitzen umstellt.

In einem anderen Flügel tollten Kinder umher, die Räuber und Gendarm spielten (oder, wer weiß, Budjonny im Kampf gegen die Weiße Armee). Offenbar gab es hier immer noch Dauerbewohner. Allerdings hatte Charlotte im Vestibül auch Porträtfotos berühmter Gäste gesehen: Bernard Shaw war da gewesen, auch Henry Barbusse, der Autor der berühmten Stalin-Biographie (die er nicht geschrieben hat), und noch andere, die sie im Vorbeigehen nicht gleich erkannte. Dort hatte Nikolai Bucharin gewohnt, bevor er in den Kreml umzog. Und da war das Büro von Swerdlow gewesen, immerhin Vorsitzender des Exekutivkomitees des Allunions-Sowjets, im Grunde also der höchste Repräsentant des neuen Staates.

Es gelang ihnen, einen flüchtigen Blick in das pompöse Restaurant zu werfen, wo 1918 die erste Verfassung der Sozialistischen Sowjetrepubliken verhandelt worden war. Alle

Parteigrößen waren hier aufgetreten. Und auch das hat sie sich gemerkt: Beim Ersten Internationalen Moskauer Schachturnier spielte in diesem Saal der sagenhafte José Raúl Capablanca gegen den legendären Emanuel Lasker.

Und hier sollen sie nun wohnen? Wo das Zimmer in Goldrubeln zu bezahlen ist und, wie man unschwer dem Aushang an der Rezeption entnehmen kann, monatlich mehr kostet als ihre beiden Monatsgehälter zusammen? Warum steckt man sie nicht ins Hotel Sojusnaja? Oder ins Komintern-Hotel Lux, wo Hilde mit ihrer Familie wohnt? Eine Bruchbude, im Vergleich zu diesem Prachtbau.

Während ihrer illegalen Kurierfahrten für die OMS haben sie schon in manchen Hotels dieser Welt genächtigt. Und auch wenn kaum eines so imposant war wie dieses, hat Charlotte durchaus gelernt, sich in solchen Häusern zu bewegen – im Ausland. Aber hier? Im Heimatland der Werktätigen? Auch Wilhelm ist unsicher. Trägt man sein Gepäck selbst hinauf? Winkt man mit einer kaum merklichen Handbewegung einen *Boy* heran, oder bittet man freundlich um Hilfe?

Der uniformierte Schnauzbart, Charlotte erkennt ihn sogleich, erbarmt sich und trägt ihr Gepäck zum Fahrstuhl – vielleicht weil er Wilhelm die großen Koffer nicht zutraut, vielleicht auch, weil diese mit Aufklebern aus Paris, Berlin, Stockholm übersät sind und der Mann sich ein Trinkgeld erhofft? Was spielen sie hier, wer sind sie? Ausländische Touristen, als die ihre gefälschten Schweizer Pässe sie ausweisen? Oder sind sie hier als Mitarbeiter der Komintern, von denen man die Einhaltung der Regeln kommunistischer Ethik erwartet? Was weiß man über sie?

Vierte Etage. Wilhelm wühlt umständlich einen Rubelschein heraus, dessen Annahme der Fahrstuhlführer aber verweigert. Den Rest des Weges tragen sie die Koffer selbst.

Wilhelm muss zwei Mal absetzen, bevor sie ihr Zimmer erreichen: 479. Charlotte prägt sich die Zahl sofort ein.

Der Raum ist bestimmt zwei Mal so groß wie das winzige Zimmerchen, das ihnen auf Punkt Zwei zur Verfügung stand. Es gibt einen Schreibtisch, eine elegante Frisierkommode. Zwei bequeme Sessel stehen an einem kleinen Tisch: Man könnte hier essen, allerdings ist die Zubereitung von Speisen verboten, wie man ihnen an der Rezeption mitgeteilt hat. Anstelle eines Doppelbetts gibt es zwei einzelne Betten, was Charlotte nicht unangenehm ist. Das Fenster geht nach Norden. Kein sonniges Zimmer, aber dunkel ist es auch nicht. Und der Clou: Sie haben ein eigenes Bad, ein lange entbehrter Luxus.

Charlotte tritt auf den umlaufenden Balkon hinaus. Geradeaus die *Neglinnaja uliza*. Zu ihren Füßen der breite *Teatralny projesd*, auf dem auch im Oktober das Leben noch wimmelt: Die Straßenbahn Nummer Eins rumpelt vorbei. Automobile hupen Passanten aus dem Weg. Droschkenkutscher brüllen. Auf der riesigen Baustelle vor dem Bolschoitheater rackern Arbeiter für die Erfüllung des *Generalplans zur Rekonstruktion der Stadt Moskau.*

Rechts auf dem Hügel ist die Lubjanka zu sehen. Tatsächlich dachte sie zuerst, *Lubjanka* komme von Liebe – *Ljubow*. In Wirklichkeit leitet es sich von dem russischen Wort für Lindenbast ab – *Lub*. Isa hat es ihr einmal erklärt. Ein Ort, wo früher mit Bast gehandelt wurde. Heute ist es der Name des Untersuchungsgefängnisses des NKWD: Volkskommissariat für Innere Angelegenheiten. Die Geheimpolizei.

Und links, ein paar hundert Meter entfernt, das Haus der Gewerkschaften. Der Ort des Prozesses. Absurder Gedanke: dass man sie absichtlich hierherverlegt hat, in dieses Zimmer, damit sie rechts die Lubjanka vor Augen haben und links das Haus, in dem Alexander Emel zum Tode verurteilt worden ist.

Die erste Nacht. Der Lärm auf der Straße klingt lange nicht ab. Die schweren Vorhänge lassen sich seltsamerweise nicht vollständig schließen. Jedes Mal, wenn ein Automobil vorbeifährt, huscht ein Lichtschein über die Stuckrosette an der Decke und lässt die goldenen Sternchen aufleuchten, die im Kreis um die Lampe angeordnet sind. Charlotte muss an das Foto denken, das berühmte, das sie als Weihnachtsengel zeigt, vierjährig, mit goldenem Sternenkranz über dem Kopf. Jahrelang stand es im Schaufenster des Hoffotografen Brasch in der Leipziger Straße. Ihre Mutter hat damit angegeben: Mein Lottchen!

Mutter, wie kommen die Sterne aufs Foto? Ihre Mutter hielt es für richtig, ihr zu antworten: Das sind die Englein-Sterne, die sind über dich gekommen, weil du damals artig warst.

Betonung auf *damals*.

Oh ja, das Foto hat die Mutter geliebt. Ansonsten floss ihre Liebe ungeteilt dem älteren Bruder zu. Er wurde verhätschelt, für ihn wurde gespart. Seinetwegen musste das Lottchen sonntags in der Kammer sitzen und die Wäsche fremder Leute stopfen: *damit Carl-Gustav studieren kann*. Während sie selbst gerade mal vier Klassen der Haushaltsschule besuchen durfte. Ist es das, woran die Sterne an der Decke sie erinnern sollen?

Sechzehn sind es, sie zählt zwei Mal nach. Schade, dass es nicht passt: Es ist vierzehn Jahre her, dass sie Wilhelm zum ersten Mal sah. Sechzehn Angeklagte?

Das möchte sie lieber nicht denken. Sie schließt die Augen.

Sie hört Wilhelms Atem. Auch Wilhelm schläft nicht, drüben in seinem Bett.

Sie dreht sich auf die andere Seite. Hin und wieder huscht ein Lichtschein über ihre geschlossenen Lider. Immer seltener. Allmählich wird es still auf der Straße. Keine Straßenbahn mehr, kein Geschrei.

Erst gegen halb vier Uhr rollen wieder ein paar Autos von der Lubjanka herab und am Hotel vorbei. Aber da schläft Charlotte.

Am Morgen gibt es sogar warmes Wasser. Charlotte duscht, aber maßvoll, sie will die geschenkte Energie nicht verschwenden. Sogar ein paar Handtücher gibt es für jeden. Wäscht man die hier selbst? Macht man die Betten? Oder gibt es einen Zimmerservice, der für die Reinigung des Zimmers verantwortlich ist?

Als sie aus dem Bad kommt, ist Wilhelm wach. In dem engen Zimmerchen auf Punkt Zwei haben sie sich stillschweigend angewöhnt, sich abzuwenden, solange der andere mit Ankleiden oder anderen intimen Verrichtungen beschäftigt ist. Aber jetzt fällt es ihr schwer, nicht wenigstens einen prüfenden Blick auf Wilhelms Körper zu werfen: *Der Tod auf Latschen,* hat sie gedacht, als er aus dem Krankenhaus kam. Nur noch Ohren und Nase. Der Arzt hat Essen verordnet, aber das ist leicht gesagt.

Bisher wurden sie in der *stolowaja,* der Kantine auf Punkt Zwei, verpflegt, wo sie auch die nötigsten Dinge preiswert einkaufen konnten. Aber an ihre Versorgung hier hat anscheinend niemand gedacht. Möglicherweise ist das Frühstück ja inklusive?

Charlotte macht die Betten sicherheitshalber selbst und führt Wilhelm ins Restaurant. Das Frühstück, stellt sich heraus, ist nicht inklusive, aber Wilhelm, der für einen Augenblick in die großbürgerlichen Manieren verfällt, die er sich aus Gründen der Tarnung auf seinen Kurier-Reisen angewöhnt hat, dirigiert die im Weg stehende Kellnerin mit einer grandiosen Handbewegung beiseite und marschiert durch.

Aber dann ist er doch ein wenig eingeschüchtert, Charlotte spürt es. Auch sie selbst ist erneut beeindruckt. Der Saal ist riesenhaft. Eine vielfarbige, von Licht durchströmte Glaskuppel überspannt das Ganze in irrwitziger Höhe. Rote Marmorsäulen, bunte, ornamentierte Fenster. Palmenartige Leuchter wachsen aus mächtigen Goldgefäßen. Die nicht deutbaren Wandmalereien erinnern Charlotte aus irgendeinem Grund an Ägypten (wo sie nie war), überhaupt fühlt sie sich eher wie in einen Pharaonentempel als in der Hauptstadt der Sowjetunion. Zu allem Überfluss sitzt auf einer kleinen Bühne am Kopfende des Saals eine Frau in einer Art Toga und spielt Harfe.

Ein paar Russen lärmen an einem der großen Tische. Wenige, anscheinend ausländische Gäste sitzen still, zumeist paarweise, an den eingedeckten Tischen im hinteren Teil des Saals. Trotzdem dauert es geraume Zeit, bis eine Kellnerin an ihren Tisch tritt. Die Bitte nach einer Speisekarte überhört sie, leiert stattdessen die wenigen Gerichte herunter, die das Restaurant zum Frühstück anbietet.

Charlotte erhascht: Kascha (eine Art Buchweizengrütze), Plinsen (mit irgendwas) und Piroschki, jene immer etwas zu fettigen, gebackenen Teigtaschen, mit Kraut oder Fleisch gefüllt. Wilhelm hat ohnehin kaum ein Wort verstanden, aber auch Charlotte ist von dem brüsken Ton so verunsichert, dass sie anfängt zu stammeln.

Da mischt sich die beleibte Dame vom Nebentisch ein, die offenbar erraten hat, dass sie hier Neulinge sind, und empfiehlt ihnen die Plinsen mit Kaviar. Und sie tut dies mit der typisch russischen Nachdrücklichkeit, die eine andere Wahl absolut ausschließt, es sei denn, man hätte sogleich ein ärztliches Attest zur Hand, das einem den Verzehr von Kaviar verbietet.

Der flüchtige Wortwechsel ist für die Frau Anlass genug, um an ihren Tisch zu wechseln. Als wäre sie dafür verantwortlich, entschuldigt sie sich für das Benehmen der Kellnerin, lobt noch einmal vorauseilend den hervorragenden Beluga-Kaviar, der sie erwartet, und noch bevor der Kaviar kommt, weiß Charlotte bereits, dass die dicke Russin hier schon seit mehreren Jahren wohnt, und zwar keineswegs allein, wie zu betonen ihr wichtig scheint, sondern mit einem gewissen Wassja.

Sie seufzt bei der Nennung des Namens, denn dieser Wassja, erfährt Charlotte, arbeite Tag und Nacht, immer nur Arbeit, Arbeit, kaum seien sie im letzten Sommer einmal auf ihre Datsche gekommen, beschwert sich die Frau, und wenn, dann sei Wassja immer nur hinter seinen Käfern und Schmetterlingen her. Er sammle nämlich Käfer und Schmetterlinge, ihr Wassja, erklärt die Frau ernst und grüßt zwischendurch eine schlanke Dame, die das Restaurant mit zwei nicht sehr disziplinierten Kindern betreten hat, denen sie hin und wieder französische Silben hinterherzischt: *Venez à moi! Et que ça saute!*

Madame Weger, erklärt die Russin und verdreht vielsagend die Augen. Meint sie Jewgeni Weger? Das Politbüromitglied?

Nach so vielen Vorschussinformationen ist es vollkommen unmöglich, die Neugier der Russin abzublocken, die jetzt natürlich wissen will, woher sie kommen, was sie hier tun und woher Charlotte so gut Russisch könne. Die Standard-Antwort auf solche Fragen lautete bisher: Sie seien aus der Schweiz und arbeiteten für die Komintern. Aber nach der vorläufigen Suspendierung haben sie noch keine neue Anweisung erhalten, und so entscheidet Charlotte spontan, bei der Schweizer Herkunft zu bleiben, die Komintern aber hinter sich zu lassen.

Wir haben bisher für die Komintern gearbeitet, sagt sie, die Vergangenheitsform betonend, und die dicke Frau, die mit ihren beringten Fingern und ihre lackierten Nägeln eigentlich nicht aussieht, als interessiere sie sich sonderlich für Politik, beugt sich zu ihr herüber und kommentiert, fast im Flüsterton:

Da soll es ja nur so von Volksfeinden wimmeln!

Hält sich aber sofort den Mund zu, als wäre ihr etwas Unanständiges herausgerutscht, und stellt sich nun vor: Anna Dawydowna, Vor- und Vatersname, wie in Russland üblich, ihr Nachname bleibt unbekannt.

Jetzt kommen die Plinsen mit Kaviar und Rahm, russischem Rahm, genannt *sliwki,* der irgendwie fetter oder cremiger oder luftiger oder jedenfalls anders ist als deutscher Rahm, ein wunderbares Zeug, glatt ein Grund, an die Überlegenheit der sowjetischen Landwirtschaft zu glauben. Für Anna Dawydowna der Moment, ihr Frühstück mit irgendeinem Talon oder Bezugsschein zu bezahlen und sich zu verabschieden.

Zum Glück kann man das Frühstück auch bar bezahlen, allerdings erweist es sich als horrend teuer. Das könnten sie keine Woche durchhalten. Es bleibt ihnen nichts anderes übrig, als ein paar Lebensmittel einzukaufen.

Geschäfte gibt es genug ringsum. Lebensmittelkarten sind

abgeschafft, hat Charlotte in der Zeitung gelesen; auf Punkt Zwei gab es ohnehin keine. Die Schaufenster sind hübsch dekoriert, es gibt sogar Reklameplakate. Nur dass hier und dort Schlangen vor den Geschäften stehen. Charlotte hat die Schlangen schon früher gesehen. Bisher hat sie vermutet, dass die Menschen nach irgendwelchen besonderen Gütern anstehen. Mühelos finden sie ein Geschäft ohne Schlange. Allerdings gibt es hier nur Erbsen. Erbsen und Wodka, bewacht von einer griesgrämigen Verkäuferin in Filzstiefeln und mit einem schmuddeligen, auf Bauernart gebundenen Kopftuch. Erbsen müsste man kochen, aber wie soll man das auf dem Hotelzimmer tun?

Sie stellen sich an. Sie haben keine Ahnung, wie lange es dauern wird. Sie wissen nicht einmal genau, was es eigentlich zu kaufen gibt. Sie stehen mitten unter Menschen, die sie sonst nur aus sicherem Abstand sehen. Es wird gedrängelt und gestritten. Die Hinteren verlangen, dass weniger ausgegeben wird, die Verkäuferin schreit zurück, die Abgabemengen seien staatlich geregelt. Hin und wieder tauchen Personen auf, die aus irgendwelchen Gründen das Recht haben, sich vorn anzustellen. Es wird geflucht und geschimpft, auch über Charlotte und Wilhelm: Was wollen die Ausländer hier, kaufen uns noch das Letzte weg! Wilhelm kann sich kaum noch auf den Beinen halten. Schließlich geben sie es auf und gehen in einen TORGSIN-Laden. *Torgowlja s inostranzami* bedeutet die schöne Abkürzung, was so viel heißt wie: *Handel mit Ausländern.* Hier gibt es nahezu alles – für Gold, Silber, Valuta oder Valutaschecks. Ein paar haben sie noch, für die Übergangszeit wird es hoffentlich reichen.

Sie kaufen Schwarzbrot, Butter und ein paar Büchsen mit unbestimmbarer Wurst und Ölsardinen. Ein paar Flaschen

Wasser dazu. Die Idee, einen Tauchsieder zu kaufen, verwirft Charlotte. Es könnte so aussehen, als richteten sie sich auf längere Zeit ein.

Sie gehen spazieren, noch ist das Wetter schön. Sie gehen über den Roten Platz, kaufen sich für wenige Kopeken Eis. Sie schlendern über den *Kusnezki most*, beiläufig schaut Charlotte nach Winterschuhen, leider vergeblich. Sie gehen hinunter zum Fluss Moskwa, noch ist er ein Rinnsal, aber die Ufer werden schon ausgebaut für die Wasser des Don, die irgendwie, man weiß nicht genau wie, über einen Kanal hier einfließen sollen. Sie müssen sich nicht absprechen, die Nähe des Komintern-Gebäudes zu meiden, es ist genug Platz, um es weiträumig zu umkreisen.

Abends gehen sie essen. Sie wählen ein preiswertes Restaurant, aber immerhin eins, wo Tischdecken auf den Tischen liegen. Wilhelm isst konzentriert. Nachdem sie bezahlt haben, rechnet Charlotte: Monatsgehalt durch Rechnungsbetrag. Wie oft können sie sich das leisten?

Sie essen Schwarzbrot mit Ölsardinen. Die Wurst knabbern die Mäuse an. Mäuse im Hotel Metropol? Hoffentlich keine Ratten. Charlotte lernt, dass man Lebensmittel selbst im Hotel Metropol besser in einem Beutel am Haken aufhängt. Kaffee und Tee gibt es zum Glück im Café im Erdgeschoss zu einigermaßen normalen Preisen. Sie unternehmen Spaziergänge, Wilhelm braucht dringend Bewegung, hat der Arzt gesagt. Wenn sie «nach Hause» kommen – wie schnell gebraucht man das Wort –, fragt Charlotte an der Rezeption nach Post. Eine Nachricht von Melnikow? Von der Komintern? Von Jilly vielleicht? Nichts.

Wenn sie Glück hat, erwischt sie im Foyer eine Zeitung. Sie übersetzt Wilhelm die wichtigsten Meldungen. Der Jahrestag der Großen Sozialistischen Oktoberrevolution steht bevor. Die *Prawda* schreibt über die Rolle Lenins und Stalins beim Aufstand. Dass Stalin die militärische Führung innehatte, hört sie zum ersten Mal. Trotzkis Name wird nicht erwähnt. Nur beiläufig wird gesagt, dass die Rolle des Revolutionären Militärkomitees, dem Trotzki vorstand, bisher überschätzt wurde.

Wilhelm nickt zustimmend. Mit seiner großen Nase erinnert er an einen Vogel.

Die Tage werden schon kürzer, die Abende kalt. Charlotte versucht, ihren Wintermantel zu flicken, Kunststopfen hat sie schließlich an der Mädchenschule gelernt. Hin und wieder hören sie Radio, nachdem Wilhelm entdeckt hat, dass es im Zimmer einen kleinen Knopf gibt, mit dem man einen Lautsprecher ein- und ausschalten kann. Allerdings ist nur ein einziger Sender verfügbar, Radio Moskau. Abends bringen sie manchmal Musik, aber das Radio klingt doch eher wie ein Telefon, offenbar dient es vor allem der Information der Gäste. Jedoch die Wortbeiträge kann Wilhelm nur schwer verstehen, und so bleibt das Radio zumeist doch ausgeschaltet, zumal Wilhelm noch immer stark mit jenem Gespräch beschäftigt ist, an dem er nicht teilnehmen konnte.

Stundenlang, während Charlotte ihren Mantel flickt oder neue Schnürsenkel einfädelt, wandelt er im Zimmer umher und fragt sie aus: Was Melnikow gesagt, was Erna Mertens genau habe wissen wollen. Was genau Charlotte darauf geantwortet habe.

Und Charlotte berichtet zum soundsovielten Mal, wie freundlich Melnikow gewesen sei, sie mindert sein ausgeprägtes Interesse für Jilly ein wenig ab, gibt aber umso genauer das gehässige Insistieren von Erna Mertens wieder, die offenbar darauf aus war, ihnen irgendwas anzuhängen.

Aber was zählt die Meinung von Erna Mertens gegenüber der Meinung von Melnikow?

Oder sollte Erna Mertens erfolgreich gegen sie intrigieren? Was würde das bedeuten? Man kann sie nicht aus der Partei ausschließen, nur weil sie einen raffinierten Verbrecher nicht durchschaut haben. Wird man sie aus der OMS entlassen? In Charlottes Augen wäre das nicht die schlechteste Lösung, aber das verschweigt sie lieber, denn obwohl Wilhelm selber schon daran gedacht hatte, um die Entlassung zu bitten, will er nun, nachdem sie tatsächlich droht, nichts mehr davon wissen.

Nach solchen Gesprächen pflegt er die Durchschriften ihrer beiden Erklärungen durchzugehen: ob sich irgendwelche Widersprüche zwischen den Texten auftun könnten. Aber da sie den Inhalt während Charlottes Besuchen im Krankenhaus sorgfältig abgesprochen haben, stimmen die Erklärungen überein – beinahe zu sehr. *Das* könnte verdächtig sein, fürchtet Charlotte, und nicht die Tatsache, dass es hier oder da kleine Abweichungen gibt. Andererseits: Ist denn nicht jedes Wort wahr? Warum sollte die Wahrheit von der Wahrheit abweichen?

Später liegt sie im Bett und versucht, die *Tscheljuskin* weiterzulesen. Die Nordpassage, plötzlich versteht sie es nicht mehr: Wieso man die gefährliche Route mit einem Frachter bezwingen will, bevor man dasselbe mit einem Eisbrecher versucht hat. Hat sie etwas überlesen? Versteht sie irgendetwas falsch?

Sie blättert zurück, beginnt noch einmal von vorn. Ihre Augen irren auf den kyrillischen Buchstabenketten umher. Es ist zwecklos. Sie knipst die Nachttischlampe aus. Über ihr die goldenen Sterne. Hin und wieder glühen sie auf – und verlöschen wieder. Sechzehn Sternschnuppen. Sechzehn

Wünsche. Ein Wunsch würde ihr genügen. Sie wünscht sich, dass das hier bald zu Ende sei. Eine neue Arbeit. Vielleicht in einem Verlag? Am liebsten bei der VEGAAR, der *Verlagsgenossenschaft Ausländischer Arbeiter*, wo Hildes Mann tätig ist. Jedoch, das entscheidet nicht sie. Das entscheidet die Kaderabteilung der Komintern. Das entscheiden Leute wie Erna Mertens.

Oder bedeutet es: sechzehn Tage?

Heute wäre der dritte. Noch dreizehn Tage Ungewissheit. Keine schöne Vorstellung.

Die Ölsardinen sind gegessen, die Wurst ist aufgebraucht – was davon übrig war. Plötzlich ist der November da. Die ersten Schneeflocken fallen und tauen wieder. Die Stadt bereitet sich auf den 19. Jahrestag der Oktoberrevolution vor, nach dem neuen Kalender der 7. November. Auf dem Roten Platz wird die Tribüne aufgebaut. Absperrungen werden vorbereitet, Transparente aufgestellt. Überall in der Stadt lärmen Lautsprecher. Rundfunkansprachen und Aufrufe werden übertragen. Revolutionäre Lieder erklingen und immer wieder, wie eine Hymne, auch jenes Lied aus dem Film, den sie immer noch nicht gesehen haben:

Vaterland, kein Feind soll dich gefährden!
Teures Land, das unsre Liebe trägt,
denn es gibt kein andres Land auf Erden,
wo das Herz so frei dem Menschen schlägt!

Inzwischen hat Charlotte mitbekommen, dass der Kameramann des Films hier wohnt: Wladimir Semjonowitsch Nil sen, ein junger Mann, aber schon berühmt. Es heißt, er sei befreundet mit Pudowkin und sogar mit Eisenstein. Er und seine Freunde waren die lärmenden Russen beim Frühstück.

Was sie noch herausbekommen hat: Der grimmige graue Herr mit gezwirbeltem Schnauzer und Lenin-Orden, der ein paar Zimmer weiter in Nummer 433 wohnt, ist niemand anders als Matwej Konstantinowitsch Muranow, ehemals Mitglied des Revolutionären Militärkomitees, ebenjenes Komitees, das – nach früherer Darstellung – die Oktoberrevolution organisiert hat. Dass ein Altbolschewik und Träger des Lenin-Ordens gleich nebenan wohnt, empfindet Charlotte als gutes Zeichen. Dass der Mann allerdings unmittelbar mit Trotzki bekannt war, welcher Vorsitzender jenes Komitees gewesen ist, scheint das Positive aufzuwiegen. Aber war nicht auch Hilde irgendwie mit Trotzki bekannt? Und Abramow-Mirow? Sogar Stalin war ja im Grunde mit Trotzki bekannt. Und eigentlich auch mit Sinowjew, mit Kamenew, mit Smirnow … Plötzlich ist ihr vollkommen schleierhaft, wieso ausgerechnet ihnen vorgeworfen wird, mit jemandem wie Alexander Emel bekannt gewesen zu sein.

Mehr als von dem grimmig-stummen Muranow wird das Leben in ihrem Flügel allerdings von der Großfamilie beherrscht, die hier anscheinend mehrere Zimmer belegt hat, mit Großeltern, Tanten und Kindern – sowie jenem stattlichen, knapp vierzigjährigen Mann von georgischem oder jedenfalls südlichem Äußeren, den Charlotte eines Abends mit seiner Aktentasche aus einem schwarzen Dienstwagen steigen sieht. Es handelt sich um das Politbüromitglied Jewgeni Iljitsch Weger. Ist es ein gutes oder ein schlechtes Zeichen, dass jene schlanke, ganz unsowjetisch aussehende

Schönheit zu ihm gehört, die ihren Kindern hin und wieder französische Worte zuwirft?

Und noch jemand wohnt auf der Etage. Eines Morgens entdeckt Charlotte auf dem Flur den Genossen Fainstein, einst Vorgesetzter von Isa Koigen in der sowjetischen Handelsvertretung in Berlin. Er steht, sie traut ihren Augen kaum, mit einem halbvollen Nachttopf vor der Gemeinschaftstoilette, wo um diese Zeit reger Betrieb herrscht. Tatsächlich scheint es hier auch Zimmer *ohne* Bad zu geben. Dass ausgerechnet Fainstein, ein alter, verdienter Genosse, ein solches bewohnt, ist verwirrend. Einerseits wird die Tatsache, dass sie und Wilhelm ein Zimmer *mit* Bad bewohnen, umso bedeutsamer; andererseits wäre es Charlotte höchst unangenehm, dies vor dem alten Genossen einzugestehen. Peinlich auch die Situation, in der sie ihn antrifft. Zum Glück sieht er sie nicht oder erkennt sie nicht, jedenfalls beschließt sie, ihn bei einer anderen Gelegenheit anzusprechen.

Doch als sie Wilhelm von der Sache erzählt, untersagt er ihr strengstens jeden Kontakt: Ein Vertrauter von Isa Koigen!

Charlotte ist irritiert. Ob er etwa glaube, dass Isa in irgendeiner Weise verwickelt sei?

Nein, das glaube er *nicht unbedingt*, sagt Wilhelm. Dennoch bestehe er darauf, dass sie sich vorerst mit Kontakten zurückhalte, solange ihre *Sache*, wie er sich ausdrückt, nicht entschieden ist.

Also hält Charlotte sich mit Kontakten zurück. Verkneift es sich, Isa anzurufen. Unterlässt es auch, einen kurzen Brief an Jilly zu schreiben, die eigentlich versprochen hatte, sich bald im Hotel zu melden. Sie lässt sich sogar davon überzeugen, das monatliche Treffen mit ihrem Sohn Kurt, das schon im Oktober ausfallen musste, ein weiteres Mal zu verschieben. Zu Werner hat sie ohnehin gerade keinen Kontakt.

Inzwischen verbringt sie ihre Zeit mit der Beschaffung von Nahrungsmitteln. Erst allmählich wird Charlotte bewusst, was es heißt, nicht über Talons oder Sonderbezugsscheine zu verfügen, keinen Zugang zu den Läden irgendwelcher Ministerien oder Kommissariate zu haben. Es ist nicht nur demütigend, dass sie im Kreise der mehr oder weniger prominenten Metropol-Bewohner offenbar die einzigen sind, die zu keinem Sonderversorgungssystem gehören, beunruhigend ist auch der Gedanke, dass täglich Tausende und Abertausende Russen, anstatt an dem gigantischen Industrialisierungsprojekt mitzuwirken, ihre Zeit beim Anstehen nach dem Allernötigsten vertrödeln.

Zumeist sind es Frauen, unförmige Geschöpfe in Wattejacken und Fellwesten, mit Kopftüchern oder Pelzmützen, die in der Kälte stehen, geduldig wie Kühe. Und sie mittendrin, ein Teil davon. Ob es an dem geflickten Wintermantel liegt oder an den Socken, die aus ihren Sommerschuhen hervorlugen? Oder daran, dass ihr Gesicht den stumpfen Ausdruck einer Wartenden angenommen hat? Jedenfalls wird sie nicht mehr als Ausländerin wahrgenommen. Aber sie ist Ausländerin, hier und überall. Die deutsche Staatsbürgerschaft ist ihr aberkannt worden. Die sowjetische besitzt sie noch nicht. Sie ist staatenlos, eine falsche Schweizerin, nichts weiter. Sie ist die Einzige in dieser Schlange, die unecht ist. Sie ist vermutlich die Einzige, deren Rücken vom Stehen weh tut. Ihre kleinen Zehen werden vor Kälte allmählich taub. Jetzt steht sie schon eine halbe Stunde und kann noch nicht einmal das Geschäft sehen, in dem es angeblich Kartoffeln und Trockenpilze und Sauerkraut gibt. Was, wenn sie dringend auf die Toilette muss? Und wer weiß, ob überhaupt noch was übrig ist, wenn sie drankommt.

Was macht Wilhelm inzwischen? Beim Anstehen kann

Charlotte ihn nicht gebrauchen. Sie hat ihn in die Bibliothek geschickt, Zeitung lesen, und nachdem er festgestellt hat, dass er im Lesesaal der Leninbibliothek außer der deutschsprachigen *Zentralzeitung* auch die wöchentlich erscheinende Komintern-Zeitung *Baseler Rundschau* bekommt, hat er sich rasch angewöhnt, seinen Vormittag dort zu verbringen. Er liest jeden Artikel, macht sich sogar Notizen, die er Charlotte «zu Hause» vorliest.

Über die sowjetische Wirtschaft: dass die Schwerindustrie schon im September den Jahresplan, der eine Steigerung der Produktion von sechsundzwanzig Prozent festlegte, übererfüllt hat.

Über die bevorstehende Volkszählung: dass allein im letzten Jahrzehnt und nur auf dem Gebiet der Russischen Sozialistischen Föderativen Sowjetrepublik sechshundert neue Städte entstanden sind, darunter Magnitogorsk mit über zweihunderttausend Einwohnern, Karaganda mit einhundertachtzehntausendneunhundert Einwohnern und Komsomolsk mit etwa fünfundzwanzigtausend Einwohnern.

Über den Entwurf der neuen, sogenannten Stalin'schen Verfassung der UdSSR: dass die Bürger der UdSSR ein Anrecht auf Arbeit haben; dass die Bürger der UdSSR ein Anrecht auf Erholung haben, ein Anrecht auf materielle Versorgung im Alter, ein Anrecht auf Bildung, welches gesichert werde durch unentgeltliche Schul- und Hochschulbildung, durch staatliche Stipendien für die überwiegende Mehrheit der Studenten, durch Schulunterricht in der Muttersprache, durch die Bereitstellung unentgeltlichen technischen und agronomischen Fachunterrichts in Betrieben, Sowjetwirtschaften, Maschinen- und Traktorenstationen und Kollektivwirtschaften.

Charlotte ergattert Kartoffeln, Trockenpilze und Sauerkraut, dazu ein Glas eingelegte Tomaten und sogar ein paar Knacker. Die Freude ist so groß, dass sie die Mühsal des Anstehens sofort vergisst. Sie spürt weder Füße noch Rücken, und erst zu Hause, nachdem der erste Freudentaumel abgeklungen ist, fällt ihr ein, dass sie die Kartoffeln ja gar nicht kochen kann, und sie geht noch einmal los, um im neuen UNIVERMAG – fast ohne Anstehen – einen Tauchsieder zu erstehen, mit dem sie das Problem zu lösen hofft. Allerdings ist Wilhelm gegen die Benutzung des Geräts: Keine Regelverstöße. Es ist verboten, in den Zimmern zu kochen oder eigene Heizgeräte zu benutzen, *daran halten wir uns, basta.*

Zwei Mal gehen sie ins Kino, sie sehen den amerikanischen Film *Der letzte Mohikaner* und eine ziemlich flache sowjetische Komödie mit dem auch Charlotte nicht ganz verständlichen Titel *Tri kalatscha i odna baranka* – natürlich alles auf Russisch, was Wilhelm, der zwar behauptet, im Großen und Ganzen alles zu verstehen, mit der Zeit so zermürbt, dass er sich weiteren Kinobesuchen verweigert.

Ein Höhepunkt: der 19. Jahrestag der Großen Sozialistischen Oktoberrevolution. Kurz zuvor hat der Frost eingesetzt. Charlotte muss in Sommerschuhen zur Parade. Gigantische Marschkolonnen ziehen am Lenin-Mausoleum vorbei. Es gibt Darstellungen des Panzerkreuzers Potjomkin und des Sturms auf das Winterpalais. Matrosen, Arbeiter und Soldaten führen auf fahrenden Plattformen mit Holzgewehren den Sturz der Kerenski-Regierung vor und hissen die rote Fahne der Revolution gerade in dem Augenblick, als sie Stalins Tribüne passieren.

Das alles sehen sie nur in Ansätzen, denn es stellt sich heraus, dass es unmöglich ist, auf den Roten Platz zu gelangen. Für die Tribünen links und rechts des Mausoleums braucht man Billetts, und die gibt es nur für Auserwählte. Immerhin können sie die Marschkolonnen sehen, die sich auf dem Platz der Revolution formieren. Allerdings herrschen hier noch Hektik und Durcheinander, Ordner treiben die Leute an, um die Kette der Aufmärsche nicht abreißen zu lassen, schreien, stoßen, fuchteln mit den Armen. Menschen in historischen Kostümen oder mit gewaltigen Transparenten hasten erschrocken umher. Jemand stolpert, stürzt, jemand wird angefahren. Charlotte steht wie versteinert, wagt kaum, Wilhelm in die Augen zu sehen. Aber er scheint das Geschehen gelassen zur Kenntnis zu nehmen.

Überhaupt geht es ihm besser. Seine täglichen Spaziergänge zur Bibliothek bekommen ihm gut. Dass er sichtbar zunähme, kann man zwar nicht behaupten, aber er sieht nicht mehr so klapprig aus wie nach der Krankheit, eher drahtig, wie früher, und auch seine Manneskraft scheint allmählich wiederzukehren. An einem fünften Wochentag, eine Art Samstag in der sowjetischen Sechstagewoche, schlägt er verschämt vor, ins Restaurant Praga essen zu gehen, und natürlich versteht Charlotte, was gemeint ist. Als sie noch im Punkt Zwei wohnten, sind sie oft, immer am fünften Tag der Woche, nach Moskau gefahren und haben im Praga gegessen, und nicht selten war es auch dieser fünfte Tag, an dem Charlotte *es* Wilhelm gewährte: an dem sie gut zu ihm war. Zwar ist ihr im Augenblick nicht sonderlich danach zumute, aber das letzte Mal haben sie es in Jalta getan, und auch wenn Wilhelm sehr viel bescheidenere Ansprüche hat als einst Erwin, bleibt er ein Mann, und es käme nach so langer Zeit einem Affront gleich, sich ihm zu verweigern. Zudem mag sie die behutsame Art, wie Wilhelm sein Verlangen signalisiert, sie genießt seine Bewunderung und, ja, seine Abhängigkeit, denn obgleich Wilhelm sonst in ihrer Beziehung zweifellos den Ton angibt, verwandelt er sich bei Liebesdingen umgehend in einen Bittsteller.

Charlotte rechnet kurz nach, es ist knapp vor ihrer Periode, und stimmt zu, ins Praga zu gehen.

Sie essen Wels mit einer Senf-Meerrettich-Sahne-Soße, und da Wilhelm nicht gelernt hat, über Liebesdinge zu reden, bleibt er die ganze Zeit stumm. Kaum dass sie wieder zu Hause sind, bekommt sein Blick den Ausdruck eines bettelnden Hundes. Als er geduscht und – sie muss es ihm einmal sagen – ein wenig zu stark nach Rasierwasser duftend wiederkommt, beginnt er ihren Körper mit Küssen zu umkreisen, soweit dies der Anstand erlaubt, bis Charlotte durch kleine Geräusche und Gesten zu verstehen gibt, dass es so weit ist, und Wilhelm in sie eindringt. Aber kaum dass Charlotte in Wallung kommt, bäumt sich Wilhelm, dessen Anlaufzeit sich durch lange Enthaltsamkeit noch verkürzt hat, mit einem Keuchen auf und bricht über ihr zusammen.

Sein magerer Körper ist auf einmal unerhört schwer, irgendein hervorstehender Knochen drückt sie, aber es gehört zum Ritual, dass Wilhelm noch eine Weile so auf ihr liegen bleibt. Draußen ist eine Krankenwagensirene zu hören, und plötzlich hat Charlotte die Vorstellung, sie hätten einen Unfall gehabt und nicht Wilhelm liege auf ihr, sondern die BMW R 32. Langsam, viel zu langsam entfernt sich die Sirene.

Dann liegt sie unter den goldenen Sternen. Wilhelm schnarcht leise drüben in seinem Bett. Sie ist wieder das Lottchen. Sechzehn Tage sind um. Es wird doch nicht sechzehn Wochen dauern? Sie denkt an ihre Kammer in Steglitz: Stubenarrest. Wofür? Weil ihre Mutter glaubte, sie hätte den Füllfederhalter ihres Bruders benutzt. Oder weil sie sich geweigert hatte, das kratzende Wollkleid anzuziehen, das sie immer tragen musste, wenn ihre Mutter mit ihr in den Tiergarten ging, um dem Kaiser ihre, wie sie es nannte, *Aufwartung* zu machen.

Ein Auto fährt vorbei, sechzehn Sternschnuppen glimmen auf. Sie wünscht sich nur eins: dass sie hier rauskommt. Einfach nur raus aus diesem Luxusgefängnis, denkt sie. Denkt es in ihr. Das andere, das Schlechte. Das Tier, das sie sofort wieder in seine Höhle zurückprügelt.

2 Traum und Wirklichkeit

– Charlotte –

Es ist etwas Seltsames um die Zeit. Je langsamer sie vergeht, desto mehr schrumpft sie im Rückblick. Zwei mal sechzehn sind zweiunddreißig – wo sind die Tage geblieben? Verblichen, versickert, verdampft. Jeden Tag dieselben Verrichtungen. Ihre Gespräche drehen sich im Kreis: Sie versichern einander, dass es nicht mehr lange dauern kann. Oder dass es vielleicht sogar ein gutes Zeichen ist, dass es so lange dauert. Ein beliebtes, oft wiederholtes Motiv: dass die Partei sie nicht in ein Nobel-Hotel stecken würde, wenn ihnen «ernsthafte Konsequenzen» drohten. Was sie unter ernsthaften Konsequenzen verstehen, wird nicht präzisiert.

So geht es jeden Abend, aber als Charlotte vorschlägt, Hilde vor dem Hotel Lux abzufangen und sich bei ihr zu erkundigen, ob sie irgendwas weiß, lehnt Wilhelm strikt ab, und daran merkt Charlotte, dass er sich mehr Sorgen macht, als er zugibt.

Immerhin lernt sie mit der Zeit einkaufen. Sie entdeckt Geschäfte in Nebenstraßen, bekommt heraus, wo es sich anzustellen lohnt. Sie begreift allmählich die Gesetze der Schlange. Eine der wichtigsten Erkenntnisse: wie man bei stundenlangem Anstehen mit kalten Füßen das Toilettenproblem löst. Man kann sich abmelden! Und den Nachfolger bitten, den Platz freizuhalten. Dabei lernt Charlotte auch diesen Teil der sowjetischen Wirklichkeit gründlich kennen: öffentliche Toiletten. Die es allerdings so gut wie nicht gibt. Manchmal klappt es in Kaufhäusern oder öffentlichen Gebäuden. Aber sogar die Toiletten der neuen Lenin-Bibliothek erweisen sich als stinkende Katakomben, in denen die Türen nicht schließen und wo man, wie in der Vorortbahn, hockend in ein Loch pieseln muss.

Im Übrigen gibt es sehr verschiedene Schlangen. Bei Brot oder Lebensmitteln steht man buchstäblich in einer Reihe. Aber es gibt auch ungeordnete, mitunter sogar sitzende Schlangen, bei denen man sich zu erkundigen hat, wer der jeweils Letzte ist. Charlotte lernt, die Frage akzentfrei auszusprechen. Manchmal muss man sich in eine Liste eintragen, die selbsternannte Helfer anfertigen, die sie, wenn sie selbst dran gewesen sind, an den nächsten selbsternannten Helfer weitergeben. Charlotte denkt sich russische Namen aus, die sie in die Listen eintragen lässt. Manche Schlangen sind stumm, andere sind gesprächig. Man spricht über Eishockey, über den neuesten Film. Jemand will erfahren haben, dass man auf der *Twerskaja* (korrekt: Gorkistraße) Häuser verschieben will, um die Straße zu verbreitern (was Charlotte für ein Gerücht hält). Jemand schimpft über die sogenannten Stachanow-Arbeiter, Bestarbeiter, die nur sechs Monate arbeiten, die Norm versauen und den Rest des Jahres von dem verdienten Geld auf der Krim Urlaub machen (was Charlotte ebenfalls für ein Gerücht hält). Jemand berichtet, dass sowjetische Wissenschaftler eine Methode entwickelt hätten, um aus Erdöl Schokolade zu machen (was Charlotte schon eher glaubt). Man spricht über andere Schlangen. Man erfährt, was es gerade an anderen Orten gibt oder gegeben hat oder angeblich geben wird. Im UNIVERMAG namens Feliks Dzierżyński, dem neuen Kaufhaus, hört Charlotte, gebe es amerikanische Schuhe.

Sie eilt dorthin und stellt sich in der Schuhschlange an. Und tatsächlich gelingt es ihr, Winterschuhe in ihrer Größe zu kaufen. Halbhoch, dunkles Leder. Sie ist glücklich. Sie schont ihre neuen Schuhe. Sie geht von nun an so wenig wie möglich zu Fuß, sondern benutzt stets die Bahn oder den Trolleybus, der vor dem Hotel abfährt: Bahnfahren ist billiger als Gehen, hat Isa Koigen einmal gesagt. Jetzt versteht sie es.

Einmal gelingt es ihr, nach nur zwei Stunden Anstehen Karten für das Bolschoitheater zu ergattern: *Der stille Don*, nach dem berühmten Roman. Der Platz vor dem Theater ist durch die Bauarbeiten an der neuen Metro-Linie aufgewühlt, man balanciert über hölzerne Trottoire am Rande. Aber die Menschen drängeln und stoßen, man tritt ihr auf die Füße. Irgendwann steht sie mit ihren schönen neuen Winterschuhen im Schlamm. Die ganze Oper über, während der Kosakentänze, die Stalin angeblich so liebt, und auch während der politisch und menschlich zerrissene Hauptheld seine Arien singt, muss sie an ihre Schuhe denken. Und als sie zu Hause die Krusten abkratzt und die Sohlen reinigt, macht sie eine entsetzliche Entdeckung. Die Sohlen sind nicht aus Leder, sie sind aus Pappmaché!

Sie fühlt sich betrogen. Vom UNIVERMAG. Vom Staat. Wie kann man den Leuten solche Schuhe verkaufen! Zweihundert Rubel, fast ihr ganzes Monatsgehalt (und, was sie nicht weiß, fast das dreifache Monatsgehalt eines einfachen Arbeiters).

Der Schneefall setzt ein, zögerlich zuerst. Tagsüber steigen die Temperaturen wieder über null Grad, die Tage des Matsches beginnen. Es genügen zwei solcher Tage, dann beginnen die Sohlen der neuen Schuhe, sich aufzulösen. Charlotte zieht wieder die Sommerschuhe mit Wollsocken an und sucht einen Schuster. Im Moskauer Telefonbuch stehen unzählige Werkstätten und Kooperativen, davon sogar einige im Umkreis des Hotels. Nicht alle existieren wirklich. Manche sind gerade wegen Inventur oder Krankheit oder *remont* geschlossen. Einer der Schuster verlangt Valuta. Ein anderer versichert, dass eine Besohlung dieser Schuhe mit Leder unmöglich sei. Ein dritter meint, dass sie sich nächsten Monat noch einmal melden solle, sofern es Material gebe …

Ihr bleibt nichts anderes übrig, als sich an einen der privaten Straßenschuster zu wenden, die es hin und wieder in Moskau noch gibt. Sie weiß nicht genau, ob diese Art der Handwerkstätigkeit vollständig legal ist. Sicherheitshalber fährt sie mit der Straßenbahn ein Stück hinaus: *Basmanny rajon*, hier ist sie noch nie gewesen. Verwahrloste Kinder betteln sie an, Isa hat sie gewarnt vor solchen Kindern. Unter ihnen gibt es gefährliche kleine Kriminelle, nicht umsonst wird man in der Sowjetunion ab dem zwölften Lebensjahr die Todesstrafe eingeführt haben (worüber Charlotte schockiert war). Dennoch fällt es ihr schwer, ungerührt vorbeizugehen. Sie sind arg zerlumpt, manche tragen Fußlappen. Drei kleine Jungen wärmen sich an einem Teerofen, mit dem Asphalt gekocht wird. Die Straßenarbeiter, die gerade ihre Mittagspause beenden, vertreiben sie mit bösen Flüchen.

Leute, die irgendetwas unter der Wattejacke tragen, sprechen sie an: Schwarzmarkt, begreift Charlotte. Sie hütet sich, auch nur hinzusehen.

Plötzlich vor einem Haus eine lange Schlange. Fast schon gewohnheitsmäßig fragt sie, was es hier gibt. Es stellt sich heraus, dass es ein Gefängnis ist. Stumm wenden die Frauen sich von ihr ab. Manche haben kleine Pakete dabei. Eine kommt gerade wieder aus dem Gebäude heraus, ihr Gesicht ist verheult. Ihr Paket trägt sie immer noch bei sich.

Dann endlich findet sie einen Schuster. Ein ausgemergelter alter Mann, er sitzt auf einem Mauervorsprung, seine gesamte «Werkstatt» hat er vor sich auf dem Boden ausgebreitet. Kichernd betrachtet er Charlottes Winterschuhe. Er bietet ihr das Kissen an, auf dem er sitzt: *Sudarynja* nennt er sie, seltsame Anrede. Charlotte bleibt tapfer stehen. Es ist kalt, sie tritt von einem Fuß auf den anderen. Der Mann überlegt lange, wendet den Schuh hin und her, bevor er ihn in eine Art Schraubstock einspannt und anfängt, die Sohle abzuschneiden.

Er erweist sich als ziemlich gesprächig. Erklärt, wie schwer es heutzutage für einen, wie er es nennt, selbständigen Handwerker sei. Zweihundert Rubel Steuern im Monat, den Platz müsse er auch bezahlen. Und dann die Materialbeschaffung! Alles gehe an die Staatlichen, behauptet der Mann, was Charlotte gleich doppelt verwirrt: Zum einen erscheint es ihr selbstverständlich, dass die Staatlichen im Sozialismus bevorzugt werden, was sonst? Zum anderen hat sie aber gerade feststellen müssen, dass die staatlichen Reparaturbetriebe eben kein Material hatten. Wieso hat dieser Mensch Material? Lügt er? Ist er ein Gauner?

Halb bereut sie, dass sie sich darauf eingelassen hat. Aber der Schuster hat bereits die Pappe von den Sohlen entfernt und redet weiter. Sie versteht ihn schlecht, was nicht nur daran liegt, dass ihm Zähne fehlen und seine Nase verstopft ist. Es liegt nicht nur an den aufgesprungenen Lippen und dem Dialekt oder an einzelnen, ihr unbekannten Worten. Es liegt daran, dass ihr das, was er erzählt, unbegreiflich ist. Es rauscht an ihr vorbei, bevor sie dazwischenkommt mit ihren Gedanken und Fragen. Dass er eigentlich Bauer sei, versteht sie. Er komme aus dem Kuban und sei nach der großen Hungersnot von dort weggegangen. Zuerst hätten sie die Hunde gefressen, erzählt er, und den Rest, *sudarynja*, erspare ich Ihnen. Dann habe er nach Leningrad gewollt, aber man habe ihn nach Murmansk geschickt, wo er sich eine Aufenthaltsgenehmigung habe verdienen sollen. Das sei praktisch ein Arbeitslager gewesen, behauptet der Mann, und Charlotte versteht schon wieder nicht: Arbeitslager? Hungersnot? Spricht der Mann jetzt von der Zeit *vor* der Revolution, vom Zarismus?

Zarismus? Da lacht der Mann. Er schüttelt sich vor Lachen. Sie sind aus dem Ausland, *sudarynja.* Im Zarismus, da war ich fast noch ein Kind, sagt der Mann, das macht dreihundert Rubel.

Ein Kind? Wie alt sind Sie denn?

Der Mann zählt blitzschnell die Rubel ab, die sie ihm in die Hand gedrückt hat, lässt sie in seiner abgerissenen Wattejacke verschwinden. Er blickt sich kurz um und fragt: Was schätzen Sie denn?

Mindestens fünfzig, schätzt Charlotte. Wenn sie ehrlich ist, sogar mehr. Laut sagt sie: Vierzig. Aus Höflichkeit. Aber der Mann lächelt sie durch seine Zahnlücke an:

Siebenundzwanzig, *sudarynja.*

Siebenundzwanzig ... es dreht sich in ihrem Kopf. Sie packt ihre Schuhe ein, flieht. Mit klopfendem Herzen wartet sie an der Haltestelle. Erst in der Bahn merkt sie, wie durchgefroren sie ist. Ihre Füße sind wie aus Eis, trotzdem wagt sie nicht, die frisch besohlten Winterschuhe auszupacken. Im Hotelfoyer huscht sie rasch an Anna Dawydowna vorbei, aus Angst, dass diese zur Aufdringlichkeit neigende Frau in ihre Einkaufstasche gucken könnte. Erst mit Verzögerung registriert sie den uniformierten Mann an deren Seite, einen Fettwanst mit Hitlerbärtchen. Offenbar der vielbeschäftigte Wassja.

Wilhelm erzählt sie, wie wunderbar ihr der Schuster die Schuhe besohlt hat. Er glaubt es. Und natürlich glaubt er, sie sei bei einem staatlichen Schuster gewesen, wo sonst? Er begutachtet die Schuhe ausgiebig, lobt die ausgezeichnete Arbeit. Charlotte schämt sich. Nicht weil sie lügt, sondern weil es so leicht ist, ihn zu belügen. Sie nimmt sich vor, so etwas nie wieder zu tun. Ja, sie beginnt sogar heimlich zu hoffen, die Behörden würden diesen Mann von der Straße holen, ihm sein Handwerk verbieten, obwohl das nicht fair ist. Aber sie wünscht ihn weg. Wohin denn – weg? Sie versucht, ihn zu vergessen. Zu vergessen, was er gesagt hat. Ja, die Versorgungslage ist schwierig. Ja, es hat Brotkarten gegeben bis vor einiger Zeit. Aber Hunde gefressen? Den Rest, *sudarynja*, erspare ich Ihnen. Was soll das eigentlich heißen: *sudarynja*?

Sie schlägt im Wörterbuch nach: *Gnädige Frau*. Wieso nennt ein Siebenundzwanzigjähriger sie *sudarynja*? Jemand, der fast sein ganzes Leben in der Sowjetunion verbracht hat? Ein Lügner. Ein Irrer. Ein Konterrevolutionär.

Immerhin, die Schuhe sind gut: gute konterrevolutionäre Arbeit. Trockenen Fußes geht sie durch Moskau. Allmählich gelingt es ihr, nicht fünfzehn Mal am Tag an die Herkunft der Sohlen zu denken, während sie in der Schlange steht. Während sie ihre Beute nach Hause schleppt. Während die Henkel der Taschen ihr in die Finger schneiden. Während sie durch aufgeweichten Schnee tappt oder sich vor dem Hotel die Füße abtritt …

Und doch, sie kann es nicht ändern, hält sie Ausschau nach Hunden. Versucht, sich zu erinnern, wann sie in Moskau zum letzten Mal einen Hund gesehen hat.

Es ist verrückt! Es gibt jede Menge rationaler Erklärungen für den Mangel an Hunden in Moskau: kein Hundefutter, Gemeinschaftswohnungen, Tradition. Nicht jedes Volk hat, wie die Deutschen, ein Faible für Hunde. Und ist es nicht sogar angenehm, dass es hier keine Hunde gibt? Und wäre es angesichts der, zugegeben, noch immer schwierigen Versorgungslage nicht politisch verantwortungslos, sich einen Hund zu halten?

Trotzdem schaut Charlotte nach Hunden, wo sie auch geht. Sie schilt sich für diese Obsession. Manchmal macht sie absichtlich einen Schlenker durch eine der wenigen Grünanlagen im Zentrum. Sucht auf den noch nicht vom Schnee geräumten Wegen beiläufig nach gelblichen Marken, nach Hundekot. Es gibt keinen. Noch in der Nacht, wenn die goldenen Gipssterne über ihr kreisen, denkt sie darüber nach, muss sich immerzu vorzustellen, wie man in einer Gemeinschaftsküche einen Hund schlachtet. Alles scheint auf einmal davon abzuhängen, ob sie in Moskau einen Hund sieht.

Und dann, endlich, sieht sie ihn. Sie sieht einen Moskauer Hund! Sie sieht ihn nur kurz, in der Nähe des Hauses der Regierung, an der neuen Steinernen Brücke. Es ist ein langhaariger, gepflegter deutscher Schäferhund. Ein gutgekleideter Herr führt ihn an der Leine, verschwindet mit ihm im Hof des Gebäudes. Und was denkt sie?

Sie denkt nicht. Aber *es* denkt. Das andere, Schlechte in ihr. Es denkt: Es gibt keine Hunde in Moskau …

Aber du hast doch gerade einen gesehen!, denkt Charlotte.

Doch *es* denkt: Es gibt keine Hunde in Moskau.

Dann, plötzlich, ist es Dezember. Das Treffen mit Kurt lässt sich nicht länger aufschieben, das sieht sogar Wilhelm ein. Begleiten will er sie nicht, er habe zu tun. Charlotte denkt nicht daran zu widersprechen.

Tatsächlich hat Wilhelm inzwischen einen beinahe zwanghaften Aktionismus entwickelt. Täglich macht er eine halbe

Stunde Gymnastikübungen nach Turnvater Jahn. Er hält sich lange im Bad auf, duscht kalt, bearbeitet seinen Körper ausgiebig mit seiner Wildschweinborsten-Kardätsche. Versucht, seine verbliebenen Haare in Form zu bringen, obgleich er hernach seinen Hut aufsetzt und ohne Rücksicht auf die Wetterlage zur Lenin-Bibliothek stapft, wo er die *Deutsche Zentralzeitung* und die *Rundschau* liest und sich Notizen macht, um Charlotte zu Hause die Meldungen vorzutragen. Nach dem Essen studiert er die *Geschichte der KPdSU(B). Kurzer Lehrgang*. Er tut dies sitzend, am Schreibtisch, mit einem Bleistift hinter dem Ohr, mit dem er das Wichtigste anstreicht (also fast alles) – unterbrochen allerdings von plötzlichen, unberechenbaren Phasen der Passivität. Dann kommt es vor, dass er zwei, drei Stunden lang auf dem Bett liegt und an die Decke starrt. Während solcher Ausfälle muss Charlotte mitunter an den seltsamen Scherz denken, der Wilhelm herausgerutscht war, nachdem er seinen Revolver abgegeben hatte:

Womit soll ich mich jetzt erschießen?

Sie ruft Kurt in der Uni an, wo er als Zeichner arbeitet, und verabredet sich mit ihm im Café Tschaika in *Kitai-gorod*, zwanzig Minuten zu Fuß entfernt. Kurt ist ihr jüngster Sohn. Er war gerade elf, als sie die Familie verließ, Werner nur zwei Jahre älter, und obwohl sie noch heute jede Menge Gründe und Rechtfertigungen für ihre damalige Entscheidung parat hat, bedrängt sie das schlechte Gewissen, besonders Kurt gegenüber, vielleicht, weil er der Jüngere ist, vielleicht aber auch, weil sie Werner insgeheim immer ein wenig bevorzugt hat. Werner ist groß, blond und schön, während Kurt, im Kohlrübenwinter geboren und früh an Rachitis erkrankt, schmächtig geblieben ist; obendrein hat er einen Augenfehler, der sich trotz ärztlicher Bemühungen mit jedem Jahr zu verstärken scheint: Er schielt nach außen, wofür sie sich immer ein wenig geschämt hat.

Fünf Jahre hatten die Jungs nach der Trennung noch beim Vater gewohnt, bevor sie 1933, inzwischen sechzehn und achtzehn, ein Visum für die Sowjetunion bekamen. Erwin gelang es erst ein Jahr später, und sie selbst, Charlotte, konnte den Jungen hier in Moskau kaum helfen. Aber zumindest hat sie ihnen – über Abramow-Mirow – ein Zimmer besorgt, unglaublich schwierige Angelegenheit. Aber nachdem Kurt, kopflos verliebt, einige Wochen bei einem Mädchen gewohnt hatte, holte Werner wiederum seine Freundin in das gemeinsame Zimmer und ließ Kurt nicht mehr rein.

So kam es zum Streit. Werner hatte kein Recht, fand Charlotte, nach Belieben über das Zimmer zu verfügen. Ein halbes Jahr später tauschte er es gar gegen ein anderes und heiratete eine deutsche Emigrantin, was ihn jedoch nicht daran hinderte, diese mit einer Russin zu betrügen, deren Mann gerade wegen Diebstahls verhaftet worden war. Er trank offensichtlich, betrog die Russin mit ihrer fast noch minderjährigen Tochter, trieb sich in zwielichtigen Kreisen herum und versäumte mehrmals die monatlichen Treffen mit Wilhelm und Charlotte. Inzwischen hat sie Werner schon drei Monate nicht gesehen.

Kurt dagegen ist ein zuverlässiger Mensch und ein guter Sohn. Pünktlich um vier Uhr betritt er das Café Tschaika. Seine schwarzen Locken sind buschiger geworden, er trägt weite Hosen mit Umschlag und ein grobes Barchenthemd unter der Wattejacke, was ihn wie einen Russen aussehen lässt. Sein Augenfehler ist auf die Entfernung nicht zu erkennen, aber die besondere, etwas umständliche Art, wie er sich nach ihr umschaut, macht ihr das kleine Handicap sofort bewusst. Sie spürt plötzlich den starken Wunsch, ihn in die

Arme zu nehmen und zu drücken, aber allzu innige Umarmungen sind in der Familie nicht üblich. Sie küssen sich flüchtig links und rechts auf die Wangen, Charlotte drückt lediglich seine Hand etwas länger, etwas fester als sonst, was Kurt mit einem forschenden Blick quittiert.

Es ist das Vorrecht der Mutter, sich zuerst nach dem Befinden des Sohnes zu erkundigen, und Kurt erzählt ihr artig, aber merkwürdig teilnahmslos, dass er – dem das Direktstudium im letzten Jahr nicht bewilligt worden war – zum Fernstudium zugelassen sei. Charlotte ist hocherfreut und auch ein wenig erleichtert. Nicht, dass sie ernsthaft befürchtet hat, ihre Suspendierung könne Auswirkungen auf ihren Sohn haben, aber wer weiß.

Ob er sich denn gar nicht darüber freue, will sie wissen, während Kurt, ein wenig abwesend, die kleine Speisenkarte wendet, wie um zu prüfen, ob nicht noch etwas auf der Rückseite steht – und spätestens jetzt wäre der Moment gekommen, ihm zu erklären, warum sie sich nicht, wie üblich, im Café Puschkin treffen, wo sie bisher mit Valutaschecks bezahlt hat, sondern im vergleichsweise bescheidenen Tschaika.

Wilhelm hat darauf bestanden, dass sie nichts über ihre gegenwärtige Lage verlauten lässt – immerhin eine dienstliche, mithin geheime Angelegenheit –, sondern sich auf die Mitteilung beschränkt, dass sie nicht mehr über Valutaschecks verfüge. Was sie vor Kurt jetzt so darstellt, als handle es sich um eine allgemeine, sämtliche Mitarbeiter betreffende Verordnung. Es soll harmlos klingen, gerät jedoch zu einer umständlichen, bedeutsamen Erklärung.

Kurt scheint das alles nicht zu interessieren. Er bestellt sich eine Portion Pelmeni und ein Glas Tee, Charlotte dagegen nur ein Glas Tee. Und noch bevor die Kellnerin die Getränke bringt, kommt er auf das zu sprechen, was Charlotte am meisten fürchtet. Mit halblauter Stimme fragt er, natürlich auf Deutsch, was sie davon hält, dass man Alexander Emel erschossen hat.

Sie wusste, dass er sie danach fragen wird, und sie wusste auch, was sie sagen wird, nämlich die Wahrheit. Dass sie entsetzt sei über die unglaublichen Taten, an deren Vorbereitung *dieser Mensch* beteiligt war (sie vermeidet es, in der Öffentlichkeit seinen Namen zu nennen). Dass sie zuerst nicht habe glauben können, was in der Zeitung stand, dass sie aber gerade sein Leugnen in einzelnen Fragen als Beweis dafür ansehe, dass die anderen Vorwürfe berechtigt waren. Aber vor allem, erklärt sie, sei sie darüber schockiert, von *diesem Menschen* dermaßen hintergangen worden zu sein.

Das alles sagt sie, und Kurt nimmt es hin mit derselben Teilnahmslosigkeit, mit der er von seinem Fernstudium sprach. Er widerspricht nicht, er verzieht nicht das Gesicht. Nickt hin und wieder, den Empfang ihrer Worte quittierend, während er eine Teigtasche nach der anderen verspeist, jede einzelne auf dieselbe Weise: nachdem er sie gründlich in der selbst zusammengerührten Sahne-Senf-Soße gewendet hat. Hin und wieder blickt er vom Teller auf, schaut sie an mit seinen schiefen Augen, das heißt: mit dem einen, was, sie kann sich nicht helfen, besonders kritisch, besonders misstrauisch aussieht.

Ob sie glaube, dass diesem Prozess weitere folgen werden.

Eine Frage, die Charlotte sich noch nicht gestellt hat. Noch ein trotzkistisches Zentrum? Unmöglich, sagt sie. Vollkommen unmöglich. Und dieses Mal, findet sie, klingt sie sehr überzeugend. Und Kurt?

Kurt isst alles auf, faltet zerstreut die schon benutzte Serviette, schiebt sie unter den geleerten Teller, nimmt einen Schluck Tee, und erst nachdem er das alles erledigt hat, fragt er:

Und Isa? Was hältst du von ihrer Verhaftung?

Und obwohl sie sofort, ja, fast noch bevor er es ausspricht, weiß, dass es wahr ist, entgegnet Charlotte: Das kann nicht sein!

Kurt nickt, als würde er ihr zustimmen. Aber dann sagt er: Ich war da. Die Wohnung ist plombiert. Ich habe im Rundfunk angerufen. Dort sagte man mir, hier arbeite keine Isa Koigen.

Es schneit in Moskau. Alles ist weiß: die Zinnen der Kremlmauer, der Spasski-Turm, die Kuppeln der Basilius-Kathedrale. Alles ist weiß und schön, sogar die Lubjanka.

Sie sieht sie jeden Tag: die Lubjanka. Schon morgens, wenn sie aus dem Hotelportal tritt, sieht sie die Lubjanka – und denkt an Isa. Sie geht die Gorki-Straße entlang und denkt an Isa. Sie sieht das Puschkin-Denkmal und denkt an Isa. Sie stapft auf ihren konterrevolutionären Sohlen durch Moskau und denkt an Isa. Sie denkt daran, wie Isa ihr die Stadt gezeigt hat, *ihre* Stadt, mit welcher Liebe, mit welcher Begeisterung. Sie hat ihr die ersten Moskauer «Verhaltensregeln» beigebracht. Sie hat ihr gezeigt, wie man Metro fährt. Sie hat ihr erklärt, wieso die riesigen Stalinplakate politisch notwendig sind: *Das russische Volk braucht ein Gesicht, kein Politbüro.* Das hat sie sofort verstanden. Sie hat dieses russische Volk gesehen. Sie war schockiert über die orientalisch anmutende Horde, die vor dem Leningrader Bahnhof herumlungerte. Sie war befremdet von den kreuzschlagenden Mütterchen auf dem Roten Platz; von den betrunkenen Männern am Straßenrand; von der Rohheit der Frauen, die in der Straßenbahn drängelten; von den bettelnden Kindern. Und es war Isa, die sie beruhigt, die ihr Volk in Schutz genommen, die Charlotte über die ungeheuren Fortschritte aufgeklärt hat, die während der Sowjetmacht schon erreicht wurden. Isa ein Volksfeind?

Charlotte geht ihre Erinnerungen durch wie Karteikarten. Hat Isa jemals irgendetwas Verdächtiges gesagt? Hat sie jemals irgendwelche konterrevolutionären Ansichten geäußert? Andererseits: Wenn sie tatsächlich mit Emel unter einer Decke gesteckt hätte, würde sie dann konterrevolutionäre Ansichten geäußert haben?

Sie denkt an Isas offenes, gutmütiges Gesicht, ihr ansteckendes Lachen. Ihr Gefühl sagt, dass das alles nicht möglich ist. Aber ihr Gefühl hat sie schon einmal getrogen. Was sagt ihr Verstand? Ihr Verstand sagt: Wie kann jemand fünfzehn Jahre lang an der Seite eines Verbrechers leben, der schlimmste Gewalttaten plant, und nichts davon bemerken?

Am Mittag kommt Wilhelm mit vom Frost geröteten Ohren nach Hause (er trägt noch immer bloß einen Hut) und beginnt seine Presseschau. Über die bevorstehende Eröffnung der neuen Metrostation *Ochotny rjad*. Über die Ausrottung des Analphabetentums. Über die Sabotageakte der ehemaligen Leiter der Orenburger Eisenbahnlinie … Nicht zu fassen, sagt Wilhelm. Da muss man doch endlich mal durchgreifen!

Am dritten Abend nimmt Charlotte ihren Mut zusammen und spricht es aus: Sie haben Isa verhaftet.

Woher sie das wisse, fragt Wilhelm.

Von Kurt.

Und woher will der das wissen?

Sie ärgert sich über seinen verächtlichen Tonfall. Sie erzählt ihm, woher Kurt es weiß. Wilhelms Stimmung kippt. Fast klingt es triumphierend. Fast als würde er sich über Isas Verhaftung freuen:

Ich habe es gesagt! Ich habe dir gesagt, du sollst nicht mit Fainstein reden!

Wieso ist er so sicher, dass Isa tatsächlich schuldig ist?

Sie fragt nicht. Seinen Vorschlag, ins Praga zu gehen, lehnt sie ab mit der Begründung, dass heute ein gefährlicher Tag sei. Wilhelm glaubt ihr, obwohl es gelogen ist. Auch seinen Vorschlag, «einfach so» ins Praga zu gehen, lehnt sie ab: Es gehe ihr nicht gut. Das wiederum glaubt Wilhelm ihr nicht, obwohl es wahr ist.

Er trinkt zwei Flaschen Bier, stehend, eine Art vorsätzlicher Selbstbetäubung, ein leichter Vorwurf klingt mit. Aber kaum, dass er sich ins Bett gelegt hat, schnarcht er.

Vor dem Fenster rieselt der Schnee. Charlotte muss an die Christmette denken: Matthäuskirche in Steglitz, wo sie immer mit der Mutter waren. Der uralte Pfarrer Wuthenow, dessen Stimme wie ein großes, unheimliches Insekt in dem hohen Kirchenschiff umherschwirrte. Lange hatte sie geglaubt, Pfarrer Wuthenow sei so etwas wie Gott. Er kam immer aus der kleinen Tür rechts neben dem Altar. Und die kleine Tür links neben dem Altar? Das, so glaubte Charlotte, war die Hölle.

Ob sie den Schnee sieht? Ob sie ein Fenster hat, dort in ihrer Zelle? Sie stellt sich vor, wie man Isa die Treppe hinunterführt: linke Tür, Hölle. Ein winziger, feuchter Raum mit unverputzten Wänden. Der Boden schwarz von Blut …

Sie muss aufstehen, ins Bad gehen, das Licht anmachen. Sie setzt sich aufs Klo, will sich den Schweiß mit Toilettenpapier von der Stirn tupfen. Aber Toilettenpapier ist knapp. Sie wäscht ihr Gesicht mit warmem Wasser. Nach einer Weile hört sie die Uhr am Spasski-Turm schlagen: vier Uhr Moskauer Zeit.

Sie legt sich wieder hin. Der Lärm auf dem *Teatralny projesd* ist verhallt. Nur ein einzelnes Auto rollt von der Anhöhe der Lubjanka herab, wirft sein Licht an die Sternendecke, fährt vorbei, Richtung nirgendwo.

Am Morgen: Lubjanka. Ihr erster Gedanke: Bringt man sie zum Verhör?

Beim Schlangestehen: Wird man Isa auch über sie ausfragen?

Auf dem Heimweg: Wird man ihre Aussagen vergleichen?

Aber warum sollte man? Wer sollte sich für sie interessieren? Für Lotte aus Berlin-Steglitz. Trotzdem beginnt sie, ihre schriftliche Erklärung im Geiste zu prüfen. Ruft sich die Stellen in Erinnerung, wo sie ihre Bekanntschaft heruntergespielt, die Anzahl der Besuche gemindert oder Ereignisse überhaupt unterschlagen hat. Nebensächlichkeiten. Dinge, die man vergessen haben kann, die schwer zu beschreiben sind: die Umarmung beim Abschied, als Isa aus Deutschland abreiste; die Abende im Hotel Sojusnaja in Moskau. Oder dass Isa sie von ihrem Eis abbeißen ließ ... Ist das politisch relevant? Hätte ich das angeben müssen?

Abends Klaviermusik im Bojarensaal – die neueste Art der Folter. Tanzkurse, immer am zweiten und vierten Tag der Woche. Unglücklicherweise liegt der Bojarensaal ihrem Zimmer direkt gegenüber. Ein Korepetitor klimpert unermüdlich denselben Tanz, bricht ab, setzt wieder ein. In den Zwischenräumen klimpern ihre Gedanken, reißen ab, setzen wieder ein. Sie merkt, wie das Fieber kommt. Sie wälzt sich von einer Seite auf die andere. Ihr Kopf ist heiß. Etwas pocht ihr von innen gegen die Schädelwände. Sie zieht die Decke über den Kopf, wärmt sich am eigenen Atem. Dann, endlich, setzt der Schüttelfrost ein.

Am nächsten Tag steigt das Fieber noch einmal an, trotz der Kompressen, die Wilhelm ihr macht, und Charlotte träumt jenen Traum, den sie jedes Mal träumt, wenn sie fiebert. Es ist ihr Krankheitstraum, ein wiederkehrender Albtraum. Er versetzt sie zurück in die Kindheit. Sonntag. Sie muss das kratzende weiße Wollkleid anziehen. Alles beißt und juckt, ihre Haut, ihr Gesicht. Und als der Kaiser kommt, muss sie niesen.

Das träumt sie nicht, so war es tatsächlich. Der Rotz läuft ihr zur Nase heraus. Dennoch verharrt sie pflichtschuldig in der Verbeugung, genauer gesagt: in dem tiefen Knicks, den ihre Mutter ihr anbefohlen hat. Bis der Kaiser vorbei ist. Dann verpasst die Mutter ihr eine saftige Ohrfeige für ihr, wie sie findet, *unerhörtes Benehmen.* Zu Hause sperrt sie Lotte zur Strafe in die fensterlose Kammer, die sie, angeblich um ihren Heuschnupfen zu mildern, mit selbstgesammelter falscher Kamille verpestet.

Von dieser Kammer träumt Charlotte. Sie trägt noch immer das kratzende weiße Kleid. Sie verglüht, sie erstickt. Mehr geschieht normalerweise nicht in ihrem Traum, nur dass sie vergeblich das kratzende Wollkleid loszuwerden versucht, das sich bedrohlich um ihren Körper schlingt. Sie ringt mit dem heißen Kleid, während ihr Bruder Carl-Gustav drüben in der Küche sitzt und Hausaufgaben macht. Oder, der Verdacht kommt ihr, an seinem Roman schreibt.

Aber wieso denn *Roman*? Und warum spricht Isa ihn

immerzu mit *Herr Feuchtwanger* an? Charlotte ärgert sich, dass Isa ihren Bruder mit dem berühmten Schriftsteller verwechselt: *Herr Feuchtwanger, Herr Feuchtwanger!* Sie will aufstehen, Isa aufklären, aber auf einmal befürchtet sie, es könnte wahr sein. Isa könnte, wie immer, mehr wissen als sie: Aus Carl-Gustav Schwarz könnte Lion Feuchtwanger geworden sein, Autor unzähliger bekannter Romane und Schriften. Der sich aber, wie jedermann weiß, im französischen Exil aufhält.

Der Gedanke erleichtert sie. Natürlich, sie träumt! Nur, seltsamerweise werden die Stimmen im Nebenraum immer lauter, die Worte klarer: *Herr Feuchtwanger, verstehen Sie denn nicht, ich werde verfolgt, Sie müssen mir helfen, dieses Land zu verlassen.* Und dazwischen eine helle, bellende Männerstimme: *Ich bitte Sie! Verlassen Sie mein Zimmer ... Ich müsste sonst in der Räzeption anrufen, und das wäre sicherlich sähr, sähr unangenähm ...*

Sie träumt nicht.

Sie befindet sich im Hotel Metropol. Die Stimmen kommen nicht aus einem Traum, sondern aus dem Nachbarzimmer.

Stimmen aus dem Nachbarzimmer? Feuchtwanger? Was soll das? Was hat Feuchtwanger hier zu suchen? Wieso hört eine Romanfigur, obendrein *durch die Wand* eines Moskauer Hotelzimmers, plötzlich die Stimme eines berühmten deutschen Schriftstellers?

Es gibt Fälle, da die Wahrheit gegen jede Wahrscheinlichkeit spielt. Dann hat dann Erzähler zwei Möglichkeiten: entweder die Wahrheit zu unterschlagen oder sie so zu verbiegen, dass sie der Wahrscheinlichkeit Genüge tun.

Oder sich mit einer Rechtfertigung zu Wort zu melden.

Ja, Lion Feuchtwanger hat von Dezember 1936 bis Februar 1937 im Hotel Metropol gewohnt.

Und ja, er hat im Dezember zumindest eine Zeitlang das Zimmer 478 belegt, welches, wie die historischen Grundrisse des Hotels beweisen, durch eine Zwischentür mit dem Zimmer 479 verbunden war, in dem wiederum, den Akten des Russischen Staatsarchivs zufolge, zur selben Zeit eine gewisse Lotte Germaine wohnte, die niemand anderes als meine Großmutter ist.

Mehr noch. Tatsächlich *stürmte*, wie es in einem Spitzelbericht des NKWD heißt, am Nachmittag des 15. Dezember eine weibliche Person das Zimmer des Schriftstellers, um ihn mit Bitten und Forderungen zu bedrängen, und wenngleich es sich natürlich nicht um Isa Koigen handelte, sondern, auch das steht im Bericht, um Zenzl Mühsam (die Witwe des im KZ Oranienburg ermordeten Anarchisten Erich Mühsam, die Feuchtwanger vergeblich um Hilfe ersuchte und wenige Jahre später in Moskau verhaftet und zu Lagerhaft verurteilt wurde) – wenngleich es sich also nicht um Isa Koigen handelte, ist mit großer Wahrscheinlichkeit anzunehmen, dass Lotte Germaine die späte Nachmittagsstunde dieses schon dunkelnden Moskauer Wintertages nicht auf der Straße, sondern in ihrem Hotelzimmer verbrachte und auf diese Weise Zeuge des oben geschilderten Wortwechsels geworden ist.

Charlottes Grippe ist, wiewohl sehr plausibel, erfunden.

3 Der Mitbewohner

– Charlotte –

1917, im Jahr des Roten Oktober, führten die Bolschewiki den Revolutionskalender ein: die Fünftagewoche mit einem komplizierten System von arbeitsfreien Tagen für jeweils bestimmte Gruppen von Werktätigen. Man hatte gehofft, dadurch Stoßzeiten zu minimieren und die Arbeitsproduktivität zu erhöhen. Vor allem aber sollte der biblische Zeitplan endgültig verbannt werden aus dem Leben des jungen Staates, der *alles, aber auch wirklich alles* zu ändern gedachte. Ja, der im Grunde geschaffen worden war, um sich selbst abzuschaffen, nämlich dann, wenn die Arbeiter die ihnen gehörenden Fabriken selbst verwalteten; wenn es keine Ausbeuter mehr gab, vor denen er, der Staat, die Ausgebeuteten schützen musste. Und das hieß: Kommunismus.

Inzwischen hat Stalin die Fünftagewoche wieder abgeschafft und sie (mit großer Zustimmung der Bevölkerung) durch die *Schestjorka* ersetzt – die Sechstagewoche mit einheitlichen freien Tagen jeweils am 6., 12., 18., 24. und 30. des Monats. Selbstverständlich bleibt das Weihnachtsfest aus dem Kalender verbannt, aber auch hier ist der Steuermann der Weltrevolution einen Schritt zurückgewichen vor den unausrottbaren rituellen Bedürfnissen des Volkes und hat zum Ersatz das *Jolka*-Fest eingeführt: das Tannenfest. Plötzlich, am letzten Tag des Jahres, tauchen überall Weihnachtsbäume auf, sehr zum Unbehagen Wilhelms, der das Grünzeug für religiösen Spuk hält. Sogar im großen Restaurant des Metropol steht ein kunstvoll geschmückter Baum, und das Personal bereitet sich auf den *Großen feierlichen Ball* zum Jahresabschluss vor.

Schon im Oktober wurden Karten für den Ball verkauft. Damals wagte Charlotte nicht, sich vorzustellen, dass sie Silvester hier verbringen würden. Aber nun ist das Jahr allen Ernstes zu Ende, und die Karten sind ausverkauft.

Sie empfangen das neue Jahr auf dem Roten Platz. Erst spät gehen sie hinaus, um nicht zu lange in der Kälte zu stehen. Der Platz ist schon voller Leute. Je mehr sie sich dem Spasski-Turm nähern, desto voller wird es. Irgendwann geben sie es auf, bleiben im Gedränge stecken. Über den Köpfen steht der dampfende Atem der Menge. Die Stimmung ist erregt, die Stimmen brodeln, die Menschen haben *Schampanskoje* und Wodka dabei. Alle scheinen das neue Jahr mit Ungeduld herbeizusehnen, alle wollen das alte loswerden, dieses schreckliche, dumme, unglückliche Jahr 1936. Und auch Charlotte erwartet den Glockenschlag wie eine Erlösung und kann sich nicht ihrer zähen, alten Neigung zum Aberglauben erwehren, die ihr einflüstert, dass es kein Zufall sei, wenn der Glockenschlag, den sie erwarten, ausgerechnet vom Spasski-Turm – vom Erlöserturm – kommt.

Dann ist es so weit: viermal der Viertelstundenschlag, der sich, offengestanden, ein wenig so anhört, als würde ein Schraubenschlüssel ins Uhrwerk fallen. Umso strenger klingt nach diesem Geklirre der erste Stundenschlag, allerdings gar nicht nach Erlösung, sondern als hämmerte ein unerbittlicher Gott gegen den gefrorenen Nachthimmel. Der Rest geht im Jubel unter. Vor der rot leuchtenden Kremlmauer ein irres Schattenspiel: Sektkorken knallen. Hände recken sich, Mützen werden in die Luft geworfen, fraglich, ob sie je wieder zu den Köpfen ihrer Besitzer zurückfinden. Auf einmal scheinen sich alle zu kennen. Man prostet sich zu, die Leute reichen einander die Flaschen, umarmen sich. Charlotte schließt die Augen, lehnt sich an Wilhelms sperrige Schulter. Sein Mantel riecht nach Nässe und ein wenig nach Naphthalin. Von fern, durch den abklingenden Jubel hindurch, hört sie das Glockenspiel des Spasski-Turms die *Internationale* klimpern. Hier und da grummeln ein paar Leute mit, und sie hört auf dem rechten Ohr, wie auch Wilhelm leise und falsch und traurig in den verstreuten Chor einfällt:

Wacht auf, Verdammte dieser Erde
die stets man noch zum Hungern zwingt
Das Recht, wie Glut im Kraterherde
nun mit Macht zum Durchbruch dringt …

Und dann ist es da, das ersehnte Jahr 1937. Die Moskauer zünden die Kerzen ihrer Tannenbäume an. Die Kinder zerschlagen Tassen mit der Aufschrift 1936. Der Schnee fällt. Die Menschen stehen Schlange. Sie stehen an nach Brot, nach Gemüse, nach Fleisch, nach Schuhen, nach Toilettenpapier, nach Seife, nach Anzügen, nach Unterwäsche, nach Gebäck, nach Konfekt, nach Wäscheklammern, nach Radios, nach Kronleuchtern, nach Badehosen, nach Fahrkarten, nach Kopierstiften, nach Büchern oder nach Rodelschlitten. Wilhelm geht noch immer jeden Tag zur Bibliothek.

Überall wird jetzt Schnee geräumt. Man verbrennt ihn, schafft ihn in die unterirdische Neglinka. Die *Prawda* schreibt über die gewaltige politische und wirtschaftliche Bedeutung der Statistik. Kleine orthodoxe Kirchen sind plötzlich von Hunderten Menschen umringt, die sich in atemberaubender Geschwindigkeit bekreuzigen: Weihnachten nach dem alten Kalender (als wäre es eine Glaubensfrage, wann die Nacht am kürzesten ist). In einem Brief an das Zentralkomitee versprechen Stachanow-Arbeiter, auch im letzten Jahr des zweiten Fünfjahrplans Höchstleistungen zu vollbringen. Und auf der Titelseite der *Prawda* erscheint ein Foto von Lion Feuchtwanger – neben Stalin.

Einen Tag später, am 10. Januar, sagt der Schriftsteller in *Radio Moskau* über seinen Gesprächspartner die folgenden Sätze, die Charlotte sehr bald auch in der *Prawda* und Wilhelm in der *Baseler Rundschau* lesen werden:

> *Sie fragen mich schließlich, welchen Eindruck eine Begegnung mit Stalin auf mich gemacht hat.*
>
> *Der erste, unmittelbarste Eindruck ist der einer ungewöhnlichen Einfachheit. Im Laufe eines mehrstündigen Gespräches habe ich an Stalin auch nicht eine Geste wahrnehmen können, die man als Pose ausdeuten könnte. Stalin ist in seinen Worten klar bis zur Schroffheit. Er ist streitbar, ein guter Debattierer, der, was er sagt, zäh verteidigt. Er ist nicht übermäßig höflich, aber er ist auch nicht empfindlich, wenn ihn der Gesprächspartner angreift.*
>
> *Er spricht mit einem Freimut, der Eindruck macht, dabei ist er nicht ohne eine gewisse, fast gutmütige Verschlagenheit. Er hat Humor und ist empfänglich für Humor. Man begreift schnell, warum die Massen ihn nicht nur verehren, sondern lieben. Er ist ein Teil von ihnen, herausgewachsen aus ihnen, der wirkliche Repräsentant der 160 Millionen dieser Sowjetunion, wie ihn sich der Dichter nicht würdiger ausdenken könnte. Er hat dabei offensichtlich innere Widersprüche, und Menschliches ist ihm nicht fremd. Stalin, wie er einem im Gespräch entgegentritt, ist nicht nur ein großer Staatsmann, Sozialist, Organisator: Er ist in erster Linie ein Mensch.*

Feuchtwanger ist inzwischen in ein helleres und leiseres Zimmer im Westflügel umgezogen. Unzufrieden scheint er dennoch zu sein, Charlotte sieht ihn an der Rezeption, wie er seiner Übersetzerin verschiedene Beschwerden diktiert: über die unbrauchbare Leselampe, die Qualität des Wassers, über die Mäuse, den Naphthalingeruch im Kleiderschrank, über die schlampige Zustellung der Post, die lauwarme Heizung.

Dennoch, die Anwesenheit des berühmten Schriftstellers empfindet Charlotte als beruhigend und hoffnungsvoll. In gewisser Weise machen ihr gerade seine bürgerlichen Allüren Mut. Feuchtwanger ist reich und berühmt. Er ist weder Sowjetbürger noch Parteimitglied. Weder bittet er um Asyl, noch hat er sonst irgendeine Hilfe vom Sowjetstaat nötig. Er ist ein bürgerlicher, wenn auch gewiss linker oder wenigstens linksliberaler Schriftsteller, dem hier niemand befehlen, niemand drohen kann. Das, was er über Stalin sagt, kann nichts anderes sein als seine aufrichtige Meinung.

Und der Traum? Die Frau, die gewiss nicht Isa Koigen gewesen ist? Aber wird Lion Feuchtwanger nicht Gründe gehabt haben, als er ihr die Tür wies? Man wird einem Schriftsteller, einem Intellektuellen, einem selbst von den Nazis Verfolgten doch nicht unterstellen, dass er ein fühlloser Unmensch sei. Oder blind. Oder feige.

Dazu kommen die zahlreichen Prominenten, die Feuchtwangers Anwesenheit ins Hotel Metropol zieht. Lauter Leute, deren Berühmtheit man ihnen selbst dann ansieht, wenn man sie nicht erkennt. Sie haben einfach das Auftreten von Berühmtheiten, sie sprechen, sie gehen, sie lachen wie Berühmtheiten. Sie tragen tadellose Anzüge und helle Schuhe. Sie lassen sich mit dem Auto vorfahren, durchschreiten, umgeben von Sekretären und Schranzen, die Lobby.

Charlotte stößt Wilhelm an: War das nicht eben Isaak

Babel? Ist das Sergej Eisenstein? Das jedenfalls ist Michail Kolzow, der sowjetische Medienzar, der, wie es heißt, gut mit Stalin bekannt sei. Auch Nilsen, der Kameramann des Films *Zirkus* (den sie immer noch nicht gesehen haben), gehört zum Kreis Feuchtwangers. Und eines Tages erkennt Charlotte den langgesichtigen Sergej Tretjakow, Autor der *Tscheljuskin*, die Charlotte in ihrer Tasche stets bei sich trägt für den Fall, dass sich beim Anstehen die Gelegenheit zum Lesen ergibt.

Geistesgegenwärtig bittet sie den Meister um ein Autogramm, das dieser ihr freundlich gewährt. Mehr noch: Er errät aus ihrem Akzent, dass sie Deutsche ist, und schreibt ihr ins Buch:

Für unsere deutsche Genossin Charlotte Germain

Das fehlende «e» in *Germaine* ist nicht das Problem. Aber hätte sie ihm, dem Außenstehenden, gegenüber vorgeben müssen, dass sie – als Charlotte Germaine – Schweizerin sei? Schwamm drüber, niemand wird sich darum kümmern.

Und es gibt noch eine erfreuliche Nachricht. Kaum dass Wilhelm den Einsatz des Tauchsieders stillschweigend akzeptiert hat, sodass Charlotte sogar schon anfing, darüber nachzudenken, ob sie eine Kochplatte im Bad aufstellt, wird ihnen von der Hoteldirektion mitgeteilt, dass die Versorgung mit Mittagessen von nun an durch das Restaurant des Metropol gewährleistet werde. Entsprechende Talons würden ihnen an der Rezeption ausgehändigt.

Zwar erweisen sich die Mahlzeiten als schlicht (offenbar handelt es sich um das Personalsessen, das ihnen um halb vier Uhr, nachdem der Mittagsbetrieb abgeebbt ist, mit unterschwelliger Verachtung von einer Kellnerin, die wahrscheinlich lieber selbst Mittag machen würde, im hinteren

Teil des Restaurants serviert wird); die Getränke sind extra zu zahlen. Es ist ein wenig demütigend, dass sie – zusammen mit Muranow, dem alten Fainstein, den Charlotte nicht grüßen darf, und einigen Unbekannten – nun eindeutig zu den Hotelgästen zweiter Klasse zählen, wohingegen die geschwätzige Russin und ihr Wassja sowie die junge französische Frau des Politbüromitglieds Weger bereits um zwei Uhr in der vorderen Restauranthälfte speisen, zu schweigen von Feuchtwanger und seiner Entourage, die oft genug noch um halb vier lachend und lärmend vor ihren abgefressenen Menüs sitzen, welche selbst in abgefressenem Zustand noch verlockender scheinen als das Talon-Essen, das man Charlotte und Wilhelm vorsetzt ... Dennoch ist allein die Tatsache, dass man sie nicht vergessen hat, dass man sich um sie kümmert, ein gutes Zeichen, und Charlotte schilt sich für den aufkeimenden Neid gegenüber den Bessergestellten.

Wilhelm begegnet alldem mit Stoizismus. Er isst, was man ihm vorsetzt. Er beschwert sich niemals. Noch immer marschiert er bei jeder Temperatur in die Bibliothek und kommt mit Erfolgsmeldungen von der Produktionsfront wieder. Nur als Charlotte krank gewesen ist, hat er die Routine gelegentlich unterbrochen und sich nach Lebensmitteln angestellt – nur hat er gerade mal ein paar rote Rüben ergattert und zwei Gläser saure Gurken, die er allerdings ausgiebig lobt.

Neu ist, dass er an den Nachmittagen begonnen hat, einen Brief zu schreiben: an Müller-Melnikow. Er schreibt mit der Hand, denn natürlich haben sie hier keine Schreibmaschine. Zunächst verfasst er Entwürfe mit Bleistift, den er sorgfältig spitzt. Manchmal kommt es Charlotte so vor, als ob er die meiste Zeit mit dem Spitzen des Bleistifts verbringt. Er hat schon den halben Stift weggespitzt, hat schon beachtliche Mengen wertvollen Papiers verschwendet (man bekommt

Schreibpapier nur mit einem Nachweis, dass man es beruflich benötige). Aber immer wieder fällt ihm eine Änderung ein, noch eine Verbesserung, die, wie Charlotte klar erkennt, nichts zur Sache tut, und er fängt noch einmal von vorn an. Noch einmal und noch einmal. Und zwar jedes Mal mit der Grußformel, als müsse er auch die üben.

Charlotte versucht, die *Tscheljuskin* weiterzulesen, notiert pflichtbewusst die unbekannten Vokabeln. Seltsamerweise ist sie auch im Buch gerade im Januar angekommen. Es ist so kalt, dass das Öl in den Leitungen gefriert. Längst ist die *Tscheljuskin* vom Eis eingeschlossen und driftet erbarmungslos weiter nach Norden. Im Vergleich dazu sind die Temperaturen in Moskau moderat, dennoch bleibt man lieber zu Hause. Nur hin und wieder, vor allem an den Tagen, wenn gegenüber der Tanzkurs läuft, gehen sie – zumeist «einfach so» – ins Praga oder ins Kino Udarnik, wo sie nach einem wunderbaren Konzert-Vorprogramm endlich den Film *Zirkus* sehen, eine rührende Geschichte über eine schöne amerikanische Artistin, die mit einer Flug-zum-Mond-Nummer durch die Sowjetunion tourt und sich hier in einen russischen Künstler verliebt.

Ein wenig stört es Charlotte, dass der Böse im Film ausgerechnet Deutscher ist. Es ist der Erfinder der *Flug zum Mond*-Nummer, der die Frau erpresst, weil sie ein uneheliches Kind von einem Schwarzen hat. Aber es stellt sich heraus, dass das uneheliche Kind kein Hindernis für den verliebten russischen Künstler darstellt. Die Artistin beschließt, in der Sowjetunion zu bleiben, und Charlotte wischt sich verschämt die Tränen aus den Augen.

Leider bleibt die Klaviermusik im Bojarensaal nicht auf zwei Tage beschränkt. An nicht vorhersagbaren Nachmittagen nutzt die schlanke, unsowjetisch aussehende Ehefrau des Politbüromitglieds Weger das neu aufgestellte Klavier, um irgendwelche entsetzlichen, atonalen Sonaten zu üben, Protest unmöglich. Aber auch dafür findet Charlotte schließlich ein Lösung: Sie verkrümelt sich ins Café Metropol, das zumeist relativ leer ist, weil die Außenstehenden es für ein Valuta-Café halten. Hier bestellt sie sich einen schwarzen Tee und liest die ausliegende *Prawda*, was ihr schon nach zwei, drei Besuchen zu einer lieben Gewohnheit wird, die sich obendrein vor Wilhelm rechtfertigen lässt: Auch sie hat Anspruch, sich zu informieren.

Sie liest, offengestanden, nicht alles. Genau genommen, liest sie nichts, sondern überfliegt nur die wichtigsten Artikel. Liest die Überschriften. Versucht, die Gewichtung der Themen zu verstehen und die Stimmung einzuschätzen. Und ganz beiläufig tasten ihre Augen die Textspalten ab nach dem Namen *Isa Koigen*.

Sie findet ihn nicht. Dafür findet sie eines Tages einen Fettwanst mit Hitlerbart, eingezwängt in eine Militäruniform, und wenn sie noch einen Augenblick zweifelt, dann ist ihr spätestens bei der Bildunterschrift klar, um wen es sich handelt:

> *Generaloberst Wassili Wassiljewitsch Ulrich, Vorsitzender des Militärkollegiums des Obersten Gerichts der UdSSR.*

Der Mann, der Alexander Emel zum Tode verurteilt hat. Der vielbeschäftigte Wassja. Und bald, in wenigen Tagen, wird Charlotte auch erfahren, wieso der arme Wassja so beschäftigt ist. Die Kampagne hat schon begonnen. Die Kampagne um den neuen Prozess: den *Prozess gegen das sowjetfeindliche trotzkistische Zentrum.*

4 Erleuchtung

– Wassili Wassiljewitsch –

Der Rauch steht im Raum, als hätte es gerade gebrannt. An dem langen Tisch unterm Stalin-Porträt sitzen neun gebeugte Herren: der lange Braude und die anderen beiden Verteidiger, deren Namen Wassili Wassiljewitsch ständig vergisst; außerdem der schwarz gelockte Schönling Woronow und der farblose Postyschew, jene beiden «Spezialisten», die Wyschinski nach der Bristol-Panne beim ersten Prozess hinzugezogen hat, sowie vier Herren in Uniform: der stellvertretende Vorsitzende Richter Matulewitsch, der vor Nervosität zwinkert, Rytschkow, ebenfalls Mitglied des Militärgericht, der stumme Sekretär Kostjuschko und Wassili Wassiljewitsch selbst.

Wyschinski steht. Genauer gesagt, geht er auf und ab, mal hinterm Rücken Wassili Wassiljewitschs entlang, mal auf der gegenüberliegenden Seite.

Es ist zwei Uhr nachts. Wassili Wassiljewitsch weiß kaum noch, wie er sitzen soll. Er hat schon den ganzen Tag gesessen, die Verhandlung dauerte wieder bis nach zehn Uhr. Seitdem sitzen sie hier. Wassili Wassiljewitsch fragt sich, was die anderen denken. Ob sie auch denken, dass sie hier sitzen, um die Fehler eines anderen auszubügeln. Die Fehler des Unfehlbaren.

Aus irgendeinem Grund ist er ziemlich sicher, dass es Stalins Idee gewesen ist. Die zwei Jahrzehnte währende Mitgliedschaft in der Partei hat seinen Instinkt ausgeprägt. Er spürt es, riecht es: Wyschinksi würde sich anders benehmen, wenn es sein eigener Fehler gewesen wäre. Es ist paradox, aber wahrscheinlich würde er herumschreien. Würde allen klarmachen, dass er imstande sei, einen Schuldigen zu finden, wenn er nur wolle. Auffällig ist aber gerade die wortkarge Verbissenheit, mit der Wyschinski die Sache behandelt. Er hört sogar zu, wenn jemand etwas sagt, stellt ungeduldige Zwischenfragen und bricht übergangslos ab, wenn sich ein Vorschlag als unbrauchbar erweist. Es handelt sich um ein Doppelproblem: Man *muss* etwas korrigieren, was man nicht korrigieren *darf* – und eigentlich auch nicht korrigieren *kann*.

Einig ist man sich darüber, dass man Stalin eine «ergänzende Befragung» des Angeklagten Pjatakow vorschlagen wird. Aber was soll das Ergebnis dieser Befragung sein?

Eine Karte Norwegens, südlicher Teil, liegt auf dem Tisch. Trotzki wohnt in Hønefoss, ein paar Kilometer nördlich von Oslo. Der lange Braude deutet auf einen See südlich von Hønefoss.

Tyrifjorden, buchstabiert er. Genosse Staatsanwalt, könnte es ein Wasserflugzeug gewesen sein?

Er sieht Wyschinski an. Wyschinski sieht Woronow an.

Und was, wenn der See vereist war?, fragt Woronow.

Braude, listig: Und was ist mit Kufen? Wie sie die Genossen Rettungsflieger bei der Tscheljuskin-Rettung benutzt haben.

Was für ein dummer Mensch, dieser Braude. Wassili Wassiljewitsch hält es nicht mehr aus, schlägt das Vernehmungsprotokoll vom 23. Januar auf, abgedruckt in der *Prawda*, für jeden nachprüfbar, bitte schön: Die Maschine, so hat Pjatakow ausgesagt, sei gegen drei Uhr nachmittags *auf dem Flugplatz bei Oslo* niedergegangen.

Wyschinski sieht ihn an, flüchtig, aber voller Hass. Als sei es seine Schuld. Wenn es nach ihm gegangen wäre, nach Wassili Wassiljewitsch, dann wäre diese Sache gar nicht passiert. Irgendwelche Treffen im Ausland. Übergaben, Verwicklungen, Flüge ... Verwirrender Schwachsinn.

Weitere Vorschläge, sagt Wyschinski.

Alle ducken sich. Tun so, als würden sie nachdenken. Aber was gibt es da noch zu denken. Man kann nur beten ... Allerdings hat er das auch schon damals gedacht, nach der Bristol-Panne: Kopf ab, erledigt. Noch Wochen nach dem Prozess hat er damit gerechnet, dass es passiert. Dass er seines Postens enthoben wird. Der übliche Verlauf: erst Ablösung, dann Erschießung. Und dazwischen zappelst du im Nirwana ... Wie Jagoda, der Geheimdienstchef. Im September abgelöst. Verhaftet ist er immer noch nicht, obwohl jeder weiß, dass seine Tage gezählt sind. Grauenhafte Vorstellung. Er, Wassili Wassiljewitsch, würde sich lieber erschießen.

Und wenn wir gar nichts tun? Die Stimme von Matuljewitsch, dem Schleimer.

Wunderbar, sagt Wyschinski. Ich rufe jetzt den Genossen Stalin an und schlage vor, dass wir nichts vorschlagen.

Vernichtung. Matuljewitsch wird hoffentlich den Rest des Abends die Klappe halten. Obwohl er recht hat, denkt Wassili Wassiljewitsch. Was man auch tut, es macht die Sache nur schlimmer. Dabei sollte dieser zweite Prozess eigentlich alle Zweifel ausräumen. Man hatte extra «Spezialisten» bestellt, zur Faktenprüfung! Und was haben sie an den Aussagen gefeilt, Wyschinski und seine Spezialisten. Anscheinend haben sie wirklich geglaubt, die Sache sei wasserdicht. Stalin hat noch mehr ausländische Journalisten laden lassen als beim ersten Prozess. Man hat es sogar extra so eingerichtet, dass der Prozess in die geplante Reisezeit von diesem

Feuchtwanger fällt. Und dieser Feuchtwanger ist tatsächlich gekommen! Und hat sich auch tatsächlich in den Oktobersaal gesetzt und mitangehört, wie der Angeklagte Pjatakow «eingesteht», am 12. oder 13. Dezember 1935, während seines Deutschlandbesuchs, mit einer deutschen Sondermaschine nach Oslo geflogen zu sein, um Trotzki zu treffen.

Und heute meldet die norwegische Zeitung *Aftenposten*, dass laut Flughafenaufsicht *während des ganzen Dezember 1935 in Oslo kein einziges ausländisches Flugzeug gelandet* sei.

Wer sagt denn, sagt Kostjuschko, der sonst nie etwas sagt, wer sagt denn, dass es ausgerechnet dieser war.

Wyschinski, ungeduldig: Was, dieser?

Ich meine, Genosse Staatsanwalt, gibt es denn nicht noch andere Flughäfen in der Nähe von Oslo?

Wyschinski schaut Woronow an. Woronow überlegt. Sicher, es gebe noch zwei oder drei Flughäfen in Reichweite. Aber ob dort ein Passierflugzeug landen kann?

Wyschinski: Steht das im Protokoll, Passagierflugzeug?

Es steht nicht im Protokoll, Wassili Wassiljewitsch weiß es. Aber was nützt es, wenn man einen anderen Flughafen auswählt? Jede andere Flughafenaufsicht, denkt er, wird die Landung eines ausländischen Flugzeuges ebenso bestreiten.

Wir müssen ja nicht angeben, um welchen Flughafen es sich handelt ...

Kostjuschko, ermutigt davon, dass Wyschinski ihn nicht sofort abbügelt, wird plötzlich gesprächig. Woher soll Pjatakow gewusst haben, wo er landet? Er habe ausgesagt, dass er von dort aus ungefähr eine halbe Stunde mit dem Auto nach Hönnefuss oder wie das heißt ... *Ungefähr* eine halbe Stunde ... Das könne auch heißen, eine Dreiviertelstunde ... Oder auch eine Stunde ...

Und was, wenn dieses *Aftenblatt* alle Flughafenaufsichten der Umgebung abklappert, ja sogar alle Flughäfen Norwegens?

Postyschew handelt sich einen Blick ein. Wyschinski beginnt wieder, im Zimmer auf und ab zu wandern. Bleibt stehen, schaut auf die Uhr. Man weiß nicht, ob er zu den Anwesenden spricht oder zu sich selbst: Oslo ... Es bleibt bei Oslo ... Immerhin gewinnen wir Zeit ... Ein kleines Passagierflugzeug könnte sonst wo landen ... Oder nicht? Woronow!

Woronow zögert. Die anderen ducken sich weg. Niemand möchte die Verantwortung für irgendwas übernehmen.

Ich stimme Ihnen natürlich zu, Genosse Staatsanwalt, sagt Woronow, andererseits kann ich in diesem Moment nicht garantieren ... Ich meine, im Prinzip, wenn Sie mich so fragen ... Ein kleines Flugzeug ... Es kommt auf die Größe des Flugzeugs an.

Wyschinski drückt seine Zigarette aus. Verharrt ein paar Augenblicke in dieser merkwürdig gebeugten Haltung über dem Aschenbecher. Dann geht er zur Tür, öffnet sie einen Spaltbreit und brüllt hinaus: Verbinden Sie mich mit dem Genossen Stalin!

Er nimmt den Hörer ab. Alle drücken jetzt ihre Zigaretten aus, setzen sich aufrecht hin. Fegen Ascheflocken von den Ärmeln. Matuljewitsch knöpft sich den obersten Uniformknopf zu. Nur Wyschinski steht unbewegt, den Hörer am Ohr. Es wird so still, dass man das Knistern in der Leitung zu hören glaubt. Und dann ... Stalins Stimme. Dünn und blechern, aber STALINS STIMME.

Es ist rätselhaft, wie diese Stimme selbst als kaum hörbare, blecherne Telefonstimme ihre Wirkung ausübt. Wie alles schrumpft, alle schrumpfen, sogar Wyschinski, obgleich er sich aufbläst, Haltung zu wahren versucht.

Wyschinski unterbreitet Stalin umständlich Kostjuschkos Vorschlag, nicht ohne zu betonen, dass dies im Grunde nichts an dem ursprünglichen Vorschlag ändere, dass die Maschine in Oslo gelandet sei, nur dass sie eben *in der Nähe* von Oslo gelandet sei. Das klingt alles so jämmerlich, dass Wassili Wassiljewitsch übel wird. Aber da stockt Wyschinski, und Wassili Wassiljewitsch glaubt Stalins Stimme zu hören:

Machen wir's so.

Es klackt im Hörer. Die Anspannung auf Wyschinskis Gesicht löst sich. Er legt den Hörer aus der Hand wie eine Granate, von der er immer noch nicht ganz sicher ist, dass sie nicht hochgehen wird, und wiederholt dann, seine Erleichterung unterdrückend:

Machen wir's so.

Wassili Wassiljewitsch hat es nicht weit: dreihundert Meter. Er schickt den Fahrer weg, der vor dem Seitenausgang wartet. Er will nachdenken. Eigentlich gibt es nichts mehr nachzudenken, der Entschluss ist gefasst. Stalin hat zugestimmt, mit geradezu verdächtiger Leichtigkeit … Aber was bedeutet das? Wassili Wassiljewitsch versteht es nicht. Niemand wird ihre Ausreden glauben. Eine *ergänzende Befragung* am Ende des Prozesses! Das stinkt doch geradezu nach schlechtem Gewissen. Und was soll es ändern? Morgen steht der Fall in der gesamten ausländischen Presse. Alle werden das abdrucken. Das wird wie bei der Bristol-Panne damals, nur schlimmer. Denn dies ist das zweite Mal. Eine Wiederholung. Es gibt nichts Schlimmeres als eine Wiederholung. Schon damals hat er sich gefragt, wie es möglich ist, dass es im Ausland noch Leute gibt, die trotzdem an die Rechtmäßigkeit dieses Prozesses glauben …

Ein schlichter Mutterfluch entschlüpft Wassili Wassiljewitsch. Wessen Idee war das Bristol eigentlich damals gewesen? *Der Angeklagte Golzmann trifft Trotzkis Sohn im Bristol in Kopenhagen* … Wunderbar, großartig. Nur sollte man vorher prüfen, ob dieses Hotel überhaupt noch existiert!

Wassili Wassiljewitsch biegt links ab in den *Ochotny rjad*. Der Frost kneift ihm in die Nase, seine Augen tränen. Es ist wirklich sehr kalt. Sogar die Metro-Baustelle vor dem Bolschoitheater ruht, wahrscheinlich ist die Erde zu hart, weiß der Teufel. Oder die Bauarbeiter frieren sich die Finger ab? Sind das eigentlich Sträflinge, die hier die Metro bauen? Ach was, mitten im Zentrum. Was für einen Unsinn man zusammendenkt in der Nacht … Sträflinge! Jetzt fällt ihm Jagoda wieder ein. Der sich ein Denkmal hat errichten lassen an der Einfahrt zum Weißmeerkanal von seinen Sträflingen … dieses Schwein. Hätte sich mal lieber einen Penis errichten lassen. Bald wirst du abgerissen, du Penis. Wirst Geständnisse unterschreiben … Und peng.

Zu Jagodas Hinrichtung wird er auf jeden Fall gehen, beschließt Wassili Wassiljewitsch. Falls er dann noch im Amt ist. Er überquert die Straße, geht direkt auf das neue Danton-Denkmal zu, das sie auf dem Platz der Revolution aufgebaut haben. Seltsames Ding: nur der Kopf, wie abgeschlagen. Soll das eine Warnung sein? Einer von Stalins makabren Späßen?

Eine Frau kommt ihm entgegen. Eine junge Frau, wie kann das sein? Allein, mitten in der Nacht. Kein Mensch weit und breit auf der Straße. Nur diese Frau. Was macht sie hier? Um diese Zeit sind doch eigentlich nur die *schwarzen Raben* des NKWD unterwegs. Einen Augenblick glaubt Wassili

Wassiljewitsch, die schöne Deutsche zu erkennen, die neuerdings im Hotel wohnt. Mit diesem Klappergestell von Mann. Komintern, sagt Annuschka. Nur, warum wohnen die hier? Warum wohnen die nicht im Lux? Er sieht ihr Gesicht nur kurz und eigentlich nur die Augen. Die voller Tränen sind. Vor Kälte?

Er bleibt stehen, sieht der Frau nach. Nein, es ist nicht die schöne Deutsche. Aber irgendwie kennt er sie. War das die Frau von diesem verhafteten Staatsanwalt, die vor einigen Tagen bei ihm vorgesprochen hat? *Ein Irrtum, eine Denunziation! Mein Mann ist unschuldig!* Manche schreiben sogar an Stalin. Glauben, er wüsste von nichts. Oh ja, er ist schlau, unser Genosse Stalin. Bald wird er Jagoda verhaften lassen. Und alle werden erleichtert sein. Werden denken: Jagoda war schuld! Endlich!

Und was, wenn Stalin dasselbe mit dir vorhat, lieber Wassili Wassiljewitsch? Und mit Wyschinski? Mit der ganzen Bande, die heute mit am Tisch saß und sich Gedanken über ein Flugzeug machte, das nicht existiert?

Jetzt ist er am Hotel angekommen, aber noch immer nicht fertig mit Stalin. Warum ist Stalin so ruhig? Was führt er im Schilde? Ist ihm egal, was das Ausland denkt? Gewiss, ins Innere der Sowjetunion werden solche Nachrichten nicht vordringen. Allenfalls über BBC, aber wer hört das schon, wer kann in Russland Englisch. Nur was, wenn Feuchtwanger von der Sache hört? Und er hört garantiert davon. Wenn der plötzlich irgendwelche Dinge schreibt. Oder im Radio sagt. Entsetzliche Vorstellung.

Der Portier grüßt ihn mit einer tiefen Verbeugung, ein Relikt aus der Zarenzeit. Müsste man abschaffen, aber er kann sich schließlich nicht um alles kümmern. Wassili Wassiljewitsch lässt sich in die zweite Etage fahren, das ist (nach russischer Zählweise) zwar nur eine Treppe, aber selbst die ist ihm plötzlich zu viel.

Annuschka schläft natürlich. Sie hat ihm ein paar Piroschki hingestellt, freundlich, wenn auch nicht gerade ein Königsmahl. Bevor er sie isst, nimmt Wassili Wassiljewitsch einen Schluck Wodka und geht ins Bad. Eigentlich ist er zu müde zum Duschen, aber Annuschka würde sich beschweren wegen des Rauchgeruchs. Also duscht er, aber das Wasser ist kalt, höchstens lauwarm, verdammt noch mal und verschissen.

Er nimmt noch einen Wodka, der nicht kalt genug ist, weil Annuschka ihn im Zimmer hat stehen lassen anstatt draußen auf dem Balkon. Dafür sind die Piroschki wiederum kalt. Kalt und fettig. Das Fleisch geschrumpft, der Teigmantel ledrig. Er kaut darauf herum, stehend. Schaut hinaus auf den Platz der Revolution. Hält Ausschau nach der jungen Frau, die ihm unterwegs begegnet ist – vergeblich. Es wird ihm bitter zumute, so bitter, dass er Schwierigkeiten beim Schlucken hat. Was ist das für ein Leben. Er ist der Oberste Richter der Sowjetunion, Herr über Leben und Tod. Jagoda hat solchen Frauen «Angebote» gemacht, erzählt man. Soll angeblich sogar eine pornographische Fotosammlung besitzen. Und irgendwelches versautes Spielzeug aus Indien.

Und was hat er, Wassili Wassiljewitsch?

Er hat seine Schmetterlinge. Er spießt Schmetterlinge auf, so wie Jagoda die Frauen. Er muss selbst darüber lachen. Und sogar dafür schilt sie ihn noch. Er hat sie noch nicht ein einziges Mal betrogen, seine Annuschka. Und sie zankt ihn aus, weil er Schmetterlinge jagt. Ehekrach, letztes Jahr auf der Krim. *Du verdirbst mir den ganzen Urlaub!* Nein, das begreift sie natürlich nicht. Ist auch schwer zu begreifen. Begreift eigentlich niemand. Die Unruhe, die einen morgens um fünf aus dem Bett treibt. Die kranke Gier, die einen befällt, wenn man ein seltenes Exemplar entdeckt, das zuckend die Flügel ausbreitet, um sich in der Sonne zu wärmen ...

Im Spätsommer, gleich nach dem Prozess, hat er einen Ulmen-Zipfelfalter gefangen. In Kunzewo! Das muss man sich mal vorstellen. Den seltenen Falter mit dem berühmten weißen W in der Postdiskalregion. Doppeltes W! Auf jedem Flügel eins: *Wassili Wassiljewitsch.* Leider befindet sich die Zeichnung auf der Unterseite des Flügels. Verkehrt herum aufspannen? Unsinn.

Jetzt fällt ihm ein: Der Falter ist ja noch im Tötungsglas! Hoffentlich lässt der sich überhaupt noch aufspannen. Oder Annuschka hat ihn ... Wassili Wassiljewitsch packt das Entsetzen, am liebsten würde er sofort nachsehen, wie es dem toten Ulmen-Zipfelfalter geht. Aber das Tötungsglas ist im anderen Zimmer, wo Annuschka schläft.

Nein, das würde sie nicht tun. Wirklich bösartig ist sie nicht. Nur launisch. Verwöhnt. Hat einfach nichts zu tun, das ist das Problem. Absolut nichts, muss nicht mal kochen, nicht sauber machen. Früher hat sie gearbeitet: in Lenins Sekretariat. Zwei Jahre bloß, aber das reicht für den Rest des Lebens. *Ich habe in Lenins Sekretariat gearbeitet!* Was hat sie da gemacht? Uninteressant. *Ich habe in Lenins Sekretariat gearbeitet* – und den Leuten klappt der Unterkiefer runter. Ihm ist damals auch der Unterkiefer runtergeklappt. Trotzdem könnte sie ihm was zu fressen hinstellen: Zwei Piroschki, verdammt, bin ich ein Wellensittich? Oder soll das schon wieder eine Anspielung sein? Dabei ist sie selber fett wie ein Hausschwein.

Wassili Wassiljewitsch greift zum Telefon, ruft die Rezeption an: ob man ihm etwas zu essen aufs Zimmer bringen könne.

Leider nicht, sagt das Fräulein, das Restaurant ist geschlossen.

Wassili Wassiljewitsch wiederholt: Hören Sie, Fräulein, hier ist Wassili Wassiljewitsch Ulrich. Zimmer zweihundertfünf. Verstehen Sie mich? Ich habe gearbeitet, ich brauche was zu essen.

Das Fräulein: Das Restaurant ist zu, ich kann wirklich nichts tun.

Wassili Wassiljewitsch hat plötzlich Lust, etwas Unanständiges zu sagen. Irgendetwas Absurdes, Schweinisches. Aber natürlich legt er auf. Sein Herz klopft. Er nimmt noch einen Schluck Wodka. Dann legt er seinen Bademantel ab und geht ins Bett.

Nur, an Einschlafen ist nicht zu denken. Annuschka grunzt leise, Schnarchen kann man es nicht nennen. Manchmal schnattert sie im Schlaf wie eine Katze, die einen Vogel sieht. Wie lange sie ihn schon nicht rangelassen hat, er weiß es nicht. Offen gestanden hat er auch gar keine Lust mehr. Nicht, weil sie dick ist. Nicht, weil sie grunzt und ihr im Schlaf manchmal die Spucke aus dem Mundwinkel läuft. Es ist die Art, wie sie mit ihm umgeht. Dass sie ihn ständig spüren lässt, was er ihr alles zu verdanken hat. Und wie sie an ihm herumnörgelt, ihn ständig erzieht. Sogar wenn sie mal miteinander schlafen, tut sie das: Komm, Dickerchen, streng dich an. Kneif mich hier, halt mich fest, schlag mir ein bisschen auf den Hintern! Da vergeht einem die Lust. Sogar zum Schlagen. Warum lässt er sich alles gefallen? Die anderen machen, was sie wollen. Jagoda betrügt seine Ida mit den Ehefrauen Verhafteter. Molotow hat eine Tänzerin aus dem Bolschoi-Ballett. Sehr beliebt bei den Genossen: Tänzerinnen aus dem Bolschoi-Ballett! Wer weiß, ob nicht sogar Wyschinski eine hat.

Obwohl er das nicht glaubt. Der scheint nur an sein Fortkommen zu denken: strampeln, strampeln. Will bis ins Politbüro, wer weiß. Und Besitz interessiert ihn, oh ja. Wie er sich die Datsche von Serebrjakow unter den Nagel gerissen hat, unglaublich. Dabei ist der noch nicht mal verurteilt. Und das Schärfste: Irgendwie hat Wyschinski es fertiggebracht, sich den Genossenschaftsanteil auszahlen zu lassen. Den Serebrjakow bezahlt hat! Und jetzt ist das Ding staatlich, und er lässt es auf Staatskosten renovieren: für 600 000 Rubel. Das muss man sich vorstellen! Kassiert noch Geld dafür, dass er sich eine Luxusvilla bauen lässt. Und was für eine Lage! Mit Blick auf den Fluss, davon kann selbst Stalin nur träumen. Nicht, dass dir das noch mal auf die Füße fällt, mein lieber Wyschinski. Das ist doch kriminell alles. Und irgendwie unschön. Er selbst, Wassili Wassiljewitsch, würde sich nicht wohlfühlen auf zusammengeklautem Eigentum. Und auf die Frau ist er auch nicht scharf: Kapitolina Isidorowna, so heißt sie: lang und dürr, das ganze Gegenteil von Annuschka. Und obendrein einen halben Kopf größer als Wyschinski. Nee, so eine möchte man auch nicht.

Andererseits, irgendwer muss ja dort wohnen, wenn Serebrjakow tot ist. Und tot ist er in genau drei Tagen. Seltsam, dass er nicht schon beim ersten Prozess verurteilt wurde. Der war ja nun wirklich Trotzkist. Hat die *Erklärung der 46* unterschrieben. Der wollte tatsächlich Stalin stürzen, damals, bevor sie ihn verbannt haben. Aber dann hat er natürlich den Schwanz eingeklemmt, um Gnade gebettelt, und das heißt: um Wiederaufnahme in die Partei. Ein gebrochener Mensch. Da genügt es, wenn man ihm androht, sich sein dreizehnjähriges Töchterchen vorzunehmen, und er gesteht *alles*.

Annuschka schreckt hoch, und sofort ist ihr Ton scharf:

Wassja?

Ihre Hand fährt herüber, tastet nach ihm. Trifft ihn empfindlich an der Nase.

Wie spät ist es?

Keine Ahnung.

Du muss doch wissen, wie spät es ist!

Halb fünf, sagt Wassili Wassiljewitsch.

Oh Gott! Annuschka wirft sich auf die andere Seite und stöhnt. Es klingt wie ein Vorwurf. Als würde er die Uhrzeit herstellen! Wassili Wassiljewitsch ist sofort wieder verbittert von so viel Ungerechtigkeit. Aber Anna Dawydowna grunzt schon wieder. Schläft, lässt ihn zurück in der Einsamkeit seiner Betthälfte. In seinem vergänglichen Körper, in dem er sachte davonschippert wie in einem alten Kahn. Und wohin schippert der Genosse Ulrich, Vorsitzender des Militärkollegiums des Obersten Gerichtshofes der UdSSR?

Nach draußen schwimmt er, zum Platz der Revolution, wo ihm die Verweinte entgegenkommt, die nächtliche Erscheinung. Aber anstatt an ihm vorbeizugehen, anstatt einen kleinen Bogen um ihn zu machen, stutzt sie, bleibt stehen. Fragt ihn, ob er nicht Wassili Wassiljewitsch Ulrich sei, der Oberste Richter. Ob er ihr nicht helfen könne, ihr Mann sei verhaftet worden, unschuldig natürlich, ein überzeugter, ergebener Kommunist. Und Wassili Wassiljewitsch, der die Frauen aller Verhafteten immer mit demselben Satz abzuweisen pflegt – *Geld kann ich geben, helfen kann ich nicht* –, Wassili Wassiljewitsch nimmt ihre kleine kalte Hand in seine Pranke und schaut der Einsamen tief in die Augen: Ich könnte es versuchen, wenn Sie vielleicht Ihrerseits ... Wie drückt man das jetzt aus? Etwas Entgegenkommen zeigten? Zu gewissen Gegenleistungen bereit wären? Oder einfach: Was wären Sie bereit, für Ihren Mann zu tun?

Und die Frau sagt: *Alles.*

Die beinahe schon vergessene Regung beginnt zwischen den Beinen, unterhalb des Hodensacks: ein Zusammenziehen und Kribbeln, bevor er eine unverhoffte Spannung in seinem Schwanz spürt. Er tastet danach, prüft: eine imponierende Erektion. Er umfasst seinen Schwanz mit der Faust. ALLES – allein das Wort erregt ihn. Noch weiß er gar nicht, was er anfangen soll mit der kostbaren Steifheit, außer, dass sie es bitte noch einmal sagen soll: ALLES! Und noch mal: ALLES!

Und weiter? Wassili Wassiljewitsch dreht sich vorsichtig zu der ihm standesamtlich Angetrauten und schiebt seine Hand, die eben noch seinen Schwanz umfasst hat, zwischen ihre Beine. Aber Annuschka beginnt sofort zu murren und zu zucken, als würde sie ein lästiges Insekt loswerden wollen, und als er es, nachdem er die Hand eine Weile reglos liegen gelassen hat, noch einmal versucht, wirft sie sich im Schlaf herum und rammt ihm das Knie in die Seite.

Alles verschwindet: die kostbare Steifheit, das beinahe vergessene Kribbeln und Ziehen, die Erregung über ALLES, die auch nicht wiederzubeleben ist, als der Schmerz nachlässt.

Die erste Straßenbahn rollt über den Platz der Revolution kurz nach halb sechs. Der Tag beginnt. Wassili Wassiljewitsch wälzt seinen vergänglichen Körper auf die Seite und zieht sich die Bettdecke übers Ohr.

Der Wecker klingelt um zehn Uhr, er schlägt drauf. In seinen Ohren scheint es weiterzuklingeln. Es hilft nichts, in zwei Stunden ist Sitzungsbeginn. Wassili Wassiljewitsch hievt die Beine aus dem Bett, richtet sich auf, wankt zum Schrank. In der rechten unteren Ecke steht die große Tasche mit seiner Ausrüstung. Er geht auf die Knie, greift in die Tasche, holt das Tötungsglas heraus: Da ist er, unversehrt! Wassili Wassiljewitsch dreht das Glas vorsichtig, bis das doppelte W zu sehen ist: Nach dem Prozess habe ich Zeit für dich, Liebling.

In der Lobby sitzt dieser Feuchtwanger mit einer ganzen Horde von Deutschen, jedenfalls reden sie Deutsch, laut und ungehemmt. Und obwohl Wassili Wassiljewitsch schon Uniform trägt, wie gestern beim Prozess, scheint Feuchtwanger ihn nicht zu erkennen. Sein Blick geht durch ihn hindurch, und Wassili Wassiljewitsch ist so gekränkt, dass er vergisst, seine *Prawda* an der Rezeption abzuholen.

Annuschka sitzt noch im Restaurant und plauscht mit dieser Frau Weger, seltsame Person. Spricht mit ihren Kindern Französisch, wie die Aristokraten zur Zarenzeit. Ihr Mann ist Politbüromitglied, trotzdem sieht Wassili Wassiljewitsch es nicht gern, wenn Annuschka mit dieser Frau plaudert. Allerdings sieht er es auch nicht gern, wenn sie mit anderen Leuten plaudert. Sie plaudert zu viel, wird noch irgendwas ausplaudern.

Er lächelt Frau Weger kurz zu, wendet sich dann unvermittelt an Anna: Ob sie die *Prawda* schon geholt habe. Anna sieht ihn verwundert an.

Wieso ich?

Falls die Kellnerin kommt, ich will Bliny, sechs mit Kaviar, sechs süß, sagt Wassili Wassiljewitsch.

Zwölf Stück?

Zwölf Stück. Und Kaffee.

Er wendet sich ab, sie soll den Vorwurf ruhig spüren, geht noch einmal zurück zur Rezeption. In seinen Ohren klingelt es weiter, oder ist es die Harfenistin? Auch so ein Überbleibsel.

Feuchtwangers Truppe bricht gerade auf. Nanu, der Prozess beginnt doch noch gar nicht. Oder gehen sie nicht zum Prozess? Beinahe ist er mit Feuchtwanger zusammengestoßen. Erst jetzt, da er steht, sieht man, wie klein der Mann ist: ein Männchen mit krächzender Stimme. Obwohl er an dem Fast-Zusammenstoß keine Schuld trägt, entschuldigt sich Wassili Wassiljewitsch. Feuchtwanger entgegnet irgendetwas auf Deutsch, kurz und herablassend, und wendet sich mit krächzender Stimme seinen Kumpanen zu.

Als Wassili Wassiljewitsch mit der *Prawda* zum Tisch zurückkehrt, ist Frau Weger verschwunden, und Annuschka macht ihm Vorwürfe:

Du mit deiner Muffigkeit, vergraulst alle Leute …

Wassili Wassiljewitsch schlägt die Zeitung auf.

Hörst du mir überhaupt zu?

Gerade in dem Moment, als er den Namen *Lion Feuchtwanger* über dem Artikel entdeckt, legt Anna ihre Hand auf die Zeitung.

Ich bin überarbeitet, sagt Wassili Wassiljewitsch.

Und das heißt, dass du beim Frühstück Zeitung lesen musst? Ich sitze hier neben dir. Kannst du das mal bitte zur Kenntnis nehmen. Als wäre ich Luft. Was sollen die Leute glauben!

Leute? Glauben? Wovon redet sie? Er frühstückt doch noch gar nicht.

Ich frühstücke doch noch gar nicht, sagt Wassili Wassiljewitsch.

Anna Dawydowna nimmt die Hand von der Zeitung. Ihr Gesicht nimmt jenen schmerzgeplagten Ausdruck an, den Wassili Wassiljewitsch besonders fürchtet. Er weiß, was jetzt kommt. Wassili Wassiljewitsch beugt den Kopf schuldbewusst und versucht schon mal, den Sinn des Artikels zu erfassen, der vor ihm liegt, während er Annas Klage über sich ergehen lässt:

Wir sehen uns zehn Minuten am Tag ... Du redest nicht mit mir ... Du schnauzt mich vor den Leuten an ... Du hast nur deine Schmetterlinge im Kopf ...

Die Schuld der Angeklagten ist schon jetzt zu einem bedeutenden Teil erwiesen ... Wassili Wassiljewitsch prüft hastig, ob er etwas übersehen hat: ein kleines Wörtchen wie *nicht*, beispielsweise ...

Du schaust mich nicht einmal an, hört er Anna Dawydowna sagen. Du hast mich heute Morgen noch nicht ein einziges Mal angeschaut. Was glaubst du, für wen ich zum Friseur gehe?

Wassili Wassiljewitsch schaut auf. Tatsächlich, sie hat sich eine neue Frisur machen lassen. Irgendwie aufgeplustert. Und eine rötliche Färbung scheinen ihre Haare zu haben – oder war das schon immer so? Jetzt heißt es, jedes Wort abwägen. Abstreiten oder eingestehen? Das Problem: Wenn er behauptet, er habe die neue Frisur gesehen, dann könnte es umso kränkender wirken, dass er nichts dazu gesagt hat.

Annuschka, es tut mir leid. Du weißt doch, dass ich im Augenblick besonders viel zu tun habe. Ich habe heute Nacht drei Stunden geschlafen. Meine Augen brennen, mir brummt der Schädel. Ich weiß gar nicht, wie ich den Tag überstehen soll.

Ach, jetzt beklag dich noch!

Für einen Augenblick verschlägt es Wassili Wassiljewitsch die Sprache. In seinen Ohren klingelt es, fast wünscht er sich, ihn möge auf der Stelle der Schlag treffen, um Anna ins Unrecht zu setzen. Aber ihn trifft nicht der Schlag, und er beschließt, jetzt doch mal etwas grundsätzlicher zu werden.

Anna! Er ist kurz davor, sie mit Anna Dawydowna anzusprechen. Ich habe eine wichtige gesellschaftliche Aufgabe zu erfüllen. Der Genosse Stalin …

Aber bevor er den Genossen Stalin als Zeugen in seinem Ehestreit aufrufen kann, fährt Anna ihm dazwischen:

Ja, *du* bist wichtig! Und ich bin ein Dreck. Ich darf die Drecksarbeit machen. Mich um die Wohnung kümmern, um die Datsche. Du merkst nicht mal, wenn das Dach kaputt ist. Und die neuen Möbel …

Aber Anna, jetzt fang doch nicht damit an, vor all den Leuten …

Was für Leute? Hier ist doch niemand außer uns.

Wassili Wassiljewitsch sieht sich um: Tatsächlich sind sie plötzlich die Einzigen im Restaurant. Selbst die Harfenistin ist schon verschwunden.

Anna Dawydowna angelt sich eine Serviette vom Nachbartisch und tupft vorsichtig, um die Schminke nicht zu verschmieren, die Tränen ab, die sich in ihren Augenwinkeln gesammelt haben. Sofort kommt Wassili Wassiljewitsch sich wieder schlecht vor.

Annuschka, es tut mir leid. Wenn der Prozess zu Ende ist, dann fahren wir auf die Krim …

Er merkt, dass er Unsinn redet: Im Februar auf die Krim!

Im Sommer, meine ich. Im Sommer fahren wir auf die Krim. Ohne Schmetterlingsausrüstung, versprochen.

Versprich nichts, was du nicht halten kannst, sagt Anna Dawydowna.

Und da hat sie wohl recht. Wassili Wassiljewitsch schämt sich schon jetzt dafür, dass er seine Ausrüstung klammheimlich einpacken wird, schämt sich schon jetzt für sein klammheimliches Davonschleichen im grauen Morgen, für seine zitternde, kranke Gier nach den schönsten Geschöpfen dieser

Erde – was ihn nicht hindert, die Gesprächspause zu nutzen, um einen verstohlenen Blick in die Zeitung zu werfen.

Na, lies schon deine Zeitung, sagt Anna Dawydowna. Ich habe sowieso zu tun.

Sie steht auf, wackelt davon auf ihren dicken Beinchen. Angekleidet sieht sie noch ganz passabel aus, denkt Wassili Wassiljewitsch. Aber ihr müsstet sie nackt sehen.

Kaum dass sie außer Sichtweite ist, macht er sich über den Artikel her wie über eine gestohlene Frucht. Er muss den ganzen Absatz noch einmal lesen, um zu begreifen, dass er sich nicht geirrt hat, tatsächlich schreibt dieser Feuchtwanger:

> *Schon der erste Tag der Gerichtsverhandlung lässt den Wunsch erkennen, diesen wichtigen Prozess ruhig, würdevoll und eindrucksvoll durchzuführen. Die Schuld der Angeklagten ist schon jetzt zu einem bedeutenden Teil erwiesen …*

Die kleine Einschränkung, die folgt, ist so läppisch, dass sie sich schon während des Lesens auflöst:

> *Im Interesse der endgültigen Feststellung der Wahrheit hoffe ich jedoch, dass im Laufe des Prozesses auch die Beweggründe klargelegt werden, die die Angeklagten zu ihren ausführlichen Geständnissen bewogen.*

Wassili Wassiljewitsch faltet die Zeitung zusammen, rollt sie zu einer Art Knüppel. Dann erhebt er sich, schreitet langsam zum Ausgang. Seine Hand umschließt den Knüppel. Er schwingt ihn im Takt seiner Schritte. Sein Gehirn klingelt. Hoffentlich trifft ihn nicht wirklich der Schlag.

Erst auf dem Weg zum Gericht fällt ihm auf, dass er seine Plinsen vergessen hat. Seltsamerweise verspürt er im Augenblick gar kein Hungergefühl. Der Tag ist sonnig, der Schnee ist trocken und fliegt mit den Windstößen auf. Auch Wassili Wassiljewitsch fühlt sich leicht, beinahe als könnte er selbst auffliegen. Nun ja, zumindest hat er keine Blähungen. Seine Füße gehen wie von selbst. Die kalte Luft schmirgelt die Atemwege, und sein Gehirn ist vor lauter Müdigkeit in einen Modus schwirrender Betriebsamkeit übergegangen.

Wassili Wassiljewitsch hat eine Erleuchtung. Es verblüfft ihn, denn er hatte noch nie im Leben eine Erleuchtung. Jede Erkenntnis hat er sich mühsam, Schritt für Schritt, aneignen müssen. Er denkt nicht so schnell, nicht so leicht wie andere, das weiß er, und kompensiert es durch Gründlichkeit. Aber jetzt überkommt es ihn. Es ist groß, viel zu groß, um in Worte gefasst zu werden – jedenfalls braucht Wassili Wassiljewitsch fast den ganzen Weg vom Metropol bis zum Haus der Gewerkschaften, um den Kern seiner ungeheuren, ihn vollständig erfüllenden Erkenntnis auf einen Satz zu bringen, und obzwar dieser Satz vergleichsweise kläglich und provisorisch klingt, findet Wassili Wassiljewitsch ihn immer noch umwerfend:

Die Menschen glauben, was sie glauben wollen.

Betonung auf *wollen*. Vielleicht, so kommt es ihm im nächsten Augenblick vor, hat er es schon immer gewusst und bloß nicht zu denken gewagt. Feuchtwanger, ach du, mein Täubchen. Nein, der Glaube der Menschen hängt nicht von Fakten ab, nicht von Beweisen. Schlimmer noch – und das ist fast so etwas wie ein zweiter Teil der Erleuchtung, eine Steigerung: Man kann ihnen Fakten liefern, man kann sie widerlegen, es hilft nichts. Im Gegenteil, wer etwas glauben will, findet einen Weg! Er wird sich durch den winzigen Spalt quetschen, den die Wahrheit ihm lässt. Wird die Dinge so lange drehen und wenden, bis sie wieder in seinen Glauben hineinpassen, und seine ganze Klugheit wird ihn nicht etwa daran hindern, *sondern ihm noch dabei behilflich sein.*

Wassili Wassiljewitsch strahlt über das ganze Gesicht. Was für ein Tag, was für eine Helligkeit. Die ganze Welt scheint sich ihm zu öffnen. Die Leute glauben an Götter, die Leute glauben an irgendwas. Streiten sich bis aufs Blut, ob man sich mit drei Fingern oder mit zwei Fingern bekreuzigt. Seine Mutter glaubte, dass Filzläuse aus Schmutz entstehen. Versuch mal, sie davon abzubringen!

Er könnte auf offener Straße losbrüllen vor Lachen. Wie komisch: Die einen glauben, dass die Bauernschaft eine reaktionäre Klasse sei, die anderen glauben, sie sei revolutionär. Er wagt kaum, es zu denken, aber diese ganzen Streitigkeiten innerhalb der Partei, die Richtungskämpfe, die Theorien, Manifeste, was ist das alles? Die Formalismusdebatte: Da streiten sich Menschen um Töne, um Musik! Und was ist, um Himmels willen, Trotzkismus? Entweder man ist für Stalin. Oder man ist gegen ihn. Punkt.

Und er selbst? Ist er für Stalin? Ist er für irgendwas? Woran glaubt er? Ist auch er einer von diesen Ahnungslosen, die sich irgendwas vormachen? Er ist für Stalin, gewiss. Aber *glaubt* er an Stalin?

Er glaubt, dass er nichts glaubt. Mit diesem wunderbaren Gedanken betritt Wassili Wassiljewitsch das Gewerkschaftshaus: Er, der von allen unterschätzte Wassili Wassiljewitsch Ulrich, der Mittelmäßige, der Langsame, der Gründliche – er ist der Einzige in diesem Saal, der nicht glaubt. Nennen wir es Ulrichismus. Ich bin Ulrichist, denkt Wassili Wassiljewitsch Ulrich.

Und im Lichte seiner neuen Erkenntnis erscheint ihm alles

ein wenig bunter und interessanter als sonst und zugleich: lächerlicher. Die ungeheuren Reihen der ineinandergeschobenen Akten und Gesetzbücher, die – wozu? – auf dem Richtertisch liegen. Die ernsten, erstaunten Gesichter der Journalisten, als der Angeklagte Schestow selbst dem Verteidiger gegenüber Geständnisse zu machen beginnt. Die Fressen der NKWD-Leute im Saal – er kann sie am Ausdruck erkennen! Alle glauben sie, wollen sie glauben.

Und auch die Angeklagten, sie glauben. Erst jetzt versteht er, dass diese kläglichen Kreaturen noch immer glauben. Man muss sie gar nicht prügeln! Niemand wird einen Skandal machen. Niemand wird das Band zerreißen. Niemand wird sich lossagen von der geliebten, der heiligen Partei. Hat Stalin das gewusst? Ist er deswegen so ruhig? Ist Stalin womöglich Ulrichist? War er es womöglich schon lange vor Wassili Wassiljewitsch Ulrich? Ist es *das* – ist das seine Stärke?

Alles wird anders, denkt Wassili Wassiljewitsch. Nein, es ist bereits alles anders. Er selbst ist bereits ein anderer geworden. Er wird ein anderes Leben führen, das ist ihm völlig klar. Er wird sich nicht länger von Annuschka ein schlechtes Gewissen einreden lassen, weil er seine Schmetterlingsausrüstung mitnimmt. Er wird morgens um fünf Uhr aufstehen und Falter jagen. Er ist vom schlechten Gewissen befreit!

Und das ist der dritte, der letzte Erleuchtungsschub, der Wassili Wassiljewitsch überkommt. Seltsamer Zusammenhang: Wer nicht glaubt, ist auch niemandem Rechenschaft schuldig. Und auch wenn sein Gehirn sich vor lauter Erkenntnis inzwischen anfühlt wie die Nasenhöhlen nach einer zu heißen Sauna, kommt Wassili Wassiljewitsch nicht umhin, sich das Gesicht vorzustellen. Das verweinte Gesicht der Frau, die ALLES für ihren verhafteten Mann zu tun bereit ist. Das Gesicht, das er in Wirklichkeit kaum gesehen hat. Er sieht auch jetzt nicht genau dieses Gesicht, er sieht ein erfundenes, ein undeutliches, allgemeines Gesicht. Er sieht das Gesicht aller Frauen aller Verhafteten, die ALLES für ihre Männer zu tun bereit sind.

Und während der Angeklagte Stroilow, irgendein Chefingenieur aus Nowosibirsk, den man gebraucht hat, um einem anderen, wichtigeren Angeklagten Zerstörungs- und Schädlingsarbeit im Kohlebergbau nachzuweisen, seine endlosen Aussagen herunterleiert, beginnt Wassili Wassiljewitsch, die Ellenbogen auf den Richtertisch gestützt und Aufmerksamkeit vorschützend, sich Worte auszudenken, die er in das undeutliche, verweinte Gesicht aller Frauen aller Verhafteten sagen wird. Oder, noch besser, die er *sie* sagen lässt. – Was für eine Idee! Was für eine Erleuchtung! Es kribbelt und regt sich, das neue Leben. Es steht in seiner Militärhose stramm.

In der Verhandlungspause schreitet Wassili Wassiljewitsch zur Herrentoilette. Er kann nicht anders. Er schreitet entschlossen, aber nicht eilig. Seine Blicke streifen die Umstehenden allenfalls. Aufrecht, mit ernstem Gesicht betritt Wassili Wassiljewitsch die Kabine. Würdevoll, wie es sich für einen Vorsitzenden Richter gehört.

5 Zwei Briefe

– Charlotte –

Es kommt zum Streit, als Charlotte das Vernehmungsprotokoll von Karl Radek übersetzt. Wilhelm ist mit seinen Informationen im Rückstand, weil die deutschen Versionen der Protokolle immer erst etwas später erscheinen. Er ist neugierig, ungeduldig, nervös. Vielleicht, weil er Radek kennt?

Klar, jeder kennt Karl Radek: das verschmitzte Gesicht mit den kreisrunden, blitzenden Brillengläsern, krauser Backenbart, Pfeife im Mund. Einer der bekanntesten russischen Intellektuellen, ein Kosmopolit. Ein Bolschewik der ersten Stunde, einer der Mitbegründer. Aber Wilhelm kennt ihn persönlich, hatte in Deutschland mit ihm zu tun, auch wenn Charlotte über die Einzelheiten nicht Bescheid weiß, denn die Sache liegt schon lange zurück und ist streng geheim. Wilhelm spricht darüber nur in Andeutungen.

So viel jedoch ist ihr bekannt: Es war Karl Radek, der Anfang der Zwanziger im Auftrag der Komintern, genauer gesagt: der OMS, nach Deutschland ging, um dort den großen Aufstand zu organisieren, der endlich die deutsche Räterepublik erzwingen sollte. Und auch wenn dieser Aufstand aufgrund zahlreicher Fehlplanungen und Kommunikationsprobleme auf Hamburg beschränkt blieb (weswegen er als *Hamburger Aufstand* in die Geschichte einging), auch wenn er blutig niedergeschlagen wurde, ist Radek, besonders für deutsche Kommunisten, eine Legende geblieben, sogar für Wilhelm, der sonst wenig für feinsinnige Intellektuelle übrighat.

Der Streit ist kurz und heftig. Er entbrennt, weil Wilhelm Charlotte unterstellt, dass sie kein Russisch könne. Ausgerechnet er, der nicht einmal auf Russisch richtig *Parteitag* sagen kann! Gewiss ist ihr Russisch nicht perfekt, aber so viel versteht sie: dass nämlich Radek (neben vielen anderen Untaten) eingesteht, die *Vorbereitungen des Anschlags auf Sergej Kirow geleitet zu haben.*

Das habe ja schon Sinowjew gestanden, schnauzt Wilhelm sie an.

Und er hat recht, es ist unsinnig. Aber genau so steht es in der Zeitung. Sie weigert sich, im Wörterbuch nachzuschauen. Ein Wort gibt das andere, und plötzlich rutscht es ihr heraus:

Dann frag doch deine Genossen.

Meine Genossen? Auf einmal sieht Wilhelm sehr fremd aus, sehr feindselig.

Charlotte knallt die Zeitung hin, verlässt das Café Metropol.

Draußen minus zwanzig Grad, schneidender Wind weht vom Roten Platz her. Trotzdem sind wieder Tausende gekommen, um für die Erschießung der Volksfeinde zu demonstrieren. Charlottes Augen tränen vor Kälte, während sie die Sprüche auf den Plakaten liest: *Dank dir, Genosse Stalin!* steht unter dem erkennbar von professioneller Hand gefertigten Konterfei, das zigfach auf dem Platz zu sehen ist. Aber es gibt auch zahllose handgemalte, provisorische Transparente, auf denen die Menschen die Vernichtung der *Mörderbande* oder die Ausrottung der *Schlangenbrut* fordern. Eines fällt Charlotte besonders ins Auge:

Erschießt die tollwütigen Hunde!

Mit ebendieser Zeile endet das Gedicht einer Zwölfjährigen, das kürzlich in der *Prawda* abgedruckt gewesen war. Als sie es las, hatte Charlotte an Hildes Tochter denken müssen, die etwa in dem Alter ist. Ist es möglich, dass ein Kind eine solche Zeile schreibt? Aber selbst wenn es so wäre – muss man Kinder in diese Angelegenheiten hineinziehen? Muss man solche Sätze auch noch vergrößern, verewigen, auf Plakate schreiben?

Vom Roten Platz aus biegt sie in die Straße des 25. Oktober ein, die Isa immer noch *Nikolskaja* nennt, nicht ganz korrekt, aber doch verzeihlich. Der gewaltige Name – Tag der Oktoberrevolution – will nicht recht zu dieser Miniaturstraße passen. Es ist eine der wenigen im Umfeld des Roten Platzes, die von Umbauarbeiten und Abriss bislang verschont geblieben sind. Die hübschen, niedrigen Häuser sind alle im letzten Jahrhundert gebaut. In der Nummer sieben befindet sich die *Verlagsgenossenschaft Ausländischer Arbeiter*, wo Jule Gebhardt arbeitet, Hildes Mann, und insgeheim hofft Charlotte immer, wenn sie hier vorbeigeht, ihn zu treffen. Sie trifft ihn aber nie, allerdings hat sie schon andere deutsche Genossen gesehen: Michail Kreps, den Chef des Verlages: eine Legende. Emma Golke, die Frau von Wilhelms ehemaligem Arbeitskollegen Arthur, den sie aber nur flüchtig kennt; einmal auch den Schriftsteller Ernst Ottwalt, der mit Brecht zusammen den berühmten Film *Kuhle Wampe* geschrieben hat. Wie beneidet sie diese Menschen!

Die Straße des 25. Oktober mündet auf den Dzierżyńskiplatz, wo die Lubjanka steht. Schon jetzt kriegt sie kalte Füße, trotz der guten, konterrevolutionären Schuhe. Aber sie will noch nicht zurück, will nicht so früh aufgeben, geht weiter.

Geht einmal um die Lubjanka herum. Das tut sie sonst nie, es kommt ihr verboten vor. Sie wagt kaum aufzuschauen. Aber gerade als sie sich auf der Rückseite des Gebäudes befindet, fährt ein schwarzer PKW vor: *schwarzer Rabe*, so werden die Autos des NKWD genannt. Vier Leute steigen aus, drei in Lederjacken, einer davon mit Aktentasche, der vierte im grauen Mantel und mit Hut, gebeugt, stolpernd, hilflos.

Starr vor Schreck schaut sie der Gruppe nach, die im Hintereingang verschwindet. Wünscht sich, dass der Mann sich umdreht, will sein Gesicht sehen …

Gehen Sie weiter, Bürgerin. Die strenge Stimme eines Milizionärs, der plötzlich hinter ihr steht.

Sie lässt die Lubjanka hinter sich, nimmt auf dem Rückweg den *Teatralny projesd*, jene Straße, die unter ihrem Fenster vorbei- und weiter zum Haus der Gewerkschaften führt, dem Ort des Prozesses. Einen weiten Weg hat er jedenfalls nicht, Wassili Wassiljewitsch Ulrich.

Am Tag vor der Urteilsverkündung sinkt die Temperatur noch einmal um fünf Grad. Auf dem Roten Platz versammeln sich mehr Leute als zuvor. Charlotte verfolgt das Plädoyer des Staatsanwalts im Radio. Es dauert den ganzen Vormittag und geht nach der Sitzungspause noch weiter. Kein Plädoyer, eine Rede wie auf einem Parteitag.

Worüber redet der Staatsanwalt? Er beginnt sehr allgemein: mit der Geschichte der Sowjetunion, den Erfolgen der sowjetischen Wirtschaft. Er spricht über das Vermächtnis Lenins und vor allem – unvermeidbares Ritual – über den treuen Fortführer dieses Vermächtnisses, Josif Wissarionowitsch Stalin, der, wie sich herausstellt, immer recht behalten hat mit seinen Mahnungen und Voraussagen. Aber dann wird die Rede konkret. Mit beinahe ermüdender Genauigkeit schildert der Staatsanwalt, wie eine Bande von Geheimagenten, Spionen, Banditen, Terroristen und Diversanten, unter der Führung von Trotzki und im Bund mit dem Faschismus, in jahrelanger Wühlarbeit die Konterrevolution und sogar die Intervention durch die kapitalistischen Staaten vorbereitete. Wie diese Leute versuchten, der aufblühenden Sowjetunion zu schaden. Wie sie Schädlingsarbeit leisteten und Sabotageakte verübten, denen Hunderte, wenn nicht Tausende Menschen zum Opfer fielen. Wie sie schließlich in ihrem irrationalen Hass Mordanschläge gegen Kirow, Molotow, Shdanow, Ordshonikidse und Stalin planten.

Mit zermürbender Beharrlichkeit legt er dar, welch widerwärtige und hinterhältige Methoden die Verbrecher benutzten. Wie sie sich verabredeten und organisierten, sich tarnten und versteckten, unter wechselnden Namen und Verkleidungen agierten. Wie sie gar – für den Fall der Enttarnung – eine konspirative Ersatz-Armee schufen, nämlich diese, deren Mitglieder nun vor der sowjetischen Gerichtsbarkeit stehen: *das sowjetfeindliche trotzkistische Zentrum.*

Das alles ist sehr einleuchtend und überzeugend, trotzdem gibt es zwei Dinge, die Charlotte irritieren. Zum einen ist es der Name Bucharin. Schon während der Vernehmungen haben Angeklagte seinen Namen genannt. Nun aber taucht Bucharin auch in der Rede des Staatsanwalts auf, und zwar mehrmals und immer als der eines irgendwie in die Sache Verwickelten. Bucharin ein Volksfeind? Sinowjew, Kamenew, Radek – und jetzt auch noch er?

Von all den einstigen Mitstreitern Lenins ist Nikolai Bucharin zweifellos der sympathischste, der bedeutendste auch. Sinowjew war ein bisschen eitel, Radek ein bisschen verschlagen. Aber Bucharin mit seiner Denkerstirn und seinen klaren, beinahe kindlichen Augen … Und wohnt Bucharin nicht sogar zusammen mit Stalin im Kreml? Kann denn jemand ein Volksfeind sein, der mit Stalin zusammen im Kreml wohnt? Gewiss ist es dumm, sich vorzustellen, dass die beiden sich morgens von Balkon zu Balkon grüßen oder einander mit Zigaretten aushelfen. Zumal Stalin ja Pfeife raucht. Trotzdem hat sie sich die beiden immer als enge Freunde vorgestellt. Sollte es möglich sein, dass man sich an einem persönlichen Freund Stalins vergreift?

Irritiert ist sie auch von dem Urteil, das der Richter am nächsten Tag fällt. Dass dreizehn der siebzehn Angeklagten zum Tode verurteilt werden, überrascht nach dem ersten Prozess kaum. Eher schon, dass vier mit Gefängnishaft davonkommen. Besonders irritierend: dass einer von den vieren Karl Radek heißt. Wieso ausgerechnet Radek? Wenn es wahr ist, dass er den Anschlag auf Kirow geleitet hat, wieso trifft dann ausgerechnet ihn eine mildere Strafe? Zumal dies der einzige tatsächlich gelungene Anschlag auf einen führenden Sowjetpolitiker gewesen ist. Und falls es nicht wahr ist – wieso hat er es eingestanden? Wieso belastet sich jemand selber?

Und andererseits: Wenn er nicht gelogen hat, dann hätte Sinowjew gelogen. Wie man es wendet und dreht: Irgendwas stimmt nicht in diesem Prozess. Für einen Augenblick kommt es ihr vor, als hätten sich all diese Leute abgesprochen, als führten sie einvernehmlich ein großes Schauspiel auf, und es würde – seltsame Hoffnung – in Wirklichkeit niemand erschossen.

Natürlich ist das Unsinn. Unmöglich kann ein sowjetisches Gericht die Weltöffentlichkeit auf solche Weise betrügen. Unmöglich, dass Hunderte von Verbrechen und Sabotageakten erfunden sind, dass Hunderte Journalisten sich ihre

Berichte bloß ausdenken. Dass selbst ein Lion Feuchtwanger sich so an der Nase hat herumführen ließe. Zweihunderttausend Menschen haben, laut *Prawda*, auf dem Roten Platz für die Erschießung der Volksfeinde demonstriert! Es ist unmöglich, dass alle verrückt geworden sind, alle mitspielen, alle blind sind und nur sie, das Lottchen aus Berlin-Steglitz, als Einzige sehend. Das ist lächerlich. Anmaßend. Ist sie eine schlechte Genossin? Fehlt ihr tatsächlich das Klassenbewusstsein? Der Klasseninstinkt?

Mit Wilhelm hat sie nicht mehr über Radek gesprochen. Noch immer schwelt der Streit zwischen ihnen. Charlotte findet, dass sie das Recht hat, gekränkt zu sein. Sie erwartet, dass Wilhelm sich entschuldigt, spätestens nachdem er in der *Deutschen Zentralzeitung* oder der *Rundschau* das Vernehmungsprotokoll von Radek gelesen und sich davon überzeugt hat, dass ihre Übersetzung richtig war.

Aber Wilhelm entschuldigt sich nicht. Er geht zur Tagesordnung über, tut so, als sei nichts geschehen, und das ärgert Charlotte besonders. Sie ärgert sich darüber, mit welcher Selbstverständlichkeit Wilhelm am Vormittag zur Bibliothek geht, als hätte er dort einen Arbeitsvertrag, während sie sich um die Nahrungsbeschaffung kümmern muss. Zwar gibt es sehr viel weniger zu besorgen, seit sie Talon-Esser im Metropol sind, dafür ist das Anstehen bei arktischen Temperaturen besonders unangenehm. An den kältesten Tagen im Januar ist sie überhaupt zu Hause geblieben, aber auch jetzt, nach dem Prozess, fällt es ihr schwer, sich aufzuraffen.

Manchmal liegt sie den ganzen Vormittag lang auf dem Bett und grübelt über irgendwas, bis sie vor Erschöpfung einschläft, und wenn sie wieder aufwacht, beginnt sie schon wieder zu grübeln. Über den Prozess, über Radek und Sinowjew. Über den Mann mit dem Hut, den die drei Lederjacken in die Lubjanka führten. Sie versucht, sich vorzustellen, was da drinnen passiert, in der Lubjanka. Wie es aussieht, wo eigentlich die Zellen sind. Die Häftlinge werden sich wohl kaum hinter den großen unvergitterten Fenstern des ehemaligen Versicherungsgebäudes aufhalten (das zu jener Zeit übrigens noch nicht die spätere klotzhafte Form hat, sondern mit filigranen Neo-Renaissance-Giebeln und -Türmchen geschmückt ist). Aber wo sind die Zellen? Im Keller?

Manchmal liegt sie einfach nur auf dem Rücken und starrt die Sternchen an, die sie inzwischen alle «persönlich» kennt: das abgeblätterte, das blanke, die beiden straßenseitigen Geschwister, das beleidigte am oberen linken Rand ... Natürlich glaubt sie nicht an Zeichen und Wunder. Trotzdem, nachdem sie sie schon x-mal linksherum und rechtsherum gezählt hat, versucht sie immer wieder, der Zahl 16 eine Bedeutung zu geben.

Sechzehn Angeklagte waren es im ersten Prozess – welcher Stern wäre dann Emel?

Oder: Mit sechzehn hat sie zum ersten Mal Erwin gesehen. Herrje, wie höflich er damals war, der angehende Herr Studienrat, und wie bescheiden.

Oder sie zählt die Wochen, seit sie im Metropol wohnen, es sind vierzehn – was wird in zwei Wochen geschehen?

Manchmal muss sie an ihre Kindheit denken. An die Mutter, die ihr diese Kindheit vermiest hat, aber auch an ihren Vater, einen stattlichen Mann mit Bürstenhaarschnitt und Vollbart, und es wundert sie noch immer, wie es möglich war, dass dieser Mann sich von einer zerbrechlichen Person mit geschnürter Taille dermaßen hat terrorisieren lassen.

Charlotte erinnert sich an die Szenen, die es zu Hause gab, wenn die Mutter in den Jacketttaschen ihres Vaters ein Stück Würfelzucker fand, was sie zum Beweis nahm, dass er in einem Kaffeehaus gewesen war – aus ihrer Perspektive fast so ungeheuerlich wie der Besuch einer Prostituierten, aber vor allem: Was für eine Verschwendung! Sie verbot ihm seine bescheidene Schlangenzucht (ein allerdings wirklich skurriles Hobby). Sie trieb ihm sogar irgendwann die Zigarre nach dem sonntäglichen Mittagessen aus, die seit seiner Lehrlingszeit bei Loeser&Wolff zu den Höhepunkten seines Lebens gehört hatte.

Und wofür das alles?

Für Carl-Gustav, so lautet die Erklärung, die Charlotte seit Jahren parat hat, und bei der Erinnerung daran, wie sie, Charlotte, zurückgesetzt und benachteiligt worden ist, stellt sich sofort jene wohlbekannte Bitterkeit ein, die sie, obwohl nicht der Arbeiterklasse entstammend, berechtigt, sich in gewisser Weise auch zu denen zu zählen, die von Kindesbeinen an – und gerade das ist wichtig: von Kindesbeinen an! – Ungerechtigkeit und Unterdrückung erfahren haben.

Und es stimmt ja auch. Und doch fragt sie sich plötzlich, während die Sterne über ihr kreisen und ihre Gedanken vor Müdigkeit schon durchsichtig zu werden beginnen, wie es eigentlich möglich war, dass die Mutter vom Gehalt eines unteren Beamten, eines Revisors der Königlichen Porzellanmanufaktur, dreißigtausend Reichsmark beiseite gebracht hatte (eine für die damalige Zeit ungeheuerliche Summe, von der Charlotte nie erfahren hätte, wäre ihr Wert nicht während der Hochinflation in wenigen Wochen dermaßen geschrumpft, dass es nicht einmal mehr für den Straßenbahnfahrschein reichte für die Fahrt zur Bank). Das bedeutete doch, dass die Mutter gar nicht für Carl-Gustav gespart hatte. Das Geld war ja nicht bei ihm angekommen, sondern auf dem Sparkassenbuch gelandet! Wofür hatte sie also gespart? Wofür ihren Mann terrorisiert? Wofür jeden Faden und jeden Fetzen gesammelt, wozu jeden Korken aufbewahrt und auf der Straße Papierschnipsel aufgehoben, wozu Zahnpulver mit Kochsalz verlängert und Seife aus irgendwelchen Laugen und alten Ölen zu kochen versucht?

Sogar ein Zimmer in der ohnehin nicht großen Wohnung wurde, wie es hieß, *abvermietet*, sodass das Lottchen in der fensterlosen Kammer schlafen musste und für ihren Bruder nur das Sofa in der Küche blieb. Ja, auch an ihm wurde gespart, und so gesehen war es ja fast noch ein Privileg, eine eigene Kammer zu besitzen ... Seltsamer Gedanke.

Auf diese Weise vertrödelt sie die kältesten Tage, mit schlechtem Gewissen, bis sämtliche Vorräte aufgebraucht sind und sie zum Frühstück nur noch Zwieback knabbern. Aber selbst das scheint Wilhelm kaum zu bemerken, und auch das ärgert sie. Dann wird das Wetter trüb, die Temperaturen steigen ein wenig, und obwohl ihre Müdigkeitsanfälle sich noch verschlimmern, rafft Charlotte sich endlich auf, das Notwendigste zu besorgen.

Zum Glück kennt sie inzwischen alle Läden in der Gegend, weiß ziemlich genau, wo es was gibt, und manchmal sogar, wann. Auch sucht sie neuerdings hin und wieder den kleinen Bauernmarkt am Arbat auf, wo alles teurer, aber dafür fast ohne Anstehen zu haben ist. Jedoch, obwohl es kein Schwarzmarkt ist, fühlt sie sich ein bisschen unwohl. Fast kommt es ihr kriminell vor, wenn man etwas ohne Anstehen bekommt.

Ein schlechtes Gewissen hat sie auch, wenn sie sich mitunter ein Stück Kuchen am Buffet der neu eröffneten Metrostation leistet, um die lange Zeit bis zum Mittagessen zu überbrücken. Allerdings schwindet ihr schlechtes Gewissen, als sie herausfindet, dass Wilhelm, wenn er an kalten Tagen die Metro benutzt, dasselbe tut.

Er kommt täglich gegen zwei von der «Arbeit». Neuerdings hat er sich angewöhnt, anschließend ein Stündchen zu schlafen, eine Art Mittagsschlaf vor dem Mittagessen. Nach dem Essen brüht er sich einen Kaffee, wobei er inzwischen ungehemmt das Tauchsiederverbot missachtet, was Charlotte mit grimmiger Freude registriert. Dann knipst er die Schreibtischlampe an und arbeitet an seinem Brief. Nach dem zweiten Prozess hat er alles bisher Geschriebene verworfen, nun spitzt er wieder Bleistifte und kritzelt Entwürfe, denkt nach, kritzelt weiter, radiert Worte und Sätze aus und befördert den Abrieb des Radiergummis umständlich in den Papierkorb.

Zunächst versucht Charlotte, das Ganze zu ignorieren und ihre *Tscheljuskin* weiterzulesen, sie will endlich fertig werden mit diesem Buch. Aber der Schreibtisch steht direkt neben ihrem Bett, sie spürt Wilhelms Anwesenheit, sie hört, wie er vor Anstrengung durch die Nasenhaare schnauft, die er zwar wöchentlich mit der Nagelschere zu kürzen versucht, die aber, dem Geräusch nach zu urteilen, immer dichter werden. Sie hört sein unwilliges Ächzen, wenn ihm die viel zu spitze Spitze abbricht. Bald fängt sie an, darauf zu warten, dass es wieder passiert: dass er wieder den Bleistift spitzt, der ihm erneut abbricht.

Sie hört das Quietschen des wackelnden Schreibtischs beim Radieren.

Sie hört Wilhelm pusten, wenn die Radierkrümel sich nicht vom Papier lösen wollen.

Am meisten aber wurmt sie seine enervierende Langsamkeit. Sie beobachtet aus den Augenwinkeln, wie er seine dürren, schräggestellten Buchstaben malt. Sie leidet an seinen Denkpausen. Sie zählt heimlich die Wörter, die er nach einer neuerlichen Denkpause niederschreibt.

Besonders schlimm ist es, wenn er aufsteht und anfängt, durchs Zimmer zu wandeln. Er geht immer denselben Weg, beginnend am Schreibtisch, dann am Fußende des Bettes entlang zur Badezimmertür, Kehrtwendung, an der Wand entlang zurück, dann mit leichter Kursänderung rechts zum Fenster, wo er unbestimmte Zeit stehen bleibt, um auf die verschneite *Neglinnaja uliza* zu starren, unter der irgendwo unsichtbar das Flüsschen Neglinka fließt.

Und wenn er sich dann wieder an den Tisch setzt und, anstatt nun beherzt loszuschreiben, nach einem halben Wort abbricht und wieder ins Grübeln verfällt, möchte sie ihm am liebsten mit dem Buchrücken auf den Hinterkopf schlagen – und erschrickt, weil sie plötzlich ihre Mutter in sich wiedererkennt. So hat die Mutter ihr mit dem Küchenbrett auf den Hinterkopf geschlagen, wenn sie es vor lauter Träumerei wieder einmal verpasst hatte, den Pfeifkessel rechtzeitig abzudrehen, nämlich in dem Moment, da er gerade im Begriff war zu pfeifen. Pfiff der Kessel tatsächlich, war das teure Stadtgas vergeudet, und Lottchen schämte sich, dass sie der Mutter wieder so großen Kummer bereitet hatte.

Wenn dazu noch von drüben, aus dem Bojarensaal, eine hüpfende Klaviermusik herüberklingt, bleibt Charlotte nichts anderes übrig, als aus dem Zimmer zu fliehen. Manchmal dreht sie in der Dunkelheit noch *eine Runde um den Block*, wie sie es nennt: die *Nikolskaja* entlang, am Verlag vorbei, wo schon die Lichter brennen – verschämt lugt sie durchs Fenster, hofft einen Eindruck von der Tätigkeit dort im Inneren zu erhaschen –, dann weiter bis zum Dzierżyńskiplatz, allerdings umkreist sie die Lubjanka nicht, sondern bleibt diesseits des Platzes, mogelt sich um die kurze Ecke, ohne hinzuschauen, und muss trotzdem – oder gerade deshalb – jedes Mal wieder an den gebeugten Mann mit Hut denken, der von den drei Lederjacken in das Gebäude geführt worden ist. Für wie viele Angeklagte ist im Keller der Lubjanka wohl Platz?

Nach ihrer Runde lässt sie sich im Café Metropol nieder, wo sie inzwischen eine Art Stammgast ist, was aber von der Kellnerin nicht zur Kenntnis genommen wird. Im Gegenteil, je öfter sie kommt, desto unfreundlicher scheint man sie zu empfangen. Eine Zeitlang hat sie versucht, beim Eintreten zu grüßen, aber ihr Gruß wurde niemals erwidert. Stattdessen wendet sich die Kellnerin ab, oder noch nicht einmal das, sieht einfach durch sie hindurch, raucht, schwatzt mit ihrer Kollegin, albert herum, kann sogar lachen, wie sich herausstellt, aber wenn sie schließlich an Charlottes Tisch tritt, um die immer gleiche Bestellung – Tee mit *warenje* – auf einen Notizblock zu schreiben und mit einem kurzen *Alles?* zu quittieren, nimmt ihr Gesicht einen Ausdruck an, von dem Charlotte nicht recht weiß, ob sie ihn als Verachtung interpretieren soll, weil sie sich hier zwei Stunden mit einer Tasse Tee aufhält, oder, im Gegenteil, als eine Art Neid, weil sie für eine reiche Ausländerin gehalten wird. Oder ist es einfach die grundsätzliche, dauerhafte Kränkung darüber, dass sie, die Kellnerin, hier bedient, während Charlotte, der Gast, bedient wird? Anfangs, in der ersten Zeit in der Sowjetunion, waren Charlotte und Wilhelm sich einig, dass dieses *Selbstbewusstsein*, wie sie es nannten, dem devoten Gehabe deutscher Kellner vorzuziehen sei, aber inzwischen hat sich ihre Begeisterung gelegt.

Die *Tscheljuskin* wagt Charlotte im Café Metropol nicht hervorzukramen. Das Lesen eines Buches würde, so befürchtet sie, noch mehr den Eindruck erwecken, sie ließe sich hier häuslich nieder. Gegen das Studium der *Prawda* lässt sich dagegen kaum etwas einwenden, nur hat Charlotte auf einmal Schwierigkeiten, die nötige Disziplin aufzubringen, genauer gesagt: Es beschleicht sie ein Unwohlsein, schon sobald sie die Zeitung aufschlägt. Sie fängt an, Artikel zu meiden, aus denen sie Worte wie *Volksfeinde* oder *Trotzkisten* anblinken. Eine Zeitlang hält sie sich mit harmlosen Statistiken auf, die geographische Superlative der Sowjetunion in Zahlen fassen: der tiefste See der Welt, der größte Wald der Welt, die kälteste Ort der Welt, das beruhigt sie.

Sie liest einen Artikel über Thälmann und andere in Deutschland inhaftierte Genossen, fühlt mit ihnen, bangt um sie und ist unendlich froh, der Gestapo entkommen zu sein. Sie liest von den Siegen des spanischen Volkes über den Faschisten Franco. Aber sie liest nichts *Über die Ziele und Methoden der Trotzkisten*, nichts über *Trotzki im Dienste der japanischen Militärdiktatur* und auch nicht den Artikel, der sich mit merkwürdiger Akribie mit einem *Café Bristol* in Kopenhagen beschäftigt, welches sich gleich neben oder doch nicht weit von einem nicht mehr existierenden *Hotel Bristol* befinden soll – das Ganze sogar mit Skizze.

Mitte Februar hat Wilhelm seinen Briefentwurf fertig und bittet Charlotte, ihn zu lesen. Schreiben ist nicht seine Stärke, das weiß sie. Das Überdeutliche und Feststehende des Schriftlichen liegt ihm nicht. Er ist, obwohl im Ton militärisch, eher ein Liebhaber des Ungefähren. Wilhelms mündliche Rede lebt von Andeutungen, denen seine Mitgliedschaft in der Geheimabteilung der Komintern ein gewisses Gewicht verleiht. Hier aber kommt er mit Andeutungen nicht davon. Hier geht es um jedes Wort, jedes Komma, und so hat Wilhelm für vier Din-A5-Seiten beinahe zwei Wochen gebraucht.

Was ist dabei herausgekommen? Es ist ein Bittbrief geworden, in dem Wilhelm zugleich sein Gesicht zu wahren versucht. Das Problem ist nicht die mitunter knirschende Grammatik, es sind auch nicht die blamablen kleinen Rechtschreibfehler, die bei der Übersetzung ins Russische ohnehin verschwinden werden, sondern die, wie Charlotte findet, beinahe unhöfliche Steifheit des Textes, die sich durch endlose Überarbeitungen möglicherweise noch verschlimmert hat.

Da sie Wilhelm kennt, kann sie erahnen, welche Gefühlslage sich hinter den dürren Sätzen verbirgt, es rührt sie stellenweise sogar, aber ein Außenstehender wird diesem Brief kaum entnehmen können, wie es Wilhelm tatsächlich geht und was ihm die Partei bedeutet. Alle seine Behauptungen wirken leer und gestelzt, und seine Bitten klingen wie Forderungen. Schreibt er Emel absichtlich falsch, um zu betonen, wie oberflächlich seine Beziehung zu ihm war?

Aber das Erstaunlichste an dem ganzen Brief ist, dass Wilhelm ausschließlich von sich spricht, von *seiner* Angelegenheit. Kein Wort von ihr, von Charlotte. Und auch wenn ihr durchaus bewusst ist, dass sie in diesem Spiel eine Nebenfigur darstellt und dass ihr Schicksal hundertprozentig von seinem abhängt, berührt es sie merkwürdig, dermaßen übergangen zu werden. Oder will Wilhelm, indem er immer wieder ausdrücklich die Reinheit *seines* Parteigewissens betont, zum Ausdruck bringen, dass letztlich sie, Charlotte, für den Kontakt zu Emel verantwortlich sei?

Eigentlich hatte sie sich vorgenommen, sich jeder Stellungnahme zu enthalten, aber nun fragt sie doch:

Warum so strikt in der Ich-Form? Ich bin doch auch noch da.

Weil Briefe in der Wir-Form nach Verschwörung klingen,

antwortet Wilhelm. Wenn du willst, schreib selbst einen Brief.

Charlotte schreibt selbst. Sie entwirft den Text in wenigen Tagen, auf Englisch. Ihr schriftliches Russisch ist, das weiß sie, nicht vollkommen fehlerfrei, und sie will sich keine Blöße geben. Sie könnte den Brief auch auf Deutsch schreiben. Aber Müller-Melnikow versteht kein Deutsch, und sie will nicht, dass der feingesponnene Text durch eine ungenaue oder feindselige Übersetzung entstellt wird.

Sie gibt sich bescheiden, es erscheint ihr klug, nicht von ihren, sondern von Wilhelms Leistungen und Opfern zu sprechen. Sie erinnert an seine langjährige Treue zur Partei und beschreibt seinen Schmerz und seine Trauer angesichts der gegenwärtigen Situation in Worten, die Wilhelm nie über die Lippen kämen – um am Ende des Briefes noch eine Bitte anzufügen, die ihr wahrhaft am Herzen liegt und doch, wenn sie ehrlich ist, auch den Versuch darstellt, an jenes freundschaftliche Gespräch anzuknüpfen, das sie vor fünf Monaten mit Müller-Melnikow geführt hat: Charlotte bittet um Auskunft über das Schicksal von Jill. Und Wilhelm akzeptiert es überraschenderweise.

Allerdings braucht er noch zwei Tage, um sein eigenes Werk sauber mit Füllfederhalter abzumalen, wobei er sich wiederholt verschreibt oder ihm noch eine Änderung, noch irgendeine vollkommen unbedeutende Verbesserung einfällt.

Sollte ich vor *Ihr Vertrauen verloren habe* lieber noch einfügen: *scheinbar*?

Und er beginnt noch einmal von vorn. Noch einmal und noch einmal – während Charlotte ihre «Blockrunden» dreht.

Bei einer dieser Runden trifft sie Ljuba Löwenstein, eine mollige Rotblonde, die sie über Isa Koigen kennt. Sie haben sie einmal gemeinsam besucht: Isa, Wilhelm und sie, Emel war nicht dabei. Ljuba wohnte in einer Querstraße zwischen Gorkistraße und *Puschkinskaja*, zusammen mit ihrem stillen bärtigen Mann, der zu Charlottes Verwunderung einen hohen Posten in der Schwerindustrie bekleidete. Verwundert war sie vor allem darüber, dass ein Mann in solcher Position zusammen mit Frau und Schwiegermutter nur ein einziges Zimmer bewohnte, wenngleich ein ziemlich großes. Verwundert war sie auch über das teure deutsche Service, das bedenkenlos zum Abendessen aufgetragen wurde (ein ähnliches hatte ihre Mutter besessen, allerdings kann Charlotte sich nicht erinnern, dass jemals davon gegessen worden wäre), und über die *domrabotniza*, die schafsgesichtige Hausangestellte, die das Essen servierte und tatsächlich auf einer Matratze im Flur schlief.

Und auch das ist ihr in Erinnerung geblieben: dass die Schwiegermutter nach dem Essen hinter einem Vorhang verschwand, der ihren Lebensbereich vom großen Zimmer abteilte. Eine seltsame Situation, fand Charlotte, die unwillkürlich die Stimme dämpfte, während Ljuba Löwenstein ungestört weiterplauderte und allenthalben hell und durchdringend lachte.

Als sie Ljubas Gesicht jetzt vor sich sieht, blitzt in Charlotte unwillkürlich Freude auf, fast zugleich fällt ihr das von Wilhelm verhängte Kontaktverbot ein, Bekannte von Isa betreffend. Im nächsten Moment erinnert sie sich aber, dass Wilhelm Ljuba Löwenstein selbst in seiner Emel-Erklärung als Bekannte aufgeführt hat, sodass letztlich der Impuls obsiegt, sie anzusprechen, denn – auch das geht ihr in der Sekunde der Begegnung durch den Kopf – sie weiß von Ljuba, dass sie irgendetwas mit Literatur zu tun hat, und die Tatsache, dass sie hier in unmittelbarer Nähe der Verlagsgenossenschaft

Ausländischer Arbeiter aufeinandertreffen, lässt sie plötzlich hoffen, Ljuba könnte dorthin unterwegs sein, könnte ihr womöglich Auskünfte geben oder ihr auf sonst irgendeine Weise behilflich sein.

Zu spät bemerkt sie Ljubas abweisenden Gesichtsausdruck, da hat sie sie schon angesprochen. Ljuba erwidert ihren Gruß nicht, bleibt aber stehen, blickt sie an, als könnte sie sich nicht an sie erinnern. Und jetzt müsste Charlotte den Namen derjenigen Person nennen, die sie verbindet, was sie aber vermeiden will, also stammelt sie etwas von dem damaligen Besuch, will als eine Art Beweis den Straßennamen anführen, der ihr aber nicht einfällt. Auch der Name von Ljubas Mann fällt ihr nicht ein. Dafür erinnert sie sich plötzlich, wie er darüber witzelte, dass das Haus, das sie bewohnten, früher einmal ein berühmtes Bordell gewesen sei, und um ihre Bekanntschaft wenigstens durch irgendein Indiz zu belegen, zitiert sie – ausgerechnet! – diese dumme Bemerkung. Und auf Ljubas Gesicht regt sich nichts. Entsetzliches Schweigen.

Erst jetzt sieht Charlotte, wie müde sie aussieht, wie abgehärmt, ja, sogar ungepflegt. Die rot gefärbten Haare sind am Scheitel grau ausgewachsen, der Kragen geknickt, und auf Ljubas Oberlippe sieht Charlotte überdeutlich Härchen sprießen, die auszuzupfen sie versäumt hat.

Ljuba blickt nach links und rechts, bevor sie eine Frage beantwortet, die Charlotte nicht gestellt hat:

Ich weiß nichts.

Und plötzlich schluchzt sie auf, beherrscht sich für einen Moment, fingert dann ein Taschentuch heraus, hält es sich vor Mund und Nase und weint stumm mit geschlossenen Augen. Als Charlotte tröstend die Hand auf ihren Oberarm legen will, wendet Ljuba sich brüsk ab, rennt über die Straße und wird fast von einer Droschke angefahren. Der Kutscher brüllt ihr einen mehrschichtigen Mutterfluch hinterher. Ljuba taumelt weiter durch den Verkehr, entkommt blindlings einem Automobil, schafft es, einem Bus auszuweichen, und verschwindet in Richtung der Metro-Station *Ochotny rjad* in der Menge.

Zwei Tage braucht Charlotte, um zu begreifen, dass Ljuba nicht um Isa Koigen geweint hat. Und auch der Name des Mannes fällt ihr irgendwann ein: Lasar Alexandrowitsch Goryschnikow. Ein hohes Tier im Volkskommissariat für Schwerindustrie. Enger Mitarbeiter von Pjatakow. Welcher im letzten Prozess zum Tode verurteilt worden ist.

Ihr Treffen mit Kurt ist schon wieder überfällig. Sie verabreden sich im Café Tschaika, wie beim letzten Mal. Kurt trägt wieder seine Wattejacke, dazu eine große schwarze Pelzmütze. Beides legt er ab, aber die Jacke zieht er nach einer Weile wieder an, weil das Café nicht sonderlich gut beheizt ist. Trotz der wattierten Jacke kommt er Charlotte magerer vor als beim letzten Mal, aber zugleich reifer, erwachsener, stärker.

Sie dagegen ist von Anfang an flatterig, unkonzentriert. Sie fürchtet sich vor Kurts Fragen. Sie versucht, unbeschwert zu wirken, plappert ein bisschen über das grauenhafte Wetter (verplappert sich dabei sofort, indem sie sich über das Anstehen bei der Kälte beschwert) und beginnt dann, Kurt über seine Gesundheit und insbesondere über seine Ernährung und das Mensaessen auszufragen. Zum ersten Mal kommt ihr die Idee, dass er nicht ausreichend zu essen haben könnte.

Aber ihre Worte scheinen bei Kurt nicht anzukommen, es ist, als blieben sie in seiner Wattejacke stecken. Er reagiert nicht auf ihren verräterischen Versprecher und beantwortet ihre Fragen zwar freundlich, aber einsilbig, während er gleichmäßig und systematisch seine Pelmeni verspeist, und erst nachdem er die letzte Teigtasche aufgespießt, in Soße gewälzt, sorgfältig zerkaut und verschluckt hat, erwidert er mit einer einfachen Gegenfrage:

Wie geht es euch?

Charlotte versucht, mit einer Floskel davonzukommen, aber Kurt sieht sie mit seinem schiefen Auge an – es ist noch genauso eisblau wie früher, als Kurt noch ein blonder Junge war und seine Augen noch nicht auseinanderstrebten.

Da eigentlich alles, was mit ihrer augenblicklichen Situation zu tun hat, irgendwie heikel ist oder geheim, ist sie froh, dass ihr die Grippe einfällt, auch wenn diese schon eine Weile zurückliegt, aber seitdem haben sie sich nicht gesehen. Ein gutes Thema: Krankheit. Sie kann ein wenig klagen, muss nicht so tun, als ginge es ihr immerzu gut, und es ist nicht einmal gelogen. Aber all ihre Worte bleiben in Kurts Wattejacke stecken, haben irgendwie nicht die Kraft, zu ihm durchzudringen, sosehr Charlotte sich auch mit den Details abmüht. Sogar als sie die während der Grippe tatsächlich gemessenen vierzig Komma sechs Grad erwähnt, kommt sie sich wie eine Schwindlerin vor.

Man hört ja neuerdings viel von Verhaftungen, sagt Kurt unvermittelt.

Davon weiß ich nichts, erwidert sie, aber im selben Moment kommt es ihr dumm vor. Noch während sie überlegt, wie sie sich – auf unbedenkliche Weise – korrigieren könnte, fragt Kurt:

Das heißt, bei euch in Podlipki gibt es keine Verhaftungen?

Eine Weile, viel zu lange, starrt sie in die Mitte des Tisches, starrt diesen Gegenstand aus geschliffenem Glas an, von dem sie gerade nicht weiß, wie er heißt.

Wir wohnen nicht mehr da draußen, hört sie sich sagen.

Salzstreuer, fällt ihr ein. Der Gegenstand in der Mitte des Tisches.

Seit wann, will Kurt wissen.

Schon seit Oktober.

Kurt überlegt: Was wirft man euch vor?

Das sind Interna, Kurt. Darüber kann ich nicht reden.

Kurt nickt, als wolle er Verständnis ausdrücken, schiebt den Teller von sich, und Charlotte ist froh, dass dieses schwierige Gespräch zu Ende geht. Zugleich taucht im Hintergrund schon die Frage auf, wie sie es Wilhelm erklären soll. Sie ahnt, wie sehr er sich aufregen wird, hört seine schneidende Stimme: *Du hättest unter keinen Umständen ...* Aber da richtet Kurt sein eisblaues Auge auf sie und sagt in einem Tonfall, der für eine solche Frage ein wenig zu bedeutsam ist:

Aber Wilhelm geht es gut?

Was meinst du damit?

Kurt: Ich frage, ob es ihm gut geht.

Charlotte versucht, ruhig zu atmen. Blickt auf den Salzstreuer in der Mitte des Tisches. Jetzt verschwimmt er ein bisschen.

Es geht ihm gut, sagt sie.

Dann ist ja alles in Ordnung.

Kurt faltet seine Serviette zusammen, schiebt sie unter den Teller. Sie sitzen stumm nebeneinander. Charlotte behält den Salzstreuer im Auge, sicherheitshalber. Sie hört Kurt etwas sagen. Heiraten? Hat er *heiraten* gesagt? Sie prüft, ob die Nachricht irgendeinen Hintersinn enthält. Aber nein, Kurt will heiraten.

Schön, sagt Charlotte. Das freut mich.

Die zwei Kilometer zurück zum Hotel geht sie zu Fuß, trotz der Kälte. Die Luft beißt in ihrer Nase, dringt in ihre Lungen ein. Unter ihren Schuhen knirschen Schotter und Eis. Es ist ihr gelungen, ein einigermaßen normales Gespräch über das Heiraten zu führen. Über die Braut, die anscheinend Olga heißt. Russin, Beruf unklar (was Charlotte ein bisschen stört). Ein Jahr älter als Kurt (was Charlotte ebenfalls ein bisschen stört). Aber womöglich hat sie auch etwas falsch verstanden, sie muss zugeben, dass sie nicht ganz bei der Sache war. Denn in ihrem Kopf rumort immer nur dieser eine Gedanke:

Dass Kurt das für möglich hält!

Sie merkt plötzlich, dass sie laut spricht. Die Kälte an den Zähnen.

Dass er es für möglich hält, dass Wilhelm verhaftet sein könnte!

Es ist nicht so, dass sie glaubt, Kurt könnte glauben, dass Wilhelm ein Volksfeind sei. Aber er glaubt offenbar, andere könnten es glauben. Sie blickt auf, bevor sie über die Straße geht: Schaut hinauf zu ihrem Hotelzimmer, wo Licht brennt. Dort sitzt er, Wilhelm. Sitzt am Schreibtisch und schreibt einen dummen, überflüssigen Brief.

Dann brüllt jemand, irgendwas klappert, klirrt. Sie sieht deutlich die einzelnen Haare im Pferdefell. Die Droschke steht, und der Ärger des Kutschers entlädt sich in einem dreifachen Fluch.

РГАСПИ ф. 495 / оп. 205 / д. 488 / л. 105–108

den 26.V. 1937.

Werter Genosse
Müller!

Es sind jetzt 6 Monate her, dass ich von meiner Arbeit entfernt wurde. Dass ich hier in Moskau auf Ihre weiteren Massnahmen warte.
Sie werden verstehen, dass es nicht so leicht ist, bei dem Bewusstsein, nichts gegen die Ehre eines Kommunisten, gegen die Linie der Partei getan zu haben, von allem gesellschaftlichen Leben im Zentrum des Sozialismus ausgeschlossen zu sein.
Entscheidend für die Beurteilung meiner Lage ist doch nicht die anerkennenswerte Tatsache der materiellen Be-

106

dingungen, die Sie mir z. T.
gegeben haben.
Sondern meine Annahme,
dass ich scheinbar, trotz mei-
ner klaren politischen Vergan-
genheit, trotz meines entschie-
denen nachweisbaren Kampfes
gegen die Opposition in der
K.P.D., trotz meiner langjäh-
rigen Arbeit in Ihrer Abteilung
und meiner einwandfreien
politischen Arbeit auf Punkt [illegible]
trotz meiner Erklärung vom
29. September 1936, dass meine
Beziehungen zu dem terro-
ristischen Banditen Chmel abso-
lut zufällige waren, dass ich
nicht die geringste Ahnung
und Anhaltspunkte von der
Schurkerei dieses Menschen
hatte, dass ich scheinbar trotz
alledem Ihr Vertrauen, das

 104

Vertrauen der Partei verloren habe.

Das ist das Schwerste, was mich treffen konnte.

Ich verstehe sehr gut, dass besonders heute Kontrolle und Misstrauen notwendig ist.

Aber ich glaube nicht, dass gerade bei der Möglichkeit, meinen Fall zu klären, mein Zustand der Isolierung und Untätigkeit ein permanenter sein muss.

Ich wende mich heute, nach 6 Monaten Wartezeit an Sie mit der Bitte, bei Ihren weiteren Dispositionen zu prüfen, was meiner Weiterbeschäftigung in Ihrer Abteilung noch im Wege steht. Erinnern möchte ich Sie dabei noch daran, dass ich eine andauernt

schwere manuelle Arbeit mi[t]
meinem im Kapp-Putsch 1920
zerschossenen rechten Unter-
arm kaum machen kann.
Lassen Sie mich bitte recht
bald wissen, welche Aus-
sichten für mich vorhanden
sind.

Mit kommunistischem
Gruss!

Hans Germaine.

Werter Genosse Müller!

Es sind jetzt 6 Monate her, dass ich von meiner Arbeit entfernt wurde. Dass ich hier in Moskau auf Ihre weiteren Massnahmen warte.

Sie werden verstehen, dass es nicht so leicht ist, bei dem Bewusstsein, nichts gegen die Ehre eines Kommunisten, gegen die Linie der Partei getan zu haben, von allem gesellschaftlichen Leben im Zentrum des Sozialismus ausgeschlossen zu sein.

Entscheidend für die Beurteilung meiner Lage ist doch nicht die anerkennenswerte Tatsache der materiellen Bedingungen, die Sie mir z. Zeit gegeben haben.

Sondern meine Annahme, dass ich scheinbar, trotz meiner klaren politischen Vergangenheit, trotz meines entschiedenen nachweisbaren Kampfes gegen die Opposition in der K.P.D., trotz meiner langjährigen Arbeit in Ihrer Abteilung und meiner einwandfreien politischen Arbeit auf Punkt II, trotz meiner Erklärung vom 29. September 1936, dass meine Beziehungen zu dem terroristen Banditen Ehmel absolut zufällige waren, dass ich nicht die geringste Ahnung und Anhaltspunkte für die Schurkerei dieses Menschen hatte, dass ich scheinbar trotz alledem Ihr Vertrauen, das Vertrauen der Partei verloren habe.

Das ist das Schwerste, was mich treffen konnte.

Ich verstehe sehr gut, dass besonders heute Kontrolle und Misstrauen notwendig ist. Aber ich glaube nicht, dass gerade bei der Möglichkeit, meinen Fall zu klären, mein Zustand der Isolierung und Untätigkeit ein permanenter sein muss.

Ich wende mich heute, nach 6 Monaten Wartezeit an Sie mit

der Bitte, bei Ihnen die weiteren Dispositionen zu prüfen, was meiner Weiterbeschäftigung in Ihrer Abteilung noch im Wege steht. Erinnern möchte ich Sie dabei noch daran, dass ich eine andauernt schwere manuelle Arbeit mit meinem im Kapp-Putsch 1920 zerschossenen rechten Unterarm kaum machen kann. Lassen Sie mich bitte wissen, welche Aussichten für mich vorhanden sind.

Mit kommunistischem Gruss
Hans Germaine

body therefore considers us us to be criminals. No rehabilitation took place, we did not even receive an official information about the results of the investigation. We are living like pariahs - expelled from every human community.

If you are not intersted in me (- I did not do great things for the revolution) - You cannot be quite indifferent towards the great suffering of a comrade, a proletarian, who is for 27 years organised in the workers' movement, who never stopped fighting actively for the party and for the line of the party and who has lost now his work and in connection with that all, that made it worth while to live. I ask You, Comrade Mueller, to help him and to bring both of us back to a normal life, where we can be useful members of the socialist society.

Then - there is a second demand: apart from the other sorrow I am very worried not to hear a word if not from Lilly, then about Li
It would be a great kindness of you to give m
some news. Sometimes I am tortured by the id

at something has happened to her. Is she in good state of health, is she happy? Please onrade Mueller - for Lilly's sake - imagine for minute, what this new disappointment neans for us - after happy dreams together ith Lilly about a future, where she would live ear Moscow and always come to see us.

I hope instantly, that you break the silence so many months and that you give an answer to my letter.

Yours,

with comm. greetings

Lotte Germaine.

Dear Comrade Mueller,

It cannot be the intention of the party or of yourselves to sentence us to a slow moral death, because we did not recognize the double-face of this bandit. Did not the second trial – even more frightfully than the first – reveal that these people were first-rate masters in the art of lie and deception, that they were able to deceive the highest functionaries of the party for many years notwithstanding the fact that their oppositional past was well known.

I repeat that I did not even know, that this bandit was a Trotskist – I knew about 2 political faults in 2 articles and had no clear conception of the character of these faults. I understand that this is just my fault – that I did not try to find out. But I think that this fault cannot be unpardonable.

We do appreciate, naturally, that you settled the material question for us. But you also must understand, that this alone does not mean life. We are chased away from our job – every comrade, naturally, knows that and everybody therefore considers us as to be criminals. No rehabilitation took place, we did not even receive an official information about the results of the investigation. We are living like pariahs – expelled from every human community.

If you are not interested in me (I did not do great things for the revolution) – you cannot be quite indifferent towards the great suffering of a comrade, a proletarian, who is for 27 years organized in the workers' movement, who never stopped fighting actively for the party and for the line of the party and who has lost now his work and in connection with that all that made it worthwhile to live. I ask you, Comrade Mueller, to help him and to bring both of us back to a normal life, where we can be useful members of the socialist society.

Then – there is a second demand: apart from the other sorrow I am very worried not to hear a word if not from Jilly, then about Jilly. It would be a great kindness of you to give me some news. Sometimes I am tortured by the idea, that something has happened to her. Is she in a good state of health, is she happy? Please Comrade Mueller – for Jilly's sake – imagine for a minute, what this new disappointment means for us – after happy dreams together with Jilly about a future, where she would live near Moscow and always come to see us.

I hope instantly, that you break the silence of so many months and that you give us an answer to my letter.

Yours,
with comm. greetings
Lotte Germaine

6 Talon-Esser

– Charlotte –

Der März kommt. In Deutschland gehen die Weidenkätzchen auf. Aber hier, in Moskau, werden die zusammengeschobenen Schneeberge nur immer schmutziger und fester. Hin und wieder lugt die Sonne hervor, bringt kurzzeitig den Schnee auf den Dächern zum Schmelzen und formt daraus Eiszapfen von tödlicher Größe.

In der *Prawda* erscheint das Schlusswort des Genossen Stalin zum laufenden Plenum. Auf einmal spricht Stalin von der *Herzlosigkeit* mancher Parteibürokraten. Er kritisiert, dass man Menschen aus der Partei ausschließt, bloß weil sie ein- oder zweimal zur Parteiversammlung zu spät gekommen sind oder die Beiträge nicht pünktlich entrichtet haben. Er spricht warm und freundlich, fordert mehr Nachsicht und Aufmerksamkeit. Charlotte muss an Jilly denken, wie sie vor Stalins Geburtshaus stand: *Jetzt verstehe ich, warum sie ihn lieben.*

Von Jilly noch immer kein Wort, keine Spur. Dafür taucht plötzlich Provost auf.

Gaston Provost? Jedenfalls glaubt Charlotte, ihn zu sehen, ein Phantom hinter der Glastür. Selbstverständlich muss das ein Irrtum sein. Was soll Provost im Hotel Metropol?

Obwohl der Mann ihm ähnlich sieht. Und zwar sehr ähnlich. Um nicht zu sagen, *er sieht genau aus wie er*.

Jetzt wirst du irre, denkt Charlotte. Ihr Blick begegnet seinem, und während sie noch zögert, reißt der falsche Provost die Tür auf und verharrt in einer angedeuteten Verbeugung, um in dem Augenblick, da Charlotte sich in Bewegung setzt, ein halblautes *Madame!* hervorzubringen.

Merci, entgegnet sie unwillkürlich und spürt im Nacken den Lufthauch der zufallenden Tür.

Von der Begegnung erzählt sie Wilhelm nichts, zumal sie nachher nicht mehr sicher ist, ob er es tatsächlich war: Provost. Zwei Tage später ist sie sicher, aber da muss sie es ihm nicht mehr erzählen. Um die Mittagszeit – die Zeit für die Talon-Esser – erscheint Gaston Provost im Restaurant. Er tappt genauso unsicher herein wie sie am ersten Tag, schaut mit derselben Ehrfurcht hoch zur gläsernen Decke, zögert einen Augenblick, ob er weitergehen oder auf die Kellnerin warten soll, und benimmt sich überhaupt genau so, wie sie sich in den ersten Tagen im Metropol benommen haben.

Kaum hat er sich entschlossen, an einem Tisch im vorderen Teil Platz zu nehmen, hat er eine Kellnerin am Hals, die ihn in die hintere Restaurant-Hälfte dirigiert, dorthin, wo die Talon-Esser sitzen.

Den kennen wir nicht, raunt Wilhelm ihr zu.

Auch Provost nimmt von ihnen keine Notiz. Er setzt sich möglichst weit weg, erkennbar darum bemüht, sich routiniert und normal zu verhalten – was auch Charlotte versucht. Erst oben im Zimmer wird der Fall diskutiert. Er wohnt hier, so viel ist klar. Ist er ebenfalls vom Dienst suspendiert? Ein Leidensgefährte?

Am einfachsten wäre es, ihn zu fragen, aber Wilhelm argumentiert:

Entweder er hat sich etwas zuschulden kommen lassen, dann wollen wir nichts mit ihm zu tun haben. Oder er hat sich nichts zuschulden kommen lassen, dann will er nichts mit uns zu tun haben.

Das klingt logisch. Zumal Provost auch nicht mit ihnen redet.

Am 8. März kommt Wilhelm mit einem Blumenstrauß nach Hause: Frauentag. Obendrein hat er Plätze im Restaurant Praga reserviert. Charlotte bleibt nichts übrig, als zuzustimmen. An einem solchen Tag ist es schwierig, abweisend zu sein.

Nachdem die Temperaturen zu Monatsbeginn noch einmal auf minus fünfundzwanzig Grad herabgefallen waren, ist es jetzt wärmer geworden. Es schneit. Frisches Weiß bedeckt für kurze Zeit das abgetragene Grau des Winters. Draußen sind auffällig viele Leute unterwegs, erstaunlicherweise sind schon am frühen Abend viele betrunken. Ein *mushik*, der Charlotte an ihren konterrevolutionären Schuster erinnert, will sie zu einem Schluck aus seiner Flasche nötigen, wobei er andauernd *masleniza, masleniza* schreit – die Butterwoche, begreift Charlotte. Ein reaktionärer Brauch, die *mushiks* feiern das Ende des Winters. Aber es gibt Betrunkene auch auf der Seite des Fortschritts, sogar Frauen mit Blumensträußen, Brigaden, die den Frauentag begehen.

Vor dem Praga streitet eine solche Gruppe gerade mit dem Personal um irgendwelche Tische, die angeblich reserviert, aber nicht besetzt sind. Eine der Frauen fängt plötzlich an, das Personal in unflätigster Weise zu beschimpfen, eine vierschrötige Person, die eine Wattejacke über einem entsetzlich gescheckten Kleid trägt. Aber nicht die Beschimpfungen schockieren Charlotte, sondern der Satz, der halbe Satz, den die Frau herauspresst, nachdem sie mit Müh und Not davon abgebracht worden ist, das Restaurant zu stürmen:

Danke, Sowjetmacht!

Mascha, nun beruhige dich, mahnt eine Jüngere. Dann ziehen sie los, fünf oder sechs sowjetische Frauen, mit Blumen im Arm und viel zu dünnen Sommerschuhchen an den Füßen. Singend auf einmal, wie um die Bemerkung der Vierschrötigen zu übertönen.

Charlotte bestellt ein sündhaft teures Beef Stroganoff, wird aber während des Essens die ganze Zeit von der zwanghaften Vorstellung geplagt, sie verspeise Hundefleisch. Auf dem Heimweg ist Wilhelm auffällig schweigsam und bekommt den bettelnden Blick. Charlotte kann nicht entscheiden, ob sie sich seiner erbarmen oder nach einer Ausrede suchen soll, falls es dafür nicht schon zu spät ist: Gewöhnlich signalisiert sie Wilhelm frühzeitig, wenn sie nicht willens oder imstande ist, damit er sich darauf einstellt. Dann aber löst sich das Problem von selbst:

Plötzlich stehen sie zusammen mit Provost im Fahrstuhl. Der dicke uniformierte Fahrstuhlführer fragt ihn, in welche Etage er wolle – Charlotte und Wilhelm hat er längst aufgehört zu fragen, er quittiert ihr Eintreten lediglich mit einem wissenden Nicken. Provost jedoch, Charlotte ahnt es, will ebenfalls in die vierte Etage.

Als der Fahrstuhl hält, lässt er ihnen galant den Vortritt, folgt ihnen dann nicht besonders eilig, rechtsherum, an der Diensthabenden vorbei, noch einmal rechts, den langen Flur entlang, durch die Glastür, an der sie sich begegnet sind, und noch einmal rechts – er folgt ihnen noch immer. Der Abstand hat sich etwas vergrößert, als sie ihre Tür aufschließen, ist Provost noch ungefähr zwanzig Schritte entfernt, aber kaum dass sie ihre Tür geschlossen haben, hören sie unmittelbar neben sich die Riegel schnappen. Der Nachbarraum. Der Raum, in dem Feuchtwanger gewohnt hat.

Wilhelm ist sofort mit dem Ohr an der Zwischentür, verharrt dort eine Minute, zwei. Stille – bis Provost auf einmal anfängt zu singen, offenbar direkt hinter der Tür, jedenfalls laut genug, dass Charlotte jedes Wort verstehen kann:

Plaisir d'amour ne dure qu'un moment.
Chagrin d'amour dure toute la vie …

Wilhelm schaut sie an mit einem Blick, für den Charlotte kein anderes Wort einfällt als: bedeppert.

Überflüssig zu sagen, dass sich Liebeshandlungen unter solchen Umständen erledigt haben. Auch Wilhelm scheint es vergangen zu sein. Charlotte hört noch lange, wie er sich schlaflos drüben in seinem Bett wälzt, vielleicht mit ähnlichen Fragen beschäftigt: Was bedeutet das nun wieder? Soll Provost sie aushorchen? Oder ist es reiner Zufall, dass er im Nebenzimmer wohnt? Was weiß er? Was will er? Ist er freiwillig hier?

Auf der Straße Gelächter. Getrappel von Pferden. Ein Betrunkener beteuert quäkend, dass er nicht betrunken sei. Hin und wieder leuchten die Sterne über ihr auf. Nun sind sechzehn Wochen vorbei. Ist Provost das große Ereignis, auf das sie sechzehn Wochen lang gewartet hat? Ist er die Lösung des großen Rätsels? Provost, dieser Hampelmann. Sie ist nicht bereit, das zu glauben.

In den folgenden Tagen verfällt Charlotte unwillkürlich in einen halblauten Tonfall, während Wilhelm, so scheint es, anfängt, besonders laut und deutlich zu sprechen. Er betont mehrmals, wie optimistisch er sei: *Wir wissen ja, dass wir uns nichts vorzuwerfen haben.* Verliest seine Pressenotizen, stolziert wie unabsichtlich an der Zwischentür vorbei und bleibt sogar stehen, damit es auf keinen Fall falsch verstanden wird, wenn er – zum endgültigen Beweis für den faschistischen Charakter des Trotzkismus – die *Rundschau* zitiert, die wiederum den *Völkischen Beobachter* zitiert, der wiederum Trotzki zitiert, der sich irgendwo über die Entartung des Sozialismus in der Sowjetunion auslässt. Charlotte sieht ihm zu wie einem Fremden.

Wenn sie leise spricht, sagt er: Du brauchst nicht zu flüstern, wir haben nichts zu verbergen.

Aber Charlotte möchte sich auch über Alltägliches nicht in Überzimmerlautstärke unterhalten. Weder will sie vor den Ohren von Provost ausdiskutieren, ob sie die weggeworfenen Briefseiten als Klopapier verwenden darf (denn natürlich ist Klopapier eine Mangelware, die ihnen, wie sich herausgestellt hat, nicht vom Hotel zur Verfügung gestellt wird), noch will sie Wilhelm auf ein hervorstehendes Nasenhaar hinweisen. Schon gar nicht will sie über Kurt oder gar über Werner sprechen. Oder über Ljuba Löwenstein, von der sie Wilhelm bisher nicht berichtet hat, weil sie, so ihre Ausrede, Ljubas Verhalten nicht deuten konnte. Also verstummt Charlotte, redet so gut wie gar nicht mehr. Wilhelm scheint es kaum zu bemerken.

Dafür dreht er das Radio auf. Zuerst glaubt sie, er wolle ihr unter dem Geräuschpegel des Radios hindurch etwas mitteilen, was Provost nicht hören soll. Aber er teilt ihr nichts mit. Macht einfach das Radio an und lässt eine dreistündige Rede Molotows über sich ergehen. Von der er kein Wort versteht. Allerdings versteht auch Charlotte die Rede kaum, denn die Übertragungsqualität lässt stark zu wünschen übrig, was Wilhelm jedoch energisch bestreitet.

Zwei Tage später liest Charlotte in der *Prawda*, dass Schädlinge und Saboteure die Übertragung von Molotows Rede absichtlich gestört hätten.

Aber es kommt noch schlimmer. Kurz nach dem Radio-Vorfall taucht ein weiterer Mitarbeiter von Punkt Zwei im Hotel auf: John Murray, der seltsame Signaltechniker aus England. Mit mürrischer Miene betritt er das Restaurant und setzt sich, als er die anderen sieht, fernab – in die erste Klasse, von wo ihn die Kellnerin prompt vertreibt.

Am nächsten Tag stehen drei weitere OMS-Leute im Restaurant, drei junge spanische Kommunisten: Carmen Silva, Luisa Diego und Pedro Marchisto. Pedro hat den Kursanten beigebracht, wie man ein Funkgerät aus Einzelteilen zusammenbaut und einsatzbereit macht, die Aufgaben der beiden Frauen sind Charlotte unbekannt. Was ist da passiert? Es können doch nicht alle auf einen Schlag suspendiert worden sein.

Nach dem Essen versucht Charlotte, Wilhelm davon zu überzeugen, dass man doch wenigstens zu den Spaniern Kontakt aufnehmen könne:

Wir sitzen doch alle im selben Boot!

Wir sitzen in keinem Boot, raunt Wilhelm.

Am ersten Tag sind die drei Neuankömmlinge noch scheu, schauen sich schüchtern um. Aber nach wenigen Tagen fangen sie an, sich lebhaft zu unterhalten, zu dritt bilden sie eine Übermacht. Gaston Provost bemüht sich ebenfalls, heiter zu erscheinen, versucht kleine Scherze mit der Kellnerin, welche den falschen Franzosen erstaunlicherweise nicht abblitzen lässt, sondern noch mit Sonderhappen belohnt.

Und nun beginnt auf einmal eine Art Wettbewerb in guter Laune und Unbefangenheit. Auch Wilhelm fängt unversehens an zu plaudern, stößt sie unter dem Tisch an: Mach nicht so ein Gesicht! Charlotte bemüht sich, freundlich und interessiert dreinzuschauen, während Wilhelm – lauter als nötig – von der vorzeitigen Erfüllung des Rohbaumwollplanes oder der Rekordfahrt der neuen sowjetischen Lokomotive SO 17–3 berichtet. Nur Murray an seinem Tisch blickt mürrisch in die Runde, hin und wieder scheint ein rätselhafter Impuls durch sein verrücktes Gehirn zu gehen, und es entfährt ihm ein leises Lachen.

Lacht er sie aus?

Zu allem Überfluss taucht wenig später auch noch Li Chang auf. Er versucht gar nicht erst, sich in den vorderen Teil zu setzen, sondern wählt einen freien Tisch im Talon-Bereich. Aber offenbar werden der Kellnerin die Einzeltische allmählich zu viel. Provost darf sitzen bleiben, aber Chang wird an Murrays Tisch dirigiert. Er lässt es widerstandslos geschehen, begrüßt Murray mit einer förmlichen Verbeugung – und Murray ahmt Changs Verbeugung nach, so gut das im Sitzen geht. Absurdes Theater.

Obendrein stellt sich heraus, dass sie alle in der vierten Etage untergebracht sind. Ziemlich pünktlich um halb vier tritt die komplette Mannschaft zum Mittagessen heraus, sodass sich gemeinsame Fahrten im Aufzug kaum vermeiden lassen – und nachdem sie mehrmals starr neben ihren frohgemuten Genossen gestanden hat, beschließt Charlotte, die Treppe zu nehmen, obwohl Wilhelm weiterhin den Aufzug nutzen will. Aber Charlotte geht einfach los, und Wilhelm bleibt, sofern er Einigkeit vortäuschen will, nichts anderes übrig, als ihr zu folgen.

Während sie gemeinsam die Stufen hinabgehen, faucht er sie von der Seite an: Dreh jetzt nicht wieder durch!

Charlotte merkt, wie das Blut ihr in die Schläfen steigt: *Durchdrehen* – das Wort.

Ich drehe durch? Sie versucht zu flüstern, aber ihre Stimme kippt, fängt an zu quietschen: *Ihr* dreht doch hier alle durch!

Wilhelm packt sie am Handgelenk, aber in diesem Augenblick rauscht der Fahrstuhl heran, der berühmte gläserne Fahrstuhl des Metropol, und Wilhelm lässt sie sofort wieder los, sie erstarren für einen Augenblick in einer unnatürlichen, operettenhaften Pose, während die neugierigen Gesichter von Provost und Murray vorbeigleiten. Es vergehen ein, zwei Sekunden, ehe Wilhelm sagt:

Es reicht. Du hast mir schon genug eingebrockt mit deinen ... Er sucht das passende Wort ... Marotten.

Das Wort passt nicht, trotzdem weiß Charlotte sofort, worauf er anspielt: die alte Geschichte. Stockholm.

Es stimmt, damals hat sie die Nerven verloren, hatte auf dem Bahnsteig einen Heulkrampf bekommen, in aller Öffentlichkeit, und wer weiß, was sie noch alles getan hat, so genau erinnert sie sich nicht daran, wohl aber an den Anlass. Dort auf dem Bahnhof, beim Umsteigen, hatte sie festgestellt, dass in den Stempeln der gefälschten Visaeinlagen ihrer gefälschten Pässe das «S» im Deutschen Reich fehlte: *Deutches Reich!* Sie hatten noch die Grenzen zu Dänemark, zu Deutschland, zu Frankreich zu überwinden und retour. Ein irrsinniges Unternehmen, ein Himmelfahrtskommando.

Wilhelm war trotzdem gefahren, mit seinem *Deutches Reich*-Stempel im Pass. Und er ist, kaum zu glauben, zurückgekehrt.

Charlotte hat man seitdem nicht wieder bei konspirativen Aktionen eingesetzt, und auch Wilhelm ist immer seltener als Kurier ins Ausland gefahren, zu seinem Bedauern. Aus ihr unbegreiflichen Gründen hat er solche Unternehmungen geliebt. Aber sind denn im Laufe der Zeit nicht immer mehr Kuriere hochgegangen? Ist sich Wilhelm nicht darüber bewusst, dass sie ihn möglicherweise vor der Gestapo-Haft bewahrt hat? Vor Verhaftung, Folter, Tod?

Bisher hat sie Wilhelms Schweigen zu der Angelegenheit immer als Zeichen dafür interpretiert, dass sich sein Ärger und seine Erleichterung zumindest die Waage hielten. Und nun: *Du hast mir schon genug eingebrockt mit deinen Marotten.*

Wilhelm geht weiter, bleibt noch einmal auf dem Absatz stehen, blickt ungeduldig zu ihr zurück. Ihre Knie zittern, es dauert einen Moment, bevor sie den Fuß auf die nächste Stufe setzen kann. Wilhelm hält ihr den Arm hin, sie ergreift ihn – wie die Haltestange einer Straßenbahn. Vorbei an der Diensthabenden. Vorbei an der Rezeption. Spießrutenlauf durch das Restaurant, sie versucht zu lächeln. Nein, vor diesen Leuten will sie sich keine Blöße geben.

An der Suppe erkennt sie, dass Montag ist: ein undefinierbares Gemisch aus Resten, das sie hier Soljanka nennen. *solj* heißt Salz, und die Suppe macht ihrem Namen alle Ehre.

Hervorragend, sagt Wilhelm.

Findet er das wirklich? Charlotte schaut sich um: Alle löffeln brav ihre Suppe, nur der verrückte Murray verzieht das Gesicht und kippt das ganze Schälchen saure Sahne hinein.

Ja, sagt Charlotte, ganz hervorragend, diese versalzene Suppe.

Mitte März sinken die Temperaturen noch einmal auf minus sechzehn Grad, und Gustav Schock, der vormalige Administrator von Punkt Zwei, zieht ins Metropol ein. Ein paar Tage später kommt noch Nowosielski dazu, Leiter der Funkerschule, sowie eine der Übersetzerinnen, Clara Sondermann, die sich zu Provost setzt.

Abgesehen von den Kursanten – insgeheim hat Charlotte gehofft, dass auch Jill Greenwood irgendwann einträfe – ist nun die halbe Funkerschule im Metropol versammelt. Werden die Leute denn nicht mehr gebraucht? Gerade jetzt, wo die Nazis in Deutschland erstarken. Wo in Spanien der Krieg gegen Franco tobt. Wo von England Gefahr droht und auch von Japan. Braucht die OMS keine Funker mehr? Hat die Komintern aufgehört, Kundschafter auszubilden?

Da soll es ja von Volksfeinden nur so wimmeln – der Satz fällt ihr ein. Damals hat sie gemeint, nur eine toupierte Pute mit gelackten Fingernägeln könne eine solche Dummheit daherschwätzen. Die Komintern! Das Schwert der Weltrevolution! Aber inzwischen weiß sie, wer die toupierte Pute ist. Sollte Wassili Wassiljewitsch Ulrich ebenfalls glauben, in der Komintern wimmle es von Volksfeinden?

Endlich drehen die Außentemperaturen ins Plus, allerdings fängt es an, barbarisch zu regnen. Märzregen, schlimmer als Schnee, die feuchte Kälte kriecht einem in die Glieder, selbst unter dem Schirm wird man nass. Absurderweise enden die Moskauer Dachrinnen nicht in der Kanalisation, wie sie es aus Deutschland kennt, sondern einen halben Meter über der Erde, sodass sich Ströme Regen- und Schmelzwassers über die Gehwege ergießen. Überall stehen Pfützen, alles ist überschwemmt. Nach zwanzig Minuten sind Schuhe und Kleidung so nass, dass sie bis zum nächsten Morgen trocknen müssen.

Unglücklicherweise entfällt auch das Café Metropol als Aufenthaltsort, denn dort sitzt neuerdings Provost. Offenbar hat er entdeckt, dass man hier preiswert Tee trinken und die *Prawda* lesen kann. Innerhalb weniger Tage ist es ihm gelungen, auch hier die Kellnerin zu bezirzen. Sie toleriert nicht nur seine dauernde Anwesenheit, sie lebt geradezu auf, schreitet hüftschwingend durch das Café und beugt sich, man glaubt es nicht, beim Abrechnen so tief hinunter, dass er ihr in den Ausschnitt stieren kann.

Charlotte verspürt wenig Lust, Provost dabei zuzusehen, wie er demonstrativ die *Prawda* studiert, schon gar nicht möchte sie einen stummen Wettbewerb darum eröffnen, wer die *Prawda* länger und gründlicher studiert – zumal es nur ein Exemplar gibt, um das man konkurrieren müsste.

Also geht sie während der Regentage in den Hotelfluren spazieren. Dabei entdeckt sie in der ersten Etage einen Friseur. Ihr fällt ein, dass sie bald Geburtstag hat – als bedürfte es einer Begründung, um zum Friseur zu gehen. Sie ist froh um die lange Wartezeit, setzt sich still in die Ecke und blättert in einer Moskau-Broschüre, die für die Hotelgäste ausliegt, seltsamerweise nur auf Russisch: Stadtgeschichte, Architektur, Errungenschaften des Sozialismus.

Es gibt ein Foto von einer gigantischen Sportparade auf dem Roten Platz. Der schon zu dessen Lebzeiten nach Gorki benannte Park für Kultur und Erholung wird in den höchsten Tönen gepriesen. Es folgt seitenlang Werbung: für die Buffets, die es an jeder Metro-Station gibt; für das zentrale UNIVERMAG, in dem man Damen- und Herrenbekleidung, Sportartikel, Kosmetik, Fotoapparate, Operngläser, Musikinstrumente und sogar Jagdwaffen kaufen kann; für ein Schuhgeschäft mit allen nur erdenklichen Angeboten; für das Kino *Udarnik*, wo es vor jeder Filmaufführung ein Konzert gibt; für ein Muster-Milchcafé mit einer großen Auswahl an frischen Milch- und Konditoreiprodukten; für das Restaurant Praga (mit Jazz, Zigeunerchor und Dachgarten im Sommer); für das Staatliche Historische Museum am Roten Platz; für den Botanischen Garten; für die Tretjakow-Galerie (in der Charlotte natürlich schon einmal gewesen ist, die sie aber erneut zu besuchen beschließt).

Das Leben ist besser, das Leben ist fröhlicher geworden. Wenn man das alles liest, könnte man's glauben.

Manchmal drückt sie sich in der Hotellobby herum, tut so, als wartete sie – was ja auch stimmt.

Sie sieht zu, wie die Marmorfußböden gewischt werden.

Amerikanische Touristen reisen an.

Die Kinder der Dauerbewohner stürmen kreischend die Treppen hinunter und werden sanft von einer Hotelangestellten ermahnt.

Madame Weger kommt mit dem Fahrstuhl nach und verschwindet im Restaurant.

Der alte Fainstein beschwert sich an der Rezeption über irgendwas, diskutiert mit einer Angestellten, dann mit dem Chef, resigniert schließlich und lässt sich vom dicken Fahrstuhlführer wieder nach oben befördern.

Und dann kommt *er*. Das runde, aufgequollene Gesicht. Die Augen darin nur Schlitze, als würde der Platz für mehr nicht reichen. Er geht wie blind, ein blindes, großes Tier, obwohl er im Grunde nicht groß ist, nur massig. Trägt das nasskalte Wetter mit sich durch die Lobby. Er grüßt niemanden, wendet den Blick nicht nach links, nicht nach rechts. Er gibt dem Mann im Ledermantel, der ihn begleitet, einen kaum merklichen Wink, worauf dieser auf der Stelle kehrtmacht und zum Ausgang marschiert. Charlotte sieht ihn draußen einen großen schwarzen Regenschirm aufspannen. Während Wassili Wassiljewitsch Ulrich schon im gläsernen Fahrstuhl nach oben fährt.

Geburtstag. Nein, Wilhelm hat die Blumen nicht vergessen. Er hat schlicht keine bekommen. Er ist betrübt. Er habe alles versucht. Er sei gestern den ganzen Tag wegen der Blumen unterwegs gewesen statt in der Bibliothek. Er habe sich zwei Mal vergeblich angestellt. Offenbar seien die Blumen am 8. März ausverkauft worden. Dafür hat er ihr eine Flasche Krimsekt mitgebracht und eine Schachtel Pralinen.

Als sie die erste Praline anbeißt, ist eine Made drin. Eine tote Made, gewiss, aber eine Made. Wilhelm schneidet alle Pralinen auf und prüft sie auf Madenfraß.

Es gibt keinen, man könnte die Pralinen essen.

Sie trinken ein Glas Sekt zum Frühstück und essen jeder eine halbe. Wilhelm, um zu beweisen, dass man sie essen kann. Charlotte, um Wilhelms Trübsal zu lindern. Er hat es gut gemeint. Er meint es immer gut. Und was haben wir nun davon? Dass wir Schokolade mit Maden essen. Sie versucht, nicht daran zu denken, während sie die halbe Praline kaut, im Mund zergehen lässt, die geschmolzenen Reste mit der Zunge am Gaumen zerdrückt. Versucht, nicht zu denken: *Da ist der Wurm drin.* Spült mit Sekt nach.

Um an diesem Abend nicht mit Wilhelm allein im Zimmer sitzen und politisch unverfängliche Gespräche führen zu müssen, hat sie alles darangesetzt, Karten für das Bolschoi-Ballett zu bekommen, leider vergeblich. Dafür hat sie

Karten für den gerade erst angelaufenen Film *Es blinkt ein einsam Segel* gekauft. Unwillkürlich hat sie den Titel in Verbindung gebracht mit dem Giebel-Mosaik des Metropol, auf dem ein Schiff mit weißem Segel zu sehen ist. Isa hatte ihr erklärt, es handele sich um eine Szene aus einem französischen Drama. Es geht um einen Prinzen, der sich in eine Prinzessin verliebt, die er nie gesehen hat. So viel weiß sie noch. Sie hat sich gewundert über diese merkwürdige Idee: Wie kann man sich in jemanden verlieben, den man nicht kennt?

Allerdings hat dieser Film mit Liebe nichts zu tun. Auch geht es nur am Rande ums Segeln, sondern vielmehr um zwei Schuljungen, die den Aufständischen während der Revolution im Jahre 1905 im Schulranzen Patronen bringen. Der Film ist gut, die Handlung spannend. Das Drehbuch stammt von dem bekannten Schriftsteller Valentin Katajew. Und mit ein paar Hinweisen kann auch Wilhelm der Geschichte im Großen und Ganzen folgen. Auf dem Heimweg ist er fast schon so weit, Charlotte den Film zu erklären.

Sie versuchen, ein Taxi zu bekommen, erwischen aber nur eine Droschke. Der Regen weht unter das Verdeck, nass und verfroren kommen sie zu Hause an. Charlotte fragt an der Rezeption nach Post, in der Hoffnung, es könnte ein Geburtstagsgruß – etwa von Jilly – angekommen sein. Auch Hilde weiß, dass sie Geburtstag hat (und dass sie hier sind). Aber das Einzige, was angekommen ist, ist ein Geburtstagstelegramm von Kurt.

Wilhelm ist irritiert: Woher weiß denn Kurt die Adresse?

Ich habe sie ihm gesagt.

Sie steckt das Telegramm in die Tasche, hastet los. Wilhelm will noch mehr wissen, aber weder im Fahrstuhl noch auf dem Flur, schon gar nicht im Zimmer kann er frei reden.

Wir hatten was anderes vereinbart, zischt er, während er sich die Schuhe auszieht.

Was hatten wir denn vereinbart?, fragt Charlotte, absichtlich laut, und empfindet eine bösartige Freude.

Regen prasselt gegen Fenster und Bleche. Eine Straßenbahn rumpelt um die Kurve, die Räder stoßen gegen die Schienen, wollen lieber geradeaus. Charlotte wartet darauf, dass Wilhelm einschläft. Sie weiß schon, dass sein Schnarchen sie stören wird. Trotzdem wünscht sie sich, dass er endlich schläft, endlich fort ist. Endlich, am Ende des Tages, will sie mit sich allein sein.

Aber Wilhelm schläft nicht, sie hört es an seinem Atem. Schaut er die Sterne an? Wünscht er sich was? Was könnte Wilhelm sich wünschen? Was denkt dieser Mensch? Zweifelt er nie? Würde er zweifeln, wenn sie ihn eines Tages abholten?

Entsetzliche Entdeckung: dass sie, wenn auch nur in einem blitzartigen, schattenhaften Anflug, imstande ist, sich das zu wünschen. Nicht sie, das andere, das Schlechte in ihr. Das dumme Tier, das die einfachsten Dinge nicht begreift: *Wenn Wilhelm abgeholt wird, werde auch ich abgeholt.* Aber warum, um Himmels willen, sollten sie Wilhelm abholen?

Dann, endlich, ist von drüben, aus dem anderen Bett, sein unkontrollierter, fiepender Atem zu hören. Wilhelm ist fort, unerreichbar. Jetzt schämt sie sich. Versucht, gerecht zu sein. Erwin hat ihr niemals Blumen zum Geburtstag geschenkt. Zu ihrem Fünfundzwanzigsten hat sie einen Staubsauger bekommen – mit Handpumpe. Sie muss leise lachen bei der Erinnerung. Wie Erwin ins Schwitzen kam, als er beweisen wollte, dass man keinen von diesen neumodischen elektrischen Staubsaugern braucht. Und wenn sie an ihre Kindheit zurückdenkt: Gab es da überhaupt so etwas wie Geburtstag? Niemals hatte sie auch nur einen Geburtstagsgast. Auch an Geschenke kann sie sich nicht erinnern – außer an eine karierte Jacke, die aus einem abgelegten Mantel ihres Bruders genäht worden war, und dabei war der schon gebraucht gekauft. An den Rührkuchen mit Kerze, der zum Geburtstag morgens auf dem Küchentisch stand – das war alles. Und, ja, an die kleinen Papiertiere, die ihr Vater mit der Schere ausschnitt und am Fuße so knickte, dass man sie aufstellen konnte: Elefant, Fisch und Esel fallen ihr ein.

Und bei der Erinnerung an diese selbstgezeichneten, selbstausgeschnittenen Tiere, die der Vater ihr neben den Rührkuchen stellte, zerfließen auf einmal die Sterne vor ihren Augen. Sie bemüht sich erst gar nicht, die Tränen zurückzuhalten.

7 Verhoffte Wendung

– Charlotte –

Die Kälte hat nachgelassen, der April ist da. Zwar blühen in Moskau noch immer nicht die Weidenkätzchen, aber man spürt überall, wie der Klammergriff des Winters nachlässt. Man räumt die schmutzigen Schneegebirge fort, die der März an den Straßenrändern hinterlassen hat. Man reinigt die Trottoire von den Sedimenten des Winters, die an den Schuhen kleben. Im Hotel werden seit Tagen immerzu die Flure geputzt, die Angestellten fluchen leise, aber gutmütig. Insgeheim frohlocken auch sie über das nahende Ende des Winters.

Aber vor allem: Man kann wieder raus aus dem *Luxusgefängnis*, wie Charlotte es insgeheim nennt. Raus aus diesem irren Theaterstück, von dem niemand weiß, wie es endet. In dem niemand weiß, welche Rolle er eigentlich spielt. Wie viele tote Stunden hat sie sich in der Lobby und auf den Fluren herumgedrückt, ja sogar schon im Bojarensaal beim Schachturnier zugeschaut, obwohl sie nicht einmal richtig weiß, wie die Figuren gesetzt werden. Sogar den Gedanken, sich beim Tanzkurs anzumelden, hat sie schon gehabt (allerdings ist Li Chang schon vor ihr auf die Idee gekommen, und keinesfalls möchte sie Foxtrott mit Li Chang üben). Wie viele Stunden haben Wilhelm und sie sich angeschwiegen, und wie viele Stunden hat sie mit ihrem aufgeschlagenen Buch in der Hand auf dem Bett gelegen und mit dem Schlechten in sich gerungen: mit der Ratte des Zweifels, die an ihren Eingeweiden nagt.

Aber auch draußen unter freiem Himmel, wo niemand hinter der Tür lauscht, wo niemand sie vom Nebentisch aus beobachtet, setzt es sich fort: das beredte Schweigen zwischen ihnen. Ihre Gespräche bleiben steif und unverfänglich, während sie die *Tschistye prudy,* die Sauberen Teiche, umkreisen. Selbst an den abgelegensten Stellen des Parks vermag sie nicht, etwas von all dem Ungesagten, Aufgestauten auszusprechen, das sie bewegt, sondern trägt die Ratte des Zweifels weiter in ihrem Bauch mit sich herum wie das Kind eines fremden Mannes.

Als Wilhelm mit wichtiger Miene verkündet, dass Genrich Jagoda, der ehemalige Chefs des NKWD, verhaftet worden sei, zuckt sie nur mit den Schultern. Offenbar hält Wilhelm das für eine gute Nachricht. Aber Jagoda war schon nach dem ersten Prozess durch Jeshow ersetzt worden, und die Verhaftungen hörten nicht auf. Ja, es wurden sogar noch mehr. Die eigentliche Frage wäre: Was soll man nun von den Untersuchungen gegen Alexander Emel und die anderen fünfzehn halten, die auf Jagodas Anordnung geführt worden sind? Was soll man überhaupt von einem Geheimdienst halten, an dessen Spitze ein Volksfeind steht? Stellt sich demnächst vielleicht heraus, dass auch Jeshow ein Volksfeind ist?

Volksfeinde an der Spitze der wichtigsten Organe.

Fast noch schlimmer sind die kleinen Anwandlungen, die sie plagen: Wenn sie beim Anblick der eisgrauen, mit Müll übersäten *Sauberen Teiche* plötzlich von einer heimtückischen Sehnsucht angefallen wird. Nach dem Flieder am Teltowkanal, fast glaubt sie, ihn zu riechen. Irgendeine Ausflugsgaststätte in Königs Wusterhausen, heißes Wasser für einen Groschen, um den mitgebrachten Kaffee aufzubrühen. Und der plattfüßige Kellner, der sie ständig mit *schöne Frau* anredet.

Natürlich ist das politisch fragwürdig. Sie hat die sowjetische Staatsbürgerschaft beantragt und wird von Heimweh geplagt. Obendrein ist es dumm: In Deutschland herrschen die Nazis. Dort wird sie mit Haftbefehl gesucht, weil man sie als ehemalige Stadtbezirksverordnete der KPD für einen Fememord des Rotfrontkämpferbundes in einem Neuköllner Lokal mitverantwortlich macht. Obwohl sie damit nun wirklich nicht das Geringste zu tun hatte.

Ein anderer dummer Gedanke: Sie erinnert sich an Wassili Wassiljewitsch Ulrich, wie er durch die Lobby walzt, und fragt sich, wie ein so hässlicher, fetter, unsympathischer Mensch Oberster Richter werden kann. Aber muss denn ein Richter sympathisch sein? Oder gar gutaussehend und schlank?

Aber im Grunde sind es nicht diese Anwandlungen und Fragen, die sie anfechten. Das sind nur Erscheinungen, Symptome. Sie kann gar nicht sagen, wie tief ihre Zweifel sitzen. Sobald sie ihre Gedanken dorthin richtet, verspürt sie Angst. Das Eigentliche, das, worum es geht, bleibt unbestimmt, unförmig, unklar. Selbst wenn sie es mitteilen wollte, könnte sie es nicht, weil es nicht möglich ist, hinter die Angst zu denken.

Wilhelm scheint es zu riechen. Klasseninstinkt? Sobald sie das Hotel verlassen haben, verändert sich sein Tonfall kaum merklich. Im Zimmer klingt er jovial, draußen jedoch dreht seine Rede ins Appellhafte. Egal, worüber er spricht, immer hat Charlotte das Gefühl, er wolle sie von etwas überzeugen. Dass letztlich doch alles gut und richtig sei. Dass hier, in der Sowjetunion, der Sozialismus aufgebaut werde, allen Widrigkeiten und Rückschlägen zum Trotz. Und seine Beweise sind durchaus überzeugend, denn es sind nicht nur Zeitungsartikel, nicht nur Berichte über gigantische Stahlwerke oder Autofabriken irgendwo draußen im Land und nicht nur Meldungen einsamer Rekorde in der Schifffahrt oder im Flugwesen – sondern man sieht es auf Schritt und Tritt. Die Baustellen der Hauptstadt sind aus dem Winterschlaf erwacht. Plötzlich fiebert die Stadt vor Schaffensdrang. Der Moskauer Frühling duftet nicht nach Flieder und Weißdorn, sondern nach Erde und Zement.

Ungeheure Steintürme wachsen in den Himmel. Achtspurige Magistralen fressen sich durch die Stadt. Was stört, wird weggeräumt. Die Abrissbirnen hämmern. Kein Privatbesitz steht hier den Interessen der Öffentlichkeit entgegen. Der Metro-Bau! Eben noch eine Stadt aus schwarzen Holzhäusern, wird Moskau morgen die modernste Metro der Welt besitzen. Fast im Wochentakt werden neue Stationen eröffnet. Stadien, Schwimmbäder, Erholungsparks wachsen aus dem Nichts, und alles geschieht gleichzeitig und mit einer Geschwindigkeit, die es einem mitunter schwer macht, sich überhaupt noch zu orientieren: Straßenbahnlinien brechen plötzlich ab. Riesige Löcher klaffen in den Straßen. Das Café Tschaika, in dem sie sich wieder zum monatlichen Treffen mit Kurt verabredet hat, ist auf einmal so gründlich verschwunden, dass Charlotte nicht einmal mehr begreift, wo es eigentlich gestanden hat. Sie finden einander nicht und müssen sich neu verabreden.

Und doch: welche Behutsamkeit bei dem gigantischen Vorhaben! In der Gorkistraße sollen tatsächlich die besonders wertvollen Häuser versetzt werden, heißt es, damit die Straße verbreitert werden kann. Auf der Moskwa-Insel kann man sehen, wie ein mehrstöckiges Wohnhaus schon mal probehalber verschoben wird, um einer neuen Brücke Platz zu machen. Häuser versetzen – eine nie da gewesene Technik.

Und auch vor der Natur macht der Umgestaltungswille nicht halt. An einem bedeckten Tag Ende April stehen sie zusammen mit Tausenden Moskauern am Ufer der Moskwa und beobachten, wie allmählich das Wasser steigt: Aus dem Rinnsal wird ein Fluss! Seltsamerweise beeindruckt Charlotte das mehr als alles andere – sogar mehr als die Pläne für den gigantischen *Palast der Sowjets*, der mit vierhundertfünfzehn Metern das höchste Gebäude der Welt werden soll.

Und doch hilft das alles nicht gegen ihre Krankheit, im Gegenteil. Die Begeisterung, die überall zu spüren ist, macht ihr nur stärker bewusst, wie ausgeschlossen sie ist. Verstohlen sieht sie sich unter den Menschen um, die am Ufer der Moskwa stehen. Sie betrachtet die rauchenden jungen Männer, die auf die steigenden Wasser hinabsehen, als hätten sie das Wunder selber vollbracht – und vielleicht haben sie das ja?

Sie schaut die für das Wetter zu leicht bekleideten jungen Frauen an, deren pralle Brüste vor lauter Stolz die Blusen sprengen wollen. Wen stört es, dass sie blaue Schuhe und hässliche Socken tragen?

Sie sieht einen alten Mann mit einer Narbe im Gesicht und Lenin-Schirmmütze auf dem grauen Haarschopf, der seinem staunenden Enkel raunend den ungeheuren Vorgang im Flussbett erklärt. Hat er in den Oktobertagen an der Seite der Bolschewiki gekämpft? Hat er die Narbe im Bürgerkrieg davongetragen?

Sie, Charlotte, hat keine Wunder vollbracht, sie hat nicht gekämpft. Stattdessen trägt sie heimlich in sich die Ratte des Zweifels. Neidisch blickt sie jungen Leuten nach, die in Zweierreihen zum Subbotnik marschieren, und weiß, dass sie niemals so sein kann wie sie. Nie wird sie eine echte Sowjetbürgerin werden, selbst wenn ihr Antrag tatsächlich irgendwann genehmigt werden sollte. Sie ist einfach nicht stark und, ja, vielleicht auch nicht jung genug. Diese marschierenden Komsomolzen interessieren sich vermutlich einen Dreck dafür, ob die Aussage von Karl Radek mit der von Grigori Sinowjew identisch ist. Oder ob ein Alexander Emel sich tatsächlich an einem Mordkomplott gegen Stalin beteiligt hat. Wahrscheinlich kennen sie diese Leute kaum oder nur als Angeklagte aus der Zeitung. Schnee von gestern! Diese Jungen werden ein gigantisches Werk errichten, und sie wird danebenstehen, neidvoll, verstockt, beschämt. Es liegt an ihr, nicht an ihnen. Und da begreift sie, warum die Partei nicht weiß, was sie mit ihr anfangen soll.

Täglich zur Mittagszeit spielt sie ihre Rolle in dem absurden Theaterstück. Beobachtet das stumme Gerangel um die Tischordnung. Immer wieder versucht die Kellnerin, Tische einzusparen, die Gruppe zusammenzuhalten. Zuletzt werden nur noch bestimmte Tische eingedeckt. Trotzdem gelingt es Schock und Nowosielski schließlich, sich abzuspalten. Li Chang und Murray bleiben an einem Tisch sitzen. Provost fängt an, mit Clara, der Übersetzerin, zu flirten. Die spanische Fraktion bleibt von alledem unberührt, selbst ihre Heiterkeit scheint echt zu sein. Auch Li Chang kichert über Murray, der plötzlich anfängt, mit spitzen Fingern die Suppe zu löffeln und sie mit ausgefallenen Lobesworten in seiner Muttersprache zu bedenken: *Delectable! Enchantingly! Superb!* Schock und Nowosielski geben sich aufgeräumt zuversichtlich, allerdings wortkarg.

Während Wilhelm für seine Verhältnisse unerhört viel erzählt. Anscheinend hebt er sich alle guten Nachrichten des Tages für das Mittagessen auf. Charlottes Part besteht darin, ein interessiertes Gesicht zu machen und hin und wieder eine kleine Frage zu stellen, was ihr immer schwerer fällt. Da die meisten Anwesenden kein Deutsch verstehen, scheint Wilhelm es für nötig zu halten, hin und wieder etwas einzufügen, das auch den anderen zeigt, dass er keineswegs bloß über das Wetter redet, und meistens sind das die Worte: *der Genosse Stalin …*

Wenn sie auf ihr Zimmer zurückkehren, kann sie ihre von lauter Optimismus strapazierte Gesichtsmuskulatur spüren. Sie ist kaum noch imstande, Wilhelms Stimme zu ertragen, jedes weitere Wort sticht ihr wie eine Schere in den Kopf.

Zum Glück hat Wilhelm sich dann weitgehend leer geredet. Meist sinkt er nach dem späten Mittagessen erschöpft auf sein Bett, schaltet das Radio ein, wo es um diese Zeit Sendungen über Haushaltsführung oder Hygiene gibt, was Charlotte zum Anlass nimmt, sich ohne weitere Erklärung aus dem Zimmer zu stehlen. Was sie über die Tage rettet, ist die *Tscheljuskin*. Seltsamerweise ist sie plötzlich in der Lage zu lesen, mehr noch: Auf einmal empfindet sie das Buch als eine Fluchtmöglichkeit, als Tür zu einer anderen Welt.

Auch hat sie ein geeignetes Plätzchen zum Lesen gefunden, nämlich in der zweiten Etage, an einem jener Schachtische, die sie damals mit Isa zusammen gesehen hat. Dort, ganz am Ende jenes Flurs, wo einstmals Bucharins Zimmer gewesen sein soll (Nummer 205, glaubt sie sich zu erinnern, und tatsächlich trägt das letzte Zimmer rechts diese Nummer) – dort befindet sich eine geräumige Nische mit einer Palme, darunter ein Tisch, der niemals besetzt ist. Hier liest sie in nur fünf oder sechs Abenden den Rest der Geschichte. Zuerst fremdelt sie ein wenig mit der Umgebung, rechnet jeden Augenblick damit, dass irgendeine Diensthabende sie von dort vertreibt. Aber es kommt keine Diensthabende, und nach ein, zwei Stunden hat sie sich festgelesen, ist ganz in jener anderen Welt, bei den im Eis Eingeschlossenen, und fiebert mit, als ginge es um ihre eigene Rettung. Dabei weiß sie ja, wie die Geschichte ausgeht. Sie erinnert sich an den triumphalen Empfang der Besatzung und ihrer Retter in Moskau. Aber beim Lesen scheint alles wieder offen, alles möglich zu sein.

Vier Tage lang bangt sie bei jedem Rettungsflug, macht alle Dramen durch, die sich auf dem Eis und in der Luft abspielen. Sie liest von vereisten Tragflächen, von gebrochenen Kufen, von geborstenen Flugzeugen und Notlandungen im Nirgendwo. Sie liest von einem Piloten, der stundenlang mit der Hand Benzin pumpt, weil irgendeine Leitung geborsten ist; von einem anderen, der die vom Eis erblindete Frontscheibe seiner Maschine einschlägt, um sehen zu können. Ihre Finger zittern beim Umblättern der Seiten, als die letzten Besatzungsmitglieder an Bord der letzten Maschine gehen. Und als der Pilot beschließt, auch die verbliebenen acht Schlittenhunde noch mit Netzen aus Fallschirmseide unter die Tragflächen seines schwer beladenen Flugzeugs zu hängen, rollen ihre Tränen.

Dann liest sie das Zitat, das eine beflissene Bibliothekarin hinten in den Buchdeckel eingeklebt hat:

> *Nur in der Union der sozialistischen Sowjetrepubliken sind solche glänzenden Siege der revolutionär organisierten menschlichen Energie über die Naturgewalten möglich. Nur bei uns, wo der Krieg um die Befreiung der werktätigen Menschheit begonnen hat und unermüdlich weitergeführt wird, können Helden geboren werden, deren erstaunliche Energie selbst unseren Feinden Bewunderung abringt.*
>
> *Maxim Gorki*

Am nächsten Tag winkt ihr eines der Fräuleins an der Rezeption zu. Offenbar erinnert sie sich, dass Charlotte oft vergeblich nach Post gefragt hat.

Ich habe etwas für Sie! Zimmer 479, nicht wahr?

Zuerst liest Charlotte den Absender. *KI, Mochowaja uliza 36* – die Komintern. Dann erst schaut sie auf die Vorderseite. Der Brief ist an sie adressiert. Nicht an Wilhelm, noch nicht einmal an sie beide.

Sie reißt den Umschlag auf, ihre Hände zittern. Sie muss drei Mal lesen, bevor sie glaubt, was da steht.

Ist alles in Ordnung?, fragt die junge Frau.

8 Privatsachen

– Hilde –

Kommunistischer Aberglaube: dass das Wetter es gut meint mit der Revolution. Aber tatsächlich kann Hilde sich an keinen verregneten Ersten Mai erinnern. Und auch dieses Mal ist der Himmel wieder strahlend blau, und vor den Kremlmauern kann die große Parade stattfinden.

Leider haben sie nur Stehplätze bekommen, schräg gegenüber vom Mausoleum. Ein schlechtes Zeichen? Julius muss Sina auf die Schultern nehmen, sie ist ganz wild auf das Spektakel. Nur sind viele der Bilder und Darbietungen zum Mausoleum hin ausgerichtet, wo das Politbüro Aufstellung genommen hat. Die Vorbeiziehenden wenden sich im Moment des Vorbeiziehens alle von ihnen ab und richten ihre Blicke auf Stalin.

Die Arbeiter der Stalin-Automobilwerke haben eine halsbrecherische Pyramide aus Menschen auf einem neuen SIS-5-LKW errichtet. Stahlwerker haben einen fahrenden Hochofen erbaut, in dem symbolisches Feuer brennt – leider von der «falschen» Seite aus schlecht zu sehen. Berittene Kosaken ziehen vorbei. Fahnenträger in Reihen zu achtzig. Athleten. Schwimmer im Badeanzug. Die Arbeiterinnen einer Textilfabrik führen im Gleichschritt hundertfach dasselbe schillernde Kleid vor: Können denn so viele Frauen in einer Fabrik arbeiten? Und alle gleich groß!

Die neuesten Panzer rollen in Kolonne vorbei. *Die können auch auf Rädern fahren*, weiß Sina. Zu Hildes Überraschung kann sie sogar den Typ des Flugzeugs nennen, das auf einem Spezial-LKW vorbeischwebt (es ist eine Polikarpow). Ob sie allerdings wirklich den Flieger erkennt, der in der Kanzel sitzt, oder ob sie ihn nur hineinimaginiert, sei dahingestellt: den berühmten Waleri Tschkalow, von dem man erzählt, er habe eine Brücke über die Moskwa durchflogen – schräg, weil die Spannweite seines Flugzeugs größer war als der Abstand zwischen den Pfeilern.

Dann kommt eine bestimmt zehn Meter hohe Weltkugel angefahren. Auf der Rückseite sind Amerika und der Pazifik zu sehen, was auf der Vorderseite stattfindet, entzieht sich ihren Blicken.

Ich wusste gar nicht, dass wir auch die Welt hergestellt haben, sagt Jule halblaut.

Und Sina, im Tonfall einer Lehrerin, die zum hundertsten Mal einen einfältigen Schüler verbessert: Ach, Papa, wir haben die Welt nicht hergestellt – wir werden die Welt erobern!

Eine Frau im Flanellmantel dreht sich zu ihnen um und kommentiert: Richtig, junger Mensch! Und an Julius gewandt: Ihre Tochter scheint über ein höheres politisches Bewusstsein zu verfügen als Sie, Bürger.

Hilde kocht vor Wut: dass Julius nicht seine Klappe halten kann! Zumal überall Kollegen in Hörweite stehen. Sie tritt ihm auf den Fuß, Julius mault: Pass doch auf, wo du hintrittst!

Pass du lieber auf.

Nach zwanzig Minuten wird ihm das Kind zu schwer. Dafür kann er nichts, immerhin wiegt Sina inzwischen dreiundfünfzig Kilo. Er muss sie absetzen, sie fängt an zu jammern, weil sie nichts mehr sieht. Die Frau dreht sich wieder zu ihnen um, vorwurfsvoll. Hilde reagiert:

Genossin, würden Sie das Kind bitte vorlassen?

Genau der richtige Ton. Die Frau nimmt sich der Sache an, gibt Sina weiter: Genossen, bitte lasst das Kind durch! Sina zögert, sieht ihre Mutter fragend an mit ihren großen blauen Augen. Hilde nickt ihr zu. Sie ist sicher, dass das Kind auf demselben Weg wieder zurückkommt, und wenn nicht: Sie ist dreizehn, sie kennt den Weg nach Hause. Sina verschwindet in der Menge. Genossen, das Kind möchte die Parade sehen, bitte durchlassen!

Julius greift nach Hildes Hand, sie macht sich los, ärgert sich noch immer. Als wüsste er nicht, was los ist.

Allerdings weiß sie allmählich selber nicht mehr, was los ist. Vor drei Tagen haben sie Neumann verhaftet. Julius weiß noch gar nichts davon. Heinz Neumann! *Die Stimme Stalins* haben sie ihn in Deutschland genannt. Was werfen sie ihm vor? Dass er noch auf Stalins Kurs war, als dieser den Kurs längst geändert hatte? Ja, Heinz war ultralinks. Wird man jetzt deswegen verhaftet? Da müsste man die halbe Partei verhaften. Jeder war mal irgendwann zu weit links. Oder zu weit rechts. Oder zu sehr in der Mitte. Am Mausoleum ziehen jetzt Delegierte ukrainischer Kolchosen vorbei, Frauen mit Kränzen im Haar, eine riesenhafte Weizenähre wird von einem blitzblanken Traktor gezogen.

Dass sie Friedrich Stumm verhaftet haben – gut, vielleicht war er wirklich ein Maulwurf. Aber warum Heinz Neumann? Warum Arthur Golke? Hat nicht dessen Bruder sogar für Wilhelm gebürgt? Warum Paul Rakow, der mit Heinz Neumann in China war? Wenn das so weitergeht, bleibt von der Komintern bald nicht mehr viel übrig. Und von der OMS nichts.

Wir begrüßen sie mit einem dreifachen Hurra! Hurra! Hurra! Hilde erwacht erst beim dritten Hurra. Dafür macht

Julius pflichtbewusst mit. Solche Rituale fallen ihm schwer, sie weiß es. Sie greift nach seiner Hand zum Zeichen der Versöhnung. Vor der Tribüne zieht inzwischen das normale Volk vorbei: Auserwählte aus Institutionen und Behörden, in lockerer Reihung. Rote Fahnen und Stalin-Plakate, hundertfach. Das Orchester spielt das neue sowjetische Lieblingslied:

Vaterland, kein Feind soll dich gefährden!
Teures Land, das unsre Liebe trägt ...

Die Leute fallen ein, falsch und träge, auch Hilde kann den Text nicht richtig. Ihr Kopf ist zu alt, um sich all diese neuen Lieder zu merken.

Denn es gibt kein andres Land auf Erden
wo das Herz so frei dem Menschen schlägt!

Eine Zeitlang hatte sie den Verdacht, die OMS solle vom Nachrichtendienst der Roten Armee übernommen werden. Nur, wenn die so weitermachen, gibt es bald nichts mehr zu übernehmen. Ein Nachrichtendienst besteht ja nicht nur aus Funkgeräten oder Spionagekameras. Ein Nachrichtendienst ist ein Netzwerk: Menschen, Quellen, Kenntnisse. Alles, was sie, auch sie persönlich, in den Zwanzigern mühevoll in Deutschland aufgebaut haben. Wenn das jetzt in die Rote Armee eingegliedert werden soll, gut. Aber was passiert? Sie lassen die Leute verhungern da draußen. Die Auslandseinsätze sind praktisch gestoppt. Kein Geld, keine Logistik. In Deutschland gehen sie reihenweise hoch. Quellen versiegen, Kontaktadressen werden unbrauchbar. Der ganze Apparat geht vor die Hunde, während sie hier damit beschäftigt sind, irgendwelche Einschätzungen zu schreiben und sich gegenseitig das Leben schwer zu machen. Leute werden suspendiert, kein Mensch weiß, warum. Glauben die wirklich, wenn sie Abramow-Mirow haben, haben sie die OMS? Und den Rest können sie erschießen? Wenn sie Paul Rakow erschießen, dann erschießen sie nicht einfach nur einen Menschen. Dann löschen sie Wissen aus. Jeder, der fehlt, ist ein unersetzbarer Knoten in einem hochempfindlichen Netz, das niemals wieder geflickt werden kann.

Da kommt Sina zurück. Offenbar findet sie die Tausendende Stalin-Plakate nicht mehr so interessant, jedenfalls will sie plötzlich nach Hause. Völlig ausgeschlossen, die Maiparade vorzeitig zu verlassen. Aber Sina quengelt, angeblich muss sie auf Toilette: unschlagbares Argument.

Du bleibst hier, sagt Hilde zu Julius. Wir finden dich schon wieder.

Dann macht sie sich mit Sina auf den Weg. Das Architekturmuseum hat natürlich geschlossen. Das Restaurant *Slawjanski Basar* hat auch geschlossen. Alles hat geschlossen. Am anderen Ende des Platzes: das Hotel Metropol. Sie weiß, dass inzwischen die halbe Funkerschule dort wohnt, *aber ihr werdet ja hoffentlich alle zur Maiparade sein, Genossen!*

Bürgerin, das Kind müsste mal dringend zur Toilette.

Das Fräulein an der Rezeption mustert sie misstrauisch, bevor sie in herablassendem Ton antwortet: Hinter der Säule links.

Vermutlich denkt sie, Hilde würde Sina nur vorschieben. Und wenn es so wäre: Ist es denn ein Verbrechen, wenn ein Mensch auf die Toilette muss? Trotzdem will sie den Verdacht abwenden: Du bist ja schon groß, sagt sie zu Sina. Du findest den Weg allein.

Hilde setzt sich ins Foyer, streckt ihre Beine aus. Blickt sich um, überall Marmor: roter Marmor, weißer Marmor, schwarzer Marmor. Der gläserne Fahrstuhl schillert wie ein geschliffenes Weinglas. Alles ist weit und hell, ganz anders als im Lux, wo alles eng und dunkel ist und heruntergekommen, die Teppiche abgelatscht, und in den Gemeinschaftsbädern tropfen die Wasserhähne. Nachts huschen die Ratten durchs Haus ... Eigentlich hätte sie gern mal die Toiletten hier gesehen. Wie die Herrschaften hier wohnen: Wilhelm mit seiner Madame. Nein, im Grunde wünscht sie ihnen nichts Schlechtes. Sie ist glücklich mit Julius. Wenn die Situation nur nicht so bedrückend wäre. Und ein zweites Zimmer wäre ganz schön: für die Liebe, wenn Sina schläft.

Früher hat ihr das alles nichts ausgemacht. Aber früher hatte sie auch keine Tochter. Oder fängt sie allmählich an zu verbürgerlichen? Mit zweiundvierzig. Ein extra Schlafzimmer: Wer hat so was schon in Moskau. Nun ja, es gibt welche, die haben ...

Am Nachmittag fahren sie zum Kulturpark. Leider ist es irrsinnig voll, das hätten sie eigentlich voraussehen können. Sina will unbedingt Fallschirm springen. Die Schlange vor dem Sprungturm ist entsetzlich. Zum Glück stellt sich heraus, dass Sina dafür noch zu klein ist. Aber auch am Karussell stehen sie in langer Reihe an, und da auch Sina müde ist, lässt sie sich überreden, heute zu verzichten: Ein anderes Mal!

Die einzigen Vergnügungen, für die man nicht lange anstehen muss, sind die sogenannten *Katheder* am Parkeingang, wo man Vorträge zu verschiedenen Themen anfordern kann. An jedem Katheder hängt eine Tafel mit einer Auswahl:

Ziele und Ergebnisse des zweiten Fünfjahrplanes.

Warum der Sieg des spanischen Volkes über den Faschismus gesetzmäßig ist.

Die Hintergründe der deutschen Durchdringung Marokkos.

Wozu braucht die Sowjetunion den Nordpol?

Sina entziffert die Tafeln gewissenhaft, kann sich aber glücklicherweise für keines der Themen erwärmen. Stattdessen streunen sie ein bisschen durch die Alleen, die von Fahnen, Losungen, Transparenten und Diagrammen zum derzeitigen Stand der Erfüllung des Fünfjahrplans gesäumt sind. In endloser Reihe prangen Porträts von Politbüromitgliedern, von Bestarbeitern, von den Piloten, die die Tscheljuskin-Besatzung aus dem Eismeer gerettet haben, und natürlich von Stalin. *Wir danken dir, Genosse Stalin, für unser glückliches Leben!* Zwischen alldem stehen Statuen von Athleten – nackt, antiker Stil, aber mit sorgfältig aufmodellierten Badehosen.

Herrje, was für eine Prüderie, kann Julius sich nicht verkneifen zu sagen, und jetzt will Sina natürlich wissen, was Prüderie ist.

Prüde ist, wenn man sich schämt, nackend zu sein, erklärt Hilde. Und Sina erkennt:

Ich bin prüde.

Hilde überlegt, ob es ein Problem sein könnte, wenn Sina das in der Schule nachplappert, und fragt sich zugleich, ob sie langsam hysterisch wird. Die Russen sind eben prüde, das wird man doch wohl sagen dürfen. Andererseits: Wäre es nicht auch seltsam, wenn hier überall kleine Sportler-Pimmelchen herumhingen?

Sie essen Eis, bewundern die kubistischen Toiletten im Kulturpark (jeder seine Seite) und schauen dann den Hunderten Tanzpaaren in der Manege zu: Seit zwei Jahren ist Jazz in der Sowjetunion erlaubt, und die Leute widmen sich mit Inbrunst dem Erlernen moderner westlicher Tänze. Julius wippt im Takt mit, wohlwollend. Hilde mag die Musik nicht besonders. Muss man wirklich alles importieren, was aus Amerika kommt?

Auch die Pioniereisenbahn ist hoffnungslos ausgebucht. Dafür gelingt es ihnen, ein Boot auszuleihen, und zum Schluss, eigentlich schon zu spät für das Kind, bekommen sie noch fast ohne Anstehen Karten für das riesige Freilichtkino und schauen sich den Film *Zirkus* an, aus dem das derzeitige Lieblingslied der Sowjetbürger stammt.

Die Handlung ist etwas an den Haaren herbeigezogen. Es geht um den Direktor einer amerikanischen Zirkusshow, der versucht, eine sowjetische Darbietung zu sabotieren, weil sie die amerikanische zu übertreffen droht. Dazu gibt es eine Liebesgeschichte zwischen einer blonden Amerikanerin, gespielt von Ljubow Orlowa, die im Film ein schwarzes Kind hat und sich in Sergej Stoljarow verliebt, den strahlenden Helden aller russischen Mädchen. Das Ganze mit vielen hinreißenden Zirkusnummern, alles sehr aufregend. Sina hat die ganze Zeit rote Ohren.

Auf dem Heimweg redet sie ununterbrochen von dem schwarzen Kind, stellt lauter Fragen, die weder Hilde noch Julius befriedigend beantworten können: Warum Schwarze schwarz sind, woher die blonde Frau das schwarze Kind hat und warum die Schwarzen nicht alle in die Sowjetunion kommen, wenn es ihnen in Amerika so schlecht geht ... Zu

Hause ist sie dann so müde, dass sie fast schon beim Essen einschläft.

Julius zwinkert Hilde zu, sie zwinkert zurück.

Sinas Schlafnische befindet sich hinter dem Kleiderschrank, ein Samtvorhang an einem Besenstiel grenzt ihr Reich ab. Zwar wird das Zimmer durch diese Aufteilung noch enger, als es ohnehin schon ist. Aber sie sparen Platz, indem sie den Tisch vor das Bett gestellt haben, das zugleich als Sitzgelegenheit dient; außerdem bildet der Tisch vor dem Bett eine Art Sichtschutz, falls Sina nachts doch einmal wach wird. Allerdings haben sie inzwischen Erfahrungen mit den Schlafphasen des Kindes gesammelt. Eine knappe Stunde nach dem Einschlafen schläft Sina für eine Weile so fest, dass man eine Feldhaubitze neben ihr abfeuern könnte.

Stillschweigend sind sie sich einig, Sinas erste Tiefschlafphase heute nicht mit Spaziergängen und politischen Diskussionen zu verbringen. Hilde geht rasch ins Gemeinschaftsbad, die Teller abspülen, duschen. Warmes Wasser gibt es gerade nicht. Sie wäscht die Teller und sich selbst kalt. Betrachtet sich beim Abtrocknen im Spiegel: Ja, sie ist dicker geworden, aber Julius gefällt es – behauptet er jedenfalls. Und eigentlich glaubt sie ihm: Wenn sie daran denkt, mit welcher Lust er ihre Brüste umfasst, jede Brust einzeln mit beiden Händen, während er an ihren Nippeln leckt und saugt ... Einerseits schämt sie sich für ihre Fettheit, findet es fast ein bisschen abnorm, dass Julius sie so begehrt, andererseits gefällt ihr gerade das Abnorme daran, und in ihren besten Momenten gelingt es ihr, sich dieser seltsamen, abstrusen und vermutlich politisch fragwürdigen Lust hinzugeben, vollkommen darin zu verschwinden, nichts mehr zu sein als ein begehrtes, benutztes Etwas.

Als sie zurückkommt, hat Julius schon das Bett aufgeschlagen und den georgischen Wein geöffnet, den er letzte Woche von irgendeinem Autor bekommen hat. Es gehört zum Ritual, dass Julius erst jetzt ins Bad geht. Hilde darf inzwischen schon von dem Wein nippen. Oh, wie liebt sie diese Minuten! Sie zieht sich das seidene Nachthemd über, um nicht gleich vollkommen nackt zu sein, legt sich aufs Bett. Fängt schon mal vorsichtig an, sich zu berühren. Noch eine abnorme Idee: Vielleicht sollte sie sich doch mal einen Lippenstift kaufen, wie all die Schnepfen es neuerdings tun?

Der nächste Tag ist wieder trüb, der Himmel aprilweiß. Es nieselt sogar ein wenig. Sie geht trotzdem zu Fuß, so ist der Übergang weicher: von der Nacht, die sie noch in sich trägt, zu dem Arbeitstag, der ihr bevorsteht. Und auch wegen der leichten Kopfschmerzen. Sie haben am Abend noch eine zweite Flasche Wein ausgetrunken. Und dann haben sie es noch mal getan, Julius wie wahnsinnig, als sei es das letzte Mal.

Julius, wir werden leben, hat sie gesagt. Noch viele Jahre leben. Aber du musst ein bisschen vorsichtiger sein mit deinem losen Mundwerk.

Am *Strastnoi*-Kloster werden anscheinend Vorbereitungen für die Sprengung getroffen, schon versammeln sich die Gaffer.

Auf Puschkins Kopf sitzt eine Taube, wie immer, und wie immer tut er so, als würde er es nicht bemerken. Ein Puschkin-Gedicht fällt ihr ein:

Gib Gott, dass mich nicht Wahnsinn packt.
Nein, lieber alt und arm und nackt;
Nein, lieber Müh und Leid …

Seltsam, so was merkt man sich. Aber was soll das eigentlich heißen? *Gib Gott, dass mich nicht Wahnsinn packt. Nein, lieber alt und arm* ... Nein, lieber *nicht* alt und arm! Lieber ein bisschen wahnsinnig ... Sie errötet bei der Erinnerung an die Sätze, die sie ihm gestern Nacht ins Ohr geflüstert hat.

Aber schon am Herzen-Haus verfliegen die Erinnerungen. Wieder fällt ihr ein, was Julius über die Tagung des Schriftstellerverbands erzählt hat, die hier, im Herzen-Haus, stattfand: Wie eine hysterische Kollegin den Schriftsteller Wassiljew kritisiert hat, weil er einem zuvor verhafteten Kollegen warme Socken ins Lager geschickt habe.

Nein, es richtet sich nicht speziell gegen die OMS. Auch nicht gegen die Komintern. Überall werden Leute verhaftet. Und zwar keineswegs nur Ausländer. Schließlich waren auch die meisten der Angeklagten Russen. Ein Armenier war dabei, ein Kasache, ein Lette. Olberg kommt aus der Schweiz. Allerdings mehrere Juden: Sinowjew, Kamenew, David. Reingold ist ja wahrscheinlich ebenfalls Jude. Oder ist alles nur Zufall? Eine außer Rand und Band geratene Maschine, die blindlings Opfer fordert? Politiker, Wissenschaftler, Schriftsteller. Sogar diese Schauspielerin haben sie verhaftet: Carola Neher, eine Berühmtheit. Brecht-Schauspielerin! Natürlich war Julius entsetzt. Oder diesen zugeknöpften, peniblen Schriftsteller, mit dem Julius in der Verlagsgenossenschaft quasi den Schreibtisch geteilt hat. Wie hieß er gleich? Ottwald.

Dummer Aberglaube: dass Julius dadurch irgendwie geschützt sei. Weil es doch bestimmt nicht noch mal in denselben Schreibtisch einschlägt.

Pünktlich um neun betritt sie ihr Zimmer, öffnet das Fenster, raucht eine Papirossa an. Wie üblich ist es noch still auf den Fluren, nur die Kurotschkowa scharrt schon in ihrem Büro herum. Manchmal hat Hilde den Verdacht, sie komme so früh, um in fremden Schreibtischen zu stöbern. Ihrer ist abgeschlossen. Im Übrigen würde sie nichts finden.

Hilde blättert im Stehen die Post durch. Anfrage von Abramow-Mirow, die Fälscherabteilung soll zwei Pässe für die GRU herstellen. Auch interessant: Die Fälscherabteilung ist bisher von allem verschont geblieben. Abrechnungen sind zu prüfen. Jemand beantragt Urlaubsgeld. Die Krumina will irgendwelche zwölf Rubel erstattet haben. Haben die Leute keine anderen Sorgen? Von der Kaderleitung kommt die Mitteilung, dass Nikolai Rakow vorläufig vom Dienst freigestellt sei. Grund: weil sein Bruder verhaftet ist. Unglaublich. Haben wir Sippenhaft?

Und dann das: Erna Mertens verlangt eine persönliche Einschätzung Berta Zimmermanns durch die Leitung S. S. Und zwar *vertraulich.*

Das ist der Gipfel. Dieser Grünschnabel, dieses Aas. Will die jetzt Berta Zimmermann anschmieren? Hilde bläst den Rauch durchs offene Fenster. Ihr Blick schweift über die gewaltigen roten Zinnen. Dreifaltigkeitsturm. Links daneben: das Gebäude des Senats. Dort sitzt er. Umgeben von Mauern, von Sekretären und Schranzen, Telefonistinnen, Köchen, Wachoffizieren. Weiß er eigentlich, was vor sich geht?

Nichts gegen die Parteisäuberung. Nichts gegen die Prozesse. Aber dass jetzt Leute wie Erna Mertens langjährigen Mitarbeitern hinterherschnüffeln dürfen. Die und dieser Brückmann, die beiden sind die Schlimmsten. Solche Leute machen die Partei kaputt. *Die* sollte man mal überprüfen ... Stand die Mertens nicht eine Zeitlang auch der Fischer-Maslow-Fraktion ziemlich nahe?

Hilde spannt ein Blatt in die Maschine und tippt drauflos, ohne zu überlegen:

Berta Zimmermann, Ehefrau von Fritz Platten, der 1917 Lenins Rückkehr nach Russland organisierte und ihm beim Attentatsversuch am 14. Januar 1918 das Leben rettete, war schon unter Ossip Pjatnitzki und Abramow-Mirow für die OMS tätig. Seit Jahren organisiert sie als parteilose Kommunistin maßgeblich die Auslandseinsätze und die Kuriertätigkeit der OMS. Nach unserem Kenntnisstand hat sie niemals gegen politische oder konspirative Grundsätze verstoßen, war niemals in der Opposition und hat sich keiner Abweichung schuldig gemacht.

gez. Müller

Um elf ist Melnikow da, sie legt ihm die Sachen zur Unterschrift vor: Boris Nikolajewitsch, die Kaderleitung will eine Einschätzung von Berta Zimmermann. Ich habe hier schon mal was formuliert. Ich glaube, das können wir bedenkenlos so abschicken.

Melnikow nickt zustimmend, bittet um eine Tasse Tee. Als sie ihm den Tee bringt, sitzt er reglos am Schreibtisch, auf die Ellenbogen gestützt. Die Schriftstücke, die sie ihm hereingebracht hat, liegen unberührt vor ihm.

Hilde erinnert ihn noch einmal an die Einschätzung von Berta Zimmermann, schließt die Tür.

Melnikows Passivität ärgert sie. Anscheinend hat er Liebeskummer, aber gehört das hierher? Eine Inspiration für die OMS war er nie. Aber früher hat er zumindest die Routinearbeit erledigt, hat Gelder beantragt oder mit Anvelt telefoniert und versucht, in dieser oder jener Angelegenheit zu beschwichtigen, seine Mitarbeiter vor Mertens und Brückmann zu bewahren … Jetzt macht er nicht einmal mehr das. Melnikow ist, wie soll man es nennen: erloschen? Er ist bleicher und knochiger als je zuvor. Sieht aus, als würde er den Tag nur mit zusammengebissenen Zähnen überstehen. Und warum eigentlich? Warum hat er seine Angebetete überhaupt weggeschickt? Nach Spanien.

Alle glauben, aus Rache, weil sie ihn nicht erhört hat. Aber Hilde weiß es besser. Zu häufig hat sie ihm irgendwelche Hotelzimmer gebucht, während er für dieselben Tage fadenscheinige Dienstaufträge für Jill Greenwood ausheckte. Und anschließend Blumen bestellte. Oder eine Schachtel Pralinen. Angeblich für seine Frau. Und Hilde, statt es der Kurotschkowa zu überlassen, ist selber losgegangen, hat Blumen besorgt, einfach weil es gegen ihren konspirativen Instinkt verstieß, noch weitere Mitwisser einzubeziehen ... Muss der Chef der OMS unbedingt eine Affäre mit einer neunzehnjährigen Kursantin haben? Einmal waren sie eine geschlagene Woche zusammen in Nishni Nowgorod unterwegs. Und dann schickt er sie plötzlich nach Spanien, in den Bürgerkrieg. Nicht an die Front zwar, sondern als Funkerin in den Stab, aber immerhin. Haben sie sich verkracht? Hat seine Ehefrau ihm die Hölle heißgemacht?

Am Nachmittag hat Melnikow immer noch nichts unterschrieben. Am nächsten Tag erscheint er überhaupt nicht zum Dienst. Am Tag darauf kommt er zwar, unterschreibt aber nichts, fragt nichts, ordnet nichts an, sondern setzt sich – ganz neu! – auf den winzigen Eckbalkon in die Sonne und lässt sich den Tee dort servieren.

Seltsam, sagt Melnikow, dass es in Selenginsk kälter ist als in Moskau, obwohl es doch südlicher liegt.

Hilde weiß nicht, was sie sagen soll. Sie kennt kein Selenginsk.

Das liegt am Baikalsee, erklärt Melnikow. Ich bin dort geboren.

Ach ja? Hilde tut interessiert, und Melnikow, der normalerweise kein Wort zu viel sagt, beginnt, über seinen Geburtsort zu schwadronieren. Spricht über das späte Frühjahr, den frühen Winter …

Der Sommer ist kurz, aber wissen Sie was? Nirgends auf der Welt ist der Sommer so schön wie bei uns in Selenginsk.

Hilde steht da wie bestellt und nicht abgeholt. Sie hat Besseres zu tun, als sich Vorträge über den Sommer in Selenginsk anzuhören. Melnikow blinzelt in die Sonne, fast scheint es, als habe er vergessen, dass sie noch immer neben ihm steht.

Dumm, dass ich so lange nicht da war, sagt Melnikow mit geschlossenen Augen.

Fahren Sie hin, sagt Hilde. Nehmen Sie Urlaub.

Melnikow nickt.

Aber es wäre schön, wenn Sie bis dahin die Unterlagen unterschreiben.

Als sie nach Hause geht, hat er immer noch nichts unterschrieben, verspricht aber, es am Abend noch zu tun. Aber als sie am nächsten Morgen kommt, liegt immer noch alles unberührt da – nur der Entwurf in Sachen Berta Zimmermann fehlt. Ist einfach nicht aufzufinden.

Hilde ist außer sich. Dreht der jetzt vollkommen durch? Oder ist er tatsächlich verrückt geworden? Krank, arbeitsunfähig? Sie ist drauf und dran, bei ihm zu Hause anzurufen. Dann überlegt sie, ob sie lieber mit Anvelt sprechen soll. Aber noch während sie überlegt, wie sie das anstellen könnte, betritt Anvelt ihr Büro, verblüffend früh und weniger geräuschvoll als sonst, ohne Matrosenmantel und Stiefel, die hat er gegen durchbrochene Sommerschuhe eingetauscht.

Anvelt fingert sich eine Papirossa aus ihrer Schachtel. Steht eine Weile stumm am Fenster, dann spricht er gegen das geschlossene Fenster, wie an niemanden gewandt: Es tue ihm leid, er habe es ihr nicht früher sagen können, sie wisse ja selbst, wie das sei ...

Hilde sieht zu, wie er den Rauch gegen die Scheiben bläst, hört drüben in Melnikows Zimmer jemanden scharren. Weiß sofort, dass es nicht Melnikow ist. Plötzlich begreift sie.

Verhaftet, rutscht es ihr heraus. Mehr eine Feststellung als eine Frage.

Anvelt macht eine hilflose Geste. Ihr wird flau im Magen. Sie zündet sich ebenfalls eine Papirossa an. Jetzt begreift sie auch, wer da drüben scharrt. Dürfen die das? Ihr erster Gedanke. Laut sagt sie:

In seinem Büro gibt es Material, das nur der OMS bekannt ist.

Die Genossen tun ihre Arbeit, beschwichtigt Anvelt. Alles bleibt an Ort und Stelle. Sie schauen sich nur nach Beweisstücken um.

Beweisstücke wofür?

Wofür? Nun ja, für seine Tätigkeit.

Was denn für eine Tätigkeit?

Hilde, du weißt doch, worum es geht. Irgendwelche Aktionen, Verbindungen ins Ausland ...

Wie bitte? Die wollen dem Chef eines Nachrichtendienstes Verbindungen ins Ausland vorwerfen?

Ihr Ton wird für einen Augenblick so scharf, dass Anvelt sich erschrocken zu ihr umdreht. Er druckst herum:

Im Sinne von, versteh doch mal, terroristischer Tätigkeit. Gegen die Sowjetunion und so weiter.

Hilde sachlich: Man wirft Melnikow also terroristische Tätigkeit gegen die Sowjetunion vor?

Hilde! Anvelt verdreht die Augen, weist mit dem Kopf in Richtung Scharren: Die Einzelheiten werde die Untersuchung zutage bringen.

Hilde schweigt. Anvelt schweigt ebenfalls. Raucht seine Papirossa zu Ende, stehend. Dann wendet er sich der Tür zu.

Ach ja, eins noch. Das Exekutivkomitee hat mich beauftragt, kommissarisch die Leitung zu übernehmen. Wir sehen uns dann wohl öfter.

Er zwinkert ihr aufmunternd zu, verlässt den Raum. Hilde bleibt an ihrem Schreibtisch sitzen, unfähig, sich zu rühren. Allmählich, eins nach dem anderen, begreift sie: Warum er nichts unterschrieben hat. Warum er die Stellungnahme für Berta Zimmermann vernichtet hat. Und warum er seine Angebetete weggeschickt hat: in den Bürgerkrieg.

Fast bewundert sie ihn. Zugleich kommt es sie bitter an, dass sie ihn dermaßen unterschätzt hat. Dass sie wütend auf ihn war, ihn beinahe für verrückt hielt. Sie überprüft im Geiste, was sie tatsächlich gesagt, was sie getan hat. Zum Glück kann sie sich an nichts Schlimmes erinnern. Warum war sie nicht ein wenig freundlicher zu ihm? Warum hat sie es nicht begriffen? Dabei war es doch so klar, so sonnenklar … *Wissen Sie was? Nirgends auf der Welt ist der Sommer so schön wie bei uns in Selenginsk.*

Zur Mittagszeit sind ihre Zigaretten alle. Ausnahmsweise funktioniert der Fahrstuhl gerade mal wieder. Sie drückt die erste Etage: *stolowaja.* Aber in der dritten Etage hält der Fahrstuhl, und es steigt zu: Charlotte Germaine. Frisch frisiert und geschminkt, im Sommermantel und in kaum zu ertragender Hochstimmung:

Hilde!

Nanu, was machst du denn hier? Hilde atmet durch, versucht, sich nichts anmerken zu lassen.

Ich musste noch mal zur Kaderleitung wegen der Entlassung ... Hat dir Julius denn nichts erzählt?

Julius hat es ihr erzählt, aber das war gar nicht nötig. Hilde wusste, dass Charlotte eine Anstellung bei der Verlagsgenossenschaft bekommen würde. Erna Mertens hatte bei ihr, Hilde, nachgefragt, ob sie irgendwelche Hindernisse für die Anstellung sieht, und Hilde hat die Anfrage nicht negativ beantwortet, sondern: gar nicht. Hat sie versacken lassen, vergessen, bis die Sache sich irgendwann von selbst regelte.

Doch, sagt sie, Julius hat mir erzählt.

Ach, Hilde! Du kannst dir ja gar nicht vorstellen, wie erleichtert ich bin! Auch Wilhelm, wir beide!

Die Flötentöne, die Lotte hervorbringt, zerren an ihren Nerven. Der Fahrstuhl setzt auf, die Tür öffnet sich. Charlotte flötet noch immer, Hilde hört nicht hin, überlegt, wie sie sie loswird.

Ich müsste dann in die Kantine. Ich habe nicht so viel Zeit.

Du hast doch nichts dagegen, dass ich mitkomme? Mein *propusk* gilt ja fürs ganze Haus – außer natürlich für die vierte Etage.

Aber du hast doch gar keine Essenmarke!

Macht nichts, ich setz mich einfach dazu.

Entsetzliche Vorstellung: mit Charlotte in der *stolowaja* zu sitzen, in Hörweite der Kurotschkowa. Wer weiß, was die alles noch herausflötet.

Dann gehen wir lieber raus, wenn du keine Marke hast. Ich hab sowieso keinen Hunger.

Was aber bedeutet, dass sie Lottes Geflöte noch eine Weile ertragen muss: Wie nett Julius zu ihr gewesen sei am ersten Tag! Und überhaupt alle. Und sie sei ja so glücklich, dass sich alles zum Guten gewendet habe.

Zum Guten gewendet, denkt Hilde, während sie die Rolltreppen zur Metro-Station *Komintern* hinunterfahren. Der einzige Ort, wo man in der Nähe Zigaretten kriegen kann. Wie beschränkt ist diese Frau? Nur ihr eigenes kleines Schicksal vor Augen, ihre kleine Stelle bei der Verlagsgenossenschaft. Ringsum rollen die Köpfe, das Land geht vor die Hunde. Und die platzt gleich vor lauter Glückseligkeit.

Was arbeitest du da eigentlich?

Ehrlich gesagt, ich war erst ein einziges Mal da, weil die Entlassung aus der OMS noch nicht abgeschlossen ist. Ich fange als Volontärin an. Aber der Genosse Bork, du kennst ihn ja, Chef der deutschen Sektion, hat mir versprochen, dass ich schnell aufsteigen kann.

Ja, wenn du *ihn* aufsteigen lässt, denkt Hilde, während sie die Rolltreppe wieder hochfahren. Bork ist bekannt dafür, dass er eine Schwäche für Volontärinnen hat. Laut sagt sie:

Lass uns rübergehen auf die andere Seite.

Sie bietet Charlotte eine Papirossa an, die aber ablehnt. Entzündet sich selbst eine. Leider gab es am Buffet nur *Kasbek*, gewöhnlich raucht sie *Belomorkanal*, wie alle bei der Komintern, hat sich irgendwie eingebürgert, vielleicht um das Großprojekt Weißmeerkanal zu ehren. Eigentlich rauchen alle guten Genossen *Belomorkanal*, obwohl die *Kasbek* nicht schlechter schmeckt.

Sie stapfen durch die feuchte Erde, die irgendwann wieder

eine Wiese werden soll. Hilde weiß selbst nicht recht, wohin. Früher gab es ein paar kleine Buffets, auch eine Sitzbank, aber neuerdings kann man sich hier nirgends mehr niederlassen.

Charlotte ist immer noch ganz aufgedreht, plappert ohne Unterlass. Sie trägt weiße Sommerschuhe, und Hilde beobachtet mit bösartiger Genugtuung, wie die feuchte Erde an ihnen kleben bleibt. Ob Hilde wisse, wie es um Wilhelms Angelegenheit steht, will Charlotte wissen. Aber Hilde weiß nicht, wie es um Wilhelms Angelegenheit steht. Vermutlich hat die Kaderleitung Schwierigkeiten, Wilhelm irgendwo unterzubringen, denn eigentlich kann er nichts außer Geheimdienst.

Sie verspricht, sich zu informieren, obwohl sie schon jetzt weiß, dass sie es nicht tun wird. Sie hat gerade andere Sorgen, weiß der Teufel.

Jetzt kommt Charlotte auch noch auf die Idee, dass man sich ja mal treffen könnte, sobald auch Wilhelms Angelegenheit geklärt sei, und Hilde stimmt zu, wenn auch nur halbherzig – und hasst sich dafür. Warum kann sie dieser Frau nicht einfach sagen, dass sie nichts mit ihr zu tun haben will?

Sie tritt ihre Papirossa in der Erde aus: Sie müsse jetzt wieder an die Arbeit.

Das sieht Charlotte ein, aber eins will sie unbedingt noch wissen, bevor sie sich trennen, nämlich, ob Hilde eine Ahnung habe, warum die halbe Funkerschule auf einmal im Metropol wohnt.

Hilde ärgert sich über so viel Zudringlichkeit. Selbst wenn sie es wüsste: Glaubt diese Frau ernsthaft, sie würde das ausplaudern? Laut sagt sie:

Da wird es Gründe geben. Allerdings glaube ich nicht, dass ich befugt bin, darüber Auskunft zu geben.

Ob sie ihr wenigstens etwas über Jill Greenwood sagen könne.

Jill Greenwood? Hilde lacht.

Ich will keine Einzelheiten, nur ob ihr irgendetwas passiert ist oder ob es ihr gut geht.

Es geht ihr gut.

Charlotte reicht ihr die Hand, sogar beide Hände, bedankt sich so überschwänglich, dass Hilde fast ein schlechtes Gewissen bekommt. Dann trippelt sie los mit ihren verschmutzten Schuhchen, bleibt aber noch einmal stehen, dreht sich um:

Ach, und bitte grüß den Genossen Müller!

Mach ich, sagt Hilde.

Am Nachmittag wartet Hilde, bis die Kurotschkowa endlich weg ist, dann geht sie in sein Büro. Das Zimmer ist scheinbar unberührt, die Leute vom NKWD haben keine Spuren hinterlassen. Sie öffnet die Balkontür, als müsse sie Melnikows Seele herauslassen. Probehalber zieht sie einen Ordner heraus, in dem Kontaktadressen und Parolen verzeichnet sind: Wie viele davon gelten noch? Wer ist noch am Leben?

Dann holt sie die Reisetasche aus dem Schrank, die er auf seinen echten oder fingierten Dienstreisen benutzt hat, und fängt an, seine persönlichen Sachen hineinzutun: gerahmte Fotos seiner Frau und seiner Kinder, ein silbernes Zigarettenetui mit Zarenadler (woher hat er so was?), die Schreibtischgarnitur aus Messing, mit Füllfederhalter und stumpfem Bleistift, einen krummen Dolch mit japanischen Zeichen auf der Klinge, ein Projektil, von dem er nie erzählt hat, warum es auf seinem Schreibtisch lag, sowie ein paar schafwollene Fußwärmer: Er fror immer so leicht.

Sie fährt mit der Metro bis *Krasnyje worota.* Melnikow wohnt im *Choromny tupik,* nur wenige Schritte von der Metro-Station. Mit klopfendem Herzen betritt sie den Hausflur. Hier ist es so dunkel, dass sie das Licht anmachen muss. Dritte Etage, sie geht zu Fuß, keinesfalls möchte sie im Fahrstuhl steckenbleiben. Wohnung 78, sie verschnauft einen Augenblick, klingelt.

Eine junge Frau öffnet die Tür, blond, nicht sehr freundlich. Hilde weiß sofort, dass es nicht seine Frau ist.

Ich wollte zu Familie Melnikow.

Das vergessen Sie mal lieber ganz schnell.

Hilde schaut in einen langen Flur: Gemeinschaftswohnung. Noch immer funktionieren ihre konspirativen Instinkte, ihre Augen tasten die Türen ab, die zweite links ist verplombt. Die Frau scheint ihren Blick zu bemerken.

Sind ausgeflogen, die Täubchen, heute Nacht. Und wenn ich Ihnen einen Rat geben darf, verschwinden Sie hier, bevor Ihnen jemand dumme Fragen stellt.

Tür zu. Hilde sinkt auf die Treppenstufen. Das Licht geht aus. Es ist eine Ewigkeit her, dass sie zum letzten Mal geweint hat, sie hält Tränen für selbstmitleidig. Aber was ihr die Kehle zuschnürt und das Wasser in die Augen treibt, ist kein Selbstmitleid, sondern diese verdammte Tasche mit seinen Sachen: Dass sie *nicht einmal das* für ihn tun kann, immer wieder gehen ihr diese Worte durch den Kopf, *nicht einmal das,* denkt sie, als sei diese blöde Tasche noch für irgendwen von Bedeutung, als würde sie irgendetwas ändern, für Melnikow, für seine Frau, seine Kinder. Es ist hirnrissig und nutzlos, und trotzdem sitzt sie auf der Treppe und heult.

Das Licht geht an, ein Relais klackt, der Fahrstuhl setzt sich in Bewegung. Hilde steht auf, wischt sich die Tränen ab. Die Fahrstuhlkabine rauscht an ihr vorbei. Die Tasche ist schwer, als sie die Treppen hinabsteigt.

Das Strastnoi-Kloster ist inzwischen gesprengt, vom Kirchturm ist nur noch ein Stumpf übrig, an dem sich jetzt eine Abrissbirne abarbeitet, sie hört die Geräusche schon von weitem: das Heulen des Baggers, das Klatschen der Abrissbirne, überraschend hell, wie Schläge auf einen nackten Körper. Sie weiß, wie das klingt.

Die Feuerwehr ist auch gekommen, besprengt das Ganze mit Wasser. Trotzdem ist Puschkins Gesicht voller Staub. Ungerührt blickt er auf das Geschehen.

Sie wohnen im Zimmer 14 im ersten Stock, russisch: zweite Etage. Ob das NKWD die Treppe nimmt? Als sie Genrichowskij verhaften kamen, glaubte sie das Klacken des Relais gehört zu haben – nachts um halb vier.

Julius und Sina sind schon zu Hause. Julius hat ein Glas Wiener Würstchen aus der Verlagskantine mitgebracht, jetzt übt er mit Sina einen Liedtext, wahrscheinlich für die Schule.

Er schwingt über Gipfel und Täler und Auen …

Nein, sagt Julius, nicht *er* schwingt, sondern *es* schwingt.

Er begrüßt Hilde mit einem Kuss, fixiert sie dann einen Augenblick: Alles in Ordnung?

Alles in Ordnung, lügt sie. Ich mach Kartoffelsuppe.

In der Küche steht Muhammed Ali am Herd, der Inder aus der Verlagsgenossenschaft, der drei Zimmer neben ihnen wohnt, und brät seinen Reis mit Curry an – weiß der Teufel, wo er den Curry herhat. Neben seiner Pfanne köchelt ein Topf mit Windeln, vermutlich von Friedel Lange, der Frau von Sauerland, genauer gesagt, ihrem Sohn Karlchen, dem Etagenbaby.

Am Küchentisch sitzen Viktoria Wilhelmson, die aparte Schwedin, und Alichanow, Chef der Kaderleitung der Komintern. Alichanow grüßt sie mit einem traurigen Nicken, das sie sofort versteht. Offenbar ist die Verhaftung von Melnikow nicht sein Werk, das hat sie auch nicht erwartet. Alichanow gehört zu den klugen, warmherzigen Menschen im Apparat der Komintern. Es sind seine eifrigen Referenten Mertens und Brückmann, die ihn vor sich hertreiben. Wieso haben die solche Macht? Wer steht hinter den beiden? In wessen Auftrag arbeiten sie?

Hilde schneidet Kartoffeln und Möhren in kleine Stücke, brät Zwiebeln in Öl an, Suppengrün dazu. Sie hat sogar Majoran. Schade, dass Backpflaumen fehlen. So hat ihre Mutter die Kartoffelsuppe gemacht.

Während alles kocht, blättert sie ein wenig in der *Prawda*, die Alichanow mitgebracht hat, lauscht dem Gespräch zwischen ihm und der Wilhelmson, das sich um eine Theateraufführung am Moskauer Künstlertheater dreht, *Die Tage der Turbins* von Bulgakow, ein Stück über die Niederlage der Weißen in der Ukraine. Bemerkenswert daran: 1929 wurde das Stück wegen kleinbürgerlicher Tendenzen und Propaganda für die Weißgardisten verboten und später, nach persönlicher Intervention Stalins, wieder erlaubt. – Darüber reden die drei, Muhammed diskutiert am Herd mit, obwohl er das Stück nicht gesehen hat. Aber darum geht es nicht, es geht um etwas anderes, Alichanow spricht es schließlich aus:

Ich bin sicher, wenn Stalin davon wüsste, würde er manch andere Ungerechtigkeit ebenfalls korrigieren.

Ella Brückmann kommt in die Küche, auch die Brückmanns wohnen in der ersten Etage. Das Gespräch verstummt.

Vor dem Schlafengehen will Sina unbedingt ihr frisch gelerntes Lied vortragen, aber nicht singen (diese Art Scheu ist neu). Sie ist noch nicht hundertprozentig textsicher, Julius muss hin und wieder einspringen:

Es schwingt über Gipfel und Täler und Auen
mit Schwingen des Adlers ein herrliches Lied.
Das Lied über Stalin …

… *dem alle vertrauen*, ergänzt Julius. Und Sina setzt fort:

zu dem wir in Liebe und Freundschaft erglühn.
Wir lassen mit Stolz unser Sturmlied erklingen.
Wir führen zum Siege den Stalin'schen Plan.
Wenn wir unser glückliches Leben besingen,
wir wissen …

Hier hat Sina noch einen Aussetzer, Julius muss vorsagen: Für wen wir … Für wen wir das Werktag getan, leiert Sina.

Das Tagwerk getan, korrigiert Julius. Jetzt ist Sina den Tränen nahe. Julius lobt sie, macht ihr Mut. Sina setzt noch einmal an. Zum Glück klappt die letzte Strophe problemlos.

Es schwingt über Gipfel und Täler und Auen,
wo Flieger sich grüßen in Wolken und Wind,
das Lied über Stalin, dem alle vertrauen,
dem alle wir treu und verantwortlich sind.

Eine Stunde nachdem Sina eingeschlafen ist, spricht Julius den Schlüsselsatz: Gehen wir noch eine Runde spazieren?

Hilde nickt, zieht Mantel und Schuhe an, wirft die Tasche mit den Sachen von Melnikow über und bedeutet Julius, keine Fragen zu stellen. Draußen erklärt sie ihm, dass sie heute ausnahmsweise woanders spazieren gehen, sie müsse noch etwas erledigen.

Sie nehmen die Straßenbahn bis *Ochotny rjad,* steigen um in die Metro und fahren noch eine Station bis *Dworez sowetow.* Von hier aus gehen sie zum Fluss, dann die Straße am Ufer nach Süden. Sie verfallen ins Schlendern. Kaum Menschen hier, ein guter Ort, um zu reden. Aus Julius platzt es heraus: Was den Kindern eingetrichtert wird!

So schlimm ist es nicht, findet Hilde.

Hilde, ich werde langsam wahnsinnig, ich begreife das nicht alles mehr. Weißt du, dass sie Heinz Neumann verhaftet haben? Heinz Neumann! Der überzeugteste Stalinist von allen. Und jetzt ist er plötzlich ein Volksfeind? Taubenberger, Rakow, Erich Tacke. Jetzt auch noch Neumann! Warum tut er das? Was will er?

Wer?

Julius schaut sie verblüfft an: Wer? Der Adler!

Vielleicht, sagt Hilde, weiß er gar nicht, was vor sich geht.

Julius schüttelt den Kopf: Natürlich weiß er es. Das ganze NKWD arbeitet ihm zu.

Das NKWD. Unter Führung des Volksfeindes Genrich Jagoda.

Jagoda ist verhaftet.

Stimmt, sagt Hilde. Aber was sollte Stalin für ein Interesse haben, jemanden wie Heinz Neumann zu verhaften?

Das frage ich dich! Warum tut er das? Dass er Sinowjew loswerden wollte, begreife ich. Die Machtkämpfe da oben. Die Geschlossenheit der Partei, meinetwegen. Karl Radek, schon schwieriger. Aber wieso Heinz Neumann? Wohin gehen wir eigentlich?

Nirgendwohin, sagt Hilde.

Hilde, du wirst mir langsam unheimlich.

Sie bleibt stehen, schaut sich um. Die Stelle ist günstig. Das Ufer ist hoch. Die Büsche ergeben eine perfekte Deckung zur Straße.

Sie drückt Julius die Tasche in die Hand.

Wirf das in den Fluss. Frag nicht, wirf, und zwar sofort und so weit du nur kannst. Und danach gehen wir ruhig weiter, ohne zu sprechen, bis wir außer Sicht- und Hörweite sind.

Julius sieht sie einen Augenblick erstaunt an, dann wirft er mit aller Kraft.

Es klatscht, Hilde sieht nicht hin. Sie hakt sich bei Julius ein und zieht ihn weg. Zweihundert Meter und ein paar verwinkelte Straßen weiter, will er wissen, was er ins Wasser geworfen hat.

Die persönlichen Sachen von Melnikow.

Es dauert ein, zwei Sekunden, bis er begreift. Nein! Julius schreit fast. Hilde greift nach seinem Arm, bedeutet ihm, dass er leiser sein soll. Vielleicht hätte sie es ihm lieber nicht sagen sollen.

Oh Gott, wo soll das alles enden, flüstert Julius. Er schaut sie mit großen Augen an. Hilde, flüstert er, Hilde ... Er scheut sich, es auszusprechen, aber sie weiß, was er denkt.

Nein, mir wird nichts passieren. Ich hatte mit Melnikow wenig zu tun, das weißt du doch. Solange sie nicht Abramow-Mirow verhaften ... Sie lacht. Pass du lieber auf dich auf. Du musst vorsichtiger werden, Julius. Denk an uns, denk an Sina.

Sie umarmen sich. Sie spürt sein heißes Gesicht, die fast kindlich weiche Haut. Er drückt sie fest an sich, und Hilde wird schmerzlich bewusst, wie sehr sie ihn liebt. Sie liebt ihn, wie eine Frau und wie eine Mutter und wie eine Schwester. Sie möchte ihn überschwemmen mit Liebe.

Nein, ihr wird nichts passieren. In ihrer Biographie gibt es nichts Verdächtiges, da ist sie sicher. Aber auch sie muss vorsichtig sein. Melnikow die Sachen nach Hause bringen zu wollen war dumm, sinnlos. Sie darf sich nicht hinreißen lassen zu so was. Nie wieder, sie schwört es sich. Sie darf ihre kleine Familie nicht in Gefahr bringen, weder die blauäugige Sina, das schönste Kind dieser Welt, noch ihn, Julius, ihren wunderbaren, klugen, für jegliche Konspiration ungeeigneten Geliebten.

Aus der Umarmung wird ein Kuss. Auf der anderen Seite der Straße geht ein Fußgänger vorbei, flucht:

Ausländer!

Recht hat er. Russen küssen sich nicht auf der Straße.

Am 12. Mai wird Awgust Iwanowitsch Kork verhaftet, Chef der sowjetischen Militärakademie, sie erfährt es aus der Zeitung.

Am 15. Mai, genauer gesagt, in der Nacht, wird Kurt Sauerland verhaftet, Julius' Kollege, der Vater von Karlchen, dem Etagenbaby. Er wohnt nur ein paar Zimmer weiter, in Nummer 6. Hilde erwacht vom Knacken des Fahrstuhlrelais. Tatsächlich ist das NKWD zu faul, die eine Treppe zu Fuß zu gehen.

Am 17. Mai wird Hermann Schubert verhaftet. Er hat direkt neben Sauerland gewohnt, auf Zimmer 7. Sie kennt ihn aus Hamburg, die letzten Jahre war er Politleiter dort. Mit ihm zusammen hat sie ein geheimes Gefängnis der OMS eingerichtet, mitten in Deutschland. Unter seiner Regie haben sie den Verräter Rauschenberg entführt, den Wilhelm dann in einer Holzkiste nach Russland verschiffte.

Beide Zimmer werden mit Plomben versiegelt, die Angehörigen in den schäbigen Seitentrakt des Hotels verfrachtet. Hilde kommt nun täglich an zwei plombierten Türen vorbei.

Am nächsten Tag erfährt sie von Alichanow, dass auch Béla Kun verhaftet sei, Mitglied des Exekutivkomitees der Kommunistischen Internationale, Chef der Kommunistischen Partei Ungarns.

Sie holen Hermann Remmele aus dem Hotel Lux, einen engen Freund von Heinz Neumann, ehemals Reichstagsabgeordneter der KPD. Das Relais knackt um halb vier Uhr morgens.

Am Morgen des 26. Mai ist auch Alichanows Zimmer verplombt. Es ist die Nummer 10. Hilde wohnt in Nummer 14.

Bald darauf kommt Julius mit der Nachricht nach Hause, dass Julia Annenkowa verhaftet sei, die Chefredakteurin der *Deutschen Zentralzeitung*, bekannt als entschiedene, ja beinahe fanatische Stalin-Anhängerin.

Am 13. Juni erfährt sie aus der *Prawda*, dass Michail Tuchatschewski, Marschall der Sowjetunion, Held des Bürgerkrieges, Führer der Roten Armee, zum Tode verurteilt und erschossen sei.

Am selben Tag entnimmt sie einem Schreiben des für die Komintern zuständigen NKWD-Mannes an Anvelt, dass Berta Zimmermann verhaftet worden ist.

Wenige Tage später schleicht Jan Anvelt in seinen durchbrochenen Halbschuhen in ihr Büro, klaut eine Papirossa und stellt ihr, ein schlechter Schauspieler, mit gespielter Beiläufigkeit die entsetzliche Frage:

Wie eng warst du eigentlich mit Abramow-Mirow?

Hilde hält sich noch eine Woche auf den Beinen, bevor sie zusammenbricht. Der Arzt diagnostiziert eine fiebrige Infektion, kann aber nicht genau sagen, womit sie sich infiziert hat.

РГАСПИ ф. 495/ оп. 205/ д. 488/ л. 27

Erklärung

пер. 3 экзем 2

Gegen Ende 1934 ereignete sich folgendes auf Punkt 2:

In ein Paar Damenstiefel die Gen. Lotte Germa gehörten wurde Schwefelsaüre gegossen. Die Stiefe wurden dadurch zerstört. Etwas später wurde in ein grossen Koffer den mit Wäsche und Kleidungsstücken der Lotte und Hans Germaine gehörte ebenfalls Schwefels gegossen dabei wurden ein Wintermantel, Strümpfe undsoweiter zerstört. Den Täter konnte man nich ausfindig machen. Ich verdächtigte zur Zeit einen nervenkranken Gen. (John Murray) jedoch konnt nichts nachgewiesen werden. Später verdächtigte ic Hans Germaine selbst. Mein Verdacht wurde durch die Haltung Germaines in unserem Kollektive bekräftigt. Germaine machte auf mich den Eind eines politischen Karrieristen der von keinen Mitt zurückschreckt um sein Ziel zu erreichen. Mir sche dass Jermaine dies alles inszeniert hatte um die allgemeine Achtung auf sich zu lenken. Hans Germaine leitete während einiger Zeit den politischen Unterricht; dies tat er ziemlich mechanisch und oberflächlich. Als dann später Gen. Krumins den politischen Unterricht organisierte führte er und Lotte Germaine Intrigen um die Übersetzung des Unter unmöglich zu machen.

Den 4. V. 1937

Gaston Provost

Erklärung

Gegen Ende 1934 ereignete sich folgendes auf Punkt 2:

In ein Paar Damenstiefel die Gen. Lotte Germaine gehörten wurde Schwefelsäure gegossen. Die Stiefel wurden dadurch zerstört. Etwas später wurde in einen großen Koffer mit Wäsche und Kleidungsstücken der Lotte und Hans Germaine gehörte ebenfalls Schwefelsäure gegossen dabei wurden ein Wintermantel, Strümpfe undsoweiter zerstört. Den Täter konnte man nicht ausfindig machen. Ich verdächtigte zur Zeit einen nervenkranken Gen. (John Murray) jedoch konnte nichts nachgewiesen werden. Später verdächtigte ich Hans Germaine selbst. Mein Verdacht wurde durch die Haltung Germaines in unserem Kollektive bekräftigt. Germaine machte auf mich den Eindruck eines politischen Karrieristen der von keinem Mittel zurückschreckt um sein Ziel zu erreichen. Mir scheint dass Germaine dies alles inszeniert hatte um die allgemeine Achtung auf sich zu lenken. Hans Germaine leitete während einiger Zeit den politischen Unterricht; dies tat er ziemlich mechanisch und oberflächlich. Als dann später Gen. Krumina den politischen Unterricht organisierte führte er und Lotte Germaine Intrigen um die Übersetzung des Unterrichts unmöglich zu machen.

Den 4. V. 1937

Gaston Provost

РГАСПИ ф. 495 / оп. 205 / д. 488 / л. 98–99

1. Charlie Black
2. Katie Black
3. Bayron Fesseden
4. Harry French
5. Hilde Herford
6. Carmen Silva
7. Luisa Diego
8. Pedro Marchista
9. George Villaneva
10. Sofie Michel
11. Olaf Berg
12. Ewald Stern
13. Nelli Hill
14. Jill Greenwood
15. Morry Kent
16. Harold Milter
17. Li Sim
18. Der Gärtner Godunow
19. Edmund Müller

4 Ich habe ungefähr 22 Fotos im Format 9 ×12 von verschiedenen Außenobjekten des Punktes gemacht. Jede Aufnahme hatte zwei Negative und ein Positiv auf Papier. Das alles habe ich ebenfalls Schock übergeben.

Außerdem ist mir bekannt, dass ähnliche Arbeiten sowie Fotos von Innenräumen ohne meine Mitwirkung von Hans Germaine ausgeführt wurden.

Gezeichnet: Li Chang

23. 7. 1937

Ich teile mit, dass die Negative des Gärtners Godonow und des Elektromonteurs E. Müller / die letzten in der Liste / im Schrank des Kontors befinden

Gezeichnet: S. Miller

Kopie beglaubigt: Aschtscharowa

28. VII. 37

GA/3.

Kopie

Streng geheim

An den Genossen Miller

von Li Chang

Ich erachte es für notwendig, Sie darüber in Kenntnis zu setzen, dass ich im Juli des vergangenen Jahres 1936 vom ehemaligen Administrator des Punktes G. Schock folgende Anweisung erhielt:

1 Fotos einer Reihe von Mitarbeitern des Punktes zu machen (Lehrer, Studenten und Personal)

2 Fotos verschiedener Objekte des Punktes zu machen (Gebäude, Park usw.)

Diese Fotografien hatte ich anzufertigen als Hilfskraft von Hans Germaine, der diese Arbeiten durchführte, wobei Schock die Aufgabe als Auftrag des ehem. Leiters der OMS Müller darstellte. Die Fotos der Mitarbeiter seien notwendig für die Dokumente, die Fotos von den Gebäuden fürs Album.

Die gesamte Arbeit habe ich schließlich ausgeführt, weil H. Germaine erkrankte und in den Urlaub ging, und zwar folgende Arbeiten:

3 Ich fotografierte ungefähr 20 Personen und habe ein Negativ und 6 Abzüge jedes Gen. an Schock übergeben

An die Familiennamen aller Genossen kann ich mich heute nicht mehr genau erinnern, ich gebe sie ungefähr an:

Копия. У

Сов.Секретно.

РАССЕКРЕЧЕНО

тов. МИЛЛЕРУ

от ЛИ-ЧАНГ.

Считаю нужным поставить вас в известность, что в июле прошлого 1936 года, мною было получено от быв.администратора пункта Г.ШОКА с дующее распоряжение:

1/ - Произвести фото-с"емки ряда работников пункта /преподават лей, студентов и персонала/.

2/ - Произвести фото-с"емки различных об"ектов пункта /зданий, парка и проч/.

Эти с"емки я должен был производить, помогая обычно ведущему э работу Гансу ЖЕРМЕН, при чем ШОК мотивировал это задание, как распор жение быв.Нач.ОМС МЮЛЛЕРА. Снимки ряда работников нужны были для док ментов, снимки об"ектов пункта - для альбома.

Всю эту работу выполнил я, т.к.Г.ЖЕРМЕН заболел и уехал в отпу при чем мною было сделано следующее:

1.- Я снял около 20-ти человек, и один негатив и 6 карточек ка го т.сдал ШОКУ.

Фамилий всех товарищей в настоящее время точно не помню и зываю приблизительно:

1. ЧАРЛИ БЛЕК
2. КЕТТИ БЛЕК
3. БАЙРОН ФЕССЕНДЕН
4. ГАРРИ ФРЕНЧ
5. ХИЛЬДА ХЕРВОРД
6. КАРМЕН СИЛЬВА
7. ЛУИЗА ДИЕГО
8. ПЕДРО МАРШИСТО
9. ЖОРЖ ВИЛАНЕВА
10. СОФИ МИШЕЛЬ
11. ОЛАФ БЕРГ
12. ЭВАЛЬД СТЕРН
13. НЕЛЛИ ХИЛЬ
14. ДЖИЛЬ ГРИНВУД
15. МОРРИ КЕНТ
16. ГАРОЛЬД МИЛЬТОР
17. ЛИ - СИМ
18. Садовник ГОДУНОВ
19. ЭДМУНД МЮЛЛЕР

2.- Я снял около 22 снимков разм.9x12 различных наружных об"ек пункта. Каждый снимок имел 2 негатива и один позитив на бумаге. Все оже сдал ШОКУ.

Кроме того, мне известно, что подобные работы, а также и с"емки
тренних помещений, производились, помимо меня, ГАНСОМ ЖЕРМЕН.

Подписал: ЛИ-ЧАНГ.

23.7-1937 г.

Сообщаю, что негативы садовника ГОДУНОВА и Электромонтера Э.
ЛЕРА /последние в списке/ имеются в шкапу конторы.

Подписал: С.МИЛЛЕР.

Копия верна: [signature]

УП-37г.
А/З.

9 Liebe in Zeiten des Terrors

– Charlotte –

Noch einmal scheint alles auf der Kippe zu stehen, als sie im Büro des Verlagschefs abgewiesen wird: Die Kaderleitung der Komintern habe angerufen, sie solle sich umgehend dort melden, erklärt ihr die sonnenblonde Vorzimmerdame mit unaufgeregter Stimme und nordischem Akzent.

Zum Glück stellt sich heraus, dass lediglich eine Unterschrift fehlt:

> *Hiermit verpflichte ich mich, die mir anvertrauten Geheimnisse ... lebenslänglich bewahren ... alle Absprachen ... Personen ...*

Die Erleichterung steigt ihr zu Kopf. Aber sie muss wenigstens so lange auf den Text starren, bis die Mertens glaubt, sie habe ihn aufmerksam gelesen.

> *Mir ist bekannt, dass die Nichteinhaltung dieser Verpflichtung Verrat und Betrug an der Arbeiterklasse bedeutet und entsprechende Folgen und Konsequenzen haben wird.*

Datum, Unterschrift, fertig. Die Mertens nickt ihr zu, wünscht ihr viel Erfolg an ihrem neuen Arbeitsplatz. Charlotte würde sie am liebsten umarmen, würde am liebsten juchzen, in die Luft springen, aber natürlich hält sie sich zurück. Erst draußen vor der Tür atmet sie durch und schickt ein großes Dankeschön zu den sechzehn Sternen in ihrem Zimmer.

Als wäre ihr Glück nicht schon vollkommen, trifft sie im Komintern-Gebäude auch noch Hilde, die ihr verspricht, sich um Wilhelms Angelegenheit zu kümmern. Und wenn Hilde ihr natürlich keine konkreten Auskünfte über die ehemaligen Bewohner von Punkt Zwei geben darf, so kann sie Charlotte immerhin in Bezug auf Jill Greenwood beruhigen: Ihr gehe es gut. – Wie sollte es auch anders sein, da sie ja offenbar unter dem persönlichen Schutz von Melnikow steht. Vielleicht meldet sie sich ja doch mal? Jetzt, da sie, Charlotte, keine Unperson mehr darstellt.

Am nächsten Tag wird sie endlich vom Verlagschef empfangen. Schon im Vorzimmer schwindelt ihr, als sie die Bücherregale ringsum betrachtet, voll von Werken, die hier erschienen sind. Die VEGAAR erscheint ihr als der bedeutendste internationale Verlag der Welt. Ein Dutzend Sektionen, dreihundert Mitarbeiter. Hier werden die fortschrittlichsten, die besten Werke der Weltliteratur publiziert, Übersetzungen und Originale, russische Klassiker, linke Avantgardisten. Fadejew, Feuchtwanger, Gorki kann sie von ihrem Stuhl aus entziffern, auf der anderen Seite Thälmann, Togliatti, Tretjakow der Autor der *Tscheljuskin* …

Dass der Direktor dieser gewaltigen Institution sich nicht viel Zeit für eine kleine Volontärin nehmen kann, ist verständlich. Michail Kreps wirkt zerstreut, fragt in drei Minuten zwei Mal nach ihrem Namen und lässt sie dann von seiner sonnenblonden Sekretärin, die, wenn sie richtig verstanden hat, Wilhelmson heißt, in die deutsche Sektion bringen.

Das Büro des deutschen Sektionschefs ist etwas bescheidener als das von Kreps, seine Sekretärin ist eine missmutige Russin, die Charlotte ein wenig an die Kellnerin im Café Metropol erinnert, aber dafür begrüßt der Sektionschef selbst sie beinahe überschwänglich:

Otto Bork, stellt er sich vor, eine Haarsträhne aus dem Gesicht streichend. Wir kennen uns.

Tatsächlich erinnert sie sich an ihn, obwohl sie ihn nur zwei- oder dreimal flüchtig in Hamburg gesehen hat, zusammen mit irgendwelchen geheimnisvollen russischen Genossen. Unmöglich, sich an so jemanden nicht zu erinnern: ein schöner Mann, fast ein bisschen zu schön, zu blond, zu blauäugig. Aber die zehn oder zwölf Jahre haben ihm gutgetan, sein Gesicht ist markanter geworden und hat dennoch etwas Jungenhaftes, Verschmitztes bewahrt. Jedoch ist sie sicher, dass er damals nicht Bork hieß (allerdings hieß sie da auch noch nicht Germaine). Dass er sich umgekehrt an sie erinnert, findet sie erstaunlich, sie fühlt sich geehrt. Überhaupt tut die Herzlichkeit des Mannes ihr wohl. Seine offene Art steht in so vollkommenem Gegensatz zu der Vorsicht und dem Misstrauen, das sie aus der Sphäre der OMS gewohnt ist.

Er erkundigt sich nach ihren Sprachkenntnissen, verfällt kurz ins Russische, lobt ihre wunderbare Intonation (wie lange hat sie kein Lob mehr gehört) und will dann noch wissen, ob sie sich *perspektivisch*, wie er es ausdrückt, vorstellen könne, eine literarische Übersetzung zu versuchen – bis er sich schließlich erhebt und sie zu einer kleinen Führung durch die deutsche Sektion einlädt.

Sie nimmt kaum wahr, wie er sanft seine Hand auf ihre Taille legt, als er sie durch die Tür dirigiert, oder vielleicht bemerkt sie es doch, aber sie ist im Rausch, tapst wie beschwipst durch den Flur, wüsste gar nicht wohin, wenn Bork sie nicht mit kleinen, sanften Berührungen durch dieses wunderbare Chaos leiten würde. Die meisten Türen stehen offen, überall freundliche Menschen, die mit interessanten Aufgaben beschäftigt sind; einige von ihnen kennt sie zumindest flüchtig aus ihrem Vorleben – *vor* der Isolation und Geheimhaltung: Marta Globig, die auch einmal bei der OMS angestellt war, aber nur bis kurz vor Charlottes Ankunft; Elsa Noffke, ihr Mann war der Nachfolger Alexander Emels als Leiter der Abteilung Propaganda der KPD; natürlich kennt sie Julius Gebhard, Hildes Mann, der ihnen mit einem Klodeckel unterm Arm auf dem Flur begegnet. Lachend erklärt er Charlotte, dass der private Klodeckel seinen Protest gegen den Zustand der Toiletten im Verlag zum Ausdruck bringe. Zu ihrer Überraschung ist auch Alice Rund hier, die sie aus ihrer Zeit bei der sowjetischen Handelsvertretung in Berlin kennt. Was macht Alice in der Verlagsgenossenschaft?

Manche kennt sie nur dem Namen nach: Johann Biefang, Autor der bekannten Broschüre *Ruhrkumpel in Sowjetschächten,* ist ein kleiner Mann mit lustigem rheinländischen Dialekt. Auch der Name Kurt Sauerland ist ihr bekannt, wenngleich Charlotte gerade kein Werk mit ihm verbinden kann. Der dazugehörige Mensch erweist sich als behäbiger Bär; gedankenversunken erhebt er sich von seinem Schreibtisch, verbeugt sich artig, kleine Augen hinter zwei runden Vergrößerungsgläsern. Charlotte ist sicher, dass er ihren Namen im selben Augenblick wieder vergisst. Aber so geht es auch ihr mit vielen der ihr vorgestellten Personen, es geht alles zu schnell, es ist alles zu viel, ihr ist schwindlig vor Glück, sie fühlt sich von Wärme durchströmt, benebelt von der ernsten, arbeitsamen Atmosphäre, vom Zigarettenrauch, vom

Geruch der frischgedruckten Bücher, die in sauberen Stapeln auf Schreibtischen oder Anrichten liegen.

Arbeitet nicht auch Ernst Ottwalt in der Sektion?

Bork greift nach ihrer Hand, schüttelt unmerklich den Kopf. Sie staunt: Kann denn Ernst Ottwalt, der Mann, der zusammen mit Bertolt Brecht den berühmten Film *Kuhle Wampe* schrieb, zur Unperson geworden sein?

Zum Schluss stellt Bork ihr die Redakteurin vor, der sie zuarbeiten wird. Sie heißt Inge Karst, ist mindestens fünf Jahre jünger als Charlotte, ein wenig abgehärmt, blass, überarbeitet. Sie teilt das Zimmer mit der ebenfalls noch sehr jungen Genossin Neumann, die aber nichts mit Heinz Neumann zu tun hat, wie sie merkwürdigerweise sogleich betont.

Außerdem ist gerade ein Genosse Nowikow oder – sie versteht nicht genau – Nowitschok im Zimmer. Er sitzt zusammen mit Inge Karst an einem viel zu kleinen Tisch voller Manuskriptseiten, und Charlotte wird gebeten, sich gleich dazuzusetzen und an der Diskussion teilzunehmen. Bork verabschiedet sich augenzwinkernd.

Die Manuskriptseiten gehören zu einem russischsprachigen Text, der ins Deutsche übersetzt werden soll. Gerade geht es um das russische Wort смычка – smytschka –, das so viel wie *Zusammenfügung* oder *Zusammenschluss* bedeutet, jedoch im aktuellen politischen Sprachgebrauch in der Sowjetunion immer den *Zusammenschluss von Proletariat und Bauernschaft* meint, was der deutsche Leser kaum verstehen dürfte. Heißt das, man muss dem Wort *Zusammenschluss* hinzufügen: *von Proletariat und Bauernschaft?*

Der Genosse Nowikow oder Nowitschok ist der Meinung, man dürfe das Original nicht verändern, die Genossin Karst hält dagegen: Übersetzen heiße, den Text dem deutschen Leser verständlich machen.

Ja, aber man dürfe dem Leser nicht sein eigenes Verständnis des Textes aufzwingen, meint der Genosse Nowikow oder Nowitschok.

Schließlich einigt man sich auf das russische Wort *smytschka* und beschließt, eine Redaktionsbemerkung hinzuzunehmen: *Zusammenschluss von Proletariat und Bauernschaft.*

Im Übrigen handelt es sich um eine Broschüre des Parteiverlags der KPdSU(B), sie heißt: *Die rechten Spießgesellen der trotzkistischen Bande.* Der Genosse Nowikow oder Nowitschok soll sie übersetzen.

Wer denn der Autor sei, will Charlotte wissen.

Die beiden sehen sich kurz an, bevor Inge Karst antwortet: Der Autor sei, in dem Sinne, unbekannt.

Charlotte beschließt, sich nicht durch weitere Fragen zu blamieren.

In der kommenden Woche hat sie die Gelegenheit, die Broschüre, von der nur ein russisches Originalmanuskript verfügbar ist, zu lesen. Der *in dem Sinne unbekannte Autor* beweist in dem kleinen Werk ausführlich, dass die rechten Abweichler Rykow (einstmals Vorsitzender des Rates der Volkskommissare), Tomski (einstmals Vorsitzender des Allrussischen Zentralrates der Gewerkschaften) und Bucharin (einstmals Liebling der Partei und, nach Lenin, ihr «wertvollster Theoretiker») schon immer rechte Abweichler waren, dass sie von jeher gegen die Lehren Lenins auftraten, sich gegen eine zügige Industrialisierung und gegen die Kollektivierung der Landwirtschaft wandten, die Unmöglichkeit des Sozialismus in einem einzelnen Land beschworen, bevor sie schließlich *unter dem Deckmantel verlogener Reueerklärungen die verfluchte Waffe des niederträchtigsten Doppelzünglertums immer mehr schliffen und gemeinsam mit den trotzkistischen Banditen ihre gemeinsten Verbrechen gegen die Partei, gegen unsere Heimat begingen.*

Ist das nicht irgendwie doppelt: dass sie *die verfluchte Waffe des niederträchtigsten Doppelzünglertums* nicht einfach nur *schliffen*, sondern dies auch noch taten *unter dem Deckmantel verlogener Reueerklärungen?*

Aber nein, das ist nicht ihre Sache. Übersetzen heißt, den Text dem deutschen Leser verständlich machen, hat Inge Karst gesagt. Und der Genosse Nowikow oder Nowitschok: Man dürfe dem Leser nicht sein eigenes Verständnis vom Text aufzwingen. Recht haben sie – beide.

Charlotte lernt einiges über Transkription und Absatzformate, Druckbögen und Grammatik. Sie verbessert ihre Fähigkeiten im Maschineschreiben auf russischer Tastatur, weil sie ein zweites Exemplar des Manuskripts herzustellen hat. Sie befördert die Rohrpost, wenn die Anlage wieder mal klemmt. Sie, die Zweiundvierzigjährige, ist sich nicht zu fein, für die beiden Jüngeren Tee zu kochen. Sie wäscht freiwillig die Gläser ab, die säumige Kollegen in der Teeküche stehenlassen. Es macht ihr nicht das Geringste aus, wenn sie für die Kollegen im Nebenzimmer mal rasch ein Manuskript in die Druckerei bringen soll. Noch immer ist sie wie im Rausch. Alles hat sich zum Guten gewendet. Sie ist gerettet. Sie arbeitet bei der Verlagsgenossenschaft Ausländischer Arbeiter!

Gewiss, sie ist Volontärin, sie steht auf der niedrigsten Stufe der Verlagshierarchie. Aber irgendwann, vielleicht bald, wird sie als Übersetzerin arbeiten. Und hat Bork nicht sogar angedeutet, dass sie literarische Übersetzerin werden könnte? Sie wird arbeiten, arbeiten. Sie wird keine Fehler machen. Um nichts in der Welt wird sie den Platz, den das Schicksal ihr zugespielt hat, wieder aufgeben. Für nichts und für niemanden.

Einmal, beim Mittagessen, schnappt sie auf, wie jemand – sie bekommt nicht einmal mit, wer – den Namen Alichanow sagt. Einfach nur den Namen, ohne Kommentar. Sie weiß, so heißt der Chef der Kaderabteilung, einer der höchsten Funktionäre der Komintern. Und noch während sie dieser kryptischen Mitteilung nachhängt – klang das bitter, schwang leise Empörung mit? –, ist die Stimmung am Tisch schon wieder gekippt. Man frotzelt über den großen grünen Seidenschal von Hilda Angarowa. Man kichert darüber, wie Bork an der Essenausgabe seine Soße verkippt. Und bevor das Mittagessen vorbei ist, hat Charlotte den Vorfall vergessen.

Eine Woche später steckt Marta Globig den Kopf in die Tür und sagt: Sauerland. Nur dieses Wort. Inge Karst nickt. Der Genosse Nowikow oder Nowitschok nickt. Meint sie Kurt Sauerland? Den behäbigen Bär mit der Brille, der ihr noch vor wenigen Tagen so artig seine große Pfote gegeben hat? Sie entscheidet sich, nicht nachzufragen.

In der dritten Woche lässt Bork sie in sein Büro rufen und bittet sie, die Bibliothek in seinem Zimmer auf bestimmte Namen zu prüfen und die entsprechenden Bände aus dem Regal zu holen.

Er drückt ihr eine Liste in die Hand, auf der in kleiner, sauberer Schrift mehrere Namen stehen:

Kun, Béla
Pfeiffer, Max
Rabitsch, Rudolf
Sauerland, Kurt

Bork hilft ihr auf die Bücherleiter, behutsam. Bleibt sogar neben der Leiter stehen, hält sie fest. Dirigiert Charlottes Blick zu Béla Kun, oberste Reihe links. Sie muss sich ein bisschen strecken, um heranzukommen, als sie spürt, wie Bork ihre rechte Fessel umfasst.

Keine Sorge, ich halte Sie, sagt Bork.

Sie klemmt die Liste zwischen die Lippen, packt *Die Zweite Internationale in der Auflösung* auf ihren Unterarm. Versucht, Borks Hand an ihrer Fessel zu ignorieren. Aber während sie *Die brennendste Frage – Aktionseinheit* aus dem Regal nimmt, glaubt sie zu spüren, wie Borks Finger ein Stück weit ihre Wade hinauffahren. Bei *Die Februarkämpfe in Österreich und ihre Lehren* ist er an der Kniekehle angelangt. Charlotte hört auf zu stapeln, die Liste fällt ihr aus dem Mund.

Das geht nicht, Genosse Bork.

Mit zitternder Stimme.

Bork lässt sofort ab, entschuldigt sich übertrieben. Er habe sich für einen Augenblick vergessen, angesichts einer, wie er es ausdrückt, *so perfekten Anatomie*.

Darf ich Ihnen die Bücher abnehmen?

Charlotte reicht ihm die Béla-Kun-Bände. Beim Rest des Alphabets kommt es zu keinen Zwischenfällen mehr. Die aussortierten Bände trägt sie zusammen mit Borks Sekretärin in einen Kellerraum, in dem schon andere Bücher liegen:

Alles Altpapier, sagt die Sekretärin.

Natürlich erzählt sie niemandem von dem Vorfall, schon gar nicht Wilhelm. Ihm geht es nicht gut. Als Ende April die Nachricht über ihre Einstellung bei der VEGAAR kam, war er für kurze Zeit in Hochstimmung, mit Mühe konnte Charlotte ihn davon abhalten, auf ihre neue Arbeitsstelle anzustoßen, bevor der Vertrag unterschrieben war, in solchen Sachen ist sie abergläubisch.

Selbstverständlich hat Wilhelm erwartet, dass auch er nun bald entlastet wird, zumal er Emel inzwischen offenbar ganz als *ihren* Bekannten ansieht. Bei aller Freude scheint er doch ein wenig gekränkt, dass man Charlottes Fall zuerst bearbeitet hat. Und dann vergeht eine Woche und noch eine und eine dritte ohne eine weitere Nachricht von der Komintern.

Sie versucht, ihn aufzumuntern. Sie bringt ihm Bücher mit: etwas von Egon Erwin Kisch und Maxim Gorki. Sie bekommt neuerdings Mitarbeiter-Rabatt. Es spielt keine Rolle, dass Bücher in der Sowjetunion ohnehin spottbillig sind, es ist einfach schön, *Mitarbeiter-Rabatt* zu bekommen. Wilhelm liest die Bücher sogar, zumindest Kischs Reportagen *China geheim* und *Asien gründlich verändert*, seine Stimmung verbessert sich dadurch aber nicht, sondern wird, im Gegenteil, mit jedem Tag schlechter. Jeden Tag wächst seine Ungeduld. Er klagt, dass er sich kaum noch konzentrieren könne. Ständig rätselt er über die Gründe der Verzögerung, stellt immer dieselben Fragen, auf die Charlotte keine Antworten weiß.

Sie führt die Besuche im Restaurant Praga wieder ein, jeweils am Tag vor dem freien Tag. Sie ist *gut zu ihm*. Wegen Provosts Anwesenheit im Nebenzimmer gehen sie etwas früher als üblich ins Restaurant, damit das Radioprogramm noch läuft, wenn sie wiederkommen. Dann tun sie es im Schutze der jeweiligen Sendung. Manchmal läuft Musik, manchmal senden sie Nachrichten oder die Weltpresseschau, einmal hört man sogar die Stimme Stalins. Seltsamerweise steigert diese Art der Heimlichkeit ihre Erregung, und nach dem seltsamen Vorfall mit Bork blitzen sogar hin und wieder kleine, abwegige Phantasien auf, die irgendwie davon handeln, wie sie sich von den Fesseln her aufwärts erobern lässt. Natürlich würde sie nicht wagen, so etwas auszusprechen, dennoch befeuert es ihre Gefühle. Wohingegen Wilhelms Bedürfnisse immer mehr nachzulassen scheinen.

Hin und wieder speist Charlotte zusammen mit Alice Rund in der *stolowaja* des Verlages, und man kommt rasch überein, sich einmal außerhalb der Arbeit zu treffen. Da sie nicht will, dass Provost ihr Treffen mithört, verabreden sie sich bei Alice zu Hause. Charlotte hofft, Wilhelm dadurch etwas Ablenkung zu verschaffen, auch wenn er sich zunächst sträubt. Aber sie lässt keine Ausrede gelten. Lange genug haben sie im Hotelzimmer herumgesessen und Kontakte gemieden, sie besteht darauf, endlich wieder unter Menschen zu gehen. Jetzt, wo sie sich nicht mehr als Unpersonen fühlen müssen.

Du musst dich nicht mehr so fühlen, nörgelt Wilhelm. Gibt sich aber geschlagen.

Alice heißt nicht nur Rund, sie ist auch rund, eine hübsche Dicke, die schon schnauft, wenn sie eine Treppe zu Fuß gehen muss. Sie ist ein wenig älter als Charlotte, aber irgendwie vertut sich der Altersunterschied in ihren Pölsterchen. Eigentlich kennen sie sich nicht besonders gut. In der Handelsvertretung war Charlotte *Korrespondentin*, wie es hochtrabend hieß, während Alice in der Abteilung tätig war, wo Arbeitsstellen in der Sowjetunion vermittelt wurden. Aber beide wohnten sie in Berlin-Britz. So kam es, dass sie hin und wieder auf dem Heimweg plauderten.

Bei Alice zu Hause war Charlotte nur ein einziges Mal, den Anlass hat sie vergessen, aber sie weiß noch, dass sie staunte, als ein Dienstmädchen mit Häubchen und weißer Schürze ihnen die Wohnungstür öffnete und ihre Mäntel entgegennahm. Die Wohnung war so groß, dass man sich darin verlaufen konnte, und sie stand voller Stilmöbel und teurer Vasen.

Es stellte sich heraus, dass Alices Vater eine kleine Fabrik besaß, wo irgendwelche Zahnarztgeräte hergestellt wurden. Die Tochter eines Kapitalisten, aber Mitglied der Kommunistischen Partei. Es hatte Charlotte ermutigt, dass es Parteimitglieder gab, deren Herkunft noch unreiner war als ihre eigene.

An Alices Berliner Wohnung muss sie denken, als sie nun die Treppe im Seitenflügel eines schäbigen Moskauer Mietshauses hochsteigen. Das Haus stammt schon aus sowjetischer Zeit, hier und da scheint noch etwas nicht ganz fertig, trotzdem beginnt es schon zu verfallen. Die Haustür klemmt, es fehlt eine Glasscheibe.

In der Wohnung riecht es nach Petroleum und irgendwas. Der Flur ist lang und dunkel. Eine Frau steht in der Gemeinschaftsküche und kocht Kohl (das ist, wonach es riecht). Charlotte grüßt sie im Vorbeigehen. Die Frau grüßt nicht zurück.

Alices Zimmer ist nicht klein, aber auch nicht groß. Auch hier hat sie es geschafft, ein paar antike Möbel aufzutreiben. Ein hübscher kleiner Schreibtisch steht am Fenster, Empire oder Biedermeier, Charlotte kennt sich da nicht aus. Die Schlafecke ist durch einen Vorhang abgeteilt. An der Wand hängen Reproduktionen avangardistischer Gemälde.

Es stellt sich heraus, dass Alice zusammen mit Ludwig hier wohnt, einem breitschultrigen, kompakten Mann mit eisernem Händedruck, der – ein in der Sowjetunion üblicher Zahnersatz – mehrere Edelstahlzähne im Frontbereich trägt. Nicht nur sein Händedruck ist eisern, sondern auch sein Lächeln. Aber sein Dialekt ist weich, er spricht mit gedämpfter Stimme, was besonders deswegen auffällt, weil es aus dem Nachbarzimmer gerade ziemlich schrill herüberschallt. Irgendein Streit ist im Gange (es geht um Geld, soweit Charlotte versteht), dazu plärrt ein Kind. Im Hintergrund läuft das Radio.

Die Kroschkins, entschuldigt sich Alice. Eine fünfköpfige Familie, die in einem einzigen Zimmer wohnt, einfache Leute aus Kuban. Ihr wisst ja, wie es ist: Alle wollen nach Moskau.

Und Ludwig ergänzt: Neulich haben sie uns angezeigt, weil wir angeblich deutsches Radio hören. Dabei hatten wir bloß Besuch, der hat die ganze Zeit laut deklamiert …

Er lacht. Charlotte versucht ebenfalls, es lustig zu finden, aber in Wirklichkeit fühlt sie sich vom ersten Augenblick an unbehaglich, von der unsichtbaren Nachbarschaft bedrängt. Daran kann auch das köstliche Gebäck nichts ändern, das Alice zum Tee serviert: Von *Jelissejew*, erklärt sie, dem berühmten Feinkostladen (der allerdings schon lange in *Gastronom Nr. 1* umbenannt worden ist).

Zum Glück scheint Wilhelm an Ludwig Gefallen zu finden, weil sich herausstellt, dass er nicht nur aussieht, als wäre er aus Metall, sondern tatsächlich Metallarbeiter ist. Alice hat ihm seinerzeit eine Arbeitsstelle in der Sowjetunion verschafft, daher kennen sie sich wohl auch.

Wilhelm beginnt, Ludwig über seine Erfahrungen in der sozialistischen Produktion auszufragen, halb wohl auch, um zu prüfen, ob eine Arbeit in einer sowjetischen Fabrik für ihn in Frage käme. Das Gespräch beginnt harmlos, aber je tiefer Ludwig, von Wilhelms Fragen und Einwänden getrieben, in die Materie eindringt, desto problematischer wird es. Es geht um die äußerst wichtige Produktion von Kugellagern, für die man teure amerikanische Maschinen geordert hat, die aber nicht zum Einsatz kommen, weil die Deckenkonstruktion der Fabrik nicht ausreicht, wodurch es bereits zu einem schweren Unfall gekommen ist – woraufhin man den Direktor verhaftet hat, obwohl gerade der vor der zu schwachen Deckenkonstruktion gewarnt hatte.

So bohrt sich das Gespräch in immer verfänglichere Bereiche. Wilhelms Stimmung verfinstert sich zusehends, ihm gehen die Argumente aus. Alice nestelt an ihrer Strickjacke herum, versucht mehrmals, das Thema zu wechseln. Schließlich, als zu allem Überfluss noch jemand im Nebenzimmer anfängt zu singen (unklar, ob zur Radiomusik oder gegen sie an), schlägt Charlotte vor, noch einen kleinen Spaziergang zu unternehmen.

Sie gehen einmal um eine große Baustelle herum, die Gespräche flachen ab, man macht kleine Scherze, wie um die Eindrücke der letzten Stunde zu verwischen, und verabschiedet sich freundlich. Aber Charlotte ist klar, dass dies der erste und letzte Besuch bei Alice Rund gewesen ist.

Sie unternimmt noch einen Versuch mit Julius Gebhard. Er war ihr immer schon sympathisch, ein kluger, witziger Mensch. Vielleicht ist sie ihm insgeheim auch dankbar, dass er die von Wilhelm verlassene Hilde sozusagen übernommen hat. Aber als sie vorschlägt, sich doch einmal zu treffen, und insbesondere, als sie hinzufügt, dass Hilde kürzlich bereits ihr Einverständnis gegeben habe, wirkt Julius verblüfft. Hilde habe derartig viel um die Ohren seit dem Wechsel …

Charlotte ist ihrerseits verblüfft: Was für ein Wechsel?

Ach, entschuldige, ich dachte, du wüsstest … Julius' Gesicht nimmt einen erschrockenen Ausdruck an.

Nein, sie weiß nichts. Und sie will auch nichts wissen. Sie will niemanden mehr besuchen, vielleicht ist es wirklich das Beste. Sie will nichts zu tun haben mit irgendwelchen Problemen. Sie will mit nichts zu tun haben. Sie will arbeiten, nichts weiter. Nicht noch einmal vom Dienst suspendiert werden.

Nicht noch einmal die Hölle des Wartens. Dann lieber Manuskripte abtippen und Tee kochen ein Leben lang.

Aber dann wird Inge Karst zur Parteileitung beordert. Ihr ist kaum etwas anzumerken, als sie zurückkommt, sie macht ihre Arbeit weiter, ist scharfzüngig und penibel, behandelt Charlotte höflich und distanziert und führt zähe Diskussionen mit Nowikow (nicht Nowitschok). Sie raucht viel, ist bleich wie immer. Nur, dass ihr Gesicht plötzlich einen seltsamen, wächsernen Glanz bekommen hat. Charlotte braucht eine Weile, bis sie begreift, woher sie das kennt: von ihrem Vater. Auch er hatte diesen wächsernen Glanz im Gesicht – als er tot war.

Wenige Tage später wird Inge in Borks Büro gerufen. Als sie dieses Mal zurückkehrt, macht sie keinerlei Anstalten, ihre Arbeit wieder aufzunehmen. Stumm zündet sie sich eine Zigarette an, lehnt sich in ihrem Stuhl zurück und schaut aus dem Fenster. Loni Neumann zündet sich ebenfalls eine Zigarette an. Nowikow entschuldigt sich und verlässt den Raum.

Eine Weile schweigen die Frauen, Charlotte getraut sich nicht, mit der Schreibmaschine zu klappern. Dann klingelt das Telefon, Loni nimmt ab und teilt Charlotte mit, dass Bork sie, Charlotte, in sein Büro bittet.

Sie hat Bork seit dem Leiter-Zwischenfall nur hin und wieder im Vorbeigehen gesehen. Er schien kaum noch Notiz von ihr zu nehmen, und Charlotte war nicht sicher, ob sie das als gutes oder schlechtes Zeichen werten solle. Nun empfängt er sie auffällig wortkarg, ja beinahe streng, sodass ihr angst und bange wird, obgleich ihr beim besten Willen nicht einfällt, was er ihr vorwerfen könnte.

Er erkundigt sich nach ihrem Befinden, fragt sogar nach Wilhelm, über den sie widerstrebend Auskunft gibt. Er will wissen, wie sie mit ihrer Arbeit zurechtkommt, und erklärt ihr dann übergangslos, er schlage vor, dass sie die Fertigstellung der *Rechten Spießgesellen* als verantwortliche Redakteurin übernehme, da die Genossin Karst, wie er es ausdrückt, *ausfällt*.

Erscheinungstermin sei der 26. Juli, was bedeute, dass die Broschüre spätestens am – er blättert in seinem Kalender – 17. Juli in den Satz gehen muss. Noch Fragen?

Aber was ist denn mit der Genossin Karst?, rutscht es ihr heraus.

Bork überlegt einen Augenblick, bevor er mitteilt: Die Genossin Karst werde aus der Partei ausgeschlossen, weil sie biographische Angaben zu ihren Angehörigen beschönigt habe. Natürlich sei mit der Beförderung eine Gehaltserhöhung verbunden.

Mit welcher Beförderung?

Mit *deiner* Beförderung, Genossin Germaine.

Sie tappt zurück Richtung Zimmer, aber auf halber Strecke biegt sie zur Toilette ab. Vollkommen unmöglich, Inge Karst vor die Augen zu treten, von deren Unglück sie gerade profitiert. Sie sucht sich die sauberste Kabine aus, setzt sich auf den geschlossenen Klodeckel. Es riecht schlecht, der Spülkasten rauscht, der Fußboden ist mit der Farbe bekleckert, mit der die Türen gestrichen worden sind. Ist sie eben zur Redakteurin befördert worden? Sie horcht in sich hinein, wo bleibt die Freude, der Jubelschrei? Stattdessen hallt in ihrem Kopf dieser dumme Satz nach … *biographische Angaben zu ihren Angehörigen beschönigt …*

Charlotte muss an ihren eigenen Lebenslauf denken, und zwar komischerweise an ein völlig nebensächliches Detail, genauer gesagt, an ein Wort, nämlich an das Wort *Königlich*. Das sie durch *Staatlich* ersetzt hat. Es klang einfach nicht gut:

Vater Revisor der *Königlichen* Porzellanmanufaktur. Aber war die Porzellanmanufaktur etwa nicht staatlich?

Nein, niemand wird sie deswegen aus der Partei ausschließen. Das wäre absurd! Falls es je einer bemerkt. Obwohl sie nicht sicher ist: Hat sie in ihrem Lebenslauf für den Parteieintritt schon dasselbe geschrieben? Und in all den Formularen, die sie für irgendwelche Überprüfungskommissionen ausfüllen musste?

Als sie ins Zimmer zurückkommt, packt Inge schon ihre Sachen. Charlotte weiß nicht recht, was sie ihr sagen soll, aber offenbar weiß Inge Bescheid. Ohne Umstände übergibt sie ihr die Arbeitsunterlagen, Manuskript und Übersetzung, soweit fertig. Das Blatt mit den Produktionsdetails: Art der Bindung, Anzahl der Bogen und Zeichen, Zahlen und Fachbegriffe, die Charlotte nicht alle versteht.

Impressum auf der letzten Seite unten, sagt Inge. Ich wünsche dir viel Erfolg.

Was wirst du jetzt machen?, fragt Loni Neumann.

Inge zuckt mit den Schultern. Sie umarmt Loni, gibt Charlotte die Hand. Entschließt sich dann doch zu einer Umarmung.

Pass auf dich auf, sagt sie.

Dann greift sie ihre Tasche und zieht los. Loni Neumann hat Tränen in den Augen. Es ist sehr still. Nur der Wind säuselt leise in den Fensterritzen.

Wilhelm versucht, Freude über ihre Beförderung zu zeigen, aber es fällt ihm sichtlich schwer. Natürlich hat sie nun noch mehr zu tun als vorher. Sie ackert täglich bis zum Abend und manchmal bis in die Nacht, und wenn sie morgens um halb acht erwacht, kann sie es kaum erwarten, in den Verlag zu gehen, weil ihr schon wieder so viele Dinge durch den Kopf gehen. Sie muss sich regelrecht Mühe geben, nicht immer die Erste zu sein – während Wilhelm nicht weiß, wie er die Zeit herumkriegen soll. Zwar geht er noch immer täglich in die Bibliothek und liest die *Deutsche Zentralzeitung*, aber seine Besuche scheinen immer kürzer zu werden; er berichtet immer weniger von neuen Erfolgen. Stattdessen sieht sie ihn eines Tages, als sie zur Druckerei unterwegs ist, auf einer Bank sitzen und Tauben füttern. Sie tut so, als würde sie ihn nicht bemerken.

Er will weder ins Kino noch ins Theater, weil er, auch wenn er es nicht zugibt, zu wenig versteht. Aber als Charlotte ihm vorschlägt, einen Russischkurs zu besuchen, auch um mal unter Leuten zu sein, redet er sich damit heraus, dass er, solange er nicht aus der OMS entlassen ist, dafür die Zustimmung der Leitung benötigen würde. Aber könnte er, aufgrund der neuen Situation, nicht einfach mal bei Hilde anrufen und fragen?

Natürlich versteht Charlotte, dass er leidet. Zugleich beginnt ihr seine Untätigkeit auf die Nerven zu gehen. Die Stunden, die sie mit ihm verbringt, werden immer quälender. Er ist kaum aus dem Zimmer zu bekommen, in das nie ein Sonnenstrahl fällt und das, je heller der Himmel draußen wird, nur immer höhlenartiger zu werden scheint. Andererseits kann sie ihn auch nicht allein hier sitzen lassen, da sie ohnehin die meiste Zeit nicht zu Hause ist. Also verbringt sie den Feierabend in der Höhle und hört sich Wilhelms Wehklagen an. Und als sie es am freien Tag endlich einmal schafft, ihn zu einem Spaziergang zu überreden, schleicht er wie ein Schatten neben ihr her, und alles, was er sieht, scheint ihm Schmerzen zu verursachen. Der Kopf tut ihm weh von der

Sonne. Der Wind stört ihn plötzlich. Auf dem Roten Platz bleibt er alle naselang stehen, weil er Sand in den Augen hat.

Als Charlotte an einem hellen Juniabend nach Hause kommt, liegt Wilhelm wie tot auf dem Bett. Sie vermutet Magenschmerzen und schlägt vor, einen Tee zu kochen, aber Wilhelm schüttelt kaum merklich den Kopf: keine Magenschmerzen.

Sondern, was ist es dieses Mal?

Sie haben Abramow-Mirow verhaftet.

Seine Stimme klingt dünn und brüchig, wie aus einem Telefonapparat, wie aus einer fernen, vergangenen Welt. Abramow-Mirow, ja, sie erinnert sich. Aber was soll sie jetzt damit anfangen?

Plötzlich hat sie Lust, ihn anzuschreien: *Warum erzählst du mir das?*

Stumm wendet sie sich ab und macht sich daran, etwas zum Abendessen zu bereiten, obwohl sie schon weiß, dass Wilhelm nichts essen wird. Es ist ihr gleichgültig. Sie hat Hunger, sie will essen. Sie klappt das kleine Schweizer Messer auf und beginnt, Brot abzusäbeln. Abzumurksen. Sie ärgert sich: Wieso gibt es hier noch immer kein vernünftiges Messer? Und woher weiß er es überhaupt? Hat er mit Hilde telefoniert? Oder gibt es irgendwelche anderen Kanäle?

Wilhelms Geheimnisse, sie will gar nichts davon wissen. Sie hat es nie wissen wollen, und darum möchte sie auch jetzt bitte davon verschont bleiben. Bitte.

Und wenn etwas gegen ihn vorliegt? Plötzlich ist dieser Gedanke da. Charlotte hält inne. Was weiß sie denn von Wilhelm? Von seinen Aktionen und Tätigkeiten. Hamburg. Der Koffer mit den Dollarscheinen. Der Revolver. Was tut man mit einem Revolver? Im Auftrag von … Abramow-Mirow.

Dauert seine Angelegenheit deswegen so lange? Und auch das schießt ihr durch den Kopf: dass sie, im Grunde genommen, nicht verheiratet sind, nicht standesamtlich. Aber würde das helfen?

Sie stellt Brot, Butter und Wurst auf den Tisch. Dazu die eingelegten Tomaten, die es heute in der *stolowaja* gab.

Guten Appetit.

Ich hab keinen Hunger, sagt Wilhelm.

Allerdings ist auch ihr der Appetit vergangen.

Mitte Juni findet die große Parteiversammlung statt. Charlotte hat schon eine kleinere erlebt, aber dieses Mal kommt der ganze Verlag zusammen, dreihundert Leute, man muss einen Saal dafür mieten. Es sieht aus wie beim Parteitag. Ein riesiges Stalin-Porträt hinter der Bühne, mit Blumen davor. Ein in roten Fahnenstoff gehülltes Rednerpult, an dem eine Genossin von der Parteileitung die Eröffnungsrede hält.

Die Genossin heißt Dzierżyńskaja. Es ist die Witwe des berühmten Geheimdienstmannes und Gründers der Tscheka, eine nicht mehr ganz junge, hausmütterlich wirkende Frau. Sie trägt eine altmodische Bluse, ein breites helles Tuch um Hals und Schultern. Auch ihr Tonfall ist der eine Mutter – einer Mutter, die ihre Kinder schilt, weil sie schon zum wiederholten Male dasselbe ausgefressen haben. Hat uns der Genosse Stalin nicht gemahnt? Hat nicht das Zentralkomitee schon anlässlich der ruchlosen Ermordung des Genossen Kirow vor politischer Gutmütigkeit und spießerhafter Duselei gewarnt? Waren wir nicht aufgefordert, unsere Wachsamkeit angesichts des sich verschärfenden Klassenkampfes weiter zu erhöhen? Wieso, fragt die Genossin Dzierżyńskaja, gelingt es uns trotzdem nicht, die Volksfeinde in unseren Reihen rechtzeitig zu erkennen? Wie kann es sein, dass sie weiter mitten unter uns weilen, dass sie Parteimitglieder sind, dass sie auf verantwortungsvollen Posten sitzen und ihr schmarotzerhaftes Leben auf Kosten der arbeitenden Klasse führen? Wie kann es sein, dass es des NKWD bedarf, um solche Verräter zu entlarven?

Die Genossin Dzierżyńskaja schlägt vor, Sondermaßnahmen zu erarbeiten, besondere Arbeitsmethoden, um den Verlag vor der Unterwanderung durch feindliche Agenten und vor der Gefahr der Doppelzüngelei zu schützen. Sie schlägt vor, dass sich jeder Genosse schriftlich verpflichte, noch besser auf seine Umgebung zu achten sowie die Parteiorganisation über jeglichen Verdacht zu informieren. Keine falsche Loyalität! Keine Rücksichtnahme aus alter Freundschaft! Macht eure Augen auf! Hört hin! Tut Kleinigkeiten nicht als Kleinigkeiten ab. Achtet auf die Wortwahl. Wer spricht abfällig über einen verdienten Genossen. Wer schweigt, wenn man reden müsste. Wer verhält sich zögerlich, wenn es darum geht, einen Verräter zu entlarven und zu verurteilen. Wer zeigt unzureichend Bereitschaft zur Selbstkritik.

Die Genossin Dzierżyńskaja schlägt außerdem vor, die folgenden Genossen nachträglich aus der Partei auszuschließen: Valentina Adler, Kurt Sauerland, Heinz Neumann, Erich Tacke (den Charlotte nicht kennt) und einen Japaner (dessen Namen sie nicht richtig versteht). Außerdem schlägt die Genossin Dshershinskaja vor, Inge Karst aus der Partei auszuschließen und zur Bewährung in die Produktion zu schicken.

Charlotte stimmt allem zu. Ohne zu zögern, ohne die Miene zu verziehen. Der Beschluss wird einstimmig angenommen. Es ertönt Beifall.

Spontan tritt der Genosse Brückmann von der Kaderleitung ans Rednerpult und schlägt vor, dem Volkskommissar für Innere Angelegenheiten, Genosse Jeshow, einen kollektiven Dank auszusprechen *für die Mithilfe beim Auffinden der Todfeinde, Trotzkisten und Spione in unseren Reihen.*

Der Beschluss wird einstimmig angenommen. Beifall ertönt.

Nun tritt der Direktor vor, bedächtig, zerstreut, wie sie ihn in seinem Büro erlebt hat. Er braucht lange, um seine Papiere zu ordnen, seine Brille zurechtzurücken. Dann endlich räuspert er sich und fängt zu sprechen an. Kreps spricht leise, trotzdem ist jedes Wort zu verstehen, denn es ist plötzlich sehr still geworden im Saal. Er dankt der Genossin Dzierżyńskaja für ihren lehrreichen Beitrag. Charlotte erwartet, dass er als Direktor nun endlich zu den inhaltlichen Fragen der Verlagsarbeit kommen wird. Aber stattdessen beginnt Kreps, von Fehlern zu sprechen. Von seinen eigenen Fehlern: Michail Kreps übt Selbstkritik. Ein geschrumpfter Mensch in einem zerknitterten Anzug, der seine Schuld vor der Partei und jedem Mitarbeiter bekennt.

Er habe, sagt Kreps, den Warnungen des Zentralkomitees und besonders des Genossen Stalin nicht genügend Beachtung geschenkt. Er empfinde es als sein persönliches Versagen, dass in der Verlagsgenossenschaft unter seiner Direktion feindliche Elemente arbeiten und publizieren konnten. Er danke persönlich dem Genossen Brückmann für seinen großen Anteil bei der Aufklärung dieser Fälle. Er danke dem Genossen Jeshow und den Genossen vom NKWD für ihre hervorragende Arbeit. Aber vor allem danke er dem Genossen Stalin: *dessen Weitsicht und Unnachgiebigkeit uns vor den heimtückischen Angriffen des Klassenfeindes bewahren.*

Die Genossin Dzierżyńskaja klatscht, als der Genosse Stalin erwähnt wird, und alle tun es ihr nach, auch Charlotte; allerdings fällt der Beifall verhalten aus. Es handelt sich schließlich um eine Selbstkritik; man will nicht die Fehler des Direktors beklatschen.

Man könnte einwenden, setzt Kreps seine Rede fort, dass er als Direktor nicht jeden einzelnen Genossen selbst prüfen könne – natürlich sei er auf Hilfen und Initiativen der Kaderleitung der Komintern und des Exekutivkomitees angewiesen. Ebenso rechne er mit der Unterstützung der Revisionskommission und überhaupt, wie die Genossin Dzierżyńskaja richtig ausgeführt habe, mit der aktiven Mitarbeit aller Beschäftigten des Verlags. Auch wolle er ausdrücklich darauf hinweisen, dass es für viele der inzwischen als feindlich entlarvten Publikationen seinerzeit Zustimmung oder sogar ausdrücklichen Beistand vonseiten der Parteileitung gegeben habe.

Ein leises Raunen geht durch den Saal.

Aber es gehe hier und heute nicht darum, seine Schuld zu mindern oder auf andere abzuschieben, ergänzt Kreps, sondern vor allem um seine eigenen Fehler.

Dann sprich davon, Genosse!, ruft jemand aus dem Saal.

Kreps blickt sich irritiert um. Er greift zum Wasserglas, trinkt, räuspert sich zum wiederholten Male und setzt seine Rede fort. Sein Blick klebt am Redemanuskript. Nur selten sieht er auf, um den Mitarbeitern sein schwitzendes, vor Anspannung zuckendes Gesicht zu zeigen.

Nun geht es um konkrete Publikationen, es fallen Namen, darunter der Name Ernst Ottwald, aber zu Charlottes Überraschung auch Alexander Emel: Kreps entschuldigt sich dafür, dass er einen überführten und verurteilten Volksfeind vor vier Jahren zur Mitarbeit zu verpflichten versucht habe – zu der es dann glücklicherweise nicht gekommen sei.

Wesentlich länger redet er über den Fall Radek, der, wie Charlotte erfährt, darin besteht, dass Karl Radeks Übersetzung der sogenannten *Stalin'schen Verfassung* im letzten Jahr in der Verlagsgenossenschaft erschienen ist, obwohl eine alternative Übersetzung der Genossen der deutschen Sektion der Komintern vorlag. Er gestehe, sagt Kreps, dass er persönlich die Radek'sche Übersetzung aus rein subjektivistischen Gründen vorgezogen habe. Er habe sich vom äußerlichen Glanz und von der formalen Detailtreue blenden lassen, ohne hinter dieser Fassade den feindlichen Charakter der Übersetzung zu erkennen.

Aber wie erkennt man den *feindlichen Charakter* einer Übersetzung, fragt sich Charlotte, während Kreps sich zum wiederholten Mal bei den Genossen der deutschen Sektion, bei den Mitarbeitern des Verlages und beim deutschsprachigen Leser für sein Vergehen entschuldigt. Und was heißt *äußerlich glanzvoll*? Betrifft das den Stil, die Sprache? Ist sie selbst, Charlotte, in ihrem eifrigen Bemühen um stilistische und sprachliche Eleganz möglicherweise dabei, eine *äußerlich glanzvolle* Übersetzung zu produzieren? Hat der Genosse Nowikow vielleicht recht, wenn er immer wieder für die weniger elegante, aber *formal detailgetreue* Formulierung plädiert? Was einen, den Worten des Direktors zufolge, aber auch nicht davor schützt, eine feindliche Übersetzung herzustellen. Und wenn Charlotte bisher davon ausgegangen ist, dass eigentlich nur Autoren in irgendeiner Form der Feindlichkeit verdächtigt werden können, wird ihr, während Kreps irgendwelche Lehren aus seinem Fehlverhalten zieht, auf entsetzliche Weise bewusst, dass auch Übersetzer keineswegs vor der Verdammnis gefeit sind, egal ob sie *formal detailgetreue* oder *äußerlich glanzvolle* Texte abliefern.

Endlich, nachdem er sich noch einmal bei den Mitarbeitern, bei der Partei und beim Genossen Stalin entschuldigt und versprochen hat, seine revolutionäre Wachsamkeit um *hundert Prozent* zu erhöhen, tritt der Direktor ab, geräuschlos, klein und zerknittert. Und Bork tritt ans Rednerpult.

Nein, er tritt nicht, er springt. Bork federt vor lauter Spannkraft. Auch er bedankt sich kurz bei der Genossin Dzierżyńskaja und sogar beim Genossen Kreps, geht dann aber ohne weiteres zu inhaltlichen Themen über. Er skizziert die Veröffentlichungen der deutschen Sektion im ersten Halbjahr. Er berichtet über die Zusammenarbeit mit deutschsprachigen Verlagen im Ausland, über Vertriebswege, Export und Lizenzen. Er kritisiert Defizite bei der Herstellung antifaschistischer Propagandaliteratur, regt eine Serie dokumentarischer Berichtsformen über den Alltag der sozialistischen Produktion in der Sowjetunion an, schlägt die Bildung einer Arbeitsgruppe vor, die aktuelle Kernfragen des Marxismus in populärwissenschaftlicher Form behandeln soll. Schon mit den ersten Worten hat er die beklemmende Stimmung weggewischt. Ein Aufatmen geht durch den Saal.

Bork spricht frei, er orientiert sich lediglich an einem Kärtchen mit Stichpunkten. Seine blauen Augen blitzen. Ab und zu streicht er die blonde Haarsträhne zurück, die ihm immer wieder ins Gesicht fällt. Charlotte bewundert die Leichtigkeit, mit der er die Gedanken aus seinen Stichpunkten entwickelt, und sogar seine kleinen Denkpausen verfolgt sie mit Wohlbehagen. Zum Schluss kommt Bork überraschenderweise auf sie, auf Charlotte, zu sprechen, nämlich im Zusammenhang mit der neuen Schriftenreihe zu den wichtigsten und aktuellsten Fragen der sowjetischen Innenpolitik, deren nächstes Heft – *Die rechten Spießgesellen der trotzkistischen Bande* – im nächsten Monat unter der Redaktion von Charlotte Germaine erscheinen wird. Er lächelt sie vom Rednerpult aus an, Charlotte spürt, wie sie errötet.

Aber sosehr die Erwähnung sie ehrt, sie erhöht auch den Druck. Ohnehin ist Charlotte nervös. Die Arbeit ist zäher als erwartet, es gibt Hindernisse. Nowikow diskutiert alles bis zum Letzten und beruft sich ihr, dem Neuling, gegenüber ständig auf seine Erfahrung. Autorisierte Übersetzungen der vielen Stalin-Zitate müssen beschafft werden. In der Druckerei behandelt man sie wie eine Idiotin, weil sie den Unterschied zwischen Satzspiegel und Buchsatzspiegel nicht kennt oder die Anzahl der Zeichen pro Druckbogen nicht errechnen kann. Auch Loni Neumann behandelt sie auf einmal feindselig – als hätte sie persönlich Inge Karst angeschmiert.

Abends schläft sie schlecht ein, führt im Geiste die Diskussionen mit Nowikow weiter oder versucht, ein passendes Papierformat zu ermitteln. Nachts träumt sie von Zahlen: zweiundachtzig mal einhundertzehn, eins zu zweiunddreißig. Siebzehntausendeinhundert Exemplare sollen gedruckt werden, eine beängstigend hohe Auflage. Im Traum werden alle siebzehntausend Exemplare makuliert, weil in einem Stalin-Zitat ein Komma fehlt. Am Ende einer langen Druckmaschine steht Inge Karst, den wächsernen Glanz im Gesicht, und jammert. Charlotte erwacht, aber das Jammern ist immer noch zu hören. Es kommt von draußen, vom Hotelflur.

Es ist eine Frau. Eine Männerstimme versucht, sie zu beruhigen. Andere bellen dazwischen. Dann Stiefelgetrappel. Dann ist nur noch ein leises Winseln zu hören, das bis in den Morgen anhält.

Am nächsten Tag ist eins der beiden Zimmer der Familie Weger versiegelt. Es stellt sich heraus, dass das Politbüromitglied Jewgeni Weger verhaftet worden ist. Und von diesem Tag an sitzt seine Frau, jene junge schlanke Dame, die mit ihren Kindern Französisch spricht und an den Nachmittagen Klavier zu spielen pflegt, jede Nacht im Bojarensaal und weint. Vielleicht geht sie extra in den Bojarensaal, weil sie ihre Kinder verschonen will. Jedenfalls ist nun jede Nacht ihr Wimmern zu hören. Heulen, Jammern, manchmal einzelne Silben. Dann wieder Stille. Und Charlotte liegt mit offenen Augen im Bett und wartet darauf, dass es wieder anfängt …

Morgens geht sie unausgeschlafen zur Arbeit. Sie erleidet schon vormittags Müdigkeitsanfälle, die Augen fallen ihr zu. Dann wieder ist sie überdreht und nervös. Vergisst mitten im Gespräch mit Nowikow die nachts zurechtgelegten Argumente. Wenn sie nach Hause kommt, fällt sie in Kleidung aufs Bett und schläft zwei, drei Stunden, bis es im Bojarensaal wieder losgeht mit dem Gewimmer …

Charlotte zieht die Decke über den Kopf, wälzt sich herum, versucht, nicht hinzuhören. Manchmal spricht die Frau minutenlang mit sich selbst. Dann wieder verschleifen die Worte zu einem Winseln, wie das eines geprügelten Hundes. Wie viele Nächte kann das so gehen? Manchmal glaubt Charlotte, ein Lachen zu hören. Oder singt die Frau? Hoffentlich fängt sie nicht noch an, Klavier zu spielen … Der Erscheinungstermin rückt erbarmungslos heran, und Charlotte ist dabei, ihre große Chance zu vertun.

Aber dann passiert zweierlei:

Zuerst wird Frau Weger abgeholt. Man habe sie in die Nervenklinik gebracht, heißt es. Charlotte schämt sich für ihre Erleichterung.

Und dann bestellt Bork sie in sein Büro, um sich nach dem

Stand der Dinge zu erkundigen. Schnell stellt sich heraus, dass sie hoffnungslos im Verzug ist. Charlotte ist auf das Schlimmste gefasst, aber Bork hört sich ihre Probleme und Klagen gelassen an. Er greift zum Telefonhörer, lässt sich mit der Druckerei verbinden. Verlangt den Schichtleiter zu sprechen, über den sich Charlotte beschwert hat, und erklärt dem Mann mit fester Stimme, er erwarte von ihm, dass er die Genossin Germaine mit Rat und Tat unterstütze. Es handle sich bei der Broschüre um einen außerordentlich wichtigen Beitrag, den ein hochstehender, und zwar ein *sehr* hochstehender Genosse verfasst habe. Sollte die Broschüre verspätet erscheinen oder mit Fehlern behaftet sein, werde er ihn, den Schichtleiter, persönlich dafür verantwortlich machen.

Dann erklärt er Charlotte den Unterschied zwischen Satzspiegel und Buchsatzspiegel. Gemeinsam rechnen sie die Anzahl der Zeichen pro Bogen aus (einundvierzigtausend) und legen das Papierformat und die Kartonstärke für den geprägten Umschlag fest. Kurz lässt sich Bork die wesentlichen inhaltlichen Streitpunkte zwischen ihr und Nowikow erläutern, stimmt Charlotte dann in allen Fällen zu und ermutigt sie, sich gegen Nowikow durchsetzen. Er werde ihr in jedem Fall den Rücken stärken.

Zum Schluss beauftragt er eine Archivarin des Verlags mit der Auffindung der exakten Übersetzungen der Stalin-Zitate, und Charlotte verlässt sein Büro erleichtert und befreit. Zweideutigkeiten oder Anspielungen hat es keine mehr gegeben, Borks Tonfalls war kameradschaftlich, aber distanziert.

Fast ein bisschen zu distanziert, findet Charlotte.

Die letzten Tage vor der Abgabe kommt sie noch mehrmals in sein Büro, um etwas zu erfragen oder Hilfe zu erbitten. Sie ertappt sich dabei, dass sie vorher auf der Toilette ihr Aussehen im Spiegel überprüft. Sie kleidet sich sorgfältiger als sonst. Sie beginnt wieder, Härchen an unwillkommenen Stellen auszuzupfen. Schließlich nimmt sie sogar den Lippenstift mit in den Verlag und trägt vorsichtig etwas Rot auf, aber nur wenig, fast nichts – als könnte das die Sündhaftigkeit mindern. Meist geht sie spät zu Bork, schon nach Feierabend. Gemeinsam lösen sie die letzten Probleme, wählen Schrifttyp und Umbruch für die lange Überschrift aus. Sie stellt sich einen Stuhl auf seine Seite des Schreibtischs, damit sie die Entwürfe beide aus derselben Perspektive betrachten können.

Bork hat das Jackett abgelegt, die Hemdsärmel aufgekrempelt. Seine gebräunten Unterarme sind blond behaart. Er riecht gut, und sei es bloß nach Rasierwasser. Ein Ring findet sich nicht an seiner Hand. Charlotte weiß, dass das nichts zu bedeuten hat.

Pünktlich zum 17. Juli bringt sie den satzfertigen Text in die Druckerei, klärt mit dem Schichtleiter die letzten Details. Nun gibt es nichts mehr mit Bork zu besprechen. Trotzdem geht sie noch einmal zurück in den Verlag. Eine Begründung findet sie auch: Es ist noch nicht Feierabend. Sie will noch ihren Schreibtisch aufräumen, der nächste Tag ist der freie Tag, und sie räumt immer am Tag vor dem freien Tag ihren Schreibtisch auf. Als sie kommt, packt Loni Neumann schon ihre Sachen. Im Verlag herrscht Feierabendstimmung, Türen klappen, auf dem Flur wird gelacht.

Charlotte räumt ein bisschen herum. Notizen und Skizzen gehen durch ihre Hände: Borks Handschrift, zackig, schnell, effektiv, so ganz anders als Wilhelms. Alles zum Wegschmeißen, alles Müll, aber sie kann sich nicht entschließen. Vielleicht braucht sie es noch für die Korrektur der Fahnen.

Es wird still im Verlag, sie packt ihre Sachen, geht los. Aber erstaunlicherweise gehen ihre Füße in die falsche Richtung. Sie erklärt es sich damit, dass sie Bork noch einmal danken will. Und überhaupt, sollte sie ihm nicht die pünktliche Abgabe des Manuskripts melden? Kein Grund für Herzklopfen. Trotzdem geht sie an Borks Vorzimmer vorbei, prüft beiläufig, ob seine Sekretärin noch da ist, nein, ist sie nicht. Sie geht bis zum Ende des Flurs, spielt sich selbst vor, sie hätte aus lauter Zerstreutheit die Tür verpasst. Kehrt wieder um. Geht durchs Vorzimmer, zwingt sich, anzuklopfen, bevor sie es sich anders überlegt. Fast hofft sie jetzt, dass er nicht da sei, aber da ertönt auch schon ein helles *Ja, bitte.*

Als sie die Tür öffnet, steht Bork auf der Leiter vor dem Regal. Sie stottert ihre zurechtgelegten Sätze herunter, während Bork gemächlich herabsteigt. Er wartet die Verlegenheitspause ab, bevor er sagt:

Dann hätte ich heute leider keine Aufgabe mehr für dich, Genossin Germaine. Und er fügt hinzu: Ich kann ja eine vollwertige Redakteurin nicht bitten, mir beim Aussortieren von Büchern zu helfen.

Und Charlotte hört sich sagen: Es käme auf einen Versuch an …

Am Abend geht sie mit Wilhelm ins Praga, wie immer am Tag vor dem freien Tag. Aber da sie spät kommen, gibt es nur noch vorbestellte Plätze – und sie haben nicht vorbestellt. Sie gehen zurück, Charlotte entschuldigt sich noch einmal wortreich, dass sie nicht rechtzeitig zu Hause gewesen ist, aber Wilhelm ist das alles egal. Er fühlt sich nicht wohl. Noch immer leidet er an einer Magenverstimmung. Nicht einmal ein Glas Sekt will er trinken auf die Abgabe des Manuskripts. An körperliche Dinge ist nicht zu denken, zum Glück.

Charlotte wartet, bis Wilhelm schläft, dann endlich ist sie imstande, sich zu erinnern. Und noch jetzt, allein im Bett, errötet sie vor Scham bei dem Gedanken daran, was sie getan hat auf dieser Leiter, und kann sich der wiederkehrenden Erregung nicht erwehren.

Natürlich darf so etwas nie wieder passieren. Sie nimmt sich fest vor, Bork nicht mehr in seinem Büro aufzusuchen. Außer wenn er sie riefe, dann bliebe ihr nichts anderes übrig.

Am ersten Tag der Woche macht sie etwas früher Feierabend, um endlich zum Friseur zu gehen, genug Überstunden hat sie ja. Am zweiten Tag kommen die Korrekturfahnen aus der Druckerei. Sie beherrscht die Korrekturzeichen noch nicht vollständig, aber auch das ist kein Grund, Bork aufzusuchen. Sie kann Loni Neumann fragen, auch Nowikow kennt sich aus.

Am fünften Tag liefert sie die korrigierten Fahnen ab. Und hat eine Woche ohne Bork überstanden.

Am dritten Tag der neuen Woche holt Charlotte endlich zehn Exemplare der frisch gedruckten Broschüre aus der Druckerei. Draußen ist es heiß, über Moskau steht ein träges kontinentales Hoch. Der Himmel ist blau, die Menschen auf den Straßen sind ausgelassen. Man trägt weiße Kleidung, Moskauer Sommermode. Die Kinder russischer Mütter, denen so gut wie alles erlaubt ist, rennen wie toll herum, aufgeheizt von der prallen Sonne, verlangen nach Eis, quengeln, schreien.

Charlotte stört es nicht. Sie bummelt ein bisschen herum,

gönnt sich selbst ein Eis: *Plombier*, das beste Eis der Welt, davon ist sie überzeugt, seit sie in Moskau lebt. Sie setzt sich auf eine Bank, wischt sich, nachdem sie das Eis verzehrt hat, gründlich die Finger ab und holt die Broschüre aus der Tasche, blättert sie durch, liest hier und da ein paar Sätze. Betrachtet zufrieden den Titel, das Signet der Verlagsgenossenschaft: ein Kreis, in dem ein Arbeiter einen Hammer schwingt. Sie klappt die letzte Seite auf, wo über dem Impressum steht:

Übersetzer: E. Nowikow. Verlagsredakteur: Germaine.

Von einer Telefonzelle aus ruft sie Kurt an, um sich endlich mit ihm zu verabreden. Sie wird ihm ein Exemplar der Broschüre schenken, ist jetzt schon gespannt auf sein Gesicht. Sie überlegt, wem sie noch ein Exemplar schenken könnte, und amüsiert sich bei dem Gedanken, ihrer Mutter die Broschüre zu schicken (wobei sie die kaum noch schockieren könnte, nachdem sie sich schon hat scheiden lassen und mit einem Kommunisten nach Moskau gegangen ist).

Hat sie eigentlich angegeben, dass ihre Mutter Anhängerin der Deutschnationalen Volkspartei ist? Aber sie haben seit zehn Jahren keinen Kontakt mehr. Wer weiß, wen sie jetzt wählt … Darüber möchte Charlotte gar nicht nachdenken.

Sie könnte Werner ein Exemplar schenken, wenn sie zu Werner Kontakt hätte. Vielleicht ist es an der Zeit, ihn wieder einmal zu treffen. Wilhelm muss ja nichts davon erfahren.

Im Verlag interessiert sich niemand für ihre Broschüre. Nowikow ist nicht da. Loni Neumann nimmt das Heft nicht einmal in die Hand, obwohl Charlotte die Exemplare demonstrativ auf den Schreibtisch legt, sondern sagt bloß: Ach, da isses ja.

Beim Mittagessen hat man ohnehin andere Themen. Man diskutiert darüber, ob man sich als nichtsowjetischer Staatsbürger an der Verteidigungsanleihe beteiligen kann. Jemand hat den neuen SWD-Radioempfänger irgendwo ergattert, mit dem man angeblich Sender der ganzen Welt hören kann. Nur, soll man das, darf man das? Jemand weiß, wo es gerade modische Sommerschuhe gibt. Und dann kommt Marta Globig und sagt:

Kreps.

Es wird einen Augenblick sehr still am Tisch. Alice hebt die Hände vors Gesicht.

Marta Globig fügt hinzu: Und die Wilhelmson gleich mit.

Noch am selben Nachmittag wird auf einer eilig einberufenen Versammlung verkündet, dass Michail Kreps verhaftet worden sei und dass der Chef der deutschen Sektion, Otto Bork, kommissarisch die Leitung der Verlagsgenossenschaft übernehme.

Wenige Tage später, zum Feierabend, ruft Bork sie in sein neues, pompöses Büro. Noch herrscht Unordnung, Bücher stapeln sich auf dem Fußboden, ein Vertiko steht quer, Borks Schreibtisch ist vollgestellt mit irgendwelchen kleinen Dingen. Auch er selbst ist ein bisschen durcheinander. Keineswegs ist ihm anzumerken, dass er gerade, wenn auch nur kommissarisch, Direktor eines mächtigen Verlags geworden ist.

Stattdessen wirkt er unruhig, nachdenklich, beinahe ein bisschen wehmütig – und auch das gefällt ihr plötzlich. Sie sträubt sich nicht, als er sie an sich zieht. Sie fühlt sich wie eine Filmfigur. Sie fühlt sich wie aus dem Leben geschnitten und auf die Leinwand versetzt. Sie kann es nicht fassen, dass sie sich im Büro, in dem sie eben noch der große Michail Kreps empfing, auf dem Fußboden zwischen Bücherstapeln einem blonden Fremden hingibt. Denn nichts anderes ist Otto Unger, der sich nun Otto Bork nennt: ein Fremder, ein völlig Unbekannter, der sie mit irren Augen anstarrt und ihr unglaubliche Obszönitäten zuflüstert. Und im Spiegel seiner irren Augen wird sie selbst irre.

Er ruft sie wieder an, sie geht zu ihm. Sie erfährt, dass er verheiratet ist und zwei Söhne hat, und geht zu ihm. Tagsüber übersetzt sie eine neue Broschüre mit dem Titel *Die Aufgaben der antireligiösen Propaganda*; nach Feierabend geht sie zu Bork. Sie macht Überstunden, sitzt noch bis um halb acht im Büro – und geht zu Bork. Sie übersetzt Sätze wie *Nach Auffassung der Gläubigen sendet Gott die Krankheiten als Prüfung für die Menschen oder als Strafe für ihre Sünden.* Aber nicht sie wird krank, sondern Wilhelm. Er liegt im Hotelzimmer und fiebert, und sie geht zu Bork. Sie besorgt Wilhelm Tabletten. Sie kocht ihm Hühnerbrühe. Sie lügt, sie betrügt. Sie schämt sich – und geht zu Bork.

Nicht jeden Tag, nur wenn er anruft. Manchmal ruft er tagelang nicht an, und sie fürchtet schon, er habe sie fallengelassen. Dann erscheint ihr das Hotelzimmer noch elender, Wilhelm erscheint ihr noch kläglicher in seinem Krankenbett. Sie spürt, wie hilflos er ist, wie verloren. Wer wird sie beschützen?

Alice Rund wird verhaftet – sie geht zu Bork. Johann Biefang. Paul Dietrich, der einmal Sekretär von Ernst Thälmann gewesen ist. Zimmer stehen leer. Man sieht schwarze Lederjacken. Es wird geflüstert. Es wird gelacht. Es wird gegessen. Es wird gearbeitet. Die Broschüre über *Die Aufgaben der antireligiösen Propaganda* soll im Oktober satzfertig sein.

Draußen schüttet es wie aus Eimern. Die Leute vergessen, die Fenster zu schließen. Papier fliegt im Flur herum. Irgendwo hat der Blitz eingeschlagen.

Eines Morgens ist das Hotelzimmer von Gustav Schock verplombt.

Der Oberste Sowjet beschließt das demokratischste Wahlrecht der Welt.

Das Komintern-Werk in Charkow stellt die fünftausendste Lokomotive her.

Die Kreml-Uhr schlägt. Wieder stellt ein sowjetischer Flieger einen neuen Weltrekord auf. Und Charlotte geht zu Bork.

Sie geht zu Bork, und sie tun unsagbare Dinge. Sie tun Dinge, für die sie keinen Namen hat. Sie tun es auf dem Fußboden. Sie tun es auf seinem unaufgeräumten Schreibtisch. Sie tun es auf der Leiter. Sie spielen das Spiel von den Füßen her aufwärts, sie versucht, sich zu konzentrieren: Tuchatschewski, Tschernomordik, Tretjakow ... Moment, Tretjakow?

Was ist?, fragt Bork und lässt kurz von ihr ab.

Nichts, sagt Charlotte.

Am nächsten Morgen steckt sie Tretjakows *Tscheljuskin* unter den Sommermantel, als sie das Zimmer verlässt. Sie versucht nicht etwa, das Buch in der Toilette zu versenken. An der Rezeption steht extra ein Schild, das vor verstopften Toiletten warnt (offenbar ist sie nicht die Einzige, die Schriftsachen loswerden will). Sie wird es auf dem Weg zur Arbeit erledigen. Der Weg ist kurz, besonders seit sie die Abkürzung entdeckt hat: von der Südseite des Hotels direkt durch die alte Stadtmauer, an der Rückseite des Verlagsgebäudes vorbei, dann passiert man einen Durchgang und steht direkt auf der Straße des 25. Oktober.

Viele Möglichkeiten, das Buch zu entsorgen, gibt es hier nicht, allerdings erinnert sich Charlotte an die Mülltonnen, die an der Rückseite des Verlagsgebäudes stehen, ein paar Meter rechts vom Wege ab, wo sie das Buch unauffällig hineinwerfen kann.

Sie tut es. Wenige Schritte später fällt ihr die Widmung ein:

Für unsere deutsche Genossin Charlotte Germain

Sie macht auf dem Absatz kehrt, fischt das Buch mit Mühe und Not aus der Tonne, und als sie zurückgeht, stößt sie fast mit ihm zusammen: fleischiges Gesicht, Bärtchen, Militäruniform. Einen halben Schritt dahinter der Ledermantel.

Wassili Wassiljewitsch Ulrich bleibt stehen, überrascht von der seitlichen Attacke. Der Ledermantel tritt einen Schritt vor, als müsse er ihn beschützen. Ulrich betrachtet sie:

Haben Sie ein Anliegen, Bürgerin?

Ich arbeite hier, entschuldigt sie sich. Zeigt auf das Verlagsgebäude. Stottert etwas vom Hotel und von Anna Dawydowna, mit der sie, ihr fällt das passende Wort nicht ein, flüchtig bekannt ... oder ... die sie beim Frühstück ... Ulrich winkt ab.

Wenn Sie ein Anliegen haben, kommen Sie in mein Büro ...

Er sagt es mit überraschend hoher, fast weiblicher Stimme und setzt seinen Gang fort, schwer und müde. Nur der Ledermantel blickt sich noch einmal um.

Erst als sie ums Eck verschwunden sind, wagt Charlotte zu prüfen, welche Seite des Buches, das sie dummerweise sichtbar in der Hand hält, nach vorn zeigt. Zum Glück ist es die Rückseite.

Hat er gesehen, wie sie das Buch aus der Mülltonne geholt hat? Ihre Atmung flattert, wie damals in Stockholm auf dem Bahnsteig. Jetzt nicht durchdrehen, Ruhe bewahren …

Sie steckt das Buch, obwohl es nach Müll stinkt, in ihre Tasche und hastet los, ohne zu wissen, wohin. Nicht in den Verlag jedenfalls. Warum hat sie nur gesagt, dass sie im Verlag arbeitet. Was, wenn er anruft, und dann stellt sich heraus, dass sie nicht auf Arbeit ist. Sie kehrt um, bleibt wieder stehen. Aber warum sollte er anrufen? Nein, sie muss weg hier. Das Buch muss weg, und vor allem: Sie muss die Seite mit der Widmung vernichten. Sie läuft zur Metro *Ochotny rjad.*

Verfolgt sie jemand? Im letzten Moment springt sie in die Bahn, fährt ein paar Stationen. Steigt, wieder im letzten Moment, aus, knapp bevor die brutalen Zugtüren zuschnappen. *Kirowskaja,* die Treppen hoch, den Boulevardring entlang, Richtung Teiche: *Tschistyje prudy.*

Auch hier sind viele Menschen. Charlotte setzt sich ans Ufer, wartet einen günstigen Augenblick ab. Unauffällig reißt sie die Seite heraus und schiebt das Buch mit den Füßen ins Wasser, aber es schwimmt! Sie fischt es wieder heraus, steckt es tropfnass in die Handtasche, läuft los …

Die Seite mit der Widmung entsorgt sie unterwegs in einem öffentlichen Klo. Das Buch wirft sie am Denkmal für die im Russisch-Türkischen Krieg gefallenen Grenadiere in die Büsche.

Ende August kommt Wilhelm allmählich wieder auf die Beine. Am 24. besuchen sie zusammen die alljährlich stattfindende Flugschau in Tuschino, wo die Helden des Nonstop-Fluges UdSSR – USA von Zehntausenden Zuschauern gefeiert werden, unter ihnen Waleri Tschkalow, der in einem kurzleibigen, einmotorigen Flugzeug irrwitzige Manöver fliegt.

Eine Polikarpow I-16, weiß Wilhelm.

Dann lässt der Sommer nach, das letzte große kontinentale Hoch erschöpft sich, auf der Stelle tretend. Die Tage werden kürzer, der Moskauer Sommerstaub scheint sich aufzulösen, die Luft wird klarer. Und eines Morgens spürt Charlotte den kühlen Hauch des Herbstes im Gesicht.

Die Treffen mit Bork haben sich eingespielt, haben eine merkwürdige Routine bekommen, wie Turnstunden. Jeweils am zweiten Wochentag um halb acht klopft Charlotte an seine Bürotür. Sie treffen sich niemals außerhalb. Sie sprechen nicht über die Verhaftungen, nicht über den neuesten Klatsch im Verlag. Allenfalls erkundigt sich Bork nach dem Fortschritt bei der neuen Broschüre, oder Charlotte berichtet freimütig über ihre Meinungsverschiedenheiten mit Elsa Noffke, die als Redakteurin der Broschüre fungiert, wohingegen Charlotte, ihrem Wunsch gemäß, die Übersetzung übernommen hat.

Die Übergänge vom Sachlichen zum Körperlichen sind abrupt. Manchmal wünscht sich Charlotte mehr Zärtlichkeit, um nicht zu sagen: Liebe. Aber Bork spricht nie von Liebe, deutet niemals an, dass ihre Beziehung auch über die Bürostunden hinaus Bedeutung haben könnte, und obwohl es Charlotte ein wenig kränkt, würde sie selbst nicht zu behaupten wagen, dass sie Bork liebt. Trotzdem sehnt sie die Treffen mit ihm herbei, wartet ungeduldig auf seine Anrufe.

Manchmal hat sie das Gefühl, die ganze Woche nur darauf hinzuleben. Alles andere scheint nicht real, eine verdünnte Wirklichkeit, in der sie nur halb existiert.

Aber auch die Stunden mit Bork sind unwirklich, rauschhaft, unfassbar, und wenn sie ihn in der *stolowaja* sieht, kann sie kaum glauben, dass in seinem Büro tatsächlich diese Dinge geschehen. Manchmal denkt sie daran, den Spuk zu beenden, aber kaum dass sie seine Stimme am Telefon hört, sind solche Gedanken verflogen. Dann erhebt sie sich, wie ferngesteuert, schließt ihr Zimmer ab und macht sich auf den Weg zur Toilette, um etwas Lippenstift aufzutun. *Das Leben ist besser, das Leben ist fröhlicher geworden!*

Eines Tages, der Abgabetermin nähert sich bereits, entspinnt sich mit Elsa Noffke eine Diskussion über den Satz: *Es entsprach nicht der Tatsache, dass die Hexenverbrennungen nur im finsteren Mittelalter vor sich gingen.* Und zwar geht es um die Frage, ob die merkwürdige grammatische Vergangenheit des russischen Originals – *es entsprach nicht der Tatsache* – erhalten bleiben solle oder ob der Autor nicht im Grunde gemeint habe: *Es entspricht nicht den Tatsachen* – wofür Elsa Noffke sich mit ungewohnter Vehemenz einsetzt.

Als Charlotte das Büro gegen acht Uhr abends verlässt, hat sie spontan die Idee, mit Bork darüber zu sprechen, um für den nächsten Tag gerüstet zu sein. Aber Bork ist offenbar nicht mehr da, sein Vorzimmer abgeschlossen. Als sie jedoch auf die Straße tritt, sieht sie Licht in seinem Fenster, Dämmerlicht, ähnlich wie bei ihren Stelldicheins, wenn sie ihre Bluse über Borks Schreibtischlampe legt.

Zwanzig Minuten lang spaziert Charlotte vor dem Verlagsgebäude auf und ab, von Ahnungen angefressen. Dann tritt Hilda Angarowa auf die Straße, mit geröteten Wangen und ihrem grünen Schal.

War das Dämmerlicht in Borks Zimmer nicht eben grünlich gewesen?

Natürlich nimmt Charlotte sich vor, die Affäre sofort zu beenden, reflexartig, ohne nachzudenken: Schluss, einfach Schluss. Fast ist es eine Erleichterung, endlich einen Anlass gefunden zu haben. Aber während sie zu Hause Brot und Wurst schneidet, tanzen vor ihren Augen Bilder von Bork und der Angarowa. Sie kriegt kaum einen Bissen runter, und als Wilhelm sich besorgt nach ihrem Befinden erkundigt, geht eine Welle der Scham durch sie hindurch.

Später liegt sie wach unter den sechzehn Sternen und prüft im Geist die Indizien. Was hat sie eigentlich gesehen? Dass das Dämmerlicht grünlich war, kann sie in Wahrheit nicht beschwören. In jedem Fall war es schwach. Aber ist das Licht von Borks Schreibtischlampe nicht ohnehin schwach? Leider hat sie versäumt, darauf zu achten, ob das Zimmer sich wieder aufhellte, als die Angarowa auf die Straße trat. Was, wenn sie sich irrt? Was, wenn Bork sich einfach eingeschlossen hat, um in Ruhe arbeiten zu können? Andererseits: Wie die Angarowa aus dem Verlag geflattert kam: wie ein aufgeschrecktes Huhn.

Ob sie selbst auch so aussieht, wenn sie von Bork kommt?

Sie nimmt sich vor, ihn zur Rede zu stellen. Natürlich hat sie keinerlei Anrecht auf Bork. Er hat ihr nie etwas versprochen, und es wäre seltsam, ihm vorzuwerfen, dass er sie betrügt: Sie ist selbst eine Betrügerin. Nein, sie wird ihm keine Szene machen. Sie wird sachlich bleiben, auf jeden Fall. Aber wenn es tatsächlich wahr ist, wird sie die Sache beenden.

Ist das kleinlich? Kleinbürgerlich? Ist es eitel? Warum ist es eigentlich so wichtig, die Einzige zu sein?

Ob er die Angarowa ebenfalls auf die Leiter schickt zum Bücher-Aussortieren?

Die Ungewissheit frisst an ihr, sie kann es kaum erwarten, dass Bork anruft. In den Mittagspausen versucht sie, einen Blick von ihm zu erhaschen, und beobachtet zugleich, ob die Angarowa vielleicht dasselbe tut. Am Abend prüft sie, wie hell das Licht in seinem Zimmer scheint (mit unklarem Ergebnis). Nachts malt sie sich aus, wie sie ihn fragen wird, führt hypothetische Gespräche, richtet sich auf alle möglichen Fälle ein – um sich am Ende dafür zu schelten, dass sie nicht davon lassen kann.

Fast vergisst sie darüber Wilhelms Geburtstag. Das ist der 1. Oktober, der Tag davor ist frei. Gerade noch fällt ihr ein, am letzten Wochentag eine Flasche Krimsekt zu beschaffen und ein bisschen Kaviar (den sie selber lieber isst als Wilhelm). Im UNIVERMAG bekommt sie zufällig ein vernünftiges Brotmesser, das als Geschenk zu betrachten sie sich entschließt, sowie ein paar dürre Astern, die sie, eingewickelt in Blumenpapier, einen Tag lang in einem Eimer im Bad aufbewahrt.

Als sie ihre Geschenke am Morgen auf das Tischchen stellt, hat Wilhelm Tränen der Rührung in den Augen. Erst jetzt nimmt sie wahr, wie kläglich der Geburtstagstisch aussieht.

Erneut nimmt sie sich vor, mit Bork Schluss zu machen. Und erneut wartet sie am nächsten Tag – es ist der notorische zweite Wochentag – bis um halb neun ungeduldig auf seinen Anruf. Dann verlässt sie das Büro, um festzustellen, dass in Borks Zimmer kein Licht mehr brennt.

Aber dann, zwei Tage später, nachmittags gegen drei Uhr, ruft Bork an und bittet sie zu sich. Er klingt ein bisschen steif und offiziell am Telefon, aber das ist nichts Besonderes.

Merkwürdig ist die Uhrzeit. Charlotte zupft vor dem Toilettenspiegel ihr Haar zurecht, trägt kaum sichtbar Lippenstift auf und macht sich auf den Weg.

Wie befürchtet, steht seine ewig missgelaunte Sekretärin im Vorzimmer und meldet sie an. Einen Augenblick steht Charlotte im Raum und betrachtet die Regale im Vorzimmer: Fadejew, Feuchtwanger, Gorki, auf der anderen Seite Thälmann, Togliatti … Tretjakow fehlt. Sie hört Stimmen in Borks Zimmer, erwartet, dass gleich jemand herauskommen wird, aber es kommt niemand heraus. Stattdessen wird sie hineingerufen.

In Borks Zimmer befinden sich außer ihm noch zwei Personen, nämlich der Genosse Karpowitsch von der Parteileitung und die Genossin Dzierżyńskaja, die Charlotte ohne große Einleitung über ihr Verhältnis zu Hilde Tal zu befragen beginnt.

Hilde Tal? Ja, natürlich kennt sie Hilde Tal.

Aber die Genossin Dzierżyńskaja will es genau wissen: woher, seit wann, wie oft … Und noch bevor Charlotte imstande ist, den entsetzlichen Gedanken zu denken, beginnt sie instinktiv, ihr Verhältnis zu Hilde herunterzuspielen und die Anzahl ihrer Treffen nach unten abzurunden; ihre Bewunderung für Hilde verheimlicht sie, und ihre letzte Begegnung beschränkt sie auf den Fahrstuhl.

Am nächsten Morgen bestellt Bork sie zu sich und teilt ihr mit, sie sei mit sofortiger Wirkung gekündigt.

TOTENTANZ

РГАСПИ ф. 495 / оп. 65а / д. 14455 / л. 3

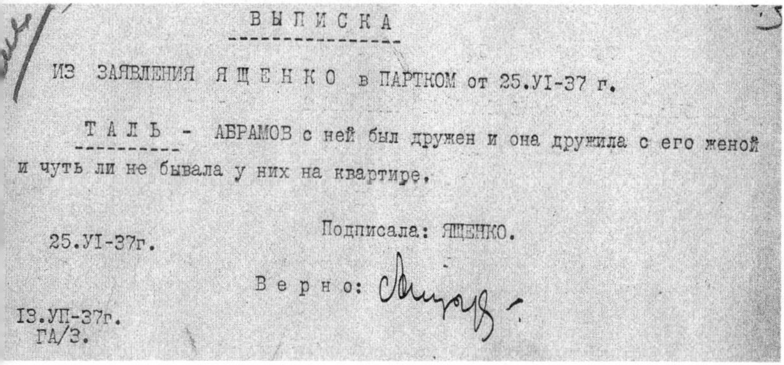

В Ы П И С К А

ИЗ ЗАЯВЛЕНИЯ Я Щ Е Н К О в ПАРТКОМ от 25.УI-37 г.

Т А Л Ь - АБРАМОВ с ней был дружен и она дружила с его женой и чуть ли не бывала у них на квартире.

Подписала: ЯЩЕНКО.

25.УI-37г.

В е р н о:

I3.УП-37г.
ГА/3.

Aktenauszug

AUS DER MITTEILUNG VON JASCHTSCHENKO an das PARTKOM vom 25. VI. 37

TAL – ABRAMOW war mit ihr befreundet, und sie war befreundet mit seiner Frau und war womöglich sogar in ihrer Wohnung gewesen.

Unterschrift: Jaschtschenko

25. VI. 37

Beglaubigt: Aschtscharowa

13. VII. 37
GA/3

1 Fieber

– Hilde –

Das Fieber ist nicht sehr hoch, aber die Kopfschmerzen sind schlimm. Drei Tage lang ist sie nicht in der Lage, überhaupt einen Gedanken zu fassen, nur einzelne, sinnlose Worte steigen hin und wieder an die Oberfläche, stoßen dröhnend an ihren Schädel: *Partei ... Vaterland ... Teller ... Kasbek ... Volksfeind ... Nirgendwohin ...*

Irgendwann sieht sie Steinbrüche. Von den Innenseiten ihres Kopfes wird ständig Gestein abgesprengt und stürzt hinab, ihre Schädeldecke wird immer dünner, befürchtet Hilde. Aber seltsamerweise ist da immer neues Gestein, als würde es nachwachsen. Dann wieder hat sie das Gefühl, die vielen Schmerz- und Schlaftabletten würden Gänge und Röhren in ihr Hirn ätzen, durch die die Flüssigkeit versickert. Alles trocknet aus, und übrig bleiben, hart und knochentrocken, die Verse von Alexander Sergejewitsch Puschkin.

Gib Gott, dass mich nicht Wahnsinn packt.
Nein, lieber alt und arm und nackt;
Nein, lieber Müh und Leid
Nicht, weil ich, auf mein Denken stolz,
Von ihm nicht lassen könnt; ich wollt's,
Ich wär dazu bereit

Aber wie geht es weiter? Sie kommt nicht drauf, es ist zum Wahnsinnigwerden. Ist sie schon wahnsinnig? Haben die

Tabletten ihr Gehirn aufgefressen? Irgendwann, das weiß sie noch, kommt eine Strophe, die fängt an mit *Jedoch* … Jedoch, was?

Sie rappelt sich auf, angelt den Puschkin-Band aus dem Regal. Blättert … Findet nicht … Schläft vor Erschöpfung ein.

Julius kommt nach Hause und schimpft mit ihr. Der Arzt hat gesagt: Bettruhe, Hühnerbrühe, keine Anstrengung! Nicht lesen! Insbesondere die Zeitung hat Julius ihr verboten, er achtet gewissenhaft darauf, dass nicht irgendwo eine herumliegt.

Die dritte Nacht schläft sie durch, traumlos, wie tot. Am Morgen ist das Fieber weg. Sie überredet Julius, ihr einen Kaffee zu kochen. Nach dem Kaffee geht es ihr besser. Das Tageslicht tut nicht mehr weh, im Gegenteil, es ist wohltuend. Die Welt hat sich erneuert, alles ist sauber und hell. Auch ihr Kopf ist gereinigt. Ihre Gedanken sind schlicht und klar wie schon lange nicht mehr.

Sie bleibt im Bett liegen, hält sich an die ärztliche Verordnung und denkt nach. Sie fühlt sich wie in einem Kokon: das Zimmer jetzt eine Ausweitung ihres Gehirns. Sie denkt nach, aber sie weiß von Anfang an, dass sie einer großen Wahrheit auf der Spur ist. Sie muss es nur alles zusammenkriegen. Es muss alles passen – und es passt.

Sie erinnert sich, wie Alichanow in der Küche saß: *Ich bin sicher, wenn Stalin davon wüsste, würde er manch andere Ungerechtigkeit ebenfalls korrigieren.* Kurze Zeit später: verhaftet.

Heinz Neumann, *die Stimme Stalins*, verhaftet.

Julia Annenkowa, die einem mit ihrer Stalin-Verehrung auf die Nerven gehen konnte, verhaftet.

Ja, natürlich gibt es Schädlinge und Volksfeinde. Natürlich

ist es denkbar, dass es im Komintern-Apparat Maulwürfe gibt. Aber doch nicht die halbe Komintern! Melnikow mag sein, wie er will, aber ein Volksfeind? Für Berta Zimmermann würde sie ihre Hand ins Feuer legen. Nicht zu reden von Abramow-Mirow.

Gustav Schock haben sie auch verhaftet. Sie schließen Punkt Zwei. Sie machen die OMS kaputt. Wem nützt das?

Die entscheidende Frage: *Wem nützt es?* Wem nützt es, wenn Menschen in Schlüsselpositionen der sowjetischen Wirtschaft verhaftet werden? Wem nützt die Verhaftung der wichtigsten Marschälle der Sowjetunion, wenn der Krieg vor der Tür steht? Man muss nur denken, logisch denken.

Sie kocht sich noch einen Kaffee. Sie braucht ihn nicht dringend, aber sie muss noch einmal innehalten, bevor sie zum letzten Schluss abhebt. Die Vorfreude springt ihr schon in den Hals. Sie muss beinahe kichern darüber, dass sie es durchschaut hat. Sie *inszenieren* Massenverhaftungen! Denn: Würde man nur die Besten und Treuesten verhaften, müsste es jedem ins Auge springen. Sehr schlau, sehr geschickt. Man nutzt die Parteisäuberungen, um eine unkontrollierbare Hetzjagd zu entfachen. Man verhaftet Hunderte, ja vielleicht Tausende, damit die entscheidenden Schläge in der Masse der Verhaftungen untergehen. Und wer ist verantwortlich für das Ganze?

Sie verkrümelt sich mit ihrem Kaffee ins Bett, bevor sie den Gedanken auf die Spitze treibt, auf sein logisches, konsequentes Ende zu: Es ist das NKWD. Es ist nicht Jeshow, nicht Jagoda. Es ist keine Einzelperson. Wozu hat sie siebzehn Jahre lang in einem Nachrichtendienst gearbeitet? Niemals könnte eine Einzelperson das alles bewerkstelligen. Dazu gehört ein ganzer Apparat. Dazu gehört ein Netzwerk. Ein umfassendes, konspiratives System.

Das NKWD ist infiltriert, unterwandert. Es ist in der Hand des Klassenfeinds.

Der nächste Schluss ergibt sich von selbst: Sie muss ihn anrufen. Es gibt keinen anderen Weg. Wenn sie es nicht tut, wird das NKWD noch den letzten ehrlichen Genossen verhaften, den letzten fähigen General, den letzten Betriebsdirektor, der etwas von seiner Sache versteht. Deutsche Panzer werden die Sowjetunion überrollen. Und wenn sie bis dahin nicht selbst vom NKWD verhaftet worden ist, werden die Deutschen sie an die Wand stellen und ihre Familie gleich mit.

Seine Telefonnummer kennt sie auswendig.

Sie wird ihn anrufen, und er wird es verstehen. Denn es liegt auf der Hand. Ihre Argumente sind absolut klar. Die einzige Frage ist, wie sie es einrichtet, dass sie eine Weile ungestört mit ihm sprechen kann. Dass er ihr zuhört: Stalin.

Natürlich kann sie nicht damit beginnen, dass sie das NKWD für eine feindliche Organisation hält. Andererseits muss sie sich kurzfassen, denn natürlich wird Stalin ungeduldig, womöglich ungehalten werden, wenn sich herausstellt, dass nicht Anvelt ihn sprechen will, sondern bloß dessen Sekretärin. Das muss wohlüberlegt sein, da kommt es auf jedes Wort an, auf jede Silbe.

Sie denkt tagelang nach. Sie macht keine Notizen. Sie spricht nicht mit Julius darüber. Alles findet in ihrem Kopf statt. Allmählich schwillt das Gespräch mit seinen möglichen Verläufen und Varianten zu einem monströsen Gebilde an, aber noch immer findet sie diesen oder jenen Schlupfwinkel, diese oder jene unklare Stelle. Immer wieder spielt sie mögliche Überraschungen durch. Immer weiter strafft sie ihre Beispiele und Argumente, stellt um, bereitet sich auf Nachfragen vor.

Vor dem Einschlafen formuliert sie Sätze neu, beim Erwachen verwirft sie sie wieder. Lange denkt sie über den Anfang nach. Ist es unbescheiden, mit der eigenen Biographie zu beginnen? Andererseits muss sie ihm klarmachen, wer da spricht. Dass sie nicht irgendeine Vorzimmerdame ist, die wegen ein paar Verhaftungen die Nerven verliert.

Mein Name ist Hilde Tal, geboren 1895 in Riga. Mein Vater war Arbeiter, meine Mutter Tagelöhnerin – oder ist das schon zu viel? Ich bin Mitglied der Kommunistischen Partei Lettlands seit der Gründung. Ich habe mit der Waffe in der Hand am Aufstand teilgenommen. Ich war Mitglied des Revolutionären Komitees. Ich arbeite für den Geheimapparat der Komintern seit seiner Gründung. Ich habe beim Hamburger Aufstand mitgekämpft ... Nein, alles zu viel. Alles blutleer.

Ich habe für die Revolution getötet. Ich habe für die Revolution gestohlen, gemordet, entführt. Ich habe im Gefängnis gesessen – obwohl sie das lieber weglassen sollte, denn sonst müsste sie erklären, wie sie da wieder rausgekommen ist, ohne zur Verräterin zu werden. Kurz und bündig: Ich habe getötet. Mit den eigenen Händen. Ich habe Menschen exekutiert. Ich begreife sehr wohl, dass die Revolution kein Spaziergang ist. Ich habe kein Mitleid mit Verrätern. Ich befürworte vorbehaltlos die Säuberung der Partei. Das genügt.

Obwohl sie die Gründung der OMS ruhig erwähnen könnte, denn von dort kann sie zu Abramow-Mirow überleiten: Ich kenne ihn seit 1920, seit er das europäische Hauptquartier der OMS in Berlin geleitet hat. Abramow-Mirow hat den Apparat in Deutschland und Europa aufgebaut. Er hat Unvorstellbares geleistet für die Revolution. Er war stets hart, konsequent und unbeirrbar. Ich habe Hunderte Einsätze in seinem Auftrag durchgeführt. Sie werden einwenden, dass ich nicht jeden Tag, nicht jede Handlung Abramow-Mirows seit 1920 kontrollieren konnte. Das stimmt, aber seit 1933 bin ich seine persönliche Sekretärin. Bis zu seiner Versetzung kannte ich praktisch jeden seiner Schritte. Jeden Termin, jeden Brief, ich weiß, wen er angerufen, mit wem er sich getroffen hat. Ich kann jede Dienstreise bis ins Detail nachvollziehen. Ich kenne seinen privaten Kalender, soweit nach zwölf oder vierzehn Arbeitsstunden täglich überhaupt noch Privates möglich ist. Ich habe seine Schuhe besohlen lassen und ihm Theaterkarten bestellt. Ich habe ihn an den Geburtstag seiner Frau erinnert. Und glauben Sie mir, Josif Wissarionowitsch, in der ganzen Zeit gab es nicht einen einzigen Hinweis, nicht ein einziges Indiz dafür, dass Abramow-Mirow irgendetwas getan hätte, was unserem Staat oder unserer Partei zum Schaden gereicht.

Wir werden sehen, was die Genossen des NKWD zutage fördern, hört sie Stalin sagen.

Was die Genossen des NKWD zutage fördern, ist immer ein Geständnis, Genosse Stalin. Auch Abramow-Mirow wird gestehen. Und wenn er nicht gesteht, wird man Ihnen sagen, dass er gestanden hätte. Man mag ihn erschießen, es geht nicht um ihn. Er hat keine Angst vor dem Tod, und ich auch nicht. Es geht nicht um eine Person, es geht nicht darum, einen Einzelnen zu retten. Es geht darum, dass das NKWD unseren Staat, unsere Wirtschaft, unser Militär, unsere Abwehr zu zerstören beginnt. Es geht darum, dass es dem Klassenfeind gelungen ist, das NKWD zu unterwandern. Jagoda war nicht der einzige Verräter dort. Meine siebzehnjährige Erfahrung im Nachrichtendienst, mein Instinkt, mein Kopf – alles sagt mir, dass die große Verschwörung, von der wir täglich reden, die wir vergeblich einzudämmen versuchen, dass die Urheber dieser Verschwörung im NKWD zu finden sind.

Längst fühlt sie sich nicht mehr krank. Trotzdem bleibt sie noch eine ganze Woche im Bett, wie vom Arzt verordnet. In ihrem Kokon. In dem Zimmer, das mitdenkt. Sie rekapituliert ihre Erfahrungen mit Heinz Neumann, denkt über Berta Zimmermann nach, um für Fragen aller Art gewappnet zu sein. Sie lernt ganze Passagen auswendig, bis sie merkt, dass sie beim Sprechen nur noch mit dem Erinnern des Wortlauts beschäftigt ist und zu stocken anfängt, sobald er ihr nicht gleich einfällt. Dann versucht sie, den genauen Wortlaut wieder zu vergessen, erlegt sich Pausen auf, kocht Kaffee. Sie raucht heimlich oder nimmt eine Tablette und versucht, ein wenig zu schlafen.

Einmal holt sie den Puschkin aus dem Regal und findet endlich das Gedicht und die nämliche Strophe. Sie lautet:

Jedoch: wenn dich dein Geist verlässt,
Wirst du, entsetzlich wie die Pest,
Mit Ketten angepflockt.
Man schließt den Riegel hinter dir
Und reizt durch Gitter wie ein Tier.
Den Irren, der da hockt.

Sie ist erleichtert. Nein, sie ist nicht verrückt. Im Gegenteil.

Dann, endlich, ihr erster Arbeitstag nach der Krankheit. Es ist sonnig und windstill, aber als sie auf die Straße tritt, treibt die Luft ihr ein kleines Frösteln über die Haut: Ach ja, der Herbst, sie erinnert sich.

Die Linden auf dem Boulevard-Ring haben die ersten gelben Blätter bekommen. Vom Strastnoi-Kloster ist nichts mehr zu sehen. Puschkin blickt auf die Bulldozer nieder, die das Gelände planieren. Es heißt, er solle auf die andere Straßenseite versetzt werden. Aber noch steht er da, nachdenklich, den Kopf gesenkt. Mein Gott, wie jung er war! Mit achtunddreißig ist er gestorben, vier Jahre jünger als sie. Seltsam, dass heute keine Taube auf seinen Kopf scheißt.

Hilde geht noch einmal die taktischen Fragen durch. Sie weiß, dass Stalin nie vor halb zwölf arbeitet. Das Problem ist, dass Anvelt um diese Zeit meist schon da ist. Allerdings geht Anvelt gewöhnlich gegen halb zwei mittagessen, während Stalin erst gegen drei zu speisen pflegt. Sie wird anrufen, sobald Anvelt sein Zimmer verlässt. Vermutlich wird sich Poskrjobyschew, Stalins Sekretär, am Telefon melden, und sie wird vorgeben, der Genosse Anvelt wolle Stalin sprechen, und zwar dringend. Dennoch ist es wahrscheinlich, dass Stalin nicht gleich ans Telefon geht. Schon aus Sicherheitsgründen pflegt der Kreml zurückzurufen. Sie wird die besondere Dringlichkeit betonen, in der Hoffnung, dass der Rückruf schon bald erfolgt.

Aber was, wenn Stalin erst zurückruft, nachdem Anvelt vom Essen zurück ist? Oder schlimmer noch: Was, wenn er ihn direkt anruft, auf dem anderen Apparat?

Am Herzen-Haus hat sie sich warm gelaufen. Auch ihr Kopf ist warm, es läuft bestens, sie hat ein gutes Gefühl. Sie findet auf alles eine Antwort: Sie wird den Stecker der Direktleitung lösen. Sie wird darum bitten, dass der Rückruf an ihre Nummer erfolgt, weil die andere Leitung gestört sei. Sie wird, falls Stalin in einem ungünstigen Moment anruft, behaupten, Anvelt sei gerade nicht am Platz … Es ist alles ganz einfach, man muss nur entschlossen sein, entschlossen handeln …

Puh, nun merkt sie doch, dass sie lange das Bett gehütet hat. Sie setzt sich auf die Bank, auf der sie mit Jule oft gesessen hat, verschnauft eine Minute.

Ihr fällt auf, wie still die Vögel sind. Sie erinnert sich an einen verregneten Tag im Frühling. Genauer gesagt, an den Tag danach. Die Pfützen standen noch auf den Wegen, aber die Vögel spektakelten aufgeregt in den Ästen, sandten ihre dringlichen Mitteilungen in die Stadt. War nicht gerade Radek verhaftet worden? Auch er im Grunde ein treuer Gefolgsmann Stalins. Kurz zuvor hatte er noch für die *Iswestija* einen Artikel verfasst. Ihr fällt sogar die Überschrift ein: *Die trotzkistisch-sinowjewistische Faschistenbande und ihr Einpeitscher Trotzki* – oder so ähnlich. Und dann die Verhaftung …

Ja, sie hat begriffen. Alles hat sie begriffen, alles hat sich gefügt. Wie klar die Luft ist im Herbst. Wie durchsichtig. Liegt es am Licht? Oder ist es eine chemische Frage?

Das nächste Zeitfenster öffnet sich nach fünf Uhr abends, denn obwohl Anvelt anfangs Witze gemacht hat über die Scharen von Nachtarbeitern, die landesweit wachen für den Fall, dass Stalin mitten in der Nacht eine Frage hat, macht er inzwischen selbst Nachtschicht. Und das heißt, dass er sich nachmittags zu Hause ausschläft, um erst gegen Abend wiederzukommen. In der Zwischenzeit, denkt Hilde, wird sie ein zweites Mal im Kreml anrufen, und da ihre Rufnummer bereits durch den Rückruf geprüft worden ist, wird man sie durchstellen. Und wenn auch das nicht klappt, wird sie sich, wenn Stalin anruft, einfach in ihrem Zimmer einschließen und reden … Variante eins, Variante zwei, Variante drei A …

Ein bisschen aufgeregt ist sie doch. Nicht schlimm: Lampenfieber, wie vor dem Einsatz. Hol's der Teufel. Was sie schon alles überstanden hat. Sie erinnert sich an den Überfall der Nazis auf die Laubenkolonie, wo sie sich versteckt hatten: dreißig Tote. An die Polizeieinsätze in Hamburg nach der verlorenen Schlacht. Wie sie damals über die Dächer geflohen ist, über ein Baugerüst in eine fremde Wohnung ... Eine Katze hat sieben Leben, sagt man. Da hatte sie schon ein paar mehr.

An der Ecke *Nikitskaja* verkaufen sie immer noch Eis, eigentlich ist es nicht mehr die Jahreszeit dafür, aber sie ist so erhitzt, dass sie sich dennoch eins genehmigt: *Eskimo*. Wenn du *Plombier* verlangst, wird deine Tür plombiert. Jetzt fang nicht an zu spinnen! Die Schokoladenkruste knackt zwischen ihren Zähnen. Das Eis tut gut. Hoffentlich geht der Fahrstuhl.

Und tatsächlich – er geht! Gutes Omen. Aber an Omen glaubt sie nicht. Nein, sie glaubt an Menschen. Sie glaubt an die Tatkraft. Sie glaubt an den Plan. Sie glaubt an den ewigen Diensthabenden, der in der vierten Etage an seinem Tisch sitzt und mit steinerner Miene ihren *propusk* entgegennimmt. Unabwendbares Ritual, ihr würde etwas fehlen.

Sie schreitet den langen Flur ab, eine Schreibmaschine klappert. Zu ihrer Überraschung kommt das Klappern aus ihrem Zimmer. Dort sitzt die Kurotschkowa an ihrem Schreibtisch. Nanu, Vertretung? Aber wie sollte die Kurotschkowa sie vertreten, die hat keine Ahnung von nichts.

Ich bin wieder da, sagt Hilde und erwartet, dass die Kurotschkowa aufsteht und ihren Platz räumt. Stattdessen teilt die Kurotschkowa ihr mit, dass der Genosse Anvelt sie in seinem Büro erwarte.

Anvelt springt von seinem Stuhl auf, als wäre sie ein Staatsgast. Er bestellt Tee bei der Kurotschkowa, bittet Hilde, Platz zu nehmen, bietet ihr sogar Gebäck an und beginnt, irgendwas zu erklären, so gewunden und wirr, dass Hilde für einen Moment meint, er sei verrückt geworden.

Sie zündet sich eine Papirossa an, bietet auch Anvelt eine an – aber der lehnt ab. Anvelt lehnt ab!

Geht es dir nicht gut?, fragt Hilde.

Anvelt lacht seltsam und fängt sofort wieder an, davon zu sprechen, dass es ihm leidtue, dass er nichts machen könne, es sei nicht seine Entscheidung gewesen …

Ja, was denn?

Die Entlassung.

Entlassung?, fragt Hilde, begreift aber im selben Moment: *ihre* Entlassung.

Poljatschek.

Es ist ihr herausgerutscht. So heißt der für die Komintern zuständige NKWD-Mann.

Anvelt nickt.

Die Kurotschkowa bringt den Tee, und die Minute, bis sie das Zimmer wieder verlassen hat, genügt Hilde, um alles zu begreifen, alles neu zu sortieren. So ist das also. Man hat sie im Visier. Klar, auch sie ist eine Getreue. Hätte sie es wissen müssen?

Damit fällt das Telefonat flach, denn natürlich kann sie Stalin nicht von zu Hause anrufen. Sie wird einen Brief schreiben, weiß sie sofort. Noch ist das Spiel nicht verloren. Noch heute wird sie eine Schreibmaschine besorgen. Ihrer russischen Handschrift sieht man das «Ausländische» an, und ihr Instinkt sagt ihr, dass das nicht gut ist.

Schreibmaschine besorgen, den Brief schreiben, ihn direkt an der Wache zum Kreml-Palast abgeben: *an Stalin persönlich.*

Sie hat es auf einmal eilig, lässt den Tee stehen, geht los.

Aber du musst noch die Geheimhaltungsverpflichtung

unterschreiben, ruft Anvelt ihr hinterher. Und dein Monatsgehalt in der Kasse abholen!

Hilde unterschreibt die Geheimhaltungsverpflichtung und nimmt ihr Monatsgehalt in der Kasse entgegen. Dann macht sie sich auf die Suche nach einer Schreibmaschine. Sie versucht gar nicht erst, eine zu kaufen. Sie geht direkt nach Hause, denn sie weiß, dass Heinrich Meyer eine besitzt, Zimmer 258.

Aber das Zimmer ist verplombt. Ein enger Mitarbeiter Ernst Thälmanns, hat zwei Jahre im Konzentrationslager gesessen. Ein weiteres Indiz. Auch die 259 ist plombiert, wer wohnte hier? Und die 204. Nilo Virtanen, ein finnischer Mitarbeiter der OMS.

Von ihrem Zimmer aus ruft sie Erna Petermann an, deren Mann im Büro von Palmiro Togliatti arbeitet. Sie besitzt eine Schreibmaschine, denn, das weiß Hilde, sie tippt des Öfteren zu Hause für ihren Mann. Aber Erna druckst herum, sie brauche die Maschine gerade dringend.

Die andere Erna, Erna Winzer, kommt noch in Frage. Ihr Mann, Otto, ist gerade aus der Verlagsabteilung der Komintern entlassen worden, den Grund kennt Hilde nicht. Trotzdem beschließt sie anzurufen. Erna zeigt sich verwundert und erfreut. Seit der Entlassung von Otto habe sich noch niemand gemeldet. Eine Schreibmaschine hat Erna aber nicht.

Also ruft sie Paul Förster an, Techniker, der hat immer alles. Und tatsächlich hat Paul auch eine Schreibmaschine. Er braucht sie noch tagsüber, aber am Abend könnte er sie entbehren.

Hilde sagt zu, die Maschine morgen Abend abzuholen, und beschließt zugleich, ins UNIVERMAG zu gehen, in der Hoffnung, dass es vielleicht zufällig doch Schreibmaschinen gibt. Natürlich gibt es keine. Aber Fotoapparate. Sie könnte Julius einen Fotoapparat zum Geburtstag kaufen, fällt ihr ein. Sein Geburtstag ist zwar gerade vorbei, irgendwie in ihren Krankheitstagen untergegangen, aber einen Fotoapparat wünscht er sich schon lange.

Sie stellt sich an, und während sie ansteht, kommt ihr die Idee, Julius mit einer kleinen Feier zu überraschen: Morgen, am Tag vor dem freien Tag, würde es gerade passen.

Sie kauft den Fotoapparat. Sie kauft Brot und Gurken und Lauch, außerdem Stockfisch und Heringsfilet in Büchsen. Dazu drei Flaschen Wodka und zwei Flaschen Sekt. Dann ruft sie noch einmal die Petermanns an, um sie zum Geburtstag einzuladen. Aber die haben angeblich Theaterkarten. Es ist die konspirative Routine, die Hilde fragen lässt: Schön, was spielen sie denn?

Angeblich hat Erna den Titel gerade vergessen.

Auch Erna Winzer zögert. Sie gibt zu verstehen, dass Otto gerade genug Schwierigkeiten habe und keine, wie sie es ausdrückt, *komplizierten Gespräche* führen möchte.

Aber wir wollen keine komplizierten Gespräche führen, entgegnet Hilde.

Erna will Otto fragen.

Therese Meyer fragt sie gar nicht erst. Dafür lädt sie Inge Karst ein, Julius' Kollegin. Hilde kennt sie noch aus Hamburg: eine von den Frauen, die mit einer Schusswaffe umgehen können. Inge sagt sofort zu.

Auch Paul Förster lädt sie ein. Er ist ein wenig dogmatisch, aber eine ehrliche Haut. Außerdem soll er gerade aus Spanien wiedergekommen sein, und das interessiert Hilde. Zudem könnte er die Schreibmaschine gleich mitbringen.

Danach ruft Hilde noch Erwin Umnitzer an, den ersten Mann von Charlotte, mit dem sie seit ihrer Trennung von

Wilhelm (und Erwins von Charlotte) eine freundschaftliche Beziehung verbindet.

Erwin wirkt am Telefon nervös, aber auch erfreut: Er müsse sie ohnehin sprechen!

Da Erwin zugesagt hat, zögert sie einen Augenblick, Alice einzuladen. Sie weiß, dass Alice Rund sich Chancen bei Erwin ausgerechnet hat, nachdem Charlotte ausgezogen war. Man könnte fast sagen, sie habe Erwin nachgestellt. Aber inzwischen ist Alice ja glücklich mit diesem Boxer liiert, wie hieß er gleich – Ludwig. Der Eisenmann.

Sie ruft in der Verlagsgenossenschaft an, aber zu ihrer Überraschung wird ihr mitgeteilt, dass Alice nicht mehr dort arbeite. Mehr verrät man ihr nicht. Sollten sie Alice verhaftet haben? Aber das hätte Julius ihr doch berichtet.

Sie fragt ihn nicht, erzählt nichts von ihrer Entlassung, all das kann warten bis Montag. Am Morgen verlässt sie das Haus wie gewöhnlich. Ohne lange nachzudenken, setzt sie sich in den Trolleybus, der sie zum *Serebrjany bor* bringt, einem Waldgebiet am Stadtrand, wo sie früher oft Pilze gesucht haben. In den letzten Jahren ist dort ein beliebter Erholungspark entstanden, man hat einen Kanal ausgehoben, sodass eine künstliche Insel entstanden ist. Im Sommer baden die Leute, man kann auch Boote ausleihen.

Aber heute, an einem gewöhnlichen Arbeitstag im September, ist kein Mensch hier. Hilde legt sich ins Gras, das die schräg einfallende Sonne noch ein wenig anzuwärmen vermag, während der Wind kühl ihre Beine umstreicht. Lange betrachtet sie die Wolken, die sehr langsam am Himmel vorbeiziehen: ein Mädchen mit fliegendem Haar. Eine erschrockene Giraffe. Ein – was soll das sein? – dicker Frosch mit Bart? Aber dort, eindeutig: Stalin mit Pfeife.

Sie muss an den Himmel über Riga denken, ihrer Heimatstadt, an das Wolkenspektakel über der Bucht, jeden Abend ein neues Stück. Farben, die man keinem Maler abkaufen würde: von Violett bis Smaragdgrün. Es kommt vor, dass der halbe Himmel sich in einen orangefarbenen Teppich verwandelt oder in gelblichweiß glühendes Metall. Beinahe zwanzig Jahre war sie nicht mehr da; in Lettland, wo die Konterrevolution gesiegt hat, wird sie polizeilich gesucht, und wenn sie zurückdenkt, bedauert sie, dass sie damals, als junger Mensch, nicht imstande war, das alles tief genug zu empfinden. Dass sie es achtlos hat vorbeigehen lassen, anstatt es einzuatmen, aufzusaugen, es in ihren Zellen zu speichern und mitzunehmen für alle Zeit.

Seltsam ist, dass sie plötzlich Salz auf den Lippen schmeckt: Heult sie neuerdings, ohne es zu bemerken?

Auf dem Rückweg besorgt sie noch Blumen auf dem Schwarzmarkt am Arbat. Dann fängt sie an, die Feier vorzubereiten. Als Julius nach Hause kommt, stehen Blumen auf dem Tisch, ein Geburtstagskuchen ist auch da. Hilde und Sina bereiten ein kleines Buffet für den Abend vor. Julius ist gerührt.

Aber wer soll denn das alles essen, will er wissen.

Als sie ihm mitteilt, dass sie heimlich Gäste eingeladen hat, ist er einen Moment sprachlos. Dann lässt er sich von Sinas Freude anstecken:

Mama habe ihr versprochen, dass sie so lange aufbleiben darf, wie sie will.

Zu dritt essen sie Geburtstagskuchen. Dann treffen sie die

letzten Vorbereitungen für das Fest: weiße Tischdecke, Hilde dreht drei bunte Glühbirnen in den Leuchter. Julius breitet kommentarlos eine Decke über den Heizkörper.

Paul kommt mit der Schreibmaschine, wie immer allein; er hat keine Partnerin.

Inge kommt allein, weil ihr Mann im KZ Sachsenhausen eingesperrt ist.

Aber auch Erwin kommt ohne seine junge Frau. Gerda sei, nun ja, krank, sagt er mit einem Seitenblick auf das Kind, sodass alle verstehen, dass es da etwas gibt, worüber er in Anwesenheit von Sina nicht sprechen will.

Man trinkt schon mal ein Glas Sekt zur Begrüßung; mit dem Essen will man noch auf die übrigen Gäste warten. Nur Sina quengelt, sie ist scharf darauf, die Schnittchen mit den feingeschnittenen Gurkenschiffchen zu probieren, und Hilde erlaubt es. Im Grunde ist Sina noch satt vom Kuchen, sie knabbert nur an den Gurken herum, fragt ungeduldig, wo die anderen Gäste bleiben. Eine Weile hört sie interessiert zu, als Erwin von der großen Flugschau berichtet, will genau wissen, was ihr Held Tschkalow am Himmel für Kunststücke geflogen sei.

Von dort geht das Gespräch über zu den Luftangriffen der Faschisten auf Durango und Guernica. Paul hat Guernica nach der Zerstörung gesehen, grauenhafte Bilder. Sina macht große Augen, und Hilde gibt Paul mit Blicken zu verstehen, sich mit der Beschreibung zurückzuhalten. Man spricht eine Weile über die Lage an der spanischen Front. Paul ist sicher, dass der Sieg der Republik gegen Franco unmittelbar bevorsteht. Er erzählt von der kommunistischen Regionalregierung Kataloniens und von den Auseinandersetzungen mit den Trotzkisten von der POUM.

Sina beginnt sich zu langweilen und geht, enttäuscht von

der Feier, ins Bett. Vorher darf sie noch ihr Stalin-Lied aufsagen.

Man entschließt sich, das Essen nicht länger aufzuschieben. Es wird sehr still am Tisch, als würden alle darauf warten, dass Sina eingeschlafen ist, aber als Hilde dann mitteilt, es sei so weit, stockt das Gespräch noch immer.

Wer denn noch kommen wollte, will Inge wissen.

Das Ehepaar Winzer, sagt Hilde. Petermanns hätten gleich abgesagt.

Und was ist mit Alice?

Schweigen.

Das gibt's doch nicht, sagt Erwin. Er hört auf zu essen, fasst sich an die Stirn.

Julius gießt Wodka nach, erhebt sein Glas. Auf Alice.

Aber Kinder, wir können doch nicht auf Alice trinken, wendet Paul ein.

Warum nicht? Glaubst du, dass Alice ein Volksfeind ist?

Inge spricht gedämpft, auch Paul antwortet leise, aber seine Stimme schrillt trotzdem wie eine Telefonklingel.

Nein, natürlich nicht. Aber warum wird sie denn verhaftet? Sie ist doch verhaftet, oder?

Inge, als spräche sie zu niemandem: Als ich in die Partei eintrat, da waren sieben Leute im Politbüro: Lenin, Trotzki, Sinowjew, Kamenew, Rykow, Tomski und Stalin. Davon ist einer heute der unumstrittene Führer, und fünf sind Volksfeinde.

Kinder, ich bitte euch, mischt Hilde sich ein. Wir wollen Geburtstag feiern.

Paul sagt: Du willst doch nicht ernsthaft bezweifeln, dass das objektiv Volksfeinde sind.

Ich bezweifle gar nichts, sagt Inge. Aber wenn du morgen verhaftet wirst, bist du dann auch ein Volksfeind?

Warum sollte ich denn verhaftet werden!

Bitte, lasst uns nicht streiten heute Abend! Hilde steht auf, schaltet das Radio ein. Es läuft eine klassische Musik, ein bisschen zu getragen, aber immerhin Musik. Auch zum Übertönen der Gespräche.

Auf Alice, sagt Erwin und kippt seinen Wodka. Gib mir noch einen.

Was ist denn mit Gerda?, fragt Hilde in der Annahme, es handle sich tatsächlich um eine Krankheit, eine Frauensache vielleicht, über die Erwin vorhin nicht reden wollte.

Erwin braucht einen Augenblick, bevor er herauspresst: Sie wollen uns rausschmeißen. Wir sollen nach Deutschland zurück.

Jetzt ist sogar Paul fassungslos: Aber wieso denn?

Es gibt keine Begründung, sagt Erwin. Mein Pass ist abgelaufen, und die Abteilung für Visa und Registratur weigert sich, die Aufenthaltsgenehmigung in den abgelaufenen Pass zu stempeln. Ich soll ihn verlängern lassen. Aber die Deutsche Botschaft verlängert ihn nur zur Rückreise nach Deutschland!

Du warst bei der Deutschen Botschaft? Paul ist entsetzt.

Was soll ich denn machen?

Also dann brauchst du dich nicht zu wundern, dass dein Aufenthalt nicht verlängert wird.

Herrgott, Paul! Kapierst du nicht? Man hat mich dazu aufgefordert. Ich habe das selbstverständlich abgelehnt. Ich gehe nicht zu einer faschistischen Botschaft! Weißt du, was dann passiert ist? Ich werde es dir sagen: Wir haben Besuch bekommen, zwei Leute in Zivil, aber mit Gewehren und aufgepflanztem Bajonett, hörst du? Aufgepflanztes Bajonett. Solche Kerle. In Lederjacken. Ob wir unsere *dokumenty* in Ordnung gebracht hätten. Und als ich gesagt habe, ich gehe nicht in die faschistische Botschaft, lassen die sich auf dem Sofa nieder, sitzen da, rauchen, drücken die Kippen auf dem Fußboden aus und antworten auf jede Frage immer nur, ob wir unsere *dokumenty* in Ordnung gebracht hätten. Und kommen am nächsten Tag wieder! Und am übernächsten! Seit drei Wochen bekommen wir jeden Tag Besuch, mal früher, mal später.

Aber warum lasst ihr die denn rein?, will Paul wissen.

Warum wir die reinlassen? Erwin starrt ihn an, fassungslos. Dann bricht sich seine ganze Aufregung Bahn in einem irren Lachen. Die Tränen laufen ihm herunter, er verbirgt das Gesicht mit den Händen. Die anderen sitzen ratlos daneben, das Radio spielt einen Trauermarsch. Hilde steht auf, macht es aus. Erwin hat sich wieder gefasst.

Warum wir die reinlassen … Du musst die nur mal anklopfen hören, Paul, dann weißt du, warum wir sie reinlassen. Die haben einen Ausweis, Abteilung für Visa und Registratur. Die brüllen auf dem Hausflur herum. Die Nachbarn kriegen das mit. Keiner spricht mehr mit uns im Haus, die Leute beschimpfen uns als Faschisten. Völlig absurd. Ja, ich bin zur Deutschen Botschaft gegangen, Paul. Und die Deutsche Botschaft hat mir in den Ausweis gestempelt: Gültig für vierzehn Tage zur Rückreise nach Deutschland! Und nun kannst du mir gern einen Ratschlag erteilen.

Und an Julius gewandt: Gib mir noch einen.

Alle schweigen, alle haben aufgehört zu essen. Erwin kippt seinen Wodka. Man hört es im Nebenzimmer poltern, Hilde schaut auf die Uhr: Es ist erst halb zwölf, zu früh für das NKWD.

Hilde, du kennst doch die halbe Welt. Kennst du nicht jemanden, der da helfen kann?

Schreib an Stalin, sagt Hilde.

Eine Stunde später sind die Gäste gegangen. Stumm räumen Hilde und Julius den Tisch ab. Es gibt nichts mehr zu sagen, es gibt nur noch etwas zu tun. Morgen wird sie ihren Brief schreiben, sie hat alles im Kopf. Morgen wird sie ihn an der Wache abgeben. Absender: *Komintern, OMS*. Oder wie es neuerdings heißt: *S. S.*

Stalin wird den Brief lesen. Stalin wird reagieren. Stalin wird dieses Land retten. Er muss dieses Land retten. Wer, wenn nicht er?

Ehe sie alles abgespült und verstaut hat, ist es halb zwei. Um zwei liegen sie im Bett. Hilde kann nicht einschlafen, auch Julius liegt auf dem Rücken und starrt an die Decke.

Ich habe dir verschwiegen, dass Alice verhaftet worden ist, sagt er schließlich. Ich habe dir einiges verschwiegen, Hilde. Ich wollte dich schonen.

Und nach einer Weile fügt er hinzu: Ich habe den Eindruck, es geht dir nicht gut.

Ich bin wieder gesund.

Ich meine nicht *körperlich*.

Es geht mir gut. Wir sprechen morgen über alles. Jetzt lass uns ausruhen, wir brauchen Kraft.

Sie schmiegt sich an Julius, ihre Einschlafstellung: Bauch an Rücken, ihre Nase an Julius Schulter. Er riecht so gut. Wie denn? Ein bisschen nach Haferflocken mit Rosinen und Butter, wie in ihrer Kindheit.

Sie erwacht vom Knacken des Fahrstuhl-Relais. Lauscht den Schritten, die näher kommen. Hört das Pochen an der Tür.

Es dauert lange, bis sie begreift, dass es an ihrer Tür pocht.

2 Verhör

– Charlotte –

Die dürren Geburtstagsastern stehen noch immer auf dem Tischchen. Draußen schneit es. Leichte Flocken wirbeln vor dem Fenster umher. Fröhliche Geräusche dringen von der Straße herauf: Stimmen, Hufgeklapper, das Bimmeln der Straßenbahn, alles auf eine Weise gedämpft, wie nur der erste Schnee zu dämpfen vermag.

Der erste Schnee! Charlotte denkt an Schwarzbrot und Ölsardinen. Sie denkt daran, wie sie angestanden hat in ihren Sommerschuhen. Sie denkt an den Schuster im *Basmanny rajon*. Sie denkt an den einsamen Frühling, als das Wasser der Wolga den Moskwa-Fluss füllte. Sie denkt an Sergej Tretjakow, der ihr *Für unsere deutsche Genossin Charlotte Germain* ins Buch schrieb. An die staubigen Sommertage, die elenden Spaziergänge mit Wilhelm. Sie denkt an den Tag, als sie das erste Mal das Zimmer von Otto Bork betrat. Sie denkt an das wächserne Gesicht von Inge Karst. Sie denkt an Alice Rund und ihren eisernen Freund in dem erbärmlichen Zimmer. Sie denkt an Ljuba Löwenstein, die sich fast von einer Droschke überfahren ließ. Sie denkt an Isa Koigen, die ihr das Hotel Metropol zeigte. Sie denkt daran, wie Wilhelm in Jalta zu kotzen anfing.

Sie denkt an das Jahr, das hinter ihr liegt, und obwohl sie sich an den ersten Schnee erinnert, als wäre es gestern gewesen, kommen ihr die Monate wie eine Ewigkeit vor. Die Zeit kriecht, die Sekunden tropfen wie Gift in ihren Körper.

Um halb drei Uhr nachmittags steht Wilhelm auf, putzt sich die Zähne, vollzieht ein notdürftiges Morgenritual und fordert Charlotte auf, sich zum Essen fertig zu machen. Während ihrer Anstellung im Verlag hat sie nur an den freien Tagen am Talon-Essen teilgenommen. Es ist ihr leichtgefallen, gute Stimmung zu demonstrieren, denn sie ist tatsächlich guter Stimmung gewesen – wenngleich sie sich nie ganz hat entscheiden können, ob sie ihre Distanz zu den ständigen Talon-Essern besser durch frisches, feiertägliches oder durch abgespanntes, wochenmüdes Auftreten ausdrücken sollte. Bereitwillig hat sie Wilhelm am Mittagstisch von ihren Erfolgen im Verlag berichtet, ein wenig lauter als nötig. Oft ist sie zum Essen ein bisschen zu spät gekommen, hat absichtlich gebummelt. Und manches Mal hat sie die ohnehin nicht gerade üppigen Portionen zur Hälfte stehengelassen, wie um zu zeigen, dass sie den Angestelltenfraß des Metropol nicht mehr nötig hat.

Es graut ihr davor, das Restaurant jetzt wieder zu betreten. Sie versucht, einen Aufschub zu erwirken, redet sich mit Appetitlosigkeit heraus, schützt Kopfschmerzen vor. Aber Wilhelm, nachdem er sich einmal aufgerappelt hat, besteht hartnäckig auf ihrer Anwesenheit. Aufrecht wie ein Sendemast steigt er die drei Treppen hinab, Charlotte, immer einen halben Schritt im Verzug, sucht Halt, indem sie sich bei ihm einhakt.

Sie durchqueren den großen Saal, ohne dass Charlotte nach links oder rechts blickt. Sie isst, ohne recht zu begreifen, was sie da eigentlich auf dem Teller hat. Wilhelm redet irgendwas, sie versteht immer nur Schnee, Schnee ... Sie nickt, sie stimmt zu, sie registriert, wie Wilhelms Ohren sich beim Sprechen bewegen.

Auf dem Rückweg sind sie sich stillschweigend einig, den

Fahrstuhl zu nehmen. Auf dem langen Gang durch den Etagenflur flüstert Wilhelm ihr zu: Hast du gesehen?

Charlotte hat nichts gesehen außer seinen Ohren.

Nowosielski, sagt Wilhelm.

Was ist mit Nowosielski?

Wilhelm schaut sie erstaunt an: Er fehlt.

Den Rest des Tages verbringen sie schweigend auf ihren Betten. Um acht schaltet Wilhelm die Nachrichten ein, die er nicht versteht. Charlotte starrt die sechzehn Sterne an, die plötzlich jede Bedeutung verloren haben: Stuck an der Decke. Es gibt keinen Sinn, kein Rätsel, keine Botschaft. Es gibt einfach nichts, und dieses Nichts wird irgendwann in der Nacht so übermächtig, dass es sie aus dem Bett treibt. Sie muss ins Bad gehen, das Licht anknipsen. Sie setzt sich auf den geschlossenen Klodeckel und wartet, bis das Schlimmste vorbei ist. Die Uhr am Spasski-Turm schlägt vier, und plötzlich kommt es ihr so vor, als sei das alles schon einmal da gewesen, genau so. Als sei sie durch eine Zeitschleife gelaufen und im selben Augenblick wieder angekommen, genau vor einem Jahr, mit all ihren Sinnen, ihren Gedanken, ihren Körperzellen.

Als sie ins Zimmer zurückkommt, ist Wilhelm wach. Im Widerschein eines vorbeifahrenden Autos sieht sie, dass seine Augen geöffnet sind. Ihre Blicke treffen sich. Charlotte setzt sich auf den Rand ihres Bettes, Wilhelm zugewandt. Sie hört seinen Atem. Sie hört ihr eigenes Herz schlagen. Oder ist es sein Herz? Ist es ihr Atem?

Ich habe Angst, hört sie sich sagen.

Wilhelm reicht ihr die Hand. Sie ist groß und hart, ganz anders als die von Bork.

Uns kann nichts passieren, sagt Wilhelm. Sein Gesicht ist im Dunkeln nicht zu sehen. Sie hört nur seine Stimme, leise, aber eindringlich, beschwörend: Uns kann nichts passieren, denn wir haben nichts getan.

Charlotte kriecht zurück in ihr Bett, erschöpft, mit kalten Füßen. Vielleicht hat er ja recht? Was wollen sie ihr denn vorwerfen? Man wird doch nicht verurteilt, weil man jemandem ein Grammophon verkauft hat. Oder weil man in seiner Biographie geschrieben hat: *Staatliche* Porzellanmanufaktur statt *Königliche.*

Und was, wenn sie herausbekommen sollten, dass ihr Vater Monarchist war und ihre Mutter eine Deutschnationale?

Aber was kann ich denn für meine Eltern?

Dafür können Sie nichts, Genossin Germaine. Aber Sie hätten es angeben müssen.

Oder würde er sie mit ihrem Klarnamen ansprechen: Umnitzer, so heißt sie noch immer. Genossin Umnitzer. Oder *Bürgerin* Umnitzer? Wie die Angeklagten im Prozess?

Die Schneeflocken vor dem Fenster scheinen aufwärts zu steigen, verkehrte Welt. Man könnte glauben, man rauscht mitsamt dem Hotelzimmer in die Tiefe. Wilhelm beginnt, leise zu schnarchen. *Uns kann nichts passieren, denn wir haben nichts getan.* Sie hat keine konterrevolutionären Aktionen geplant und keine Geheimnisse verraten. Ihre Vergehen sind nichtig, irrelevant und vor allem: nicht nachweisbar. Oder? Was kann er wissen? Welche Fragen könnte er stellen?

Wer ist *er*?

Sie sieht ihn nicht. Sie sieht nur ein grelles, kreisrundes Licht, das auf sie gerichtet ist. Aber aus dem Licht kommt eine Stimme, eine überraschend hohe, fast weibliche Stimme. Und zu der Stimme gehört ein Gesicht. Ein weißes, fleischiges Gesicht mit schmalen, von aufgedunsenen Wangen beengten Augen.

Als sie erwacht, ist Wilhelm schon außer Haus. Er hat sich ein Frühstück gemacht, aus dem, was da war: Konfitüre und Zwieback. Charlotte brüht sich einen Kaffee auf. Sie müsste einkaufen, sich nach Lebensmitteln anstellen. Aber nach dem Kaffee wird sie plötzlich so müde, dass sie sich wieder hinlegen muss.

Sie erwacht ein zweites Mal, als Wilhelm wiederkommt. Er hat ein paar Kleinigkeiten besorgt, eine Büchse Thunfisch, Weißbrot und sogar eine Fleischwurst, *doktorskaja* genannt. Er besteht darauf, dass sie vor dem Mittagessen spazieren gehen. Gehorsam zieht Charlotte ihre konterrevolutionären Schuhe an.

Der erste Schnee ist schon wieder verschwunden. Aber es ist feuchtkalt, der Wind drückt den Regen unter den Schirm. Wilhelm schreitet aus, als ob er ein Ziel hätte. Charlotte hängt an seinem Arm, wie sie früher, als Kind, an der Hand ihrer Mutter hing, und lässt sich mitziehen.

Eine geschlagene Stunde zieht Wilhelm sie hinter sich her. Sie trieft vor Nässe, sogar ihre Schuhe sind durch. Immerhin geht es ihr, solange sie in Bewegung ist, ein bisschen besser. Aber kaum dass sie heimkehrt, kaum dass sie die Schuhe ausgezogen hat, kommt das Unbehagen wieder, irgendwo zwischen Zwerchfell und Bauchnabel bohrt und wühlt es unaufhörlich.

Zum Mittagessen muss Wilhelm sie nicht mehr überreden. Seit Nowosielski fehlt, geht sie freiwillig. Die Frage, ob noch weitere ehemalige Mitarbeiter verschwinden, beginnt, sie zu beunruhigen, und natürlich begreift sie, dass auch die anderen beunruhigt sind. Alle wollen wissen, ob jemand fehlt, und dazu ist es nötig, dass sie alle zum Mittagessen erscheinen. Plötzlich ist es, als hätten sie sich stillschweigend auf dieses Ritual geeinigt: Man kommt zum heimlichen Zählappell.

Nach dem Essen gelingt es ihr, ein bisschen zu schlafen. Dann schaltet Wilhelm wieder das Radio ein, nicht um im Schutz des Geräusches zu reden, sondern nur so, gegen die Stille.

Charlotte hört unwillkürlich die Meldungen an, die die Menschen allmählich auf den zwanzigsten Jahrestag der Revolution einstimmen sollen. Immer wieder ist vom schwindelerregenden Tempo der Industrialisierung die Rede. Trotz Bürgerkrieg, Sanktionen und Boykott, sagt das Radio, trotz der ständigen Sabotageakte und der Wühlarbeit der Trotzkisten, sei in den zwanzig Jahren seit der Revolution aus dem wohl rückständigsten Land Europas ein mächtiger Industriestaat geworden. Die Schwerindustrie, so heißt es, habe sich im Vergleich zum Vorkriegsstand mehr als verdreifacht. Es werde drei Mal so viel Kohle und zwanzig Mal so viel elektrischer Strom produziert. Erdöl, Roheisen, Stahl – überall gebe es jährliche Zuwächse von zwanzig und mehr Prozent. Selbst bei Fisch oder Speiseöl oder Zucker werde die Vorkriegsproduktion weit übertroffen. Es bestehe kein Zweifel, dass die Sowjetunion mit Riesenschritten zum Kommunismus voranschreite. Schon in der Mitte dieses Jahrhunderts, so hat jemand berechnet, werde die Sowjetunion Deutschland und die USA überflügelt haben, und all der Reichtum, den das riesige Land produziert, wird den werktätigen Menschen zugutekommen, nicht einer parasitären Oberklasse. Eine Gesellschaft ohne Ausbeutung! Mit einer vollkommen neuen Lebenskultur, mit neuen Bedürfnissen, neuen Zielen und Werten.

Nein, sie zweifelt nicht daran, dass es so sein wird. Schon heute überwiegen die Fortschritte und Errungenschaften alle Probleme und Mängel. Schon heute hat jeder Mensch in der Sowjetunion ein Recht auf Arbeit, ein Recht auf kostenlose Bildung, auf kostenlose medizinische Betreuung. Schon heute werden gigantische Kultur- und Erholungsparks geschaffen, Paläste des Volkes, kostenlose Ferienlager für Kinder. Man baut Kulturhäuser in die Fabriken. In einem Land, wo eben noch jeder Zweite Analphabet war, spielen Arbeiter Theater, schreiben Literatur. Was hier in zwanzig Jahren geschehen ist, gleicht einem Wunder. Und was in noch einmal zwanzig Jahre sein wird, übersteigt jede Vorstellungskraft.

Nur, wo werden sie sein – in zwanzig Jahren? Was werden sie tun? Werden sie erleben, wie in Moskau auf den Trümmern der Christi-Erlöser-Kirche das höchste Bauwerk der Welt entsteht? Wie die Gorkistraße um die Hälfte verbreitert wird? Wie man das ehrwürdige Gebäude des Mossowjet um zwei Stockwerke anhebt? Werden sie mit der tiefsten und längsten Metro der Welt für eine Kopeke bis an die Peripherie der Stadt fahren?

Dann kommt die Nacht. Das Radioprogramm ist aus. Charlotte putzt sich die Zähne, legt sich hin. Liegt unter toten Sternen und wartet auf den Schlaf. Aber der Schlaf kommt nicht. Stattdessen kommt das Fleischgesicht. Und hinter dem grellen, kreisrunden Licht stellt eine überraschend hohe, fast weibliche Stimme unangenehme Fragen:

Bürgerin Umnitzer! Sie haben in Ihrem Lebenslauf angegeben, Sie seien durch den Krieg in Konflikt mit Ihren anerzogenen bürgerlichen Ideen geraten. Ist das richtig?

Das ist richtig.

Sie schreiben, Sie standen ganz auf der Seite derer, die dem Krieg ein Ende machen wollten. Ist das richtig?

Das ist richtig.

Sie standen also auf Seiten der Arbeiter- und Soldatenräte?

Und schon hat sie ein Problem. Was, wenn sie Erwin befragen? Was, wenn der Verhörer ihr Erwins Aussage vor die Nase hält:

Bürgerin Umnitzer, Ihr damaliger Ehemann, Erwin Umnitzer, gibt an, dass Sie über seine Hinwendung zur KPD entsetzt waren.

Wenn sie ehrlich ist, hat sie nicht nur die Biographie ihrer Angehörigen beschönigt. Sie hat ihre eigene Biographie beschönigt. Und je länger sie darüber nachdenkt, desto schlimmer wird es. Nein, sie stand nicht *auf der Seite derer, die dem Krieg ein Ende machen wollten.* Obwohl der Krieg schon vier Jahre andauerte. Obwohl sie mit zwei Kleinkindern zu Hause saß. Obwohl der Kohlrübenwinter über sie hereinbrach und Kurt an Rachitis litt.

In Wirklichkeit war sie entsetzt, als man den Kaiser davonjagte. Unglaublich, aber so war es. Dabei hat sie den Kaiser gehasst – oder nicht? Wie oft hat sie ihren Freunden und Bekannten erzählt, wie ihre Mutter mit ihr in den Tiergarten ging; wie sie stets das kratzende weiße Wollkleid anziehen musste; wie ihr die Mutter ins Gesicht schlug, weil sie im Angesicht des Kaisers geniest hatte …

Nur, wenn sie jetzt darüber nachdenkt, wenn sie sich wirklich erinnert, dann ist sie gar nicht mehr sicher, ob sie den Kaiser gehasst hat. Eher erinnert sie sich, dass sie sich selbst gehasst hat. Geschämt hat sie sich. Und später hat sie sich für ihre Scham geschämt. Dafür hat sie den Kaiser gehasst, zwanzig Jahre später. Und als sie angefangen hat, ihren Freunden und Bekannten davon zu erzählen, da hat sie von ihrem Hass erzählt, als wäre es der Hass des Kindes gewesen. Plötzlich war eine nützliche kleine Geschichte daraus geworden, nämlich die Geschichte davon, wie sie schon als Kind den Kaiser gehasst hatte. Wenn sie schon keine proletarische Herkunft aufweisen konnte, wenn sie schon nicht qua Geburt der revolutionären Klasse angehörte, so hatte sie – besagte die Geschichte – doch seit frühester Kindheit die Erfahrung von Unterdrückung gemacht und ein aufrührerisches, antimonarchistisches Bewusstsein entwickelt.

Nur ist das leider alles nicht wahr.

Treffen mit Kurt im Café *Krasny mak* – Roter Mohn. Das Tschaika bleibt unauffindbar. Sie bringt ihre Broschüre mit, er seine Braut. Olga sieht sehr russisch aus, findet Charlotte. Dagegen kann sie nichts einwenden. Aber der hochgeschlossene Rundkragen ist doch ziemlich bieder, ebenso die sauber ondulierte Frisur. Alles in allem wirkt die junge Frau altbacken, ja, beinahe großmütterlich. Sie ist zweifellos nett, freundlich, höflich, aber sie spricht die ganze Zeit nur vom Heiraten, von einem Haus am Stadtrand, das sie kaufen will, und davon, womit man im Augenblick am meisten Geld verdienen kann, und wenn Charlotte sich nicht sehr täuscht, schwingt darin ein halblauter Vorwurf gegen Kurt mit, der, anstatt auf einer Baustelle oder im Automobilwerk zu arbeiten, ein Fernstudium der Geschichte sowie der Literatur absolviert, während er als Zeichner an der Universität nur das Nötigste verdient.

Natürlich schweigt Charlotte zu alledem. Sie ist schon froh, dass Kurt dieses Mal keine Hiobsbotschaft für sie bereithält. Soll die Braut Rundkragen tragen und sich die Haare ondulieren – wer weiß, wie lange diese Geschichte überhaupt hält. Scheidungen in der Sowjetunion sind nicht sehr aufwendig. Hauptsache, sie lässt sich nicht gleich ein Kind von ihm machen.

Aber kaum dass Olga die Toilette aufsucht, nutzt Kurt ihre Abwesenheit, um Charlotte halblaut und auf Deutsch eine Mitteilung zu machen, die er mit den Worten einleitet: Bitte bleib ruhig und lass dir vor Olga nichts anmerken …

Jetzt sag nicht, dass sie schwanger ist.

Aber Kurt sagt: Man will Erwins Aufenthaltsgenehmigung nicht verlängern.

Charlotte begreift nicht. Sie können ihn doch nicht nach Deutschland zurückschicken.

Sie können, sagt Kurt. Er hat nicht die sowjetische Staatsbürgerschaft.

Auch sie, Charlotte, hat nicht die sowjetische Staatsbürgerschaft. Aber man wird doch keinen ehemaligen Mitarbeiter der OMS nach Deutschland ausliefern. Eine Geheimnisträgerin! Trotzdem zittern ihre Hände so stark, dass sie, als Olga wiederkommt, nicht wagt, ihre Teetasse anzuheben.

Immerhin können sie Erwin nicht mehr befragen, wenn sie ihn nach Deutschland abschieben. Beschämende Hoffnung.

Oder haben sie ihn schon befragt?

Bürgerin Umnitzer, Sie waren bekannt mit dem verurteilten Verbrecher Moissej Lurie und seiner Frau Isa Koigen. In Ihrer Erklärung geben Sie an, dass Sie die betreffenden Personen zwischen September und Dezember 1935 drei bis vier Mal besucht hätten. Entspricht das der Wahrheit?

Soweit ich mich erinnere, ja.

Sie schreiben, beim letzten Besuch habe er Ihnen erzählt,

dass er von seiner Arbeit beurlaubt sei. Entspricht das der Wahrheit?

Davon wurde gesprochen.

Die Beurlaubung erfolgte aber erst 1936. Daraus schließe ich, dass Sie die Koigen und ihren Mann auch nach dem Dezember 1935 besucht haben. Sie geben aber an, Sie hätten ihn nur noch einmal, nämlich zufällig im Frühjahr 1936 im Kulturpark, wiedergetroffen.

Möglicherweise habe ich einen Besuch vergessen, es war eine sehr aufreibende Zeit.

Bürgerin Umnitzer, im Januar 1933 sind Sie von der Koigen besucht worden. Sie geben an, dass Sie die Koigen und deren Mann daraufhin nur ein einziges Mal getroffen hätten. Trotzdem fragten Sie die Koigen im April, als Lurie nach Moskau reiste, ob er Sachen für Ihren Lebenspartner mitnehmen könne. Hatten Sie nach zwei Treffen schon so viel Vertrauen? Oder haben Sie auch hier einen Besuch vergessen?

Ich habe angegeben, dass ich Alexander Emel, also Moissej Lurie, an einem Sonntag zum Kaffee bei Isa Koigen kennenlernte. Ich habe nicht abgestritten, sie öfter als ein Mal gesehen zu haben.

Bürgerin Umnitzer, 1934 haben Sie eine Zeitlang mit der Koigen im selben Hotel auf demselben Flur gewohnt. Sie geben an, «bestimmt zwei Mal» bei ihr gewesen zu sein und auch Lurie wiedergetroffen zu haben. Einmal seien Sie bestimmt eine Stunde mit der Koigen allein gewesen. Es sei wahrscheinlich, schreiben Sie, dass auch ihr Mann zugegen gewesen sei. Das wären schon drei Besuche. Wie viele Besuche haben Sie vergessen?

Ich war damals erst kurze Zeit in der UdSSR, ich kann mich an Einzelheiten nicht erinnern.

Sie schreiben, dass Sie die Koigen Anfang 1934 «meiner Mei-

nung nach» zwei Mal in ihrer neuen Wohnung aufgesucht hätten. Was bedeutet «meiner Meinung nach»? Heißt das, dass Sie auch hier möglicherweise den einen oder anderen Besuch vergessen haben könnten?

Das ist möglich, ja.

Sie schreiben, dass Sie Ihre Kinder dort hinbestellt hätten, um sich Essen und Geld abzuholen. Waren Sie bei solchen Gelegenheiten zugegen?

Manchmal, ja.

Manchmal bedeutet: Zwei Mal? Drei Mal? Vier Mal?

Wahrscheinlich eher vier Mal.

Bürgerin Umnitzer, Sie haben in Berlin und Moskau engen Kontakt zu Isa Koigen und ihrem Mann Moissej Lurie gepflegt. Wenn ich nur Ihre nunmehr eingestandenen Treffen zusammenzähle, dann haben Sie einander innerhalb von drei Jahren mindestens zwanzig Mal besucht. Das bedeutet, mehr als sechs Mal im Jahr oder alle zwei Monate. Wenn ich meinen eigenen Kalender durchgehe, finde ich außer nahen Verwandten und engsten Freunden niemanden, den ich alle zwei Monate besuche. Sie haben persönliche Sachen mit Lurie nach Moskau geschickt. Sie haben Ihre Kinder zu den beiden nach Hause bestellt, damit sie sich Essen und Geld abholten. Sie haben ihnen ein Grammophon mitsamt Schallplatten verkauft. Sie waren mehrfach bei Abenden, auf denen getrunken und getanzt wurde. – Muss man nicht sagen, dass Isa Koigen und Moissej Lurie zu Ihren engsten Freunden zählten? Zu den Menschen, denen Sie am meisten vertraut haben?

Das ist möglich.

Bürgerin Umnitzer! Sie haben in Ihrem Lebenslauf anlässlich des Antrags auf Überführung in die KPdSU(B) die Unwahrheit gesagt. Sie haben die Partei in Ihrer Erklärung in der Angelegenheit Emel aufs gröbste belogen. Sie lügen, Sie beschönigen, streiten ab. Wäre es nicht an der Zeit, die Wahrheit zu sagen?

Es wird kälter. Der Himmel in ihrem Nordfenster leuchtet erst morgens gegen halb neun. Noch um halb zehn müssen sie das elektrische Licht anmachen. Allerdings frühstücken sie auch erst um elf, ihre Zeiten haben sich Stück um Stück verschoben. Wilhelm geht nicht mehr in die Bibliothek, stattdessen gehen sie gemeinsam spazieren. Danach ist noch eine qualvoll lange Stunde zu überstehen, bevor sie die Treppen zum Restaurant hinabsteigen, um zu prüfen, ob jemand fehlt.

Wer fehlt, ist Chang.

Niemand scheint es zu bemerken. Die Tischgespräche sind so heiter wie eh und je, fast scheint es, als wollten die Übriggebliebenen den Verlust durch Lautstärke wettmachen. Sogar der verrückte Murray brabbelt, von keinem beachtet, seine Lobesworte über der Vorsuppe, als wäre sein Tischnachbar noch da.

Nicht, dass Charlotte ihm besonders nachtrauert, und doch erschüttert sie gerade Changs Ausbleiben. Vielleicht ist es die Zahl drei: der Übergang vom Paar zur Reihe. Jedenfalls ist aus der Befürchtung, dass Schock und Nowosielski nicht die Letzten waren, plötzlich die Gewissheit geworden, dass auch Chang nicht der Letzte gewesen sein wird.

Am Abend ertappt sie sich dabei, wie sie prüft, ob genügend frische Unterwäsche bereitliegt. Sie platziert die kleine Tasche griffbereit, für den Fall, dass man keinen Koffer mitnehmen darf (auch der Mann, den die Lederjacken in die Lubjanka führten, hatte keinen Koffer dabei).

Bevor sie schlafen geht, räumt sie noch rasch das Zimmer auf, damit sie sich nicht schämen müsste, wenn ein Fremder es überraschend beträte.

Dann legt sie sich unter die toten Sterne, und das Verhör beginnt.

Bürgerin Umnitzer, Sie waren eng mit dem überführten und verurteilten Volksfeind Moissej Lurie und der überführten und verurteilten Volksfeindin Isa Koigen befreundet. Dennoch behaupten Sie, dass Ihnen niemals irgendeine verbrecherische oder feindliche Äußerung aufgefallen ist.

Die Blümchenkunst fällt ihr ein: Stalin-Porträt. Aber ist das eine feindliche Äußerung?

Bürgerin Umnitzer, eine solche Äußerung ist nicht nur herablassend dem Genossen Stalin gegenüber, sondern auch gegenüber den Gartenarbeitern, die dieses Porträt in mühevoller Arbeit und tiefer Verehrung geschaffen haben. Es zeugt von heimlicher Verachtung gegenüber der Arbeiterklasse, die unter ungeheuren Opfern den Sozialismus aufbaut. Es zeugt von heimlicher Verachtung gegenüber der Diktatur des Proletariats, die unter der Führung des Genossen Stalin in diesem Lande verwirklicht wird. Es zeugt von einer kritizistischen, bürgerlichen und ablehnenden Haltung der Sowjetunion gegenüber, die letztlich die ideologische Grundlage für den Trotzkismus darstellt. Der Ausdruck «Blümchenkunst» ist kein Verbrechen. Aber er ist ein Zeichen. Er ist die Oberfläche, hinter der eine verbrecherische Haltung sichtbar wird.

Das habe ich bisher so klar nicht gesehen.

Wie stehen Sie persönlich zu dem Ausdruck «Blümchenkunst»?

Ich hatte, wie gesagt, noch keine klare Haltung bezogen.

Sie sind jedoch bereit, solche Äußerungen zu überhören oder sogar zu entschuldigen. Oder drückt sich darin vielleicht ein heimliches Einverständnis aus?

Ich hatte es bisher als eine Frage des Geschmacks verstanden.

Bürgerin Umnitzer, haben Sie sich selbst schon abfällig über den Genossen Stalin geäußert? Oder haben Sie feindliche Gedanken gehabt, die Sie nicht geäußert haben? Führen Sie die Existenz eines Doppelzünglers?

Ich habe mich immer bemüht, die Beschlüsse der Partei zu studieren und zu verstehen.

Bürgerin Umnitzer, haben Sie je an der Politik der Parteiführung gezweifelt? Haben Sie die Notwendigkeit der Parteisäuberungen in Frage gestellt? Haben Sie den Maßnahmen des NKWD zur Sicherung der Errungenschaften unseres Arbeiter- und Bauernstaates mit Misstrauen gegenübergestanden?

Ja, ich habe gezweifelt.

Ich habe in Frage gestellt.

Ich habe die Partei belogen.

Ich habe meinen Lebenslauf geschönt und falsche Erklärungen abgegeben.

Ja, ich bin eine Lügnerin, eine Betrügerin. Meine Überzeugungen sind schwach. Mir fehlt der Klassenstandpunkt. Ich bin schlecht. Ich bin unzuverlässig. Ich bin für die große Sache des Sozialismus nicht geeignet ...

Das alles wird sie natürlich nicht sagen.

Sie wird nichts sagen von Blümchenkunst. Nichts davon, dass sie es noch immer nicht zustande bringt, Isa Koigen als Volksfeindin zu betrachten. Sie wird niemals zugeben, dass sie Alexander Emel bewundert hat. Sie wird nie im Leben zu jemandem davon sprechen, was sie empfunden hat, als er beim Tanzen seine weißen Jesushände um ihre Taille legte. Sie wird weder von ihren konterrevolutionären Schuhen sprechen noch von ihrem Verdacht, dass Sowjetmenschen Hunde gegessen hätten. Sie wird niemandem sagen, dass sie den Namen Stalin bei ihrem Eintritt in die Kommunistische Partei nicht kannte. Und dass sie Trotzki bis heute für den militärischen Führer der Revolution hält.

Erst recht wird sie niemandem je davon erzählen, wie sie Wilhelm betrogen hat. Nie wird sie eingestehen, dass es Momente gab, da sie sich gewünscht hat, ihn nie kennengelernt zu haben, ihm nicht in die Sowjetunion gefolgt zu sein. Dass es sogar Momente gab, in denen sie bereut hat, dass sie Mitglied der Kommunistischen Partei wurde. Sie wird abstreiten, beschönigen, lügen. Sie hat schon immer gelogen, ihr Leben lang. Ja, sie hat den Füllfederhalter ihres Bruders benutzt. Ja, sie hat das Linoleum in der Küche zerstochen. Ja, sie hat zehn Pfennige aus dem Portemonnaie der Mutter gestohlen und sich ein Stück weiße Schokolade gekauft. Hatte ihre Mutter nicht recht? Ist sie nicht von Kindheit an verlogen, eigenbrötlerisch, unbelehrbar gewesen? Wohnte nicht schon immer dieses andere, Schlechte in ihr? Das Schlimme, das man vor allen verbergen muss.

Bürgerin Umnitzer, Sie waren eng mit dem überführten und verurteilten Volksfeind Moissej Lurie und der überführten und verurteilten Volksfeindin Isa Koigen befreundet. Sie waren außerdem bekannt mit dem überführten und verurteilten Volksfeind Abramow-Mirow und dem überführten und verurteilten Volksfeind Boris Melnikow. Sie waren außerdem gut bekannt mit der überführten Volksfeindin Hilde Tal. Sie waren umgeben von Volksfeinden. Dennoch wollen Sie niemals etwas von feindlichen Aktivitäten bemerkt haben. Bleiben Sie bei dieser Aussage?

Dabei bleibe ich.

Bürgerin Umnitzer, es ist nicht glaubwürdig, dass Sie nichts von der konterrevolutionären Tätigkeit in Ihrem unmittelbaren Umfeld bemerkt haben, keine Äußerungen, keine Anzeichen, keine Verdachtsmomente. Die Tatsache, dass Sie nichts darüber sagen wollen, beweist, dass Sie selbst in diese Tätigkeiten verstrickt sind.

Ja, ich war auf dem Dachboden und habe mit dem Weihnachtsschmuck gespielt. Ja, ich bin wieder mit Peter Schuhmann hinter der Remise gewesen und, ja, wir haben wieder Schnee gegessen. Ja, ich habe ihm erlaubt, mit seiner kalten Hand meinen nackten Po zu berühren. Ja, ich habe das Öl vergossen. Ja, ich habe das Licht nicht ausgemacht. Ich habe schlimme Worte gesagt. Ich habe meinem Bruder gewünscht, dass er mit dem Fahrrad verunglückt. Ich habe gegen das vierte Gebot verstoßen, aber nur im Fall meiner Mutter. Und gegen das siebte Gebot. Und gegen das achte. Und zehnte. Und Pfarrer Wuthenow, der alles weiß und dessen Stimme wie ein großes Insekt im hohen Kirchenschiff schwirrt, Pfarrer Wuthenow wird mich an der Hand nehmen und mich zu der kleinen Türe führen, links neben dem Altar, und die Treppe hinab in den winzigen Raum, wo der Fußboden schwarz ist vom Blut der Erschossenen.

Bürgerin Umnitzer, geben Sie zu, dass Sie ein Volksfeind sind?

3 Tag der Verfassung

– Hilde –

Hilde kriecht auf die Pritsche. Inna, die andere Lettin, hat sie freigemacht, als man sie hereintrug. Nicht mal die Pritschen reichen für alle. Inna rückt ans Fußende, Hilde schläft sofort ein, trotz der Schmerzen. Wacht irgendwann wieder auf, entsetzlicher Durst.

Trink, sagt Inna.

Erst jetzt merkt sie, dass ihre Lippe geschwollen ist, sie weiß nicht, wovon. Musik aus der Ferne, sie hat schon Halluzinationen. Aber Inna sagt, Tag der Verfassung, sie feiern draußen, 6. Dezember.

Wie lange war ich weg?

Dreißig Stunden, sagt Inna. Und Hilde sagt:

Artikel 119. Die Bürger der UdSSR haben ein Recht auf Erholung.

Inna lacht nicht.

Hilde dreht sich mühsam auf die Seite, sie rechnet nach, dreißig Stunden, es muss Abend sein, acht oder neun Uhr, das Licht ist noch an, die Frauen reden. Sie versucht, wieder einzuschlafen, schlafen, schlafen, sonst halte ich das nicht durch, sie krümmt sich, zieht die dünne Decke über die Ohren. Es hilft nichts. Hundertvierzig Frauen in der Zelle, die Hölle. Streitereien, Beschuldigungen, Fraktionen, es hört einfach nicht auf. Deutsche, Letten, Russen. Frauen von Volkskommissaren, *mein Mann war niemals Trotzkist!* Halten sich für unschuldig, die dummen Hühner. Aber am Ende gestehen sie alle. Am Ende haben sie alle unterschrieben. Fünf Jahre Arbeitslager, acht Jahre Arbeitslager, Standard für Frauen von Volksfeinden. Aber sie ist nicht die Frau eines Volksfeindes. Sie ist es selbst.

Nein, sie wird nichts gestehen, nichts unterschreiben. *Schlagt mich tot, dann brauche ich eure Fressen nicht mehr zu sehen.* Jetzt weiß sie wieder, woher sie die dicke Lippe hat. Mörderfressen. Verräter. Jetzt muss sie zum Kübel, verdammt. Spät am Abend sind die Kübel randvoll, hundertvierzig Frauen, trotzdem fragt man sich, wo das alles herkommt, was scheiden die aus, wo es kaum was zu fressen gibt.

Hilde schafft es mit Mühe, den Hintern zu heben, ihr Geschäft zu verrichten, ohne mit dem Rand des Kübels in Berührung zu kommen. Die Füße schmerzen, die Beine, alles. Dreißig Stunden stehen: bis zum Umfallen. Jetzt rächt sich das Übergewicht.

Ach Julius, wenn du wüsstest.

Sie kriecht zurück zur Pritsche, zieht die Decke über die Ohren. Die Schmerzen sind nicht das Schlimmste. Die Demütigungen sind schlimmer, die Beschimpfungen, dass sie sich von diesem Arsch ins Gesicht schreien lassen muss, dass sie sich an den Haaren hochziehen lassen muss, wenn sie umfällt. Nie wird sie Julius das erzählen. Nie wird sie ihm erzählen, wie die mit ihr umgegangen sind. Wie mit einem Stück Scheiße.

Sie macht sich ganz rund und klein. Das rechte Bein noch ein bisschen weiter nach vorn, damit es nicht auf das linke drückt. So ist es gut. So liegen bleiben, mehr Wünsche hat sie nicht. So bleiben, sich klein machen ... verschwinden ... nur für ein Weilchen. Nein, sie wird nicht gestehen. Wie wollt ihr mich verurteilen, Dreckskerle, Ausgeburten, euch wird noch das Lachen vergehn ...

Neben ihr wird gekichert, geschimpft, ein Blechnapf fällt auf den Fußboden, unglaublicher Lärm. Jemand verkauft Zigaretten ... Oh ja ... Nachher eine rauchen, wunderbarer Gedanke.

Als sie wach wird, fühlt sie sich wie begraben. Jemand rüttelt an ihrem Knie, sanft, aber schmerzhaft: Inna, die immer noch am Fußende sitzt, Inna ist dran mit Schlafen, denkt Hilde. Aber sie kann nicht. Ein Berg von Trümmern auf ihrer Brust. Ihr Kopf fühlt sich an wie Beton, eine riesige Betonkugel, vollkommen unmöglich, aufzustehen, das Gleichgewicht zu halten. Noch fünf Minuten, Inna, nur noch fünf Minuten.

Aber Inna sagt: Du musst aufstehen.

Sie öffnet die Augen. Die Funzel an der Decke brennt. Von der Zellentür her fällt Licht ein.

Davor, unbeweglich, die Silhouette eines Uniformierten.

4 Moral

– Wassili Wassiljewitsch –

Ja, es ist eine Ehre, am 7. November einen Platz auf der Mausoleumstribüne bekommen zu haben, aber eigentlich ist es schrecklich. Ein Wind weht hier oben, schon nach einer halben Stunde schmerzen die Füße vor Kälte, aber man kann schließlich nicht in Filzstiefeln zur Revolutionsfeier gehen.

Zu allem Überfluss hat er das Gefühl, dass er demnächst auf Toilette muss, aber es ist unmöglich, sich unbemerkt von der Mausoleumstribüne zu schleichen. Er fragt sich, wie die anderen das machen: Stalin, Molotow, Woroschilow. Jeshow, der Giftzwerg, der sogar neben Stalin winzig aussieht. Der alte Kalinin. Chruschtschow, hat der wirklich so große Füße? Oder sind nur die Stiefel so groß? Hat sich wahrscheinlich zwei Paar Fußlappen umgewickelt. Schlauer, als man denkt, der Bauerntölpel.

Wassili Wassiljewitsch bewegt seine Zehen. Besonders schlimm schmerzen die kleinen Zehen, die an das kalte Stiefelleder anstoßen. Wassili Wassiljewitsch versucht, an etwas anderes zu denken.

Woran denkt Wassili Wassiljewitsch?

Er denkt natürlich an seine Verabredung. Er denkt an ein blasses Gesicht, an schwarze Locken. Wadwiga heißt sie. Er versucht, sich vorzustellen, wie es sein wird. Er hat sich Worte ausgedacht, schlimme Worte, schweinische Worte. Er hört Wadwiga Worte sagen, mit ihrem polnischen Akzent. Das Dumme ist, dass das Gesicht in seiner Vorstellung immer wieder verschwimmt. Dass es, je länger ihn seine Vorstellungen beschäftigen, desto mehr dem Gesicht der schönen Deutschen zu gleichen beginnt.

Die wäre nicht schlecht gewesen, die Deutsche. Nur ist ihr Mann leider noch nicht verhaftet, er hat sich erkundigt bei Poljatschek. Es handelt sich um irgendwelche Komintern-Leute, die man vom Dienst suspendiert hat, weil sie mit diesem Lurie bekannt waren. Er erinnert sich: Professor für Alt-Irgendwas.

Soll er sie einbestellen, die schöne Deutsche? Unter welchem Vorwand?

Nein, so läuft das nicht. Die Frau muss kommen. Der Ehemann muss verhaftet sein. Die Angelegenheit muss auf seinem Tisch liegen, nicht bei Poljatschek. Und selbst dann ist das alles nicht so einfach, wie man es sich vorstellt. Jagoda hat ja angeblich die Frauen von der Straße aufsammeln lassen, aber wie soll das gehen? Was hat wohl seine Frau dazu gesagt? Ida Awerbach, mit der konnte man nicht einfach so umspringen. Die Nichte von Swerdlow! Staatsanwältin! Hat sogar Bücher geschrieben über unsere großartigen Umerziehungslager.

Na, nun kann sie die Umerziehungslager von innen studieren ... Vielleicht hat sie mitgemacht bei all diesem Schweinkram? Jemand kann doch nicht dreitausend pornographische Fotos besitzen, ohne dass die Frau das bemerkt. Angeblich hat er sogar Damenwäsche gesammelt. Damenwäsche! Wenn Annuschka auch nur einen einzigen Damenschlüpfer bei ihm fände ...

Erstaunlich, wie lange Stalin die Hand zum Gruß heben kann. Ob der das übt? Gott sei Dank muss man in der zweiten Reihe nicht die ganze Zeit winken. Es hat auch Vorteile, nicht ganz vorn zu stehen. Und es rettet einen ja auch nicht.

Letztes Jahr hat Bucharin da gestanden, Stalin hat ihn extra auf die Tribüne holen lassen, als er sah, dass man Bucharin keinen Platz zugewiesen hatte. Und jetzt sitzt er in seiner Zelle und philosophiert. Schreibt Briefe an Stalin, schleimt sich ein, als würde das noch was nützen.

Nein, das möchte er sich lieber nicht vorstellen, was passiert, wenn Annuschka ihn erwischt. Er darf keinen Fehler machen. Es muss alles wasserdicht sein, präzise Planung ... Das Problem ist: Er steht faktisch immer unter Beobachtung. Er pendelt zwischen Hotel, Büro und Gericht, alles im Umkreis von wenigen hundert Metern. Jeder sieht ihn, jeder kennt ihn. Jeder, der zu seinem Büro vordringt, wird registriert. Während der Sprechzeiten ist das Haus voller Mitarbeiter. Und nachts, wenn das Haus leer ist, wenn nur er da ist, lassen die Wachen niemanden ein. So sind die Sicherheitsvorschriften, die er selber geschaffen hat. Wenn er die Wachen anweisen würde, eine bestimmte Dame ausnahmsweise doch einzulassen, dann wäre das morgen in der gesamten Wachmannschaft rum. Übermorgen wüsste es der Fahrer. Und eine Woche später Annuschka ...

Eingemauert. Umstellt von den eigenen Leuten. Wassili Wassiljewitsch schnieft. Es ist nicht leicht, Vorsitzender des Militärkollegiums des Obersten Gerichts der UdSSR zu sein.

Jetzt kommen die Panzer, der Höhepunkt der Veranstaltung. T-70 heißt die neueste Entwicklung, ein Leichtpanzer. Damit gewinnen wir keinen Krieg, denkt Wassili Wassiljewitsch. Aber Stalin klatscht, alle beginnen zu klatschen: Molotow, Kaganowitsch, Jeshow, Kalinin, Mikojan, Chruschtschow und schließlich auch Budjonny. Ja, auch Budjonny, der große Held. Obwohl der wahrscheinlich der einzige Mensch in Russland ist, den Stalin nicht einfach verhaften lassen könnte. Oder doch? Schließlich konnte man auch Tuchatschewski verhaften. Das hätte keiner gedacht. Gestern der Held der Nation, heute Verräter. Es geht alles. Und die Leute glauben es. Das ist – Ulrichismus.

Wassili Wassiljewitsch muss an jene Nacht denken: die Nacht der Erleuchtung. Oder war es schon Morgen? Kalt war es. Kalt und klar. Und alles schien so großartig, so vielversprechend … Seltsam, wie rasch das verflogen ist. Verduftet. Wie rasch das Leben wieder Besitz von ihm ergriffen hat, der Alltagstrott, die Arbeit. Und dieser furchtbare Urlaub auf der Krim …

Manchmal spürt er noch einen Nachklang des Hochgefühls. Aber dann gibt es auch Momente, da begreift er nicht einmal mehr, worin die Erleuchtung eigentlich bestand. Dass die Menschen glauben, was sie glauben wollen – das ist doch wirklich kein großes Geheimnis. Oder doch? Wie dumm sind die Menschen? Wie dumm sind die, die an irgendwas glauben? Und wie dumm sind die, die nicht einmal merken, dass sie es tun?

Endlich sind die Panzer vorbei, die Parade ist zu Ende. Stalin wendet sich um, reibt die Hände aneinander, tritt auf der Stelle wie ein Tanzbär. Man weiß nicht recht, ob man lachen soll, anscheinend hat Stalin gute Laune. Aber plötzlich wendet er sich in scharfem Tonfall an alle: Genossen, wir haben einen Fehler gemacht! Er blickt sich um, sein Blick wandert von einem zum nächsten, bleibt auf Budjonny liegen.

Wir hätten die Revolution im Sommer machen sollen, sagt Stalin.

Und nach einer Schrecksekunde lachen alle. Auch Wassili Wassiljewitsch lacht. Sogar Stalin selbst lacht über seinen Witz.

Auf geht's, sagt Stalin. Und zu Woroschilow: Ich hoffe, du hast gut geheizt!

Man steigt von der Tribüne, verteilt sich auf die bereitstehenden Automobile. Auf zum Mittagessen bei Woroschilow – zu dem er nicht eingeladen ist, Wassili Wassiljewitsch. Alle sind eingeladen, nur er nicht. Zum Glück!

Wassili Wassiljewitsch marschiert über den Roten Platz, hinunter zum Moskwa-Fluss. Dort wird er ein Taxi nehmen. Er hält den Kopf gesenkt, die Schapka hat er tief ins Gesicht gedrückt ... Am schlimmsten soll es sein, wenn Stalin getrunken hat. Dann muss der dicke Chruschtschow Hopak tanzen. Oder Stalin quält die Leute mit Fragen: Wie viel wiegt die Sowjetunion, soll er Jeshow gefragt haben. Hol's der Geier, da nutzt er die Zeit lieber für einen kleinen Ausflug.

Obwohl es ihn auch ein wenig wurmt, dass er wieder nicht eingeladen ist. Den Lenin-Orden hat er auch nicht bekommen. Scheiß auf den Orden, aber irgendwie ist es ungerecht. Er schuftet und schuftet, immerzu gibt es irgendwelche neuen, eiligen Aktionen. Deutsche Operation, polnische Operation. Poljatschek hat ihm erzählt, dass es bald auch eine lettische Operation geben soll. Aber warum? Ist es Stalins Misstrauen gegen alles Nicht-Russische?

Aber den Russen traut Stalin ja auch nicht. Und schließlich ist er ja selber Nicht-Russe. Wyschinski ist Pole. Wassili Wassiljewitsch ist Lette. Man begreift es nicht. Im Sommer hat er die halbe Armeeführung umbringen lassen. Ach was, beinahe die ganze! Fast alles Russen. Tausende Urteile, alles sein Zuständigkeitsbereich, der von Wassili Wassiljewitsch Ulrich. Zwei Mal musste er den Sommerurlaub verschieben, den er Annuschka versprochen hatte. Und am Ende hat er aus lauter Rücksicht nicht einmal seine Schmetterlingsausrüstung mitgenommen.

Nur, was macht man im Urlaub – ohne Schmetterlingsausrüstung? Der schlimmste Urlaub seines Lebens. Da war der Krieg lustiger ... Ganze zwei Mal hat er es in diesem Jahr geschafft, auf die Pirsch zu gehen. Gefangen hat er nichts. Und als er endlich dazu gekommen ist, den Ulmen-Zipfelfalter aufzuspannen, mit dem Doppelten W in der Postdiskalregion, ist er ihm zerbrochen. Da hätte er heulen können.

Einmal hat er hundertachtunddreißig Todesurteile unterschrieben in zwei Tagen. Hundertachtunddreißig! Gewiss, die Troikas, die Jeshow neuerdings im ganzen Land einsetzt, schaffen mehr. Überbieten sich gegenseitig in Stachanow-Manier. Angeblich gibt es welche, die haben schon vierhundert Leute am Tag verurteilt. Aber erstens sind sie zu dritt, und wenn man vierhundert durch drei teilt, kommt man auf hundertdreiunddreißig, er hat es ausgerechnet. Das wären fünf weniger als sein Rekord. Und außerdem haben seine Fälle eine gewisse Bedeutung: Marschälle, Korpsführer, Divisionskommandeure – da möchte man doch wenigstens mal die Akte durchblättern.

Vierhundert Urteile am Tag. Wassili Wassiljewitsch versucht, vierhundert Urteile durch zwölf Arbeitsstunden zu teilen. Sagen wir siebenunddreißig in der Stunde, das heißt weniger als zwei Minuten pro Urteil. Nein, das ist irgendwie nicht seriös.

Leichter Schneefall. Wassili Wassiljewitsch versucht, ein Taxi zu fangen, er ist nicht der Einzige. Sehr ungewöhnlich, dass ein General in Uniform nach einem Taxi winkt. Zivil wäre besser gewesen, aber er kann ja schließlich nicht nach Hause gehen und sich umziehen. Das glaubt ihm Annuschka nie im Leben, dass er in Zivil zu einer offiziellen Veranstaltung geht. Denn so hat er es dargestellt, das anschließende

Essen: *Sei froh, dass du nicht geladen bist!* Und Annuschka war froh.

Jetzt hält ein Wagen, leider ein paar Meter entfernt. Schon hat ein anderer Mann die Hand am Türgriff. Aber nun nutzt Wassili Wassiljewitsch entschlossen den Vorteil der Uniform.

Entschuldigen Sie, Bürger, es ist dringend.

Der Bürger weicht schweigend zurück und überlässt ihm das Taxi. Nach *Sokolniki*, sagt Wassili Wassiljewitsch, *Perewedenowski pereulok*. Und der Fahrer pariert mit: Jawohl, Genosse General. Er wendet das Automobil, eine ziemlich neue Emka, und fährt Richtung Süden. Offenbar will er das Zentrum umfahren, das ist vernünftig nach der Parade. Beunruhigend ist, dass er fortwährend in den Rückspiegel glotzt.

Schauen Sie auf die Straße, Genosse, sagt Wassili Wassiljewitsch.

Jawohl, Genosse General, sagt der Fahrer. Scheint ein Georgier zu sein, dem Akzent nach. Seine schwarzen Augen bewegen sich im Rückspiegel wie in einer Schießscharte. Bleiben immer wieder auf Höhe Wassili Wassiljewitschs stehen. Der Fahrer biegt nach links in den Gartenring ein. Die Augen tauchen kurz ab, tauchen wieder auf. Plötzlich fängt er an zu sprechen:

Genosse General, gestatten Sie eine Frage.

Wassili Wassiljewitsch gestattet. Und der Fahrer beginnt, von seinem Bruder zu erzählen. Dieser Bruder, ein gewisser Wachtang, sei Stellvertretender Vorsitzender eine Sowchose im Kuban gewesen, und jemand habe ihn denunziert. Daraufhin sei er aus der Partei ausgeschlossen und entlassen worden.

Die Sache ist, Genosse General … Weder weiß er, wer ihm

denunziert hat, noch, was ihm eigentlich vorgeworfen wird. Er steht am Pranger und weiß nicht, weswegen. Er hat keine Chance, sich zu verteidigen!

Der Fahrer schreit fast vor Erregung. Unwillkürlich prüft Wassili Wassiljewitsch, ob sein Revolver auch wirklich in der Revolvertasche sitzt – aber nein, natürlich nicht! Auf der Tribüne war das Tragen von Waffen verboten. Wassili Wassiljewitsch wird unbehaglich zumute.

Bürger Chauffeur, ich bin Vorsitzender des Militärkollegiums des Obersten Gerichts der UdSSR. Das ist nicht meine Zuständigkeit …

Genosse General, für Sie wäre es doch ein Leichtes! Ein einziger Brief an das Gebietskomitee! Zwei Zeilen würden genügen: Überprüfen Sie den Fall Soundso! Ich gebe Ihnen Namen und Anschrift … Sie sind doch für die Gerechtigkeit!

Bürger …

Nanitaschwili, Josif! Wie Stalin. Ich bin Parteimitglied.

Genosse Nanitaschwili, Sie haben vergessen, den Zähler einzuschalten.

Ich nehme von Ihnen kein Geld, schreit der Mann. Schreiben Sie zwei Zeilen für meinen Bruder. Erweisen Sie der kommunistischen Gerechtigkeit einen Dienst! Zwei Zeilen, das kostet Sie eine Minute!

Die Augen schwimmen im Spiegel, zucken hin und her. Das Automobil rast mit beträchtlicher Geschwindigkeit den Gartenring entlang.

Genosse Nanitaschwili, bitte schauen Sie auf die Straße.

Ich schaue auf die Straße, ich schaue auf die Straße! Aber versprechen Sie mir, Genosse General, dass Sie zwei Zeilen für meinen Bruder schreiben.

Einverstanden, ich mache das. Aber bitte schauen Sie auf die Straße.

Sie versprechen es, Genosse General? Bei Ihrer kommunistischen Ehre?

Ja, bei meiner kommunistischen Ehre.

Anzeigen wird er dieses Schwein, nimmt Wassili Wassiljewitsch sich vor. Erpressung, Bedrohung. Widerstand gegen die Staatsgewalt.

Sie sind ein guter Mensch, Genosse General. Ich danke Ihnen! Meine ganze Familie dankt Ihnen! Mein Vater war ein alter Bolschwik. Er war im Bürgerkrieg ... Wir sind in Sokolniki. Wie war noch gleich die Adresse?

Fahren Sie bis zu der Ecke da vorn, da bin ich am Ziel, lügt Wassili Wassiljewitsch. Auf keinen Fall will er, dass dieser Irre sieht, wo er hingeht.

Der Irre hält an, holt einen Quittungsblock hervor, kritzelt etwas darauf. Reicht den Zettel Wassili Wassiljewitsch. Der faltet ihn sauber und steckt ihn in die Brusttasche. Der Irre streckt ihm die Hand entgegen.

Ich danke Ihnen, Genosse General. Ich werde Ihnen bis an mein Lebensende dankbar sein!

Und das ist bald, denkt Wassili Wassiljewitsch, während er dem Irren die Hand schüttelt.

Die Gegend ist gespenstisch, auf der linken Seite der offenbar gerade verbreiterten Straße sind sämtliche Häuser abgerissen. Um rasch außer Sicht zu kommen, biegt Wassili Wassiljewitsch rechts ab: *Ininski pereulok.* Links eine Art Park oder Wildnis. Wassili Wassiljewitsch steuert entschlossen darauf zu, geht ein paar Schritte in den Park. Wartet, bis der Irre abgefahren ist. Dann zieht er den Zettel aus der Brusttasche, zerreißt ihn, wirft die Schnipsel in den Schnee.

Nein, natürlich wird er ihn nicht anzeigen. Denn dann müsste er erklären, warum er hier ist.

Wassili Wassiljewitsch entleert seine Blase, versucht, sich

zu orientieren. *Perewedenowski pereulok*. Das müsste ein Stück weiter nördlich sein. Er verlässt den Park, überquert den breiten Prospekt. Stapft durch den Schnee auf der anderen Seite, wo es noch keinen Gehweg gibt. Marschiert zwischen halb abgerissenen Hinterhäusern durch. Ist denn hier kein Mensch, den man fragen kann?

In einem der Höfe scheint ein Feuer zu brennen. Aber Wassili Wassiljewitsch entscheidet sich, nicht in den Hinterhof zu gehen, wer weiß, was da für Leute herumlungern. Plötzlich steht ein halbwüchsiger Junge vor ihm, ganz offensichtlich ein obdachloses, verwahrlostes Kind. Vor solchen muss man sich in Acht nehmen.

Sag mal, junger Mann, wo ist denn hier der *Perewedenowski pereulok*?

Der junge Mann zuckt mit den Schultern.

Da muss es eine Fabrik geben für technisches Papier oder so, fügt Wassili Wassiljewitsch hinzu.

Das ist da vorn, sagt das Kind mit einer Handbewegung in die Richtung, in die Wassili Wassiljewitsch ohnehin hat gehen wollen. Er bedankt sich knapp, geht weiter. Die Straßenbeleuchtung funktioniert nicht. Unwillkürlich beschleunigt er den Schritt, aus Furcht, der Junge könnte seine Truppe zusammentrommeln und ihn verfolgen. Auf einmal ist er im *Nowy Perewedenowski pereulok*, der Neuen Perewedenowski-Gasse. Das sieht schon mal gut aus.

Aber zweihundert Meter weiter ist die Welt mit Brettern vernagelt: ein großer Zaun, dahinter Gleise, irgendein unbegreifliches Gelände. Ihm bleibt nichts anderes übrig, als zurückzugehen.

Menschen, die man fragen könnte, sind weit und breit nicht zu sehen. In der Straße stehen ein paar schwarze, windschiefe Blockhäuser. Wassili Wassiljewitsch entschließt sich zu klopfen. Eine ältere Frau öffnet ihm und fängt bei seinem Anblick sofort an zu greinen: Verschon uns, Väterchen, wir haben nichts getan! Wir sind unschuldig! Der liebe Gott ist mein Zeuge …

Ein Mann kommt heraus: Guten Tag, was wünschen Sie?

Wir suchen den *Perewedenowski pereulok,* die technische Papierfabrik.

Zum Feiertag, fragt der Mann.

Ja, zum Feiertag, antwortet Wassili Wassiljewitsch.

Zurück, zweite links, sagt der Mann und knallt die Tür zu.

Er muss die Straße verpasst haben, wahrscheinlich gibt es kein Schild. Wassili Wassiljewitsch geht zurück, mit ungutem Gefühl. Und tatsächlich sieht er dort hinten, wo er den Straßenjungen nach dem Weg gefragt hat, drei Gestalten auf die Straße treten, ein Kind, zwei Halbstarke. Die haben es abgesehen auf ihn, weiß Wassili Wassiljewitsch sofort.

Er verbirgt sich hinter einem Stromkasten, blickt sich um. Soll er vor drei Jugendlichen davonlaufen? Aber wahrscheinlich haben sie Messer dabei, und wahrscheinlich werden sie davon Gebrauch machen, weil sie davon ausgehen, dass er eine Pistole trägt. Womöglich haben sie es abgesehen auf die Pistole? Die er nicht dabeihat.

Hinter dem Stromkasten ist eine Zaunlücke. Wozu den Helden spielen. Wassili Wassiljewitsch quetscht sich durch das Loch, es ist leider sehr schmal. Sein Rotbanner-Orden bleibt an einer Latte hängen, reißt ab, verschwindet irgendwo im Schnee. Der einzige Orden, den er bisher bekommen hat, für seine Verdienste im Bürgerkrieg. Wassili Wassiljewitsch tastet danach, findet ihn nicht, scheiß drauf.

Er hastet quer durch das Grundstück. Stolpert, fällt, rennt.

Zweige schlagen ihm ins Gesicht. Er steigt auf eine Mülltonne, überspringt eine Mauer. Ein stechender Schmerz im rechten Fußgelenk. Er hastet weiter, quer durch einen Hof, zwischen Häusern vorbei, durch ein Tor und steht plötzlich auf der Straße. Gegenüber eine Fabrik: Technische Papiere. Er ist auf dem *Perewedenowski pereulok*. Ein paar Nummern weiter muss das Gemeinschaftswohnheim sein.

Erst jetzt merkt Wassili Wassiljewitsch, wie er schwitzt. Sein Fußgelenk schmerzt. Der Orden hat einen kleinen Dreiangel in seine Uniform gerissen. Seine Knie sind feucht, die Hände schmutzig. Er nimmt ein bisschen Schnee auf, reibt die Handflächen ab, kühlt sein Gesicht. Einen Augenblick fragt er sich, ob er das Unternehmen abbrechen soll. Aber nein, kommt nicht in Frage. Nun ist er fast am Ziel.

Langsam humpelt er in Richtung der aufsteigenden Hausnummern. Dreht sich mehrmals um, ob die Bande um die Ecke biegt, was aber nicht der Fall ist. Haben die ihn überhaupt verfolgt? Warum sollten sie sich mit einem Mann anlegen, von dem sie annehmen müssen, dass er bewaffnet ist? Was für eine Blamage. Und wie soll er Annuschka erklären, dass ihm sein Orden abhandengekommen ist?

Da ist das Gemeinschaftswohnheim. Wassili Wassiljewitsch geht langsam vorbei, auf der gegenüberliegenden Straßenseite, um die Lage zu erkunden: ein Pförtner, das hätte er sich denken können. Wassili Wassiljewitsch braucht noch ein paar Schritte, bis er sich der Begegnung gewachsen fühlt. Dann macht er kehrt und schreitet langsam, sein Hinken verbergend, auf das Gebäude zu. Der Pförtner erweist sich als Frau, so ein typischer diensthabender Besen.

Wassili Wassiljewitsch schlägt eine strenge, dienstliche Tonart an: Bürgerin, gibt es hier einen Aufzug?

Die Bürgerin zeigt sich durch seinen Auftritt verunsichert:

Genosse Offizier, eigentlich dürfen Sie hier nicht so ohne weiteres ...

Ich frage Sie, ob es hier einen Aufzug gibt!

Ja, aber er funktioniert nicht.

Wassili Wassiljewitsch steigt die Treppen hoch. Zimmer 401, er vermutet es in der vierten Etage, aber es gibt nur drei Etagen. Er betritt den langen Flur. Ein Neonlicht flackert. Überall steht Gerümpel herum, eine alte Nähmaschine, ein kaputter Stuhl, wie auf dem Schrottplatz. Zimmer vierhunderteins, sein Herz bummert, er versucht, ruhig zu atmen. Klopft an. Die Polin öffnet im gestreiften Männerbademantel.

Ich dachte schon, Sie kommen nicht mehr.

Klingt sie enttäuscht oder erleichtert? Wassili Wassiljewitsch weiß nicht mehr, was er sich vorgestellt hat, als die Frau ihm erzählte, sie arbeite seit der Verhaftung ihres Mannes in der Papierfabrik und habe ein Zimmer im nahe gelegenen Wohnheim. Das hier ist kein Zimmer, sondern eine Kammer, höchstens zwei mal drei Meter groß. Hässliche, abgestoßene Tapeten. An der Stirnseite, unter dem Fenster, ein schiefes Tischchen. Trotz der Tageszeit brennt die nackte Glühbirne an der Decke. Das alles nimmt Wassili Wassiljewitsch nur am Rande wahr, als schmuddeliges, trostloses Ganzes, das ihn kränkt: Hat er das verdient?

Erstaunlicherweise stehen in dem winzigen Raum zwei Betten, jeweils links und rechts an der Wand. Es stellt sich heraus, dass Wadwiga nicht allein hier wohnt, sondern eine Zimmergenossin hat, die ausgegangen ist. Sie wird in etwa eineinhalb Stunden wiederkommen, teilt die Frau mit, bis dahin müssen sie *fertig* sein.

Das Wort stört Wassili Wassiljewitsch sogleich, obwohl er nicht weiß, was er dagegen einwenden soll. Eineinhalb Stunden sind genug Zeit, er beschließt, sich davon nicht verrückt machen zu lassen. Er legt seinen Mantel ab, wirft ihn auf das freie Bett links. Die Frau zieht die schäbigen Gardinen zu, knipst eine Nachttischlampe an und macht das obere Licht aus. Setzt sich aufs rechte Bett.

Wollen Sie gleich … oder möchten Sie noch einen Wodka?

Wassili Wassiljewitsch entscheidet sich für den Wodka, um in Stimmung zu kommen. Er setzt sich und schaut ihr beim Eingießen zu. Auch sie wirkt in diesem Abstellraum wie abgestellt. Wie ein ausrangierter, beschädigter Mensch. In seinem Büro war sie ihm schön erschienen. Nicht so schön wie die schöne Deutsche, aber doch irgendwie charaktervoll in ihrer Trauer. Ihre Augen waren voller Glanz, ihr Gesicht hatte die bleiche Würde einer Statue. Aber hier ist sie einfach nur weiß, ihre Haut scheint vor Erschöpfung schlaff. Der Bademantel, in dem sie verschwindet, gehört vermutlich ihrem verhafteten Mann. An den Füßen trägt sie glitzernde Hausschuhe mit rosa Puscheln, Relikt aus einem vormaligen Leben.

Sie trinken.

Sie haben ein Loch in der Jacke, sagt die Frau.

Wassili Wassiljewitsch überlegt, ob er etwas von einem Überfall sagt, entscheidet sich aber anders. Es sei ihm beim Aussteigen aus dem Taxi passiert: Ich bin gestürzt. Er zeigt auf seine Knie, auf denen sich die Feuchtigkeit dunkel abzeichnet.

Ach Gott, sagt die Frau. Noch einen?

Sie trinken noch einen. Die Frau schweigt, beißt sich nervös auf die Lippen. Wassiljewitsch schweigt ebenfalls. Was kann man sagen? Er lässt sich einen dritten Wodka eingießen.

Nun, dann sollten wir vielleicht …

Ja, natürlich, die Frau stimmt eilfertig zu. Sie greift nach dem Revers des Bademantels, als wolle sie ihn ausziehen, schlägt plötzlich die Hände vor das Gesicht.

Ich schäme mich so, presst sie hervor.

Aber bevor Wassili Wassiljewitsch irgendetwas erwidern kann, entschuldigt sie sich, streift ihren Bademantel ab, legt sich nackt auf das Bett. Komm, sagt sie.

Wassili Wassiljewitsch zieht die Stiefel aus, dann seine Uniformjacke, die Hosen. Bedächtig, umständlich. Er weiß, wie er aussieht in langer Unterwäsche. Er sieht schon in Uniform nicht so aus, wie er es sich wünscht. Aber ohne Uniform ist es einfach nur peinlich. Er überlegt, ob er die Nachttischlampe ausschaltet. Das Problem ist: Er will ja sehen.

Er entscheidet sich, das Allerschlimmste vorerst zu vermeiden: die Nacktheit. Er legt sich zu der Frau, Wadwiga, der Name fällt ihm wieder ein. Sie hat tränenfeuchte Augen. Eigentlich wollte er ihr schweinische Worte vorsagen, fällt ihm ein. Aber er zögert. Womöglich wird sie ihn für pervers halten. Er beschließt, es aufzuschieben. Später, wenn sie ein bisschen in Wallung sind, beschließt Wassili Wassiljewitsch.

Er berührt ihre Brüste, streicht über ihren Bauch. Er beginnt sie zu küssen. Aber eigentlich küsst er nicht gern. Er will lieber direkt zur Sache kommen. Nur müsste sein Schwanz dazu in der richtigen Verfassung sein. Er greift der Frau zwischen die Beine, in der Hoffnung, dass sich dadurch bei ihm etwas rührt … Die Frau öffnet bereitwillig die Schenkel, aber diese Geste setzt ihn noch mehr unter Druck. Unter Druck geht es erst recht nicht. Er reibt sich an ihr, macht ein wenig an ihrem Geschlecht herum, aber das bringt ihn nicht weiter. Ihre Schamlippen fühlen sich an wie … wie Plinsen, denkt Wassili Wassiljewitsch.

Komm schon, mach, sagt die Frau.

Sag etwas Schweinisches, befiehlt Wassili Wassiljewitsch.

Was soll ich sagen?

Wassili Wassiljewitsch sagt es ihr vor, die Frau wiederholt es, ohne zu zögern, ohne Scham. Wassili Wassiljewitsch weißt nicht mehr weiter. Soll er ihr befehlen, sich zu schämen?

Er lässt von ihr ab, setzt sich auf.

Was ist?, will die Frau wissen. Du wolltest mich haben, hier hast du mich. Ich habe meinen Teil erfüllt. Bitte schön, nimm mich!

Sie sagt noch einmal das schweinische Wort, das Wassili Wassiljewitsch ihr vorgesagt hat, aber es klingt lachhaft, peinlich.

Hör auf, sagt Wassili Wassiljewitsch.

Er steht auf, zieht seine Uniform wieder an, legt sich den Gurt um. Zieht ihn zwei Löcher zu fest.

Was wird aus meinem Mann?

Ich tue, was ich kann, sagt Wassili Wassiljewitsch.

Die Frau greift nach seiner Hand: Sie dürfen ihn nicht verurteilen, mein Mann ist unschuldig. Sie dürfen das nicht tun!

Ich werde mir das genau anschauen, sagt Wassili Wassiljewitsch.

Er versucht, sich loszumachen, aber die Frau hängt an ihm. Ihre Hand umklammert seine mit erstaunlicher Kraft.

Sie müssen es mir versprechen!

Ich verspreche es, sagt Wassili Wassiljewitsch.

Die Frau lässt los. Wassili Wassiljewitsch schnappt seinen Mantel, stürmt aus dem Zimmer, halb besinnungslos, im Gesicht den grellen Schmerz der Erniedrigung.

Er hat sich von der Diensthabenden ein Taxi rufen lassen. Jetzt steht er und wartet. Schnee fällt, hin und wieder berührt eine kalte Flocke seine Gesichtshaut. Wassili Wassiljewitsch wandert auf und ab, versucht, einen Gedanken zu fassen. Durchlebt noch einmal die schrecklichen Momente seiner Blamage. Immer wieder schießt ihm die Hitze ins Gesicht. Er versucht es mit kleinen Ausreden: das Zimmer, die Situation. Die Ungerührtheit, mit der die Frau das anrüchige Wort nachsprach. Vielleicht, der Gedanke kommt ihm, weil sie – als Polin – das Anrüchige der russischen Worte gar nicht empfindet?

Es hilft nicht viel. Wie man es dreht und wendet, sie ist Zeugin seiner Schwäche geworden. Zeugin seines fetten Wanstes, seiner langen Unterwäsche, seiner Impotenz.

Das Taxi kommt. Hotel Metropol, befiehlt Wassili Wassiljewitsch, überlegt es sich aber sogleich anders. In diesem Zustand kann er Anna nicht unter die Augen treten, äußerlich und innerlich desolat. Fahren Sie mich zur *Straße des 25. Oktober*, korrigiert Wassili Wassiljewitsch. Nummer dreiundzwanzig.

Alles klar, sagt der Fahrer.

Was meint er mit *Alles klar*? Wassili Wassiljewitschs misstrauischer Blick wandert zum Rückspiegel, aber der Fahrer schaut geradeaus, macht seine Arbeit, belästigt ihn nicht mit irgendwelchen Anliegen. Wassili Wassiljewitsch ist erleichtert, ja dankbar. Dankbar dafür, dass jemand mal nichts von ihm will.

Er gibt dem Fahrer ein übermäßiges Trinkgeld.

So weit ist es also schon, denkt Wassili Wassiljewitsch, als er das Gebäude des Militärkollegiums betritt. Jetzt gibt er den Leuten schon Geld dafür, dass sie ihn nicht belästigen.

In seinem Büro zieht er die Uniform aus, knüllt sie in den Schrank. Zieht die Ersatzuniform an. Zum Glück hat er auch hier eine deponiert, sogar mit Ordensspange. Die alte Uniform wird er entsorgen und eine neue bestellen, die Hose ist ihm ohnehin zu eng geworden, und schließlich steht ihm jährlich eine neue Uniform zu.

Er geht ins Bad, betrachtet sich im Spiegel. Ihm ist nichts anzusehen, findet Wassili Wassiljewitsch. Den Orden hat er verbummelt, aber der lässt sich wiederbeschaffen ... Allmählich kommt er wieder zu sich. Die vertraute Umgebung hilft ihm dabei. Er geht zurück ins Büro, setzt sich an seinen Schreibtisch, auf den Stuhl, den sein Hintern auswendig kennt. Von hier aus, vom Zentrum seines Lebens, kommt ihm das, was vor einer halben Stunde im Gemeinschaftswohnheim geschehen ist, schon weniger entsetzlich vor. Ferner, unwirklicher. Nur sein Versprechen wurmt ihn. Obwohl es ja fast Erpressung war. Und was hat er eigentlich versprochen? Er hat versprochen, sich die Sache noch einmal genau anzusehen, nicht mehr.

Wassili Wassiljewitsch blättert in den Papieren auf seinem Schreibtisch, holt sich die Akte *Woinakowski* heran, auf der aus unerfindlichen Gründen das Passbild fehlt. *Vaterlandsverrat, Spionage, konterrevolutionäre Propaganda*, die ganze Latte. Paragraphen 58.1, 58.3, 58.6 ... einschließlich Geständnis, hoffnungsloser Fall. Selbst wenn es passiert wäre heute Nachmittag, denkt Wassili Wassiljewitsch, hätte er nichts für den Mann tun können.

Insofern ist es in gewisser Weise sogar gut, dass nichts passiert ist. Im Grunde, wenn er ehrlich ist, hätte er die Gegenleistung gar nicht erbringen können. Andere tun das: Dinge versprechen, die sie nicht halten können. Aber ist das nicht irgendwie schäbig? Gewissenlos?

Wassili Wassiljewitsch starrt auf die Akte von Stanislaw Woinakowski, auf der aus unerfindlichen Gründen das Passbild fehlt, genauer gesagt, er starrt knapp daran vorbei, ins Nichts, auf irgendeinen Punkt im Raum, während in seinem Kopf noch einmal die quälendsten Minuten des Nachmittags ablaufen – wie er sich an ihrer Haut reibt, die dumme Unterwäsche dazwischen, ihre Schamlippen, die sich wie Plinsen anfühlen, sein vergebliches Gemache und Gestrample, ganz und gar hoffnungslos, er weiß es im Grunde vom ersten Augenblick an: Er kann es nicht ...

Aber das braucht ihm nicht peinlich zu sein. Er kann so etwas nicht tun. Es wäre schäbig, gewissenlos. Und die Tatsache, dass er es nicht kann, zeugt doch, im Grunde genommen, davon, dass er, Wassili Wassiljewitsch, nicht schäbig und gewissenlos ist. Mögen andere es tun, mögen sie sich auf diese Weise bedienen, er kann es nicht. Ja, vielleicht ist er schwach. Aber ist seine Schwäche nicht Ausdruck einer gewissen, nennen wir es ruhig: Moral.

Er bestätigt das Urteil durch seine Unterschrift: *Tod durch Erschießen.*

Befriedigt über die eigene Unbestechlichkeit, schlägt er die Akte zu, nimmt sich die nächste vor, ganz automatisch: Laima Zeraus. Alias Hilde Tal. Aus Lettland, wie er. Irgendwie glaubt er sich zu erinnern. War das nicht die Fleischertochter? Oder arbeitete sie in der Fleischfabrik? Ein Mannweib. Jung, große Klappe. Was weiß sie über ihn? Was könnte sie wissen? Wassili Wassiljewitsch mag keine Leute, die etwas über ihn wissen könnten. Insbesondere keine, die wissen könnten, dass er am Polytechnischen Institut Kaufmann gelernt hat, nicht Jurist. Allerdings hat die Frau auf dem Passfoto kaum Ähnlichkeit mit der Laima Zeraus, die er kennt. Eine eher füllige, weiche Person. Verwechselt er sie?

Er schaut sich die Anklage an: Paragraph 58.5, 58.6. Kein Geständnis. Aber Aussagen von Abramow-Mirow, Melnikow und noch ein paar Leuten, die er nicht kennt. Bei Frauen entscheidet er sich meistens für zehn Jahre Lager. Aber warum eigentlich? Herrscht nicht Gleichberechtigung in der Sowjetunion?

Tod durch Erschießen, entscheidet Wassili Wassiljewitsch. Er setzt seine Unterschrift unter das Urteil, nimmt sich die nächste Akte vor ... Aber dann fällt ihm ein, dass heute Feiertag ist. Und er sitzt hier schon wieder und schuftet. Während die anderen bei Woroschilow Haselhuhn fressen und Champagner saufen. Irgendwie kränkt es ihn doch, dass er nicht eingeladen ist.

РГАСПИ, ф. 146, оп. 2, д. 38

Wir haben den Staat auf solche Weise geeint, daß jeder seiner Teile, der vom sozialistischen Ganzen getrennt wird, diesem nicht nur Schaden zufügen, sondern auch nicht allein auf sich gestellt existieren könnte und zwangsläufig unter fremdes Joch geraten würde. Deshalb ist ein jeder, der bemüht ist, diese Einheit des sozialistischen Staates zu zerstören, der danach strebt, einen Teil oder eine Nationalität davon abzutrennen, ein Feind, ein geschworener Feind des Staates und der Völker der UdSSR. Und wir werden jeden dieser Feinde, auch wenn er ein alter Bolschewik ist, vernichten, einschließlich seiner Angehörigen und seiner Familie. Jeder, der durch seine Handlungen und durch sein Denken, ja auch sein Denken, wider die Einheit des sozialistischen Staates handelt, wird von uns gnadenlos vernichtet. Auf die Vernichtung aller Feinde, bis zum Letzten, auf die Vernichtung der Feinde und ihrer Sippschaft!

(Stalins Toast am 7. November 1937, dem zwanzigsten Jahrestag der Oktoberrevolution, beim Essen im Hause Woroschilows)

5 Totentanz

– Charlotte –

Am 1. Dezember, mitten in der Nacht, hört Charlotte Schritte. Um kurz vor halb vier kommen sie, um Viertel vor fünf gehen sie wieder.

Am nächsten Tag fehlte Pedro Marchista beim Essen.

Seitdem ist es still geworden am spanischen Tisch. Die beiden übriggebliebenen Genossinnen versuchen, Haltung zu bewahren, aber mit der demonstrativen Fröhlichkeit ist vorbei. Welche von beiden war eigentlich mit Pedro zusammen – Carmen oder Luisa?

Es ist das erste Mal, das Charlotte sich das fragt. Sie versucht, sich vorzustellen, zu welcher von beiden Pedro passt, aber zu ihrer Überraschung muss sie feststellen, dass sie sich kaum noch an Pedro erinnern kann. Nicht besonders groß, schwarzhaarig, eine irgendwie imposante Nase. Aber es gelingt ihr nicht, sein Gesicht in der Vorstellung scharfzuziehen. Täglich hat sie ihn gesehen, täglich saß er ihr gegenüber. Sie hätte geglaubt, dass sie ihn lebenslänglich nicht mehr vergisst – und schon ist er verschwunden. Wer war er eigentlich? Warum kam er in die Sowjetunion? Warten irgendwo Eltern auf ihn? Freunde? Kriegen sie einen Brief? Was würde wohl da drinstehen?

Sie betrachtet die beiden Spanierinnen: Carmen, die wirklich wie eine Carmen aussieht mit ihren schönen, ungezupften Augenbrauen und einem Hals, der immer so gerade ist, als würde sie irgendwas auf dem Kopf balancieren. Dagegen

Luisa in changierendem Blond, aber mit dunklem Teint, dem auch das russische Klima nichts anhaben kann. Wird sie sich an ihre Gesichter erinnern, falls sie verschwinden sollten? Oder falls sie selbst verschwindet.

Und Murray? Murray führt wieder irgendwelche Selbstgespräche, über die Suppe gebeugt wie ein Gnom. Sommersprossig und rothaarig, das hätte sie noch sagen können. Und auch den altmodischen, gekringelten Backenbart kann man kaum vergessen. Aber das eigentliche Gesicht, diese breite, lausbübische Fratze ...

Probehalber versucht sie, sich Provost vorzustellen, bevor sie zu ihm hinsieht: die Augen recht eng um die Nase platziert, viel Platz ist nicht in diesem Gesicht; das Kinn irgendwie lang; die schon etwas schütteren Haare locker nach hinten gelegt. Augenfarbe? Sie weiß es nicht ...

Blau, stellt sich heraus. Das Kinn ist nicht so lang wie erwartet. Dafür ist seine Stirn auffällig hoch, der Haaransatz weit nach hinten gerutscht. Bei genauer Betrachtung seiner Frisur sieht man, dass Haarfestiger zum Einsatz gekommen ist. Das Interessante: Provost wirkt auf den ersten Blick eher streng, zugeknöpft, was womöglich dadurch verstärkt wird, dass er trotz seiner erheblichen Körperlänge stets aufrecht am Tisch sitzt. Der Eindruck verblasst aber, sobald Provost sich jemandem zuwendet, genauer gesagt, einer Frau, in diesem Falle Clara Sondermann. Nicht, dass sein Lächeln schön zu nennen wäre, aber es hat, vielleicht weil es sich jedes Mal die Mühe macht, die großen Zähne zu entblößen, eine gewisse Intensität. Auch sein Blick, sein beim Zuhören schräggeneigter Kopf, seine krausgezogene Stirn vermitteln den Eindruck von aufrichtigem Interesse.

Clara Sondermann sitzt leider mit dem Rücken zu Charlotte – und wieder muss sie feststellen, dass sie von ihrem

Gesicht allenfalls eine Ahnung bewahrt hat. Irgendwie mild, durchscheinend, helläugig. Sie sieht nur die Ohren, deren Läppchen bis zum äußersten unteren Ende am Hals angewachsen sind und Falten ziehen. Was für hässliche Ohren! Kann ein Mann eine Frau lieben mit solchen Ohren?

Die Frage stellt sich, weil aus dem Zimmer von Provost neuerdings Geräusche zu hören sind, die man eigentlich nur als die unterdrückten Laute der Liebe deuten kann: gequetschtes, stoßweise aus den Leibern gepresstes Stöhnen. Es tritt nicht jede Nacht auf, aber wenn, dann zeugt es von geradezu kränkender Ausdauer. Stundenlang, so kommt es Charlotte vor, und mit maschineller Gleichmäßigkeit wird dort etwas vollzogen, während Wilhelm und sie schlaflos in getrennten Betten liegen.

Überhaupt plagt die Schlaflosigkeit sie immer mehr, selbst wenn es nebenan still ist. Wirklich still ist es allerdings nie. Die Nacht ist voller Geräusche. Irgendwo geht irgendwer. Ein Auto hält vor dem Hotel. Manchmal glaubt sie, den Fahrstuhl zu hören. Plötzlich raschelt es mitten im Zimmer.

Die Mäuse, sagt Wilhelm.

Sie schlafen spät ein, werden spät wach. Ihre Spaziergänge werden mit zunehmendem Frost immer kürzer, inzwischen genügen ihnen zwanzig Minuten, bevor sie zum Mittagessen gehen, um ihre tägliche kleine Vorstellung zu geben. Kaum dass sie wieder auf dem Zimmer sind, werfen sie sich aufs Bett und schlafen ein, was dazu führt, dass sie immer später zu Bett gehen, immer später aufstehen, ein verhängnisvoller Kreislauf.

Am 6. Dezember fehlt John Murray. Es ist der Tag der Verfassung, draußen herrscht Festtagsstimmung. Es ist ein bisschen wärmer geworden, frischer Schnee segnet die Dächer der Stadt, die kommunistischen Großbauten und die Kirchenkuppeln. Der Danton auf dem Platz der Revolution hat ein albernes weißes Hütchen bekommen. Von überall her dringt Musik. Auf dem endlich wieder gepflasterten Platz vor dem Bolschoitheater wird getanzt.

Das Gesicht von John Murray kriegt sie einigermaßen zusammen: lausbübisch, sommersprossig. Sie hat ihn nie gemocht. Er war falsch, er war irre. Vollkommen ungeeignet für den Dienst, findet Charlotte. Die Kellnerin räumt sein Gedeck wieder ab, ihr kann es nur recht sein: Noch einer weniger. Kurz bleibt sie stehen, schaut sich um und zählt, Charlotte sieht es, mit spitzem Kinn die Übriggebliebenen.

Wenige Tage später erhöht sich die Zahl der Talon-Esser allerdings wieder. Denn plötzlich taucht Sepp auf, das Faktotum von der Fälscherbrigade. Stumm bahnt er sich seinen Weg durch Stühle und Tische, den verbliebenen Arm schräg vor sich her tragend wie ein Elefant seinen Rüssel. Sucht sich den ehemaligen Platz von Murray aus. Setzt sich und grüßt Charlotte.

War das ein Gruß? Der Blick, das kaum merkliche Senken des Kopfes?

Sie wendet sich erschrocken ab, bedauert es im nächsten Augenblick, wendet sich ihm wieder zu, aber da ist Sepp schon in die Speisekarte vertieft, auf der Gerichte stehen, die fast alle nicht zu bekommen sind.

Am nächsten Tag gelingt es ihr, seinen Blick zu erhaschen, sie tauschen einen stillen Gruß. Seitdem hegt sie den Wunsch, mit Sepp zu sprechen, vielleicht, dass er etwas weiß. Aber wie, ohne dass Wilhelm es merkt? In ihrer sinnentleerten, kreisenden Existenz gibt es kaum Schlupfwinkel. Sie müsste herausfinden, in welchem Zimmer er wohnt. Sie müsste Alleingänge wagen, für die es keine Begründung gibt. Sie müsste zielgerichtet und konspirativ handeln, aber dazu fehlt ihr die

Entschlossenheit. Zu lange schon dümpelt sie an Wilhelms Seite durch den Tag, zwei Rettungslose, die sich aneinanderklammern, aber einander nicht helfen können.

Und doch ist es besser als das Alleinsein. Jetzt, da ihr vor Augen steht, dass sie getrennt werden könnten, ist ihr Wilhelms Nähe keineswegs lästig, im Gegenteil. Sein schlichtes Da-Sein tut ihr gut. Sein gelegentliches Schniefen, sein Schnarchen beim Mittagsschlaf, ja, sogar die Geräusche, die aus dem Bad kommen, haben aufgehört, sie zu stören. Es rührt sie, wie er seine Verzweiflung vor ihr zu verbergen sucht. Sie schämt sich für alles, was sie ihm heimlich angetan hat. Umso mehr kann sie seine Treue schätzen.

Oft denkt sie an die fast fünfzehn Jahre, die sie mit ihm zusammengelebt hat, erinnert sich an ihre Motorradausflüge nach Königs Wusterhausen. An den Geruch des Havelwassers in ihren Haaren; an die Gänsehaut, wenn sie im klatschnassen Badeanzug nach einer Bockwurst anstand. Sie erinnert sich an ihren «Hochzeitsabend» im Hotel Vier Jahreszeiten in Hamburg (Hochzeitsabend hieß, dass Wilhelm ihr einen Pass auf den Namen Germaine und ein Einreisevisum für die Sowjetunion besorgt hatte). Sie erinnert sich, wie sie in den Vier Jahreszeiten einen Lachkrampf bekam, als sie die Blumenvase umkippte und der überkandidelte Kellner sich dafür *bei ihr* entschuldigte. Sie erinnert sich an vieles, das schon vergessen schien. Sie ist froh, dass sie sich erinnert; dass das alles stattgefunden hat. Selbst der *Deutches Reich*-Stempel entlockt ihr ein Lächeln. Aber wenn sie aus ihren Erinnerungen auftaucht, findet sie sich in ihrem Luxusgefängnis wieder.

Hin und wieder meldet sich Wassili Wassiljewitsch Ulrich in ihrem Kopf. Aber sie sind alles schon x-mal durchgegangen. Sie hat ihre Lügen gestanden. Ihre kleinen Fälschungen zugegeben. Ihre kleinen Ausreden aufgegeben. Sie hat gestanden, dass sie nicht wachsam genug war, dass sie manchmal gezweifelt hat.

Sie ist keine gute Genossin, und sie würde es akzeptieren, wenn die Partei sie bestraft, sie sogar ausschließt. Aber wie kann sie zugeben, dass sie ein Volksfeind ist? Wie kann sie zugeben, dass sie von irgendwelchen konterrevolutionären Aktivitäten gewusst hätte? Wie kann sie zugeben, geheime Nachrichten transportiert oder Anschläge vorbereitet zu haben? Das kann sie nicht zugeben, allein schon ihrer Kinder wegen.

Bürgerin Umnitzer, glauben Sie wirklich, Sie würden die Situation Ihrer Kinder verbessern, wenn Sie weiterhin lügen?

Aber ich sage die Wahrheit.

Bürgerin Umnitzer, versuchen Sie, mich zu verstehen. Sie haben uns die ganze Zeit belogen. Sie haben noch nicht ein einziges Mal aus freien Stücken die Wahrheit gesagt. Warum sollten wir Ihnen glauben?

Mitte Dezember fehlen Carmen und Luisa. Am Abend danach bleibt Charlotte angekleidet auf ihrem Bett liegen. Bisher sind sie nach dem Ende des Radioprogramms aufgestanden, zuerst Wilhelm, dann Charlotte, sind nacheinander ins Badezimmer gegangen, haben sich umgezogen und schlafen gelegt – um dann doch wach zu liegen und auf die Stunde zu warten. In dieser Nacht aber beschließt Charlotte nach dem Zähneputzen, sich wieder anzukleiden: Im Fall der Fälle möchte sie nicht im Schlafhemd angetroffen werden. Wilhelm macht es ihr nach, kommentarlos.

Also bleiben sie liegen bis um halb fünf, lassen ihre Nachttischleuchten brennen.

Am nächsten Tag entschließt sich Charlotte, Werner zu treffen, und zwar bald, noch vor Weihnachten. Werner klingt am Telefon frech und fröhlich wie immer, und so erscheint er auch zwei Tage später im Café Roter Mohn. Er nimmt nicht mal die Pelzmütze ab beim Eintreten, die beiden Ohrenklappen stehen störrisch von seinem Kopf ab. Seine Bewegungen sind entschlossen und zielgerichtet; mit wenigen Schritten ist er bei ihr, die Winterluft hinter sich herwirbelnd.

Er knallt seine Pelzmütze auf den Tisch. Charlotte verkneift es sich, ihn deswegen zu ermahnen.

Im Gegensatz zu Kurt ist Werner nicht nur blauäugig, sondern auch blond. Obendrein ist er groß, stark und gerade gewachsen, mit anderen Worten: Er entspricht hundertprozentig dem Ideal, das in Deutschland gerade propagiert wird. Was nichts daran ändert, dass Werner ein auffallend schöner Mensch ist. Und seine Schönheit entspringt nicht etwa der mütterlichen Einbildungskraft, auch die Genossen der Berliner Agitprop-Abteilung müssen das so gesehen haben. Vor vier Jahren war Werner, siebzehnjährig, auf unzähligen Wahlplakaten der KPD in Berlin zu sehen, gewissermaßen als Beweis dafür, dass man groß, blond und blauäugig sein kann – und doch Kommunist.

Man möchte sich nicht vorstellen, was die Nazis mit Werner anstellen würden, wenn man ihn nach Deutschland abschöbe. Zum Glück ist er inzwischen Russe, genauer gesagt, Sowjetbürger. Abschieben können sie ihn kaum, aber was, wenn sie, Charlotte, verurteilt wird? Vater unerwünscht, Mutter verhaftet …

Die Kellnerin bringt eine Karte und wendet sich unvermittelt an Werner: Bürger, nehmen Sie Ihre Mütze vom Tisch, das verstößt gegen die Hygiene. Und hängen Sie Ihre Sachen an der Garderobe auf.

Werner, die Kellnerin mit Blicken anhimmelnd: Aber natürlich, Schönste, wer könnte Ihnen widerstehen!

Die Kellnerin wendet sich ab, unentschlossen, ob sie beleidigt sein oder sich geschmeichelt fühlen soll. Werners Russisch ist fehlerfrei, aber im Gegensatz zu Kurts noch immer mit deutlichem Akzent.

Ich freue mich, dass du gekommen bist, sagt Charlotte.

Ich mich auch, sagt Werner.

Charlotte überlegt, wie sie es anfangen könnte. Sie würde gern mit ihm über sein Leben sprechen. Auch über seine Zukunft. Kurt hat ihr erzählt, Werner arbeite seit einer Weile beim Metro-Bau, nicht als freiwilliger Helfer, sondern regulär, Akkordarbeit, Schicht. Er verdiene dreimal so viel wie Kurt, trinke jedoch, treibe sich Abend für Abend mit fragwürdigen Gestalten herum. Charlotte stellt sich Bauarbeiter als raue, ungebildete Kerle vor. Lieber wäre ihr, Werner würde studieren. Aber kann sie das sagen? Müsste sie nicht, ganz im Gegenteil, stolz sein auf ihren Sohn? Angehöriger der Arbeiterklasse, Held des Generalplans.

Wie geht es denn so auf der Baustelle?, fragt Charlotte.

Bombe, sagt Werner auf Deutsch. Gerade haben wir unseren Brigadier hochgehen lassen, das Schwein.

Soso, sagt Charlotte. Sie könne sich schon vorstellen, dass da ein rauer Umgangston herrsche, aber gewiss seien die Metro-Erbauer gute Genossen …

Ja, sagt Werner. Lauter Halunken und Taugenichtse. Er lacht. Einige seien ganz in Ordnung.

Ob denn viel getrunken werde, will Charlotte wissen.

Nur nach Feierabend, entgegnet Werner. Auf der Baustelle trinken wir nie.

Charlotte versucht es mütterlich-diplomatisch: Sie habe natürlich nichts dagegen, dass er sich amüsiere, solange es im Rahmen bleibe. Aber sie kenne ihn ja, er habe mitunter eine ausschweifende Art. Vielleicht sei es in diesen Zeiten angebracht, etwas zurückhaltender zu sein. Sich zu überlegen, was man sage, mit wem man Umgang habe ...

Werner scheint nicht zu verstehen. Vergnügt futtert er seine Pelmeni. Ihr besorgter Tonfall prallt an ihm ab, und allmählich beginnt Charlotte, sich zu fragen, ob das, was Kurt über ihn erzählt hat, nicht vielleicht übertrieben sei.

Man hört, dass du mit einer sehr jungen Frau zusammen bist.

Hat Kurt dir erzählt?

Nein, lügt Charlotte, das habe ich über drei Ecken erfahren.

Sie ist sechzehn, sagt Werner. Ich bin zweiundzwanzig. Worin besteht das Problem? Vater war fünf Jahre älter als du. Wie alt ist Wilhelm?

Darum geht es nicht, sagt Charlotte.

Worum geht es dann? Darum, dass ich vorher mit ihrer Mutter zusammen war? Hast du das auch über drei Ecken erfahren?

Werner zieht die zweite Portion Pelmeni zu sich herüber und beginnt, sie zu vertilgen. Er ist nicht wütend, nicht mal aufgebracht. Er isst ohne Gier, blickt hin und wieder vom Teller auf, betrachtet die aufgespießten Teigtaschen, bevor er sie in den Mund schiebt, und manchmal scheint es, als spreche er mit ihnen, nicht mit Charlotte.

Es stimmt, sagt Werner. Es ist wahr. Ich habe zuerst ihre Mutter kennengelernt. Die war sechsunddreißig, sieh mal an! Und ich hatte was mit ihr. Ist das jetzt verboten? Oder hätte ich gleich bis zum Lebensende mit ihr zusammenbleiben müssen? Das wusste ich nicht. Manche trennen sich ja, obwohl sie zwei Kinder haben. Es gibt ja angeblich Mütter, die ziehen zu Hause aus und überlassen ihre minderjährigen Kinder dem Vater. Ich habe dir niemals Vorwürfe gemacht. Ich war zwölf, als du ausgezogen bist, Kurt war zehn. Von da an haben wir uns die Schulbrote selber geschmiert und die Knöpfe angenäht. Nein, war keine Katastrophe. Erwin hat uns jeden Monat zwanzig Mark zum Einkaufen gegeben, und was wir eingespart haben, das wurde in Kino umgesetzt. Wir sind allein in die Sowjetunion, da war Kurt fünfzehn, ich siebzehn. Erwin noch in Deutschland und du irgendwo da draußen auf deinem Punkt Zwei. Wir kannten die Sprache nicht, hatten keine Freunde, keine Arbeit. Ich konnte nicht mal den Stadtplan lesen. Ich wusste nicht, was ich fressen soll. Ich werfe dir nichts vor, Mutter. Ich verlange nicht, dass du dich um mich kümmerst. Aber mach mir bitte keine Vorschriften, wie ich leben soll.

Im ersten Moment glaubt Charlotte, empört zu sein, aber sie weiß es nicht genau. Ist sie wirklich empört? Oder glaubt sie, empört sein zu müssen? Soll sie einen mahnenden Ton anschlagen? Soll sie weiter die Mutter spielen, oder steht ihr diese Rolle nicht zu? Soll sie die Gegenargumente aufzählen?

Dass sie ihm die Wohnung in Moskau besorgt hat, fällt ihr ein. Dass sie eine Zeitlang sogar die Miete bezahlt hat. Dass er nicht zwölf war, als sie ging, sondern fast sechzehn. Soll sie ihn erinnern an die gemeinsam verbrachte Zeit in Berlin? An die Badeausflüge mit der BMW R 32. An die Wochenenden in Hamburg oder Cuxhaven. Auch ist sie sicher, dass sie durchaus Knöpfe angenäht und Socken gestopft hat, bevor diese Gerda bei Erwin einzog … Sie könnte vieles sagen.

Sie sagt nichts. Sie starrt die Tischdecke an, die Teeflecken, die Krümel … Da wird es plötzlich laut. Werner hört auf zu essen. Zwei Milizionäre stehen im Café. Die Kellnerin zeigt auf einen Jungen, den der Milizionär am Arm festhält. Charlotte versteht nicht, was da durcheinandergesprochen wird. Sie betrachtet den Jungen, er ist vielleicht zwölf, kurzgeschoren mit Segelohren. Schmutzig, in Lumpen. Zu große Schuhe. Sieht zu Boden, schweigt.

Charlotte merkt, wie ihr die Tränen in die Augen schießen.

Jetzt heul nicht, Mutti, sagt Werner. Es ist alles gut.

Sie holt ihr Portemonnaie aus der Handtasche, aber Werner besteht darauf, selbst zu bezahlen.

Am 25. Dezember fehlt Clara Sondermann mit den hässlichen Ohren. Erstaunlicherweise hören die Geräusche im Nebenzimmer nicht auf.

Am 29. Dezember wird ein vier Meter hoher Tannenbaum im Restaurant des Metropol aufgestellt.

Am 30. Dezember fällt das Talon-Essen aus, weil man den Saal dekoriert für den großen, feierlichen Silvesterball.

Natürlich haben Charlotte und Wilhelm nicht vor, zum *großen feierlichen Ball* zu gehen, obgleich Charlotte in diesem Jahr sogar Eintrittskarten besorgt hat – Ende September, als sie noch im Verlag angestellt war. Einschließlich Bankett, teures Vergnügen. Die Musik ist bis in die vierte Etage zu hören: Jazzmusik. Wilhelm mag keinen Jazz.

Bis Viertel nach elf liegen sie angekleidet auf ihren Betten. Dann schlägt Wilhelm auf einmal vor, doch ins Restaurant zu gehen: Schade, wenn man das schöne Essen verfallen ließe.

Und ist es nicht egal, ob sie hier oben herumliegen oder da unten sitzen?

Bis Charlotte fertig ist, ist es beinahe zwölf, sie schaffen es gerade noch zum Feuerwerk vor dem Hotel. Als die Leute danach ins Restaurant zurückströmen, werden die Eintrittskarten nicht mehr kontrolliert. Sie finden ihre Sitznummern am Rande des Saals, die Plätze werden ohne Murren geräumt. Das Buffet ist schon ziemlich abgefressen, aber es gibt immer noch Plinsen mit Beluga-Kaviar, es gibt Lachs von der Halbinsel Kola, es gibt noch ein wenig kalten Rindsbraten. Es gibt Huhn, Ente, sogar Fasan, weiß der Teufel, woher. Es gibt lauter Dinge, die es sonst nicht gibt, aber auch den berühmten russischen Rote-Beete-Salat (genannt *vinigred*); es gibt natürlich Moskauer Salat mit Mayonnaise, es gibt Piroschki, Pelmeni, Wareniki, es gibt ganz wunderbare eingelegte Gurken, köstliches Sauerkraut, ja, es gibt sogar Würstchen, an denen Wilhelm sich gütlich tut, mit einer russischen Variante von Kartoffelsalat, während Charlotte sich an Kaviar und Lachs hält.

Kaum dass sie sitzen, hält der Hoteldirektor eine Rede zum neuen Jahr. Die wenigsten hören zu, manche jedoch mit Tränen in den Augen, andere lachen an unpassenden Stellen. Die Leute haben kleine Hütchen auf, tragen selbstgemachte Kostüme. Die Stimmung ist aufgekratzt, ja, beinahe hysterisch. Dann beginnt eine Tanzshow, die anscheinend «amerikanisch» sein soll. Frauen in erstaunlich freizügigen Paillettenkleidern mit Fransen, Männer in einer Art Cowboykostüm. Das Publikum steht um die Bühne herum, sodass Charlotte und Wilhelm kaum etwas sehen. Aber eigentlich wollen die Leute selber tanzen. Sie zucken im Takt, winden sich, die Gesichter fiebrig, die Blicke irr. Dann endlich ist die Show zu Ende, und sie dürfen sich selbst produzieren.

Charlotte und Wilhelm holen sich Nachschlag und noch ein Glas Sekt und schauen den ausgelassenen, verrückten, betrunkenen Paaren zu, die sich vollkommen regellos zur Jazzmusik bewegen. Sich verdrehen und verbiegen, hopsen, wackeln, springen, schleichen, sich umfassen, umarmen, umherwirbeln, sich aneinander reiben, sich voneinander abstoßen, sich gegenseitig anschmachten oder sich in selbstverliebten Verrenkungen vergessen: ein fetter Mann, der sich vor Trunkenheit kaum noch auf den Beinen halten kann, eine junge Frau, die so selbstbewusst und zielgerichtet agiert, als versorge sie einen Notfall; eine ältere Dame auf kippligen Schuhen wirft sich in expressive Posen; eine magere Strenge macht ein Gesicht, das offenbar zum Schmettern des Saxophons passen soll. Ein schmaler Langer schüttelt sich zum Stakkato des Klaviers – dass es Gaston Provost ist, erkennt Charlotte erst auf den zweiten Blick. Wieder ein anderer schlägt auf seinem Bauch den Rhythmus; ein Dritter imitiert schwitzend die Bewegungen eines Stabhochspringers.

Dann ist es plötzlich drei Uhr, aber was sollen sie auf dem Zimmer? Müde sind sie nicht, und solange sie hier unten sitzen, kann niemand sie abholen, denkt Charlotte. Der sicherste Platz in ganz Moskau. Sie kichert, probiert ein zweites kleines Dessert. Wilhelm holt sich die soundsovielte Bockwurst. Sie trinken ein drittes, ein viertes Glas Sekt. Das Zuschauen weckt in Charlotte einen Bewegungsreiz, dem sie allerdings nur mit den Füßen unter dem Tisch nachgibt.

Aber dann steht plötzlich Sepp vor ihr, der Fälscher von Punkt Zwei, verbeugt sich leicht. Sie liest es ihm von den Lippen ab: Darf ich bitten.

Charlotte sieht zu Wilhelm, dieser macht eine Handbewegung, die alles bedeuten könnte, aber Charlotte weiß schon, bevor sie sich zu ihm umdreht, dass sie Sepp keinen Korb geben kann, und zwar nicht etwa nur aus Respekt, nicht weil sie eine stille Freundschaft mit ihm verbindet, nicht weil sie ihn heimlich beim Essen grüßt, sondern weil sie im Moment, als Sepp vor ihr stand, gedacht hat: Wie will er denn tanzen? Mit dem einen Arm. Gerade deshalb bleibt ihr nichts anderes übrig, als seiner Aufforderung Folge zu leisten.

Sepp hält sie mit seiner Linken. Alles ist irgendwie verkehrt herum. Er drückt sie fest an sich, so fest, dass sie sich nach hinten biegen muss, damit ihre Nasen sich nicht berühren, wodurch sie sich wiederum an ihm festhalten muss, um nicht nach hinten zu kippen. So ineinander verschränkt und verschlungen, drehen sie sich zwischen den anderen, ein seltsames Paar ... Charlotte versucht, die Peinlichkeit niederzukämpfen, die daher rührt, dass sie nicht so tanzen wie alle, sondern irgendwie sonderbar, verkehrt herum, altmodisch, obwohl sie, weiß Gott, keinen Wert darauf legt, mit den fiebrig Zuckenden um die Wette zu zucken. Aber da ist auf einmal Schluss.

Zuerst verendet das Schlagzeug, dann setzt der Bass aus. Das Saxophon quetscht noch einen Rest Luft heraus, das Piano hüpft noch ein paar Stufen abwärts, und plötzlich ist die ganze Kapelle verstummt. Vor der Bühne stehen ein Milizionär, ein Mann in Lederjacke und zwei bewaffnete Soldaten.

Es wird still im Saal.

Man hört den Mann in der Lederjacke einen Namen sagen, es hört sich an wie *Geiger*, aber gemeint ist offenbar der Pianist, der langsam aufsteht. Ein schmaler, dunkelhaariger Mann mit tiefen Geheimratsecken. Der Direktor, derselbe, der sich eben an einer sentimentalen Rede versucht hat, wieselt nach vorn, versucht, mit dem Mann in der Lederjacke zu reden, wird aber von ihm angeschnauzt:

Halt die Fresse!

Jetzt wird offenbar, dass der Mann in der Lederjacke angetrunken ist.

Ab geht es!, schreit er.

Der Pianist steht immer noch hinter seinem Klavier. Jetzt mischt sich der Bassist ein, wendet sich an den Milizionär, es ist nicht zu verstehen, was er sagt, aber ganz offensichtlich protestiert er gegen das Verhalten des Mannes in der Lederjacke, welcher aber die Befehlsgewalt hat. Und dann sagt der Bassist zu dem Mann, und das versteht jeder im Saal:

Sie sind betrunken.

Und der Mann zieht einen Revolver aus der Jacke, richtet ihn auf den Bassisten und sagt: Und du bist verhaftet! Widerstand gegen die Staatsgewalt!

Damit werden der kalkweiße Pianist und der Bassist von den beiden Soldaten abgeführt. Der Mann in der Lederjacke bleibt noch einmal stehen, dreht sich zum Saal und schreit: Weitermachen!

Der Direktor, an den Rest der Kapelle gewandt, wiederholt den Befehl: *Weitermachen*!

Und sie machen weiter. Alle machen weiter. Die Kapelle macht weiter. Die Tanzenden machen weiter, auch wenn sie plötzlich wie zuckende Schatten aussehen. Wie Gespenster im knackenden Unterholz. Denn von der Kapelle sind ganze zwei Musiker übrig, der Schlagzeuger und der Saxophonist, denen vor Angst die Hände zittern. Der Saxophonist hat kaum Atem, noch einen Ton hervorzubringen. Das Schlagzeug rasselt wie eine Registrierkasse. Aber Sepp reißt Charlotte an sich, nimmt sie in den Klammergriff seines Arms, walzt mit ihr über die Tanzfläche, wuchtet sie durch die Reihen, rempelt die erschrockenen Gespenster an, die sich selber nachspielen. Das Schlagzeug rumpelt, ein durchfahrender Güterzug, das Saxophon meldet sich mit einem verzweifelten Schrei, eine Straßenbahn, die um die Kurve biegt, das jämmerlichste Ensemble der Welt, Krächzen und Klappern, Erbsen-Ausschütten, Knirschen von Kieselsteinen, dazu jault ein geprügelter Hund, während Sepp sie mit der Kraft eines Wahnsinnigen umherwirbelt, man weicht ihnen aus, die Gespenster erstarren, Charlotte hat das Gefühl, sie seien die Einzigen, die sich bewegen, die Zeit steht still, das neue Jahr fällt aus, 1937 für immer, anstatt eines Stundenschlags stürzt nur immer wieder der Schraubenschlüssel ins Uhrwerk des Spasski-Turms, das Orchester der Hoffnungslosigkeit spielt für ewig den Walzer der Verdammnis.

Sepp verbeugt sich vor ihr. Er schwitzt. Er verbeugt sich, aber er lässt sie nicht gehen. Hält immer noch ihre Hand. Schaut sie an.

Sie stehen auf der Tanzfläche, bis Charlotte sich losmacht.

Zwei Stunden später knallt es in der vierten Etage. Auf dem Flur hört man Schritte. Stimmengewirr, großes Hin und Her. Charlotte wirft sich den Mantel über und geht hinaus. Geht dorthin, wo eine kleine Menschentraube sich versammelt hat. Gerade kommt ein Arzt. Durch die sich bildende Gasse sieht Charlotte einen Mann im Zimmer auf dem Boden liegen, das Gesicht in einer erstaunlich großen Blutlache. Direkt neben ihm, neben seiner Hand, seiner linken, ein erstaunlich kleiner Revolver.

Anfang Januar setzt mächtiger Schneefall ein. Überall sind jetzt Tannenbäume zu sehen. Die Schaufenster des UNIVERMAG namens Feliks Dzierżyński sind liebevoll mit faustgroßen Watteflocken dekoriert. Es gibt sogar eine Art Weihnachtsmann: Väterchen Frost, das seinen Arm bewegt, elektrisch.

Verspätete Weihnachtsgefühle. Charlotte denkt an Steglitz. Sie denkt daran, wie ihr die Mutter an Heiligabend das beste Kleid anzog. Sie denkt an das Krippenspiel in der Matthäuskirche, bei dem sie ein Engelchen spielen durfte. Sie denkt an Pfarrer Wuthenow und seine Insektenstimme. Sie erinnert sich an den Geruch in der Kirche, der, so glaubte sie immer, von den Toten im Fußboden kam. Denn da war Jesus begraben. Der Heiland, der sich für uns geopfert hat. *Auch für dich, Lotte.*

Sie hat keinen Anschlag vorbereitet. Sie wollte nicht Stalin auf der Maiparade erschießen. Sie hat sich nicht mit Vertretern Trotzkis getroffen, hat keine Geheimnisse weitergereicht. Und doch ist sie schuldig. Tief schuldig. Schuldig von Geburt an. Das hat sie begriffen. Sie ist bereit zu gestehen. Sie ist bereit, alles zu unterschreiben. Solange sie ihr garantieren, dass sie am Leben bleibt.

Umerziehung durch Arbeit: Wenn sie ehrlich ist, klang es immer entsetzlich in ihren Ohren. Was hat sie gegen Arbeit? Das ist der wunde Punkt. Das ist es, was sie begriffen hat. Der blinde Fleck. Ihr Geburtsfehler. Geben Sie mir die Chance. Ich werde arbeiten. Körperlich arbeiten, warum nicht? Die Arbeit wird das Alte, Verdorbene in mir ausbrennen. Meine kleinbürgerlichen Wurzeln, meinen Egoismus, meinen Ehrgeiz. Meine Falschheit und meine Lügen. Meine Zweifel. Ich gehöre einer reaktionären und parasitären Klasse an. Meine Vorfahren gehörten einer reaktionären und parasitären Klasse an. Nie werde ich dem Hochmut verfallen, zu glauben, dass das Umerziehungslager mich zu einer wahrhaften, zu einer gebürtigen Arbeiterin machen kann. Nie werde ich mir anmaßen, zu denken, dass ich die Erfahrung von Ausbeutung und Unterdrückung nachzuholen imstande bin. Nie werde ich mir anmaßen, im Namen der Arbeiterklasse zu sprechen.

Aber ich bin bereit zu lernen. Ich bin bereit, der Sache der Arbeiterklasse zu dienen in Demut und Ergebenheit.

Sie muss eingeschlafen sein, denn sie wird von einem Klopfen an der Tür geweckt: Aufmachen! Volkskommissariat des Innern!

Sie hat es erwartet, sie hat sich den Moment vorgestellt, aber jetzt, da es wirklich passiert, ist es anders. So alltäglich, so klein. Eine krächzende Stimme. Das Klopfen ist nicht das Klopfen der mächtigen Faust des NKWD, sondern ein schneller, hektischer Knöchelschlag, wie von jemandem, der dringend auf die Toilette muss. Nicht zu glauben, dass das der Moment sein soll, der alles ändert ... Sie will aufstehen, zur Tür gehen, aber Wilhelm sitzt schon auf dem Bettrand und legt den Zeigefinger an die Lippen: Psst!

Was hat er vor? Glaubt er, sich der Verhaftung entziehen zu können? Aber da wird die Tür auch schon geöffnet.

Es ist nicht ihre Tür. Es ist das Nebenzimmer. Stimmengewirr, es werden Anweisungen gegeben, Fragen gestellt: Haben Sie Waffen versteckt? Befinden sich weitere Personen in der Wohnung?

Es dauert lange, sehr lange, bis wieder Ruhe eintritt.

Beim Mittagessen sind sie die Einzigen, abgesehen von ein paar unbekannten, neuen Gästen, die näher am Ausgang sitzen. Sie sprechen kaum ein Wort. Sie müssen niemandem mehr etwas vormachen. Die Kellnerin serviert die Suppe. Ob der Bürger noch komme, will sie wissen, mit Blick auf Provosts Platz.

Er kommt nicht mehr, sagt Charlotte.

Die Kellnerin räumt das Gedeck ab: *Dass die Leute nicht Bescheid sagen können!*

Als sie sich abwendet, steckt Wilhelm ein Stück Brot in die Jacketttasche. Später, als sie sich in ihre allnächtliche Warteposition begeben, holt er den Kanten heraus, reißt ein kleines Stück ab, rollt daraus eine Kugel und platziert sie auf dem Teppich, in der Mitte des Raums. Er selbst legt sich verkehrt herum aufs Bett, bäuchlings und mit dem Kopf zum Fußende. Charlotte begreift, macht es ihm nach. Reglos bleiben sie liegen. Zwei Stunden, drei? Lange.

Dann kommt sie. Die Ratte.

EPILOG

Wenn ich in meinem Gedächtnis nachforsche, dann finde ich unter ihren Lebensäußerungen ganze drei, die sich – nicht ohne Mühe – als Hinweise auf ihre Zeit in der Sowjetunion entschlüsseln lassen.

Das Erste, was ich erinnere, ist nicht viel mehr als ein Moment des Innehaltens, des Schweigens. Über den genauen Zeitpunkt bin ich mir nicht sicher. Ich sehe meine Großeltern, genauer gesagt: meine Großmutter und meinen Stiefgroßvater mit einem Sektglas in der Hand in jenem Zimmer stehen, das meine Großmutter hartnäckig den *Salon* nannte, und zwar vor einer dunklen Glasvitrine, in der sie einen Teil ihrer mexikanischen Schätze lagerte: schillernde Muscheln, Korallen, die kleinen aztekischen Reliefköpfe, die ich damals für echt hielt (inzwischen zweifle ich, weil man ganz ähnliche im Shop des mexikanischen Nationalmuseums erwerben kann).

Dort also, vor der Vitrine mit den ineinanderzuschiebenden Glastüren, sehe ich sie stehen. Ihnen gegenüber, um sie herum, stehen wir, wobei ich nicht genau sagen kann, wer *wir* sind: meine Eltern auf jeden Fall sowie ein paar Bekannte, die sich aus irgendeinem Anlass versammelt haben. Es könnte ein Geburtstag gewesen sein, obwohl das nicht zu jenem bedeutungsvollen Schweigen passt, das gleich folgen wird. Eher glaube ich, dass es Silvester war. Das würde bedeuten, die Szene spielt in der Zeit, als wir noch im selben Haus wohnten, also vor meinem achten Lebensjahr, denn später haben wir den Jahreswechsel nicht mehr zusammen gefeiert.

Da gerade mit Sekt angestoßen wird, sollte man annehmen, es sei um Mitternacht gewesen. Das ist zwar ist denkbar, aber zugleich ist es unwahrscheinlich, dass ich um diese Zeit noch wach gewesen sein soll, deshalb glaube ich, dass die Szene um zehn Uhr abends spielt. Man stößt schon mal an: Silvester *nach Moskauer Zeit*. Je länger ich darüber nachdenke, desto plausibler kommt es mir vor. Meine Mutter, Russin, war erst vor wenigen Jahren nach Deutschland gekommen, zusammen mit meinem Vater, der immerhin fünfundzwanzig Jahre in der Sowjetunion gewesen ist. Sie hatten eine besondere Beziehung zum Land, hatten Freunde dort – einige kannte ich: Sascha, Ada, Soja oder Jakow Samuelowitsch. Die *Moskauer Zeit* war mir als Kind ein Begriff, den ich übrigens noch heute unwillkürlich mit dem berühmten Spasski-Turm verbinde.

Und da geschieht es. Plötzlich, nachdem Charlotte und Hans, so hießen sie wirklich, in die Runde geprostet haben, verfangen sich ihre Blicke, sie prosten einander zu, und dann stockt alles. Plötzlich sind sie von Dunkelheit umgeben. Alle schweigen, sehen sie an. Charlotte will etwas sagen, sagt aber nichts. Hans nickt vielsagend ins Leere. Ein kleines Schauspiel, fast könnte man es für inszeniert halten. Nur ein paar Sekunden lang. Es wird sich nie wiederholen, und bis heute frage ich mich, seit wann ich mir sicher bin, dass sie in diesem Moment ihrer ermordeten Genossen gedachten.

Die zweite Szene spielt viele Jahre später, schon nach dem Tod von Wilhelm, das heißt also Hans, wieder im sogenannten Salon. Charlotte ist fünfundachtzig, altersschwach, leicht verwirrt. Dennoch hat sie ihren Vorsatz wahr gemacht, nach Hans' Tod noch einmal nach Mexiko zu fliegen, ein Unternehmen, das dadurch verkompliziert wurde, dass es noch zu DDR-Zeiten stattfand. Wir alle waren überzeugt, sie werde die Reise nicht überleben. Aber sie kehrte zurück, allerdings noch verwirrter, noch unruhiger als zuvor.

Von der Reise erfahren wir nichts. Wo ist sie gewesen? Wo hat sie gewohnt? Wen getroffen? Stattdessen erzählte sie auf einmal – bruchstückhaft, zusammenhanglos und ohne erkennbaren Anlass – von einer anderen Reise. Einer Reise, die sie nicht angetreten hat. Sie sei, sagt sie, auf dem Bahnsteig zusammengebrochen, weil ihr vollkommen klar gewesen war, dass sie, und an das folgende Wort erinnere ich mich genau, *hopsgehen* würden.

Erst viel später hat mir der Neffe meines Stiefgroßvaters erzählt, dass dieser es tatsächlich einmal fertiggebracht habe, mit dem Stempel *Deutches Reich* in seinen Papieren einen Zug zu besteigen. Ob die beiden Geschichten tatsächlich miteinander zu tun haben, bleibt unbekannt.

Das Dritte ist der Brief. Nicht an mich, sondern an ihren Sohn, Wolfgang Ruge, meinen Vater. Ich habe den Brief gelesen, als er schon tot war, als beide schon tot waren. Ich habe alle ihre Briefe an ihn gelesen, aber nur in einem einzigen gibt es eine winzige, unscheinbare Anspielung auf das, worüber sie lebenslänglich geschwiegen hat.

Sie verfasst den Brief zwei Jahre vor ihrem Tod. Zu dieser

Zeit trägt sie bereits ständig ihren großen Schlüsselbund an einer Eisenkette um den Hals, vergisst dafür mitunter, Rock oder Hose über ihre Wollstrumpfhosen zu ziehen. Der Ton ist überschwänglich und liebevoll, wie in all ihren Briefen aus dieser letzten Periode; zugleich beklagt sie sich darüber, dass meine Eltern die Sommer neuerdings in ihrem Ferienhaus an der Ostsee verbringen. Und dann kommt der Satz: *Ich fühle mich manchmal so einsam wie auf .2 …*

Ich hätte es für einen Schreibfehler gehalten, wenn nicht mein Vater mir schon davon erzählt hätte. Übrigens hat er, der Historiker, bis zum Ende seines Lebens geglaubt, es habe nur diesen einen Punkt gegeben, Punkt Zwei. Ich höre noch seine Stimme: *Punkt Eins* – kleine Pause – *gab es nicht*, und darin schwang Bewunderung mit für das schlaue Tarnmanöver, aber auch Stolz, dass er es durchschaut hatte.

Inzwischen weiß ich, dass er sich irrte. Dennoch ist er derjenige, dem ich diese Geschichte verdanke. Er war es, der mir zum ersten Mal von der OMS erzählte, dem sagenumwobenen Geheimdienst der Komintern, über den die historische Forschung bis heute wenig weiß und damals so gut wie nichts wusste. Und er erzählte mir vom Hotel Metropol, wo meine Großeltern eineinhalb Jahre ausharrten, nachdem sie vom Dienst suspendiert worden waren. Aus welchen Gründen, wusste er allerdings nicht.

Mein Vater glaubte, es handelte sich um die Auflösung der OMS und die «Liquidierung» ihrer Mitarbeiter, was im Kern richtig ist, im Einzelnen aber falsch. Nach seiner Version wurde in den Jahren 1936/37 die gesamte OMS im Metropol einquartiert. Dazu sei, meinte er, eine komplette Etage – immerhin an die achtzig Räume – gebucht worden. Dort hätten die Mitarbeiter ihre letzten Lebenstage zugebracht, bevor sie, einer nach dem anderen, abgeholt wurden. Einzig Charlotte und Hans hätten überlebt, und zwar, so glaubte mein Vater, weil der ehemalige Chef des Geheimdienstes, Abramow-Mirow, in «seine schöne Übersetzerin» verliebt gewesen sei. Deswegen habe er ihr und ihrem Lebensgefährten ein Visum nach Paris verschafft.

Obwohl mein Vater zur selben Zeit in Moskau lebte, obwohl er Abramow-Mirow zumindest flüchtig kennenlernte, wie er in seinem autobiographischen Bericht *Gelobtes Land* erzählt, und obwohl er seine Mutter im Hotel Metropol möglicherweise sogar besucht hat, ist diese Version nicht haltbar. Viele Mitarbeiter der OMS haben nachweislich an anderen Orten gelebt, wurden dort abgeholt – oder auch nicht. Auch wohnten in der vierten Etage des Hotels durchaus sehr unterschiedliche Personen, so zum Beispiel jenes Politbüromitglied Weger mit seiner Familie oder der im März 1937 ebenfalls verhaftete Chefkoch des Metropol. Überdies wurde das Hotel in den Dreißigern immer mehr seinem ursprünglichen Zweck zugeführt: Es beherbergte Gäste aus dem Ausland. So war Lion Feuchtwanger tatsächlich Anfang Dezember 1936 zeitweise im Zimmer neben meiner Großmutter untergebracht, wie aus einem Spitzelbericht des NKWD hervorgeht, den die Historikerin Anne Hartmann in ihrem Buch über Feuchtwangers Russlandreise zitiert.

Zudem gibt es keinen Anhaltspunkt dafür, dass der berühmte Abramow-Mirow in meine Großmutter verliebt, ja auch nur näher mit ihr bekannt war. Im Übrigen war sie keineswegs *seine* Übersetzerin, wie mein Vater meinte, sondern arbeitete im abgelegenen Punkt Zwei. Und wenn Abramow-Mirow möglichweise noch nach seiner Verhaftung Einfluss auf die Geschicke seiner ehemaligen Mitarbeiter ausgeübt haben sollte, so erlosch dieser Einfluss spätestens am 26. November 1937 – mit seiner Erschießung.

Richtig bleibt aber, dass die OMS liquidiert wurde. Ab März 1937 begann man offenbar, Punkt Zwei zu räumen. Die ausländischen Kursanten wurden, soweit ich ihren Akten entnehmen konnte, in ihre Heimatländer zurückgeschickt. Und viele, wenn nicht alle Mitarbeiter des Punktes wurden offenbar im Hotel Metropol einquartiert, wo meine Großeltern bereits seit Oktober 1936 wohnten. Hier scheint es, trotz aller Unstimmigkeiten, angebracht, dem Zeitzeugen zu vertrauen, obgleich es erstaunlich ist, wie sehr mein Vater, der ein sachlicher, kühler Beobachter war und als Historiker sehr wohl um die Unzuverlässigkeit von Zeitzeugen wusste, in anderer Hinsicht eigenen kleinen Legenden aufsaß. Ich erwähne das nicht, um mich über ihn zu stellen, das wäre vermessen; mein Wissen ist fragil und begrenzt im Verhältnis zu seinem. Ich erwähne es, weil es zu dieser Geschichte gehört, die eine Geschichte darüber ist, was Menschen zu glauben bereit, zu glauben imstande sind.

Es war zu der Zeit, als ich bereits sehr intensiv über meinen Familienroman nachdachte, der später unter den Titel *In Zeiten des abnehmenden Lichts* erschien. Damals lernte ich Wladislaw Hedeler kennen, einen Historiker in meinem Alter, Russland-Experte, ein Mann von immensem Wissen und Gedächtnis (für das die neue Republik leider keinen adäquaten Gebrauch gefunden hat). Er brachte mich auf die Idee, dass es eine Akte meiner Großmutter geben könnte.

Nie wäre ich von selbst darauf gekommen, vielleicht, weil ich meine Großmutter für wenig bedeutend hielt, vielleicht aber auch, weil ich mir einfach nicht vorstellen konnte, dass die Einsicht in ehemals geheime Dokumente in der Sowjetunion oder ihrem Nachfolgestaat überhaupt möglich wäre. Ich hatte die Geschichte zusammen mit meiner Großmutter begraben, ich hatte mich von dem Gedanken verabschiedet, jemals irgendetwas über sie zu erfahren, was ich durch meinen Vater nicht bereits wusste.

Ganz unberechtigt waren meine Befürchtungen nicht. Tatsächlich stellte sich heraus, dass die Akten der OMS noch immer unter Verschluss waren. Einsehen konnte man aber die Akten der Komintern, und zwar insbesondere die Kaderakten der Mitarbeiter. Zu diesen zählten auch die Mitarbeiter der OMS, eine verschlungene Logik, die aber am Ende dazu führte, dass ich eines Tages zwei Stapel Papier in den Händen hielt, immerhin einhundertzwei plus einhundertvierundvierzig Seiten, sauber kopiert, auf dickem, widerstandsfähigem Papier, mehr, als ich zu hoffen gewagt hatte. Signale aus einer untergegangenen Welt. Unwahrscheinlich, geheimnisvoll, aufregend.

Die Enttäuschung folgte auf dem Fuß. Ich weiß nicht, was ich mir unter einer Kaderakte vorgestellt hatte, irgendetwas Geordnetes, Übersichtliches vermutlich, Zeugnisse, Arbeitsvertrag, Werdegang; vielleicht hatte ich einen Hinweis erhofft, wie man mit meinen Großeltern weiter verfahren wollte.

Es gab weder das eine noch das andere. Stattdessen fand ich eine babylonische Unordnung vor, ein Gewirr aus russischen, deutschen, englischen Schriftstücken, die auf den ersten Blick kaum in eine sinnvolle Beziehung zu bringen waren – das Ganze durch nachträgliche Nummerierung in eine unbegreifliche Folge gebracht: Lebensläufe, Formulare, Mitteilungen, Briefe, Quittungen für den Parteibeitrag, Erhalt von Urlaubsgeld und dergleichen mehr, Handschriftliches, Maschinengeschriebenes, Kommentare, Unterschriften. Vieles wiederholte sich, einiges war nicht zu entziffern.

Die handgeschriebenen Deckblätter gaben lediglich die Signatur und die Decknamen an: Jean Germaine und Lotte Germaine – Namen, die ich noch nie gehört hatte.

Allerdings fiel mir beim Durchsehen von Jean Germaines Stapel ein Dokument in die Hand, das meine Aufmerksamkeit erregte und das sich schon bald als Schlüssel erwies, als das Ende eines roten Fadens, der durch das Labyrinth der Akten führte: die Mitteilung von Hilde Tal.

Ich kannte diesen Namen. Mir war allerdings nicht bewusst, dass auch er ein Deckname war. Hilde Tal war in erster Ehe mit meinem Stiefgroßvater verheiratet gewesen. Sie war mit meinem leiblichen Großvater, Erwin Ruge, bekannt. Es gibt ein (leider nicht mehr auffindbares) Foto von ihr und meinem Vater, auf dem mein Vater, noch fast ein Junge, mit ihr zusammen raucht – seine erste, wenn ich es richtig erinnere. Hilde Tal trug die Haare männlich kurz und blickte schräg in die Kamera. Sie sah aus wie jemand, der nicht gern fotografiert wird.

Später, in Moskau, ist mein Vater ihr wiederbegegnet. Da ist sie bereits die Sekretärin von Abramow-Mirow – der Fünfzehnjährige ist voller Bewunderung und Respekt. Mehr als ein halbes Jahrhundert später wird er in seinem autobiographischen Bericht *Gelobtes Land* beschreiben, wie er von ihr die erste Lektion in *sowjetischem Verhalten* erhält. Sie erscheint ein wenig dogmatisch, aber womöglich ist ihr der Ernst der Lage früh bewusst und sie will den neu angekommenen jungen Mann vor Schwierigkeiten bewahren.

Dass diese Hilde Tal, die fast zur Familie gehörte, im August 1936 eine Mitteilung an die Leitung der OMS schrieb, die man ohne weiteres als Denunziation bezeichnen kann, schockierte mich. Zugleich verlieh es dem ganzen Material plötzlich einen Sinn. Die sogenannte Kaderakte erwies sich bei näherem Hinsehen als Dokumentation eines einzigen, irrwitzigen, bürokratischen Vorgangs, der mit dieser Mitteilung seinen Anfang nahm.

Abgesehen davon, dass mir von Anbeginn bewusst war, wie umfangreich die Recherchen sein würden, die nötig wären, um das Umfeld dieser Akte auszuleuchten und sich glaubhaft im Moskau von 1937 bewegen zu können, fehlte mir ein wesentlicher Baustein der Geschichte: das Hotel Metropol.

Bei meinem ersten Besuch im Hotel Metropol kam ich nicht einmal bis zum großen Speisesaal. Das war 2004. Moskau hatte sich während der Jelzin-Ära gewandelt. In den Neunzigern hatte die russische Intelligenz gehungert und Zigarettenkippen geraucht; und noch Anfang der Nullerjahre verdingten sich Menschen als lebende Reklameschilder, während quer über den zwölfspurigen Ring ein riesiges Plakat gespannt war mit der Frage: WANN FAHREN SIE ENDLICH IHREN BENTLEY?

Das Hotel Metropol war ein Ort, wo das neureiche Russland auf den altreichen Westen stieß. Später habe ich Fotos von prominenten Gästen gesehen, die seit dem Zusammenbruch der Sowjetunion hier gewohnt hatten. Notiert habe ich: Giorgio Armani, Gérard Depardieu, Sharon Stone, Michael Jackson und Silvester Stallone. Aber auch Chirac und Obama sind hier gewesen.

Schon von außen luxuriös, flößt das Metropol spätestens beim Eintreten jedem, der nicht in der Welt der Schönen und Reichen zu Hause ist, das unabweisliche Gefühl ein, etwas im Leben falsch gemacht zu haben. Ich spüre noch den taxierenden Blick der Hostess an der Rezeption, bevor sie mir mit gnädiger Herablassung den Preis für das preiswerteste Zimmer nannte: für mich zu viel. Schon den Flug hatte ich als teuer empfunden. Ein Reisekostenzuschuss, den ich beim

Schriftstellerverband beantragt hatte, war glatt abgelehnt worden. Die Reise in das schon damals teure Moskau hatte ich mir nur leisten können, weil Freunde meiner inzwischen in Boston lebenden Halbschwester mir in ihrer winzigen Neubauwohnung eine Ausziehcouch zur Verfügung stellten.

Zudem wurde mir während der Arbeit an meinem Familienroman mehr und mehr bewusst, dass die Metropol-Geschichte den formalen Rahmen des Buchs sprengen würde. Es war eine Geschichte für sich. Ich beschloss, sie auszuklammern und vielleicht irgendwann eine Novelle daraus zu formen.

So blieben die Akten meiner Großmutter über Jahre ungenutzt in meiner Bücherwand.

Sieben Jahre später erschien mein Familienroman, und er wurde ein Erfolg. Trotzdem dauerte es noch drei Jahre und zwei Romane, bis ich mich entschloss, mich noch einmal meiner Großmutter zuzuwenden – und wer weiß, ob es dazu gekommen wäre, wenn Alexander Fest, mein Verleger, dem ich einmal beiläufig von der unterschlagenen Geschichte erzählt hatte, nicht darauf bestanden hätte, dass sie geschrieben werden müsse. Mit ihm zusammen fuhr ich über die Silvestertage 2014/15 nach Moskau und leistete mir – das konnte ich nach dem Romanerfolg – ein Zimmer im Hotel Metropol.

Allerdings nicht irgendein Zimmer. Den Akten hatte ich nämlich entnommen, dass meine Großmutter in Zimmer 479 gewohnt hatte, und dieses Detail beflügelte mich: die Möglichkeit, wenn nicht die Zeitkoordinaten, so doch wenigstens die Raumkoordinaten meiner Großmutter zu kreuzen. Es war, nach all dem Papierkram und all den Büchern, die ich gelesen hatte, etwas Wirkliches, Konkretes. Zwar waren die Zimmer inzwischen gründlich umnummeriert worden, aber das Hotelpersonal versprach mir vorab per E-Mail, dass man das richtige Zimmer ausfindig machen werde.

So verbrachte ich Silvester 2015 – im Zimmer von Feuchtwanger. Man hatte sich um eine Nummer vertan, wie ich einige Monate später von der eigens zur Erforschung der Geschichte des Hauses angestellten Historikerin erfuhr.

Also reise ich 2017 zum dritten Mal nach Moskau. Dieses Mal bin ich im richtigen Zimmer, die Historikerin – Jekaterina Jegorowa, auch ihr bin ich zu Dank verpflichtet – versichert es mir persönlich. Inzwischen ist das Hotel mehrmals renoviert worden, aber das Zimmer hat noch dieselben Maße; die Betten stehen vermutlich am selben Platz (und können auch kaum anders gestanden haben). Die Möbel sind zwar zum größten Teil neu, haben aber noch immer Gründerzeit-Charakter, gedämpfte Brauntöne dominieren. Die Stuckrosette ist original. Die goldenen Sterne, da kann ich sicher sein, hat auch meine Großmutter schon über sich gehabt – vor achtzig Jahren.

Ist es möglich, dass sich hier noch irgendwo ein Molekül aus ihrer Atemluft herumtreibt? Fühle ich mich anders als in dem falschen Zimmer?

Morgens um 3:38 Uhr wache ich auf. Ich schaue auf die Uhr. Im Erwachen habe ich lauter grelle, dringliche Nachrichten (auf Russisch) im Kopf, die aber zerrinnen, als ich sie in halbwachem Zustand zu fassen versuche. Irgendetwas befand sich einmal hier; irgendetwas soll hierhergebracht werden … Es sind brandneue, aktuelle Nachrichten. Allerdings aus dem Jahr 1937.

Im Russischen Staatsarchiv für sozio-politische Geschichte

habe ich Gelegenheit, auch die Akten von Hilde Tal und Erwin Ruge einzusehen, die Wladislaw Hedeler vorher für mich bestellt hat. Ich mache mir Notizen zu einigen Kursanten und Mitarbeitern. Es gelingt mir sogar, ins Innere des ehemaligen Kominterngebäudes vorzudringen, das heute zur Hälfte von der Verwaltung der Leninbibliothek, zur Hälfte vom russischen Geheimdienst FSB belegt wird. Zwei reizende Damen führen mich durch die nichtgeheime Hälfte des Gebäudes: eine ältere, die für den ausländischen Gast einen Vortrag über die Leninbibliothek vorbereitet hat, und eine jüngere, die schweigt. Zum Glück befindet sich das ehemalige Arbeitszimmer von Abramow-Mirow in der diesseitigen Hälfte, samt dem Vorzimmer, in dem Hilde Tal gesessen haben muss.

Zu allem Überfluss organisiert das Goethe-Institut für mich noch eine historische Stadtführung. Die Historikerin bringt Anzeigen und Fotos aus der Mitte der Dreißiger mit, die ich eifrig abfotografiere. Und schließlich macht sich Oleg Nikiforow, mein russischer Verleger, mit mir auf, den Punkt Zwei zu suchen.

Den richtigen Punkt Zwei. Denn schon einmal, bei meiner ersten Reise, glaubte ich, ihn gefunden zu haben. Und das kam so: Von meinem Vater, der das Gelände selbstverständlich nie betreten hat, gab es zwei wichtige Informationen. Erstens, dass der Punkt sich nördlich von Moskau bei Podlipki befand. Und zweitens, dass dort nach der Liquidierung der OMS ein Spezialgefängnis eingerichtet wurde, eine sogenannte Scharaschka, wo der berühmte sowjetische Flugzeugkonstrukteur Andrej Nikolajewitsch Tupolew den kriegswichtigen Bomber Tupolew Tu-2 entwarf. Da sich bei Podlipki auch das russische Zentrum der Raumfahrtindustrie, die sogenannte Koroljow-Stadt, befindet, war ich jahrelang ziemlich sicher, dass an dem Ort, an dem Charlotte drei Jahre verbracht hatte, später jene Rakete entwickelt wurde, mit der Gagarin als erster Mensch in den Weltraum flog.

Schöne Geschichte, aber wahrscheinlich falsch.

Zwar befand sich die erste, die ursprüngliche Tupolew'sche Scharaschka (nicht die bekanntere zweite) tatsächlich auf dem Gebiet der heutigen Koroljow-Stadt, aber sie ging, so behauptet zumindest das russische Wikipedia, aus einer «Arbeitskolonie» für obdachlose Kinder hervor.

Also begann ich, Akten und Dokumente zu studieren, recherchierte im Internet. Ich erspare dem Leser verwirrende Einzelheiten, denn je tiefer ich in die Sache eindrang, desto verwirrender wurde es. Angaben stimmten nicht überein, Zeiten und Entfernungen waren nicht unter einen Hut zu bringen. Sogar Wladislaw Hedeler, der gute Geist meiner Nachforschungen, war ratlos. Er schrieb Historiker-Kollegen von Moskau bis Washington an, es nützte nichts. Der geographische Ort von Punkt Zwei blieb unscharf. Immerhin bestätigten alle Akten und Dokumente, dass es sich um die *geheime Funker-* oder *Radioschule* der Komintern gehandelt habe. Seltsamerweise war aber zugleich von der *Datsche der Komintern* und sogar vom *Sanatorium* die Rede, das von einem Park umgeben sei.

Tatsächlich fand ich – Google sei Dank – zwei Sanatorien in Podlipki. Eines davon war offensichtlich recht neu, wie seine Architektur verriet; das andere jedoch, ein Sanatorium für Prophylaxe und Herz-Kreislauf-Krankheiten, das sich LPU-Sanatorium nannte, zeigte auf seiner Website neben zwei oder drei neueren Bauten auch alte, villenartige Datschen.

Und dann kam die Überraschung: Unter dem Link *Geschichte* fand ich auf der Website des Sanatoriums den Hinweis, dass hier von 1924 bis 1936 eine *Höhere Schule der Diversion und Aufklärung* stationiert gewesen sei und dass sich bedeutende Kader der Kommunistischen Bewegung an diesem Ort erholt hätten. Obendrein liegt das Gelände direkt an der Jaroslawler Chaussee, von der an verschieden Stellen, so auch im Tagebuch von Dimitroff, zu lesen ist, wenn der Weg zum Punkt Zwei beschrieben wird.

Endlich scheint sich alles zu fügen. Mein russischer Verleger ruft im Sanatorium an, um einen Termin zu vereinbaren. Er wird von einer Stelle zur anderen verwiesen, versucht es schließlich beim Direktor persönlich. Dieser ist zwar nicht zu sprechen, aber seine Sekretärin erklärt, dass wir gern am Sonnabend, dem soundsovielten, um 14 Uhr kommen können. Wir sollen uns an den *Leiter des Klubs* wenden, dessen Telefonnummer sie jedoch nicht herausgeben will.

Wir nehmen ein Taxi, was sich als klug erweist, denn es stellt sich heraus, dass das Sanatorium praktisch nur mit dem Auto zu erreichen ist – und nur mit dem Navi zu finden. Die Jaroslawler Chaussee ist inzwischen eine vielspurige Schnellstraße. Sie führt unmittelbar am Sanatoriumsgelände vorbei, und der Eingang hat die Form einer kurzen Autobahnausfahrt, so kurz, dass der Fahrer sie beinahe verpasst, was wiederum beinahe einen Auffahrunfall zur Folge hat.

Dann stehen wir vor einem Tor, das an das einer Kaserne erinnert. Rechts ein Wachhäuschen, in dem sich nichts regt. Erst als Oleg aussteigt, öffnet sich ein Fensterchen, und ein Wachmann in schwarzer Uniform erscheint. Er teilt uns mit, der *Leiter des Klubs* habe ihn angewiesen, uns nicht einzulassen.

Wir sind ziemlich verblüfft. Nach schier endlosem Hin und Her gelingt es uns, die Nummer des Klubleiters zu bekommen. Wir rufen ihn an und bitten um eine Erklärung. Der Mann hat einen georgischen Namen, spricht Russisch mit hörbarem Akzent. Er belehrt uns darüber, dass es für eine Besichtigung der Genehmigung des Direktors bedurft hätte. Wir wenden ein, die Sekretärin des Direktors habe uns einen Besichtigungstermin gegeben. Aber der Mann besteht darauf, dass der Direktor es persönlich hätte genehmigen müssen. Wir schlagen vor, den Direktor auf der Stelle zu fragen, doch dieser ist bedauerlicherweise nicht mehr im Haus, sagt der Mann. Auch seine Sekretärin sei nicht mehr zu sprechen, jetzt begännen die Maifeiertage, das sollten wir doch wissen.

Das Gespräch dauert inzwischen schon dreißig Minuten. Oleg hat das Telefon laut gestellt, ich höre mit. Vermutlich hätte ich den Mann längst angeschrien. Aber Oleg, als Sowjeterfahrener gegen Bürokratie resistent, bleibt erstaunlich gelassen. Neue Taktik: Wir haben auf der Website gelesen, dass es Tageseinweisungen für bestimmte prophylaktische Behandlungen gibt und wären natürlich bereit, uns privat, auf eigene Kosten, behandeln zu lassen.

Gewiss, sagt der Mann, aber eine Anmeldung sei erst in zwei Wochen möglich – nach den Maifeiertagen.

Oleg erklärt dem Mann, dass er einen Gast aus Deutschland bei sich habe, einen Schriftsteller, der extra nach Russland gekommen sei, um hier auf den Spuren seiner Großeltern zu recherchieren – weshalb eine Einweisung in zwei Wochen wenig nützlich sei. Aber der Mann bleibt stur. Bei alledem ist er freundlich.

Er sei bereit, sagt er, alles für uns zu tun. Er würde uns in jeder Hinsicht gern helfen. Nur, wir müssten verstehen, dass er sich an die Vorschriften zu halten habe. Es bedürfe einer Genehmigung des Chefs. Der nicht zu sprechen ist. Dessen

Sekretärin uns an den Klubleiter verweist. Der uns an den Direktor verweist. Und so weiter.

Wir geben es auf.

Bleiben immerhin die Bilder im Internet und die Darstellung der Sanatoriumsgeschichte, die ich bisher nur überflogen hatte, in der Hoffnung auf eine ausführlichere Darstellung bei diesem Besuch. Aber nun gibt es noch eine Überraschung. Zurück in Deutschland, klicke ich auf den Link, der zur Geschichte des Sanatoriums führt, und die Seite ist – leer. Die Überschrift *Geschichte des Sanatoriums* existiert noch, aber darunter: nichts.

So endet mein Versuch, den Punkt Zwei aufzufinden, die Funkerschule des legendären Geheimdienstes der Komintern, den mein Vater für den *geheimsten Geheimdienst der Welt* hielt.

Man könnte es glauben. Punkt Zwei jedenfalls scheint sich der Ausforschung bis heute zu widersetzen.

Überflüssig zu sagen, dass die in diesem Buch angeführten Dokumente echt sind. Tatsächlich hat meine Großmutter unter dem Namen Lotte Germaine firmiert. Auch alle anderen Namen – Decknamen, Parteinamen und Klarnamen – sind unverändert geblieben. Bis auf das kleine Figurenensemble, das ich aus meinem Familienroman übernommen habe. Warum? Kurz gesagt: Weil ich die wirklichen Personen zu gut kenne. Weil es mir schwergefallen wäre, sie neu zu erfinden, ohne ihnen auch einen neuen Namen zu geben. Denn natürlich sind sie Erfindungen, so wie dieses Buch trotz aller Faktizität eine Erfindung ist.

Warum musste ich es erfinden? Warum bin ich nicht ganz

bei der Wahrheit geblieben? Warum habe ich nicht einen authentischen Bericht geschrieben, warum bin ich nicht bei den blanken Dokumenten geblieben?

Zunächst: Es ist natürlich ein Irrglaube, dass eine Dokumentation grundsätzlich wahrhaftiger, authentischer ist als eine Fiktion. Jede Ordnung, jede Weglassung, jeder Kommentar können eine Nachricht entstellen oder verdrehen, selbst wenn dem die besten Absichten zugrunde liegen. Auch der Verfasser einer Dokumentation hat seine Vorurteile, auch er hat Vorstellungen und Thesen im Kopf, die sich oft genug durch die Art seines Zugriffs bestätigen.

Aber davon abgesehen war es nicht meine Absicht, historische Fakten oder Entdeckungen zu präsentieren. Ich habe der Stalinismus-Forschung nichts hinzuzufügen. Die Fakten über den Stalinismus sind im Wesentlichen bekannt. Es gibt Zeitzeugenberichte und Dokumente, welche die Verbrechen des Regimes unzweifelhaft belegen – obwohl man feststellen muss, dass es bis heute nicht wenige Menschen gibt, die diese Verbrechen bestreiten, abmildern, relativieren oder entschuldigen.

Und da wird es interessant. Ich weiß nicht, was meine Großmutter wirklich gedacht hat. Ich erfinde, ich unterstelle, ich probiere aus, denn nichts anderes heißt Erzählen: ausprobieren, ob es tatsächlich so gewesen sein könnte. Diese Form des Ausprobierens der Wahrheit ist möglich, weil Autor (und Leser) imstande sind, sich in einen anderen Menschen hineinzuversetzen. Vorausgesetzt, dass sie die Lage, die Situation, die Lebensumstände dieses anderen gut genug kennen.

An der Rekonstruktion dieser Umstände habe ich gearbeitet. Natürlich bleiben Unsicherheiten und blinde Flecken, dennoch glaube ich versichern zu können: All das, was sich aus heutiger Sicht überprüfen lässt, was in Zahlen und Daten gefasst werden kann, was mithin den faktischen Rahmen dieser Erzählung bildet, ist – in schlichtem, sachlichem Sinne – wahr oder doch hochwahrscheinlich (abgesehen von der Winzigkeit, dass die Geburtsdaten von Charlotte und Wilhelm nicht mit denen der Vorbilder übereinstimmen, wie ich der Ordnung halber anmerke).

Tatsächlich haben Charlotte und ihr Lebensgefährte Hans Baumgarten, wie er in Wirklichkeit hieß, vierhundertsiebenundsiebzig Tage wartend in ihrem Hotelzimmer verbracht. Tatsächlich lebte Wassili Wassiljewitsch Ulrich zwei Etagen tiefer in der Suite 205, die vorher Bucharin gehörte. Tatsächlich wohnte Hilde Tal zusammen mit Julius Gebhard und ihrer Tochter Sina in Zimmer 14 des Hotel Lux. Und auch die Zimmernummern in ihrer Umgebung stimmen – sowie die Verhaftungsdaten derjenigen, die aus diesen Zimmern abgeholt wurden. Wie auch die aller anderen, soweit sie genannt werden.

Julius Gebhard wurde offenbar zunächst nicht verhaftet, aber mit Beginn des Krieges als Bürger deutscher Abstammung deportiert. Der Zufall wollte es, dass mein Vater ihn im Arbeitslager traf. Auf diese Weise erfuhr ich, dass Julius sich 1941 das Leben nahm. Über das Schicksal von Sina ist mir nichts bekannt.

Wahr ist, dass Julius Gebhard bis 1937 in der *Verlagsgenossenschaft ausländischer Arbeiter* tätig war, wo er, wie mein Vater berichtet, demonstrativ mit eigenem Klodeckel zur Toilette ging. Wahr ist, dass der Direktor des Verlags am 27. Juli 1937 verhaftet wurde. Wahr ist auch, dass Otto Bork kommissarisch die Leitung (möglicherweise nicht allein) übernahm, und es ist zumindest hochwahrscheinlich, dass Charlotte eine Affäre mit ihm hatte, wie sich aus einer kleinen Denunziation aus dem Umfeld der Verlagsgenossenschaft schließen lässt, deren Kenntnis ich dem Historiker Uwe Sonnenberg verdanke.

Wahr ist auch, dass Boris Melnikow eine Affäre mit Jill Greenwood alias Jean Hyman hatte. Das geht mit großer Klarheit aus ihrer Akte hervor. Was Jean Hyman nach ihrer Rückkehr aus Spanien widerfuhr, ist mir nicht bekannt. Wahrscheinlich hat sie die Jahre des Terrors überlebt, anders als Boris Melnikow, der am 25. Oktober 1937 erschossen wurde.

Sein Vorgänger, Alexander Abramow-Mirow, wurde am 26. November 1937 erschossen. Sein Nachfolger Jan Anvelt wurde am 11. Dezember 1937, fünf Tage nach seiner Verhaftung, im Gefängnis zu Tode geprügelt.

Berta Zimmermann wurde am 2. Dezember 1937 erschossen, Gework Alichanow am 13. Februar 1938.

Michail Kreps wurde am 27. Oktober 1937 erschossen. Seine Sekretärin, Viktoria Wilhelmson, am 15. November 1937. Sein kommissarischer Nachfolger, Otto Bork, am 19. März 1938.

Erschossen wurden auch Heinz Neumann, Hermann Remmele, Hermann Schubert und Kurt Sauerland. Ernst Ottwald, Mitverfasser von *Kuhle Wampe*, starb im August 1943 in Sibirien.

Erna Mertens wurde am 5. Oktober 1937 verhaftet und starb im Arbeitslager; ebenso erging es ihrem Kollegen Georg Brückmann.

Alice Rund verstarb 1939 oder 1940 im Arbeitslager. Sie hat in Wirklichkeit nicht in der Handelsvertretung gearbeitet.

Über das Schicksal von Isa Koigen (in der Literatur auch: Kogon) ist mir nichts bekannt. Auch weiß ich nichts über das Schicksal der OMS-Mitarbeiter, die im Roman das Hotel Metropol bewohnen – außer, dass sie existiert haben.

Inge Karst alias Martha Naujoks überlebt den Terror und

stirbt 1998 in Hamburg. Dass sie Charlottes Vorgesetzte war, ist eine Erfindung, nicht jedoch ihr Parteiausschluss.

Die Gestalt des Sepp Wirtender ist aus einer Figur entstanden, die mein Vater in einer (nicht veröffentlichten) Familienchronik erwähnt. Bevor der Große Terror begann, kam es vor, dass bei den monatlichen Treffen mit Charlotte und Hans auch andere OMS-Mitarbeiter im Café zugegen waren. *Besonders gut,* schreibt mein Vater, *ist mir ein einarmiger, sehr gepflegter und mit Späßen aufwartender Österreicher im Gedächtnis geblieben [...] Er hieß Sepp und hatte lange mit dem (damals noch völlig unbekannten) Richard Sorge zusammengearbeitet [...]* Über die Umstände seines Todes ist nichts bekannt.

Erwin Ruge, im Roman Erwin Umnitzer, wurde 1938 nach Deutschland zurückgeschickt. Entgegen seiner Befürchtung ließen ihn die Nazis in Ruhe, nachdem er dem Kommunismus abgeschworen hatte. In den Schuldienst durfte er nicht zurück. Eine Zeitlang verdingte er sich als Vertreter für Staubsauger und Kaffeemühlen. Gegen Ende des zweiten Kriegsjahres wurde er als Hauptmann der Reserve zur Wehrmacht einberufen und kümmerte sich am Standort Prag um die Versorgung der Truppe mit Autoreifen. Nach dem Krieg wurde er, der nie Nazi geworden war, Direktor an einer Kleinmachnower Schule, und zwar, seltsamer Zufall, an genau der Schule, die ich dreißig Jahre später besuchte. Noch vor der Gründung der DDR setzte sich Erwin in den Westen ab, wo er bis zu seiner Pensionierung als Lehrer an einer Reformschule arbeitete.

Nicht unerwähnt bleiben darf das Schicksal von Solange Kopratschewskaja, der aus Frankreich stammenden Frau des Politbüromitglieds Jewgeni Weger. Die Schriftstellerin Ljudmila Petruschewskaja, Großnichte von Weger, berichtet darüber in ihrem autobiographischen Roman *Das Mädchen aus dem Hotel Metropol*. Demzufolge verlor Solange Kopratschewskaja nach der Verhaftung ihres Ehemannes den Verstand. Vorzeitig ergraut, habe sie den ganzen Tag in ihrem Zimmer gesessen, geschrien und geweint. Später brachte ihre Mutter sie und ihren Sohn in die Ukraine, wo die drei während der deutschen Besatzung als Juden ermordet wurden, indem man sie lebendig begrub.

Vergleichsweise wenig bekannt ist über Wassili Wassiljewitsch Ulrich. Tatsächlich hat er am Polytechnischen Institut in Riga Kaufmann gelernt. Tatsächlich hat er Käfer und Schmetterlinge gesammelt, wie die Historikerin des Metropol, Jelena Jegorowa, herausgefunden hat. Tatsächlich hat er die Erschießungen beim Aufstand von Tambow geleitet und ist irgendwie, offenbar dank der hervorragenden Beziehungen seiner Ehefrau, zum Richter und später zum obersten Militärrichter der Sowjetunion aufgestiegen. Im Laufe des Großen Terrors hat Wassili Wassiljewitsch Ulrich mehr als 30 000 Todesurteile unterschrieben, darunter mit größter Wahrscheinlichkeit auch die Todesurteile der OMS-Mitarbeiter. Fast alle Urteile ergingen ohne öffentlichen Prozess, oft ohne Anhörung der Beschuldigten.

Eine Ausnahme bilden die Schauprozesse von 1936 und 1937. Die Vernehmung von Alexander Emel wird im Text nach den wahrscheinlich leicht redigierten Prozessberichten des Volkskommissariats für Justizwesen zitiert. Auch die übrigen, die Prozesse betreffenden Details entsprechen den historischen Tatsachen.

Tatsächlich sagte der Angeklagte Golzmann im ersten Schauprozess aus, er habe Trotzkis Sohn im Hotel Bristol in Kopenhagen getroffen, ja, sei sogar dort abgestiegen – obgleich das Hotel zu der Zeit längst nicht mehr existierte.

Tatsächlich dementierte die norwegische Regierung öffentlich, dass am fraglichen Tag die Maschine von Pjatakow in der Nähe von Oslo gelandet sei. Über das Dementi wie auch die Bristol-Geschichte schrieben viele Zeitungen weltweit. Dennoch hinderten diese und andere Unstimmigkeiten viele Menschen, darunter hochrangige Intellektuelle, nicht daran, an die Rechtmäßigkeit der stalinistischen Schauprozesse zu glauben. Zu ihnen gehörte auch Lion Feuchtwanger, der dem zweiten Schauprozess beiwohnte. Tatsächlich schrieb er in der *Prawda* den im Text zitierten Artikel. Und tatsächlich verfasste er bald nach seiner Reise ein euphemistisches Pamphlet über die Sowjetunion, das unter dem Titel *Moskau 1937* die Schande seiner Verführbarkeit verewigt.

Natürlich sind es immer die anderen: die Irrgläubigen. Natürlich wissen wir selbst über die Wahrheit Bescheid. Natürlich stehen wir auf der Seite des Fortschritts. Wir sind im Besitz der Moral. Ich bin sicher, dass auch Wassili Wassiljewitsch Ulrich das glaubte. Er starb am 7. Mai 1951 in Moskau friedlich im Bett als Träger zweier Lenin-Orden, zweier Rotbanner-Orden und des Ordens des Großen Vaterländischen Krieges erster Klasse.

Hilde Tal wurde am 19. März 1938 auf dem NKWD-Schießplatz in Butowo erschossen.

Gut einen Monat zuvor, am 8. Februar 1938, erhielten meine Großmutter und ihr Lebensgefährte Schweizer Pässe auf den Namen Emil und Elsa Schnabel, 400 Schwedische Kronen, 90 Dollar und ein Visum für Frankreich.

Warum sie, ausgerechnet?

Die Gründe werden wir voraussichtlich nie erfahren. Vielleicht gab es nach der Verhaftung von Erna Mertens niemanden mehr, der ihre Sache mit Eifer verfolgte. Die große Verhaftungswelle klang allmählich ab. Irgendwer hat irgendwo ein Kreuzchen oder Häkchen gemacht oder das Häkchen oder Kreuzchen vergessen oder irgendetwas übersehen oder ist einfach zu faul gewesen oder hat gerade einen Anruf von seiner Geliebten bekommen. Kurz, es war Zufall. Aber der Zufall gehört zum Wesen der außer Rand und Band geratenen Terror-Maschine Stalins. Sie nahm den Charakter einer Naturgewalt an und versetzte gerade dadurch in Angst und Schrecken. Jeder konnte denunziert werden. Jeder war in Gefahr. Und ebenso konnte jemand grundlos verschont bleiben.

Es ist das erste Blatt in der Akte von Hans Baumgarten, das in seiner symptomatischen Ungenauigkeit – Charlotte heißt nicht *Baumgarten*, sondern *Ruge*, der Deckname von Hans ist *Jean Germaine* – über den Zustand der Maschine Auskunft gibt:

РГАСПИ ф. 495 / оп. 205 / д. 488 / л. 1

1. X. 1939
4 eks.ak. *Geheim*

Bescheid

Baumgarten Hans und Lotte / alias Germaine / arbeiteten bis 1937 beim S. S.

Soweit uns bekannt, wurden sie im Februar 1938 in die Emigration nach Paris geschickt, ohne Verbindung zur Partei. Über ihren gegenwärtigen Aufenthaltsort liegen uns keine Angaben vor.

Gez. Below / Priworotskaja

488

488

1

I.X.1939г.
4 экз.ак.

РАССЕКРЕЧЕНО

Секретно.

СПРАВКА.

БАУМГАРТЕН Ганс и Лотта/ они же ГЕРМЕНН/ работали до 1937г. в СС.

По нашим данным они были в феврале 1938г. отправлены в эмиграцию в Париж без связи с партией. О их местопребывании в настоящее время у нас сведений нет.

/БЕЛОВ/

/ПРИВОРОТСКАЯ/

In Paris lebten sie eineinhalb Jahre. Dann, nach Kriegsbeginn, wurden sie als *lästige Ausländer* verhaftet und zusammen mit anderen deutschen Emigranten in getrennten Lagern interniert, von wo aus sie den scheinbar unaufhaltsamen Vormarsch der Wehrmacht verfolgten.

Gewissermaßen im letzten Moment, nachdem Mexiko sich als einziges Land der Welt bereit erklärt hatte, auch kommunistische Emigranten aus Deutschland aufzunehmen, konnten sie, obgleich selbst nicht Juden, mit Hilfe der jüdischen Organisation *Hizem* das Lager verlassen und sich über Marseille und Algier nach Casablanca durchschlagen, von wo aus sie mit dem portugiesischen Schiff *Serpa Pinto* nach Vera Cruz, Mexiko, übersetzten.

Zwölf Jahre später kehrten sie nach Deutschland zurück, in die DDR, wo Charlotte noch einige Jahre als Chefin der *Sektion Sprachen und Literatur* der Akademie für Staats- und Rechtswissenschaften in Babelsberg arbeitete. Hans Baumgarten, der gewiss gern an seine geheimdienstliche Tätigkeit angeknüpft hätte, durfte als sogenannter Westemigrant kein wichtiges Amt in Partei und Staat übernehmen, und so wurde er mangels anderer Fähigkeiten Parteisekretär des Babelsberger Wohnbezirks 5, wo er sich mit großem Aplomb und staatsmännischer Attitüde um regionale Kleinstangelegenheiten kümmerte.

Beide blieben der Partei ihr Leben lang fest verbunden. Dass sie Stalin verherrlicht hätten, kann ich nicht behaupten. Über ihre Erlebnisse in der Sowjetunion schwiegen sie jedoch und wollten auch nicht daran erinnert werden. Als mein Vater seiner Mutter bei ihrem Wiedersehen 1956 über seine Erfahrungen im stalinistischen Gulag zu berichten begann, hielt Charlotte sich die Ohren zu.

Hans Baumgarten starb 1979 im Alter von siebenundachtzig Jahren. Charlotte folgte ihm 1986, nachdem sie ein letztes Mal in Mexiko gewesen war. Sie wurde einundneunzig Jahre alt. Sie starb sehr still in einem Potsdamer Pflegeheim.

Die Krankenschwestern versicherten mir, dass sie eine sehr freundliche Sterbende gewesen sei.

GLOSSAR

Im folgenden Glossar werden hauptsächlich russische Wörter und Wendungen erklärt, die im Roman Verwendung finden. Es ist für Leser gedacht, die mit der Sprache, mit Handlungszeit und Handlungsorten wenig oder gar nicht vertraut sind.

Arbat: Viertel in Moskau, in dem viele Künstler und Intellektuelle wohnten. Während des Sozialismus teilweise abgerissen, das Verbliebene inzwischen stark kommerzialisiert.

Belomorkanal: Zigarettenmarke, benannt nach dem Weißmeer-Ostsee-Kanal, der das Weiße Meer über ein Schleusensystem mit dem Onega-See verband. Der Kanal wurde von 1931 bis 1933 von über 126 000 Gulaghäftlingen erbaut.

***Budjonny im Kampf gegen die Weiße Armee*:** Semjon Michailowitsch Budjonny war ein Held des russischen Bürgerkriegs, später Marschall der Sowjetunion. Er kämpfte unter anderem an der Spitze der legendären Ersten Reiterarmee, die Isaak Babel in seinem Buch *Die Reiterarmee* beschreibt.

Danton, Georges Jacques (1759–1794): während der Französischen Revolution als Justizminister und Leiter des Wohlfahrtsausschusses einer der führenden Köpfe der Ersten Französischen Republik; 1794 als angeblicher Verschwörer gegen die Revolution hingerichtet.

Dimitroff, Georgi (1882–1949): bulgarischer Politiker; von 1935–1943 Generalsekretär der Komintern; von 1946–1949 bulgarischer Ministerpräsisent. Nach dem Brand des Berliner Reichstags war Dimitroff von den Nationalsozialisten zuächst als Drahtzieher verhaftet und angeklagt worden, musste dann jedoch 1933 freigesprochen werden.

Durango und Guernica: Im Frühjahr 1937 waren die beiden baskischen Städte durch Luftangriffe der Armee Francos zerstört worden. Es handelte sich um die ersten Bombardements dieser Art. Hunderte von Zivilisten verloren ihr Leben. Besonders Guernica wurde zum Sinnbild der Zerstörungskraft der neuen Waffentechnik.

eine Datsche in Kunzewo: Datscha (eingedeutscht: Datsche) bezeichnet im Russischen ein Sommerhaus. Kunzewo ist eine ehemals eigenständige, in den 1960ern eingemeindete Stadt am Westrand von Moskau. Auch Stalin hatte hier seine Datscha.

Erklärung der 46: nicht öffentlicher Brief, den 46 führende sowjetische Kommunisten am 15. Oktober 1923 an das Zentralkomitee der Kommunistischen Partei Russlands sandten zum Protest gegen die aktuelle Politik unter dem immer mächtiger werdenden Generalsekretär J. W. Stalin. Obwohl nicht von Trotzki unterschrieben, entsprach er dessen Auffassungen und Absichten.

Fischer-Maslow-Fraktion: Ultralinker Flügel der KPD um Ruth Fischer und Arkadi Maslow. Maslow ging 1941 nach Kuba ins Exil und starb noch im selben Jahr in Havanna unter ungeklärten Umständen. Ruth Fischer gelangte auf Umwegen in die USA. Nach 1955 lebte sie als politische Publizistin in Paris, wo sie 1961 starb.

GRU: Abk. für *Glawnoje Raswedywatelnoje Uprawlenije*. Hauptverwaltung Aufklärung der Roten Armee.

Hopak: Ukrainischer Volkstanz mit vielen Drehungen und Sprüngen. Stalin liebte es, den behäbigen, aus der Ukraine stammenden Sergej Chruschtschow Hopak tanzen zu lassen.

Hotel Lux: Hotel in der *Twerskaja uliza*; hier wohnten die meisten Mitarbeiter der Komintern.

***Iswestija*:** Regierungszeitung in der UdSSR.

Kader: von franz. *quadre*, *cadre* (Geviert, besonderer Bereich); ursprünglich militärisch, bezeichnet der Begriff im Sozialismus wie auch im heutigen Sprachgebrauch Führungskräfte in Politik und Wirtschaft.

***Kasbek*:** Berg im Kaukasus; hier eine Zigarettenmarke.

Komintern: Abk. für 3. Kommunistische Internationale. Die Weltorganisation der kommunistischen Parteien bestand vom 4. März 1919 bis zur Selbstauflösung am 13. März 1943. Die Leitung lag in den Händen des Exekutivkomitees der Kommunistischen Internationale (EKKI), deren erster Vorsitzender Grigori Sinowjew und letzter Generalsekretär Georgi Dimitroff war.

Komsomol: Abk. für *Kommunistitscheskij sojus molodjoshi*. Bezeichnung für den Kommunistischen Jugendverband von 1918 bis 1924. Nach Lenins Tod wurde dem Jugendverband dessen Name verliehen, gebräuchlich blieb aber der Name *Komsomol*.

KPdSU(B): Abk. für Kommunistische Partei der Sowjetunion (Bolschewiki). Der Zusatz *Bolschewiki* entstand im Prozess der Spaltung der russischen Sozialdemokratie in einen reformistischen und einen revolutionären Flügel. Der revolutionäre Flügel erreichte 1903 auf dem Gründungsparteitag in London (und nur da) eine knappe Mehrheit, daher der Name (Bolschewiki = Mehrheitler).

Kuban: Gebiet nördlich des Kaukasus, benannt nach dem Fluss Kuban, heute Bezirk Krasnodar.

lift ne rabotajet: russ. Aufzug außer Funktion (wörtlich: Aufzug arbeitet nicht).

Mossowjet: Moskauer Sowjet.

mushik: Bezeichnung für einen Mann aus der bäuerlichen Unterschicht, abgeleitet von *muschtschina* (Mann).

NKWD: Abk. für *Narodnyj Komissariat Wnutrennich Del*, Volkskommissariat für Innere Angelegenheiten. Hervorgegangen aus der 1917 gebildeten Außerordentlichen Kommission (Tscheka) und deren Nachfolgerin OGPU. Die politische Polizei übernahm die Vorbereitung und Durchführung des von der Führung der KPdSU(B) beschlossenen «Großen Terrors». Dazu wurden ihr außerordentliche, in der Verfassung nicht vorgesehene Rechte übertragen.

OMS: Abk. für *Otdjel meshdunarodnych swjasej*, Abteilung für internationale Verbindungen. Nachrichtendienst der Komintern, weltweit tätig zur Unterstützung revolutionärer Bewegungen und Parteien, unter anderem durch Bereitstellung von Pässen und Papieren, Lieferung von Waffen und Geld sowie die Weitergabe von Anweisungen oder Informationen. In den Jahren des Großen Terrors war der Verbindungsdienst als von Ausländern dominierte Organisation in besonderem Maße den «Säuberungen» des NKDW ausgesetzt und wurde Ende der 1930er Jahre praktisch aufgelöst.

POUM: Abk. für *Partido Obrero de Unificación Marxista*; marxistische Partei in der Zweiten Republik Spaniens.

Prawda: russ. die Wahrheit; Zentralorgan der KPdSU(B).

remont: russ. Reparatur, Instandhaltung.

RGASPI: Russisches Staatsarchiv für sozio-politische Geschichte. Ging aus dem Zentralen Parteiarchiv des Instituts für Marxismus-Leninismus hervor und enthält die Akten der KPdSU vor 1953, dem Todesjahr Stalins.

Rotfrontkämpferbund: paramilitärischer Verband der Kommunistischen Partei Deutschlands; 1924 gegründet, 1929 verboten.

Stachanow-Arbeiter: eine Bewegung von Bestarbeitern, die auf Alexei Grigorjewitsch Stachanow zurückgeht, einen Bergarbeiter, der 1935 in einer Schicht die Norm um 1457 % überfüllt hat, allerdings unterstützt von mehreren Hilfskräften und unter idealen Bedingungen.

***stolowaja*:** russ. Kantine.

Subbotnik: von russ. *subbota* (Sonnabend); Arbeitseinsatz am Wochenende; von Lenin in «Die große Initiative» gewürdigt als Keimform kommunistischer Arbeit, da freiwillig und unentgeltlich.

***Tri kalatscha i odna baranka*:** russ. *Drei Laib Brot und ein Kringel.* Soll heißen: Es kann sein, dass einer nach drei Laib Brot noch Hunger hat, und dann isst er einen Kringel und ist satt. Der Bedeutung nach: das Tüpfelchen auf dem i.

Troika: russ. Dreier, Dreigespann. In der Verfassung nicht vorgesehenes Schnellgericht in den Jahren des Großen Terrors. Der Troika gehörten der örtliche Parteisekretär, der Leiter der Gebietsverwaltung des NKDW und der Staatsanwalt des Gebiets an.

Tscheka: Außerordentliche Kommission zur Bekämpfung von Konterrevolution und Sabotage. Aufgabe des unmittelbar nach dem Oktoberumsturz 1917 ins Leben gerufenen Organs waren die Niederschlagung der bewaffneten Konterrevolution und die Verhinderung von Sabotage durch Beamte und Funktionsträger des gestürzten Regimes. Der Apparat der Tscheka war der Vorläufer des sowjetischen Geheimdienstes OGPU, später NKWD.

VEGAAR: Abk. für Verlagsgenossenschaft ausländischer Arbeiter. 1931 aus dem Zentral-Völker-Verlag hervorgegangener Moskauer Verlag, der politische und belletristische Literatur für die ausländischen Arbeiter und Emigranten publizierte. Die VEGAAR wurde im Juni 1938 aufgelöst.

warenje: eine Art Konfitüre, die in Russland gern in den Tee gerührt wurde.

Wyschinski, Andrei Januarjewitsch (1883–1954): sowjetischer Jurist; unter Stalin von 1935 bis 1939 Generalstaatsanwalt der Sowjetunion; von 1949 bis 1953 sowjetischer Außenminister, dann Botschafter der Sowjetunion bei den Vereinten Nationen. Er starb 1954 in New York.

NACHWEISE

Seite 50 f., 93, 115, 237: «Vaterland, kein Feind soll dich gefährden», Text: Wassili I. Lebedjew-Kumatsch, Melodie: Isaak O. Dunajewskij, Übersetzung: Erich Weinert.

Seite 145: «Die Internationale», Text: Eugène Pottier, Melodie: Pierre Degeyter, Übersetzung: Emil Luckhardt.

Seite 212: «Plaisir d'amour», Text: Jean-Pierre Claris de Florian, Melodie: Jean Paul Égide Martini.

Seite 146 und 170: Feuchtwangers Radio-Ansprache vom 10.1.1937 sowie dessen Kommentar zu den laufenden Schauprozessen zitiert nach: *Rundschau über Politik, Wirtschaft und Arbeiterbewegung*, Nr. 3, 21. Januar 1937.

Seite 232: Maxim Gorki über die *Tscheljuskin*, in: *Prawda*, Nr. 103, 14. April 1934; übersetzt von Eugen Ruge.

Seite 243 und 317 ff.: Alexander Puschkin, «Gib Gott, dass mich nicht Wahnsinn packt», in ders. «Die Gedichte», aus dem Russischen von Michael Engelhard, hgg. von Rolf D. Keil, Frankfurt/M. 2003.

Seite 256 ff.: «Lied über Stalin», Text: Michail I. Injuschkin, Melodie: Ferencz Szabo, Übersetzung: Erich Weinert.

Seite 377: Toast Stalins am 7.11.1937, zitiert nach den Tagebüchern Georgi Dimitroffs, übersetzt von Birgit Schliewenz und Wladislaw Hedeler.

Seite 401: Anne Hartmann, «Ich kam, ich sah, ich werde schreiben. Lion Feuchtwanger in Moskau 1937. Eine Dokumentation», Göttingen 2017.

MIX
Papier aus verantwortungsvollen Quellen
FSC® C083411

Das für dieses Buch verwendete Papier ist FSC®-zertifiziert.